·语文阅读推荐丛书·

流浪地球
刘慈欣作品精选

刘慈欣／著

人民文学出版社

图书在版编目（CIP）数据

流浪地球：刘慈欣作品精选/刘慈欣著. —北京：人民文学出版社，2020（2025.6重印）
（语文阅读推荐丛书）
ISBN 978-7-02-015534-7

Ⅰ.①流… Ⅱ.①刘… Ⅲ.①幻想小说—小说集—中国—当代 Ⅳ.①I247.7

中国版本图书馆 CIP 数据核字（2020）第 138606 号

责任编辑　徐子茼
装帧设计　李思安　崔欣晔
责任印制　王重艺

出版发行　人民文学出版社
社　　址　北京市朝内大街 166 号
邮政编码　100705

印　　刷　三河市宏盛印务有限公司
经　　销　全国新华书店等

字　　数　257 千字
开　　本　650 毫米×920 毫米　1/16
印　　张　27　插页 1
印　　数　122001—128000
版　　次　2020 年 1 月北京第 1 版
印　　次　2025 年 6 月第 14 次印刷

书　　号　978-7-02-015534-7
定　　价　39.00 元

如有印装质量问题，请与本社图书销售中心调换。电话：010-65233595

出 版 说 明

从2017年9月开始,在国家统一部署下,全国中小学陆续启用了教育部统编语文教科书。统编语文教科书加强了中国优秀传统文化教育、革命传统教育以及社会主义先进文化教育的内容,更加注重立德树人,鼓励学生通过大量阅读提升语文素养、涵养人文精神。人民文学出版社是新中国成立最早的大型文学专业出版机构,长期坚持以传播优秀文化为己任,立足经典,注重创新,在中外文学出版方面积累了丰厚的资源。为配合国家部署,充分发挥自身优势,为广大学生课外阅读提供服务,我社在总结以往经验的基础上,邀请专家名师,经过认真讨论、深入调研,推出了这套"语文阅读推荐丛书"。丛书收入图书百余种,绝大部分都是中小学语文课程标准和统编语文教科书推荐阅读书目,并根据阅读需要有所拓展,基本涵盖了古今中外主要的文学经典,完全能满足学生成长过程中的阅读需要,对增强孩子的语文能力,提升写作水平,都有帮助。本丛书依据的都是我社多年积累的优秀版本,品种齐全,编校精良。每书的卷首配导读文字,介绍作者生平、写作背景、作品成就与特点;卷末附知识链接,提示知识要点。

在丛书编辑出版过程中,统编语文教科书总主编温儒敏教授,给予了"去课程化"和帮助学生建立"阅读契约"的指导性意见,即尊重孩子的个性化阅读感受,引导他们把阅读变成一种兴趣。所以本丛书严格保证作品内容的完整性和结构的连续性,既不随意删改作品内容,也不破坏作品结构,随文安插干扰阅读的多余元素。相信这套丛书会成为广大中小学生的良师益友和家庭必备藏书。

人民文学出版社编辑部

2018年3月

目　次

导读 ··· 1

带上她的眼睛 ·· 1
流浪地球 ·· 17
乡村教师 ·· 56
朝闻道 ·· 93
白垩纪往事 ··· 123
吞食者 ··· 168
诗云 ·· 204
山 ·· 237
中国太阳 ··· 274
地球大炮 ··· 314
圆圆的肥皂泡 ·· 358
微纪元 ··· 381

知识链接 ··· 407

导　读

一

　　科幻小说是工业革命之后产生的独特文学品种。在17—19世纪的漫长时间里，一些对科学改变生活状况具有"先知先觉"的作家体验到这种变化带来的神奇，创生了科幻文类。但在很长一段时间里这个品种没有名字，人们用科学浪漫故事、科学的小说等去定位这些作品，或者干脆就不把它说成什么特别的东西。

　　科幻小说必须满足两个充分必要条件，一个是陌生化，一个是认知性。陌生化让作品跟现实生活有所不同，产生游离感。而认知性让这种游离感更能被理解。陌生化让科幻作品跟奇幻、童话，甚至民间故事建立起联系。而认知性则隔断它跟这些作品的联系，并建立起跟科学这样的认知体系之间的关系。

　　科幻小说有四个重要的功能。首先是表达。即通过作品去表现科学造成的生活改变。其次是治愈。即通过作品去抚慰被科技时代扭曲的心灵。第三是批判。即揭露科学导致的人的异化。第四是谋划。即通过科学的展望去书写符合人类福祉的未来。恰恰由于这四种重要的功能,导致了科幻文学在19世纪特别是20世纪大行其道,并且在世界各地广泛传播。

在中国,梁启超和鲁迅是科幻文学的早期推广者。此后,一些重要的作家加入这个文类的创作和推广。这些人中有茅盾、老舍、许地山,也有荒江钓叟、东海觉我、碧荷馆主人、吴趼人、高行健、顾均正等。从晚清到民国再到新中国建立,科幻小说随着社会变迁起起落落,逐渐在流行小说、科普和儿童文学领域占据了位置。到70年代末向科学技术进军的日子里,叶永烈的《小灵通漫游未来》、童恩正的《珊瑚岛上的死光》和郑文光的《飞向人马座》同时出版,一时间科幻作品洛阳纸贵,创造了新时期的独特风景。此后,金涛和魏雅华等开始社会派科幻小说的写作。进入90年代,以韩松、星河、王晋康、何夕等为代表的新生代则在主题、内容、叙事方法和世界观方面对传统科幻小说进行了颠覆。此时,中国的科幻小说已经不可避免地从科普和儿童文学中走出,进入更广大的读者群中。作家们普遍认为,科幻作品完全不能承担科普任务,更不是简单的教育性读物。它应该属于纯正的文学。

遗憾的是,虽然新生代作家开始借鉴西方新浪潮等的创作风格,但却忽视了对想象力和技术创新是陌生化产生的基础这一点。在一段时间之内,科幻小说有些孤芳自赏,不关注广大读者对科技时代的认知向往。在这样的时刻,作家刘慈欣走上了创作的舞台。他一反前一时期放弃对创新、未来的关注,一反对科幻应该走向文学,变成纯粹文学的自我放弃,让作品重新回到了时代的现场,回到了族群的现实。

刘慈欣是一位电力工程师,多年在发电厂从事与电脑相关的技术工作。1999年,他的第一篇小说《鲸歌》在《科幻世界》杂志发表。在整个21世纪的头十九年,他的小说多次获得中国科幻小说银河奖、华语科幻小说星云奖、全国儿童文学奖、美国科幻小说雨果奖等多种奖项。刘慈欣的重要中短篇小说包括《流浪地球》《带上她的眼睛》《乡村教师》《朝闻道》《吞食者》《中国太阳》《地球大炮》《微纪元》《诗云》和为少儿创作的小说《圆圆的肥皂泡》等四十二篇。长篇小说包括《魔鬼积木》《当恐龙遇上蚂蚁》《白垩纪往事》《超新星纪元》《球状闪电》和广为人知的《三体》(三部曲)。

二

几乎每一篇刘慈欣的中短篇作品都很有看点。

《流浪地球》综合了自然灾害、技术进步和人类生存的宇宙困境等科幻领域中的宏大主题。小说从太阳的毁灭开始,给出了人类必须逃离太阳、进行悲壮远征的原因。长达二百年紧张的前期准备以及更加漫长的征程给这一悲壮的行动增添了神圣感。求生的意志支撑着一代又一代人前赴后继,科学技术成为人类的精神支柱。故事的线索是长程的,人们决定将整个地球"拖离"太阳系。光是给地球自转"刹车"就进行了四十五年,而启动地球发动机飞向遥远的群星则是千百万年的征程。这一短篇小说是刘慈欣探索时间题材的最重要的一部,人类的耐心成为通向成功的最为重要的心理潜质。

《乡村教师》是一篇唤起人们关注中国当代现实的作品。小说开始于一个患癌症的乡村教师如何谆谆教导学生要学好科学文化知识以面对未来的社会改革和国家建设。孩子们谨记了教师的嘱咐，也记住了描述宇宙深度的物理学规则，于是在受到外星球人对大脑的抽测检验时，他们被确认为高等智慧生物，拯救了地球人被整体毁灭的命运。作者在小说中尝试了荒野和文明、地球与太空、中国与世界等多种对比，使读者能够在不同的距离和视点上凝视中国当时的社会状况。

《中国太阳》则体现了刘慈欣科幻小说所注重的科学化叙事结构。他从基本的人物发展过程入手，将一个农民工踏实勤恳、好学上进，最终成长为航天员的过程进行了全面展现。小说的逻辑异常清晰，三个阶段具有显著的对应关系，是一个良好的结构化的翻本。而其中对当下现实的关照，不但立足当下，同时还超越了当下。

《带上她的眼睛》是刘慈欣科幻小说中最优秀的一篇。故事中，女主人公由于事故被封闭于地心飞船"落日六号"再也无法返回地面。同伴都已经逝去，她自己也即将被地心的烈火所吞噬。在最后的日子，带着孤独和无法改变命运的忧愁，她抱住中微子传感装置不放，因为只有这里才能带来外部世界的最后消息。与女孩的境遇完全不同的是，地面的主人公享受着人生所能有的一切：阳光、大地、草原、风雨和不会终结的生命，也恰恰是因为他有着这么多自然而然的东西，他才对女孩子的需求感到那么诧异。自始至终，他对女孩的要求都没有全面满足；而一旦他获悉自己的错误，一生的懊悔命运就已经被彻底铸就。

《带上她的眼睛》有刘慈欣科幻小说常有的宏大与细微的

对比，有他对科技细节的强调和处理，但更重要的是他对感觉、情绪、人性与命运之间关系的巧妙搭建。此前刘慈欣常常会提到美国作家汤姆·戈德温科幻小说《冷酷的平衡》。显然刘慈欣的故事无论在文学角度还是在哲学角度都超越了那篇小说。从感觉入手的建构，让刘慈欣的作品向上可以追溯到形而上学的源头，向下可以抵达当今时代人类感觉的湮灭。除此之外，《带上她的眼睛》还开创了中国科幻小说的忧郁主题。

三

把刘慈欣放入中国科幻小说的历史，一个鲜明的词汇就凸显出来，这就是新古典主义。这里说的古典，不是古希腊罗马时代的文学，也不是中国古代的文学，古典主义科幻小说是指西方科幻小说黄金时代和苏联繁荣时代发展起来的那种科幻样式。这是一种以科技创意为核心，以科学影响生活，导致生活改变为要点的叙事模式。阿西莫夫、克拉克、海因莱因、别利亚耶夫、叶菲列莫夫等的作品都是黄金时代小说的典范。与西方后来出现的放弃科学创意，重在文体实验或者语言实验的"新浪潮"科幻不同，黄金时代科幻小说强调故事的引人入胜，强调要给人生活的哲理。但是，由于中外科幻发展的时间差距，在中国科幻小说以极大的热情拥抱"新浪潮"的时候，刘慈欣却对这样的走向表示出自己的异议。他通过反思认为，科幻小说中决不能放弃科学创意，只有在保持科技创意的基础上接受文本创新，进行叙事探索，才能让科幻小说回到引人入胜的那种原初状态。这是一种新古典主义，因为它一方面继承黄金时代，一方面继承了从鲁迅开始倡导的以科普为核心的中国科幻经验,同时,对两者又有所超越。

首先,在叙事特征上,刘慈欣承袭了古典科幻小说中节奏紧张、情节生动的特征,并且在看似平实拙朴的语言中,浓墨重彩地渲染了科学和自然的伟大力量。刘慈欣擅长将工业化过程和科学技术塑造成某种强大的力量,作品中洋溢着英雄主义的情怀。《流浪地球》中,地球因为太阳毁灭而必须进行逃离太阳系漫长而悲壮的远征,作者面对这种漫长提出了自己的思索,设置了疯狂的人类因为短视而群起处死科学精英的一幕,这种疯狂是出于对科学信仰的动摇、出于人性深处的愚昧和非理性,然而最终的事实必然是理性的胜利。科学技术成为人类的精神支柱,在这种极端的困境中展现了无与伦比的伟大力量。因此在作品中,无论是代表毁灭的自然还是代表重生的科学都具有了某种象征性。但是,古典主义囿于时代,已经没有足够的现成方法可以面对今天的世界,于是,刘慈欣创造了"密集叙事"和"时间跳跃"。所谓"密集叙事",指的是无限加快叙事的步伐,使读者的思维无法赶超作者的思维。这种改变,对于21世纪的读者来讲具有相当大的震慑力量。我们看到《地火》《吞食者》等作品中,密集化的叙事不但消解了古典科幻小说情节发展缓慢的通病,提高了作品的可读性,还增加读者对大自然瞬息万变的感受,增强了人们对利用科学技术应付危机的信心。这样,即便大地眩目地燃烧,月球冲出轨道,人类也能借助理性的力量逃出毁灭。当"密集叙事"也不能纾解作者心中高速运行的创作风暴时,"时间跳跃"便自然而然地出现。典型的刘慈欣式的"时间跳跃",就是在叙事过程中留下大量的时间空缺。小说在强烈的情感叙事中突然中断,故事直接进入遥远的未来。《地球大炮》和《诗云》中,这种"跳跃"少则几十年,多则千万载。强烈的时间迁移不但给作者一个脱离文本时间顺序将未来发展呈现到读者面前的机会,更会产生一种独特的"沉舟侧畔千帆过"的历史感。

其次,在人物方面,刘慈欣的小说继承了古典科幻小说中的人物塑造规律,即无论是技术专家还是普通人,他们一定要在社会的变革中被推向改变世界的舞台;同时,他也对人物进行了更新,这种更新表现在设计独到的一系列"抽象人物"上。福斯特在《小说面面观》中曾经区分出扁平人物和圆满人物,但刘慈欣的作品中,一些看似扁平、实则充满功能性的人物,给小说理论增添了讨论的素材。比如《吞食者》中无名氏出场,我个人认为,这种抽象本身,作为刘慈欣科幻小说的独特设计,代表了一种隐含的对科学本质的抽象。

另外在情感线索方面,科幻小说中,通过描述美好的爱情来衬托故事,加强读者对未来的憧憬感,几乎成了一个基本程式,有情人终成眷属仿佛永恒地停留在人们的理想世界之中。刘慈欣对此进行了全面改变。在他的小说中,爱情永远和无奈联系着。当爱情与理想、国家发生冲突时,许多人物都选择了后者。《带上她的眼睛》中,女主人公虽然面对永远被封闭在地心深处的残酷现实,但仍然展示出动人心魄的大义和大勇;《地球大炮》里,几代主人公的命运都与献身有关。在他的作品中,科学的诗意永远是一种基本情调,在这一点上,刘慈欣与古典主义科幻中为科学献身的精神内核达成了一致。

除了男女关系,刘慈欣还挖掘出一个古典科幻小说中最重要的人物关联,并将它赋予新的价值。这就是父子关系。对于多数仍然处于青春期或"青春晚期"的科幻读者来讲,父子关系的确不如男女关系那么引人入胜。但在刘慈欣的笔下,父子关系的某种坚强感,却成了与男女关系相对抗的一种力量的体现。父子关系既是一种血缘的延续,表达人生的延续和感情的延续,更是一种事业的延续,科学和宇宙所代表的力量的延续。这样父子关系的主题,在小说《地球大炮》中表现得相当突出。

四

讨论刘慈欣的科幻小说,必须要重点讨论《三体》三部曲。这个系列是刘慈欣科幻小说的特征的集大成者,也是他获得国际影响的最重要的作品。有关《三体》在国内外已经有连篇累牍的论文、评论、专辑进行分析,这些分析集中在小说中的人道主义与人性观念、个体跟群体的关系、人类在宇宙中的位置、科技时代将把我们带向何方等几个层次。

人道主义与人性观念应该说是《三体》系列的核心内容。这个内容突出表现在《三体 II:黑暗森林》里面。小说中面对宇宙中是否存在生命,这些生命是否会主动联系我们作出了一种有意义的推测,那就为了自身的生存,物种之间必须隐藏自己,才能保全未来。这种隐藏,包含着欺骗、强权和诡计,更包含着智慧、道德和某种存在的法则。黑暗森林是不是真的外星人隐藏自己的计谋并不重要,但理解这种存在的性质,讨论这种存在的各种社会学心理学问题,对我们如何更好地生活在自己的世界中,却能起到十分积极的作用。一些商业公司,特别是互联网公司的管理者甚至从小说中获取了他们所需要的竞争的法则，这一点连作者自己都没有想到。

如果说人道主义问题作为人类自身哲学和社会学的基本问题必须思考，那么个体和群体的关系也凸显出许多重构的必要性。小说中的社会历史时间漫长，在大多数时间里面，民族国家都还存在。而种群、国家等的存在，阶层差别的存在，决定了故事中人物的生活和选择。到底应该群体优先还是个体优先？这个问题也贯穿了全书。一些国外读者认为，恰恰是这个问题上他们看到了东西方科幻作品的差别所在。

在上述问题被解决之后，人类作为整体在宇宙中的位置问题就显现出来。生物到底为什么存在于宇宙？智慧的目的到底是什么？宇宙真的一成不变还是早晚有一天会迷途知返，折回原初？把人放在宇宙尺度上看，生活的价值是否会改变？《三体》对这个问题的思考也显得尤为突出。

作为一部科幻小说，《三体》的哲学思考全部被隐含在作者对当代社会科技高速发展现实之后的。刘慈欣喜欢谈论人类正在走向"奇点"的问题。所谓奇点指的是一种技术、社会或历史本身走向拐点的转变。当我们拥有了虚拟现实、电子娱乐、太空电梯、生物工程、纳米制造、人工智能之后，我们的社会是否会发生这种改变？当小说中密集的科技创新消除了人类的运动极限、思想极限、生命极限的时候，当外星人就在我们身边的时候，我们还能做什么？《三体》提供了一种有关未来的思维演练。

回归科幻发展的历史，就可以看出刘慈欣怎样反叛了中国科幻小说从科普走向纯文学的整个通路。他用自己有说服力的写作,重新回到鲁迅先生所倡导的科幻的科普美学,但与此同时,他也继承了80年代开始的科幻小说必须反映社会生活的新的观念。在处理科学内容方面,刘慈欣创造了集成化的方法,让许多过去出现在科幻小说中的科学构思跟他独创的新的构思集成发展,导致了科幻作品中密集的认知起伏。为了让长篇小说的结构更加丰富,他尝试了文体融合,让童话、电子游戏等文本跟科幻小说有机结合,这既体现在小说中的三体游戏和云天明童话,也体现在具有"通关"风格的情节上面。故事中潜入故事,大小构造之间相互映射,消除了长篇小说的单调感。此外,他还特别注意在故事中留下许多蜂窝状的空隙,这些空隙给读者许多想象的空间,一些同人小说由此诞生。最后,也是特别重要的一点在于,《三体》的主人公多数是中国人,他们的所思所想,一举一动,都带有强烈的中国文化特征。小说这种强烈的中国关切又融入了我们这个民族的挥之不去的世界情怀。自始至终,故事中的主人公都在渴望和平,渴望新知,渴望文明的升级,渴望自己的文明能对世界文化作出更多贡献。

五

在《三体 I》获得雨果奖之后,国外科幻界对刘慈欣特别重视。目前,他的科幻小说已经出版了十九种文字的不同版本。2018年,美国科幻小说专业理论杂志《科幻研究》编辑了"刘慈欣研究专号"。2019年,他的短篇小说在日本科幻星云赏短篇小说奖项中获奖。在国外读者的眼中,刘慈欣的科幻小说被认为带有强烈的苏俄文学风格,这跟他喜欢苏俄文学具有重要的联系。刘慈欣在不同场合多次说过,他喜欢《战争与和平》和《静静的顿河》等作品,所谓的苏俄风格,可能是从对这些作品有点吸纳后演化而来。除此之外,国外读者还会对刘慈欣小说产生某种怀旧感。这是因为他的小说跟今天西方国家的主要作品创作方式已经大相径庭。在当代西方科幻小说中,集中在赛博世界的呈现。因为信息技术模糊了真实与虚幻、科学与玄想之间的界限,因此吸血鬼、超能力、民间故事等都融入了科幻小说。对比这样的作品,刘慈欣那种对较真科学原理,看重主客体差异的表达,让他们觉得回到了久已忘怀的黄金时代。

在刘慈欣的带动下,中国科幻小说发展进入了新一轮高潮。2016年,郝景芳的《北京折叠》也获得了美国科幻小说雨果奖。中国人反复获奖的事实证明,中国的科幻小说已经达到了国际水平。目前,一大批新秀作家踊跃地创作了大量新的作品,在中国科幻小说银河奖、全球华语科幻小说星云奖之外,中国科协每年还会主办中国科幻大会,在世界任何一个国家,由政府组织主导的科幻活动定期举行,是从来没有过的事情。

2019年年初,根据刘慈欣小说改编的电影《流浪地球》和《疯狂外星人》同时上演,前者破纪录地创造了46.55亿累计票房收入,一举成为中国科幻电影的票房冠军。这些成功导致了刘慈欣的科幻创作实践已经走出小说,进入电影空间。2018年美国亚瑟.克拉克基金会授予刘慈欣"克拉克想象力服务社会奖",以表彰他在科幻领域中的贡献。

刘慈欣在科幻创作之余,还写作了大量杂文、书评、科普评论等,这些被收入《刘慈欣谈科幻》和《最糟的宇宙和最好的地球》两本著作。读者可以通过这些著作了解到,刘慈欣不仅仅是一位小说家,更是一位具有超前于时代视野的深刻的思想家。

南方科技大学教授

吴岩　中国科普作家协会副理事长

著名科幻作家

带上她的眼睛

连续工作了两个多月,我实在累了,便请求主任给我两天假,出去短暂旅游一下散散心。主任答应了,条件是我再带一双眼睛去,我也答应了,于是他带我去拿眼睛。眼睛放在控制中心走廊尽头的一个小房间里,现在还剩下十几双。

主任递给我一双眼睛,指指前面的大屏幕,把眼睛的主人介绍给我,是一个好像刚毕业的小姑娘,在肥大的太空服中更显娇小,一副可怜兮兮的样子,显然刚刚体会到太空不是她在大学图书馆中想象的浪漫天堂,某些方面可能比地狱还稍差些。

"麻烦您了,真不好意思。"她连连向我鞠躬。这是我听到过的最轻柔的声音,我想象着这声音从外太空飘来,像一阵微风吹过轨道上那些庞大粗陋的钢结构,使它们立刻变得像橡皮泥一样软。

"一点都不,我很高兴有个伴儿的。你想去哪儿?"我豪爽地说。

"什么?您自己还没决定去哪儿?"她看上去很高兴。但我立刻感到两个异样的地方。其一,地面与外太空通信都有延时,即使在月球,延时也有两秒钟,小行星带延时更长,但她的回答几乎感觉不到延时,这就是说,她现在在近地轨道,那里回地面不用中转,费用和时间都不需多少,没必要托别人带眼睛去度假。其二,是她身上的太空服。作为个人航天装备工程师,我觉得这种太空服很奇怪:在服装上看不到防辐射系统,放在她旁边的头盔面罩上也没有强光防护系统。我还注意到,这套服装的隔热和冷却系统异常发达。

"她在哪个空间站?"我扭头问主任。

"先别问这个吧。"主任的脸色很阴沉。

"别问好吗?"屏幕上的她也说,还是那副让人心软的小可怜样儿。

"你不会是被关禁闭了吧?"我开玩笑说,因为她所在的舱室十分窄小,显然是一个航行体的驾驶舱,各种复杂的导航系统此起彼伏地闪烁着,但没有窗子,也没有观察屏幕,只有一支在她头顶打转的失重的铅笔说明她是在太空中。听了我的话,她和主任似乎都愣了一下,我赶紧说:"好,我不问自己不该知道的事了,你还是赶快决定我们去哪儿吧。"

这个决定对她似乎很艰难,她的双手握在胸前,双眼半闭着,似乎是在决定生存还是死亡,或者认为地球在我们这次短暂的旅行后就要爆炸了。我不由笑出声来。

"哦,这对我来说不容易,您要是看过海伦·凯勒的《假如给我三天光明》的话,就能明白这多难了!"

"我们没有三天,只有两天。在时间上,这个时代的人都是穷光蛋。但比那个十九世纪出生的盲人幸运的是,我和你的眼睛在三小时内可到达地球的任何一个地方。"

"那就去我们起航前去过的地方吧！"她告诉了我那个地方，于是我带着她的眼睛去了。

草　原

这是高山与平原、草原与森林的交接处，距我工作的航天中心有两千多公里，乘电离层飞机用了十五分钟就到了这儿。面前的塔克拉玛干，经过几代人的努力，已由沙漠变成了草原，又经过几代强有力的人口控制，这儿再次变成了人迹罕至的地方。现在大草原从我面前一直延伸到天边，背后的天山覆盖着暗绿色的森林，几座山顶还有银色的雪冠。

我掏出她的眼睛戴上。

所谓眼睛就是一副传感眼镜，当你戴上它时，你所看到的一切图像由超高频信息波发射出去，可以被远方另一个戴同样传感眼镜的人接收到，于是他就能看到你所看到的一切，就像你带着他的眼睛一样。

现在，长年在月球和小行星带工作的人已有上百万，他们回地球度假的费用是惊人的，于是吝啬的宇航局就设计了这玩意儿，使每个生活在外太空的宇航员在地球上都有了另一双眼睛，由这里真正能去度假的幸运儿带上这双眼睛，让身处外太空的那个思乡者分享他的快乐。这个小玩意儿一开始被当作笑柄，但后来由于用它"度假"的人能得到可观的补助，竟流行开来。最尖端的技术被采用，这人造眼睛越做越精致，现在，它竟能通过采集戴着它的人的脑电波，把他的触觉和味觉一同发射出去。多带一双眼睛去度假成了宇航系统地面工作人员从事的一项公益活动,由于度假中的隐私等原因,并不是每个人都乐意再带双眼睛,但我这次无所谓。

我对眼前的景色大发感叹,但从她的眼睛中,我听到了一阵轻轻的抽泣声。

"上次离开后,我常梦到这里,现在回到梦里来了!"她细细的声音从她的眼睛中传出来,"我现在就像从很深很深的水底冲出来呼吸到空气,我太怕封闭了。"

我从中真的听到她在做深呼吸。

我说:"可你现在并不封闭,同你周围的太空比起来,这草原太小了。"

她沉默了,似乎连呼吸都停止了。

"啊,当然,太空中的人还是封闭的。二十世纪一个叫耶格尔的飞行员曾有一句话,是描述飞船中的宇航员的,说他们像……"

"罐头中的肉。"

我们都笑了起来。她突然惊叫:"呀,花儿,有花啊!上次我来时没有的!"是的,广阔的草原上到处点缀着星星点点的小花。"能近些看看那朵花吗?"我蹲下来看,"呀,真美耶!能闻闻它吗?不,别拔下它!"我只好半趴到地上闻,一缕淡淡的清香,"啊,我也闻到了,真像一首隐隐传来的小夜曲呢!"

我笑着摇摇头,这是一个闪电变幻疯狂追逐的时代,女孩子们都浮躁到了极点,像这样见花落泪的"林妹妹"真是太少了。

"我们给这朵小花起个名字好吗?嗯……叫它梦梦吧。我们再看看那一朵好吗?它该叫什么呢?嗯,叫小雨吧;再到那一朵那儿去,啊,谢谢,看它的淡蓝色,它的名字应该是月光……"

我们就这样一朵朵地看花,闻花,然后再给它起名字。她陶醉于其中,没完没了地进行下去,忘记了一切。我对这套小女孩的游戏实在厌烦了,到我坚持停止时,我们已给上百朵花起了名字。

一抬头,我发现已走出了好远,便回去拿丢在后面的背包。当我拾起草地上的背包时,又听到了她的惊叫:"天啊,你把小雪踩住了!"我扶起那朵白色的野花,觉得很可笑,就用两只手各捂住一朵小花,问她:"它们都叫什么?什么样儿?"

"左边那朵叫水晶,也是白色的,它的茎上有分开的三片叶子;右边那朵叫火苗,粉红色,茎上有四片叶子,上面两片是单的,下面两片连在一起。"

她说得都对,我有些感动了。

"你看,我和它们都互相认识了,以后漫长的日子里,我会一遍遍地想它们每一个的模样儿,像背一本美丽的童话书。你那儿的世界真好!"

"我这儿的世界?要是你再这么孩子气地多愁善感下去,这也是你的世界了,那些挑剔的太空心理医生会让你永远待在地球上。"

我在草原上无目标地漫步,很快来到一条隐没在草丛中的小溪旁。我迈过去继续向前走,她叫住了我,说:"我真想把手伸到小河里。"我蹲下来把手伸进溪水,一股清凉流遍全身。她的眼睛用超高频信息波把这感觉传给远在太空中的她,我又听到了她的感叹。

"你那儿很热吧?"我想起了她那窄小的控制舱和隔热系统异常发达的太空服。

"热,热得像……地狱。呀,天啊,这是什么?草原的风?!"这时我刚把手从水中拿出来,微风吹在湿手上凉丝丝的,"不,别动,这真是天国的风呀!"

我把双手举在草原的微风中,直到手被吹干。然后应她的要求,我又把手在溪水中打湿,再举到风中把天国的感觉传给她。我们就这样又消磨了很长时间。

再次上路后,沉默地走了一段,她又轻轻地说:"你那儿的世界真好。"

我说:"我不知道,灰色的生活把我这方面的感觉都磨钝了。"

"怎么会呢?!这世界能给人多少感觉啊!谁要能说清这些感觉,就如同说清大雷雨有多少雨点一样。看天边那大团的白云,银白银白的,我觉得它们好像是固态的,像发光玉石构成的高山。下面的草原,这时倒像是气态的,好像所有的绿草都飞离了大地,成了一片绿色的云海。看!当那片云遮住太阳又飘开时,草原上光和影的变幻是多么气势磅礴啊!看看这些,你真的感受不到什么吗?"

……

我带着她的眼睛在草原上转了一天,她渴望看到草原上的每一朵野花、每一棵小草,看草丛中跃动的每一缕阳光,渴望听到草原上的每一种声音。一条突然出现的小溪,小溪中的一条小鱼,都会令她激动不已;一阵不期而至的微风,风中一缕绿草的清香都会让她落泪……我感到,她对这个世界的情感已丰富到病态的程度。

日落前,我走到了草原中一间孤零零的白色小屋前,那是为旅游者准备的一间小旅店,似乎好久没人光顾了,只有一个迟钝的老式机器人照看着旅店里的一切。我又累又饿,可晚饭只吃到一半,她又提议我们立刻去看日落。

"看着晚霞渐渐消失,夜幕慢慢降临森林,就像在听一首宇宙间最美的交响曲。"她陶醉地说。我暗暗叫苦,但还是拖着沉重的双腿去了。

草原的落日确实很美,但她对这种美倾泻的情感使这一切有了一种异样的色彩。

"你很珍视这些平凡的东西。"回去的路上我对她说,这时夜色已很重,星星已在夜空中出现。

"你为什么不呢?这才像在生活。"她说。

"我,还有其他大部分人,不可能做到这样。在这个时代,得到太容易了。物质的东西自不必说,蓝天绿水的优美环境、乡村和孤岛的宁静等等都可以毫不费力地得到;甚至以前人们认为最难寻觅的爱情,在虚拟现实网上至少也可以暂时体会到。所以人们不再珍视什么了,面对一大堆伸手可得的水果,他们把拿起的每一个咬一口就扔掉。"

"但也有人面前没有这些水果。"她低声说。

我感觉自己刺痛了她,但不知为什么。回去的路上,我们都没再说话。

这天夜里的梦境中,我看到了她,穿着太空服在那间小控制舱中,眼里含泪,向我伸出手来喊:"快带我出去,我怕封闭!"我惊醒了,发现她真在喊我,我是戴着她的眼睛仰躺着睡的。

"请带我出去好吗?我们去看月亮,月亮该升起来了!"

我脑袋发沉,迷迷糊糊很不情愿地起了床。到外面后发现月亮真的刚升起来,草原上的夜雾使它有些发红。月光下的草原也在沉睡,有无数点萤火虫的幽光在朦朦胧胧的草海上浮动,仿佛是草原的梦在显形。

我伸了个懒腰,对着夜空说:"喂,你是不是从轨道上看到了月光照到这里?告诉我你的飞船的大概方位,说不定我还能看到呢,我肯定它是在近地轨道上。"

她没有回答我的话,而是自己轻轻哼起了一首曲子,一小段旋律过后,她说:"这是德彪西的《月光》。"又接着哼下去,陶醉于其中,完全忘记了我的存在。《月光》的旋律同月光一起从太空降落到草原上。我想象着太空中那个娇弱的女孩,她的上方是银色的月球,下面是蓝色的地球,小小的她从中间飞过,把音乐溶入月光……

直到一个小时后我回去躺到床上,她还在哼着音乐,是不是德彪西的我就不知道了,那轻柔的乐声一直在我的梦中飘荡着。

不知过了多久,音乐变成了呼唤,她又叫醒了我,还要出去。

"你不是看过月亮了吗?!"我生气地说。

"可现在不一样了,记得吗,刚才西边有云的,现在那些云可能飘过来了,月亮正在云中时隐时现呢,想想草原上的光和影,多美啊,那是另一种音乐了,求你带我的眼睛出去吧!"

我十分恼火,但还是出去了。云真的飘过来了,月亮在云中穿行,草原上大块的光斑在缓缓浮动,如同大地深处浮现的远古的记忆。

"你像是来自十八世纪的多愁善感的诗人,完全不适合这个时代,更不适合当宇航员。"我对着夜空说,然后摘下她的眼睛,挂到旁边一棵红柳的枝上,"你自己看月亮吧,我真的得睡觉去了,明天还要赶回航天中心,继续我那毫无诗意的生活呢。"

她的眼睛中传出了细细的声音,我听不清她说什么,径自回去了。

我醒来时天已大亮,阴云布满了天空,草原笼罩在蒙蒙的小雨中。她的眼睛仍挂在红柳枝上,镜片蒙上了一层水雾。我小心地擦干镜片,戴上它。原以为她看了一夜月亮,现在还在睡觉,但我却从眼睛中听到了她低低的抽泣声,我的心一下子软下来。

"真对不起,我昨天晚上实在太累了。"

"不,不是因为你,呜呜,天从三点半就阴了,五点多又下起雨……"

"你一夜都没睡?!"

"……呜呜,下起雨,我、我看不到日出了,我好想看草原的日出,呜呜,好想看的,呜……"

我的心像是被什么东西融化了,脑海中出现她眼泪汪汪、小鼻子一抽一抽的样儿,眼睛竟有些湿润。不得不承认,在过去的一天一夜里,她教会了我某种东西,一种说不清的东西,像月夜中草原上的光影一样朦胧,由于它,以后我眼中的世界与以前会有些不同的。

"草原上总还会有日出的,以后我一定会再带你的眼睛来,或者,带你本人来看,好吗?"

她不哭了,突然,她低声说:

"听……"

我没听见什么,但紧张起来。

"这是今天的第一声鸟叫,雨中也有鸟呢!"她激动地说,那口气如同听到世纪钟声一样庄严。

落 日 六 号

又回到了灰色的生活和忙碌的工作中,以上的经历很快就淡忘了。很长时间后,当我想起洗那次旅行穿的衣服时,在裤脚上发现了两三颗草籽。同时,在我的意识深处,也有一颗小小的种子留了下来。在我孤独寂寞的精神沙漠中,那颗种子已长出了令人难以察觉的绿芽。虽然是无意识地,当一天的劳累结束后,我已能感觉到晚风吹到脸上时那淡淡的诗意,鸟儿的鸣叫已能引起我的注意,我甚至黄昏时站在天桥上,看着夜幕降临城市……世界在我的眼中仍是灰色的,但星星点点的嫩绿在其中出现,并在增多。当这种变化发展到让我觉察出来时,我又想起了她。

也是无意识地,在闲暇时甚至睡梦中,她身处的环境常在我的脑海中出现,那封闭窄小的控制舱,奇怪的隔热太空服……后来这些东西在我的意识中都隐去了,只有一样东西凸显出来,这就是在她头顶上打转的那支失重的铅笔,不知为什么,一闭上眼睛,这支铅笔总在我的眼前飘浮。终于有一天,上班时我走进航天中心高大的门厅,一幅见过无数次的巨大壁画把我吸引住了,壁画上是从太空中拍摄的蔚蓝色的地球。那支飘浮的铅笔又在我的眼前出现了,同壁画叠印在一起,我又听到了她的声音:"我怕封闭……"一道闪电在我的脑海里出现。

除了太空,还有一个地方会失重!!

我发疯似的跑上楼，猛砸主任办公室的门。他不在，我心有灵犀地知道他在哪儿，就飞跑到存放眼睛的那个小房间。他果然在里面，看着大屏幕。她在大屏幕上，还在那个封闭的控制舱中，穿着那件"太空服"，画面凝固着，是以前录下来的。"是为了她来的吧？"主任说，眼睛还看着屏幕。

"她到底在哪儿？"我大声问。

"你可能已经猜到了，她是'落日六号'的领航员。"

一切都明白了，我无力地跌坐在地毯上。

"落日"工程原计划发射十艘飞船，它们是"落日一号"到"落日十号"，但计划由于"落日六号"的失事而中断了。"落日"工程是一次标准的探险航行，它的航行程序同航天中心的其他航行几乎一样。

唯一不同的是，"落日"飞船不是飞向太空，而是潜入地球深处。

第一次太空飞行一个半世纪后，人类开始了向相反方向的探险，"落日"系列地航飞船就是这种探险的首次尝试。

四年前，我在电视中看到过"落日一号"发射时的情景。那时正是深夜，吐鲁番盆地的中央出现了一个如太阳般耀眼的火球，火球的光芒使新疆夜空中的云层变成了绚丽的朝霞。当火球暗下来时，"落日一号"已潜入地层。大地被烧红了一大片，这片圆形的发着红光的区域中央，是一个岩浆湖泊，白热化的岩浆沸腾着，激起一根根雪亮的浪柱……那一夜，远至乌鲁木齐，都能感到飞船穿过地层时传到大地上的微微震动。

"落日"工程的前五艘飞船都成功地完成了地层航行，安全返回地面。其中"落日五号"创造了迄今为止人类在地层中航行深度的纪录:海平面下三千一百公里。"落日六号"不打算突破这个纪录。因为据地球物理学家的结论,在地层三千四百至三千五百公里深处,存在着地幔和地核的交界面,学术上把它叫作"古腾堡不连续面",一旦通过这个交界面,便进入地球的液态铁镍核心,那里物质密度骤然增大,"落日六号"的设计强度是不允许在如此大的密度中航行的。

"落日六号"的航行开始很顺利,飞船只用了两个小时便穿过了地表和地幔的交界面——莫霍不连续面,并在大陆板块漂移的滑动面上停留了五个小时,然后开始了在地幔中三千多公里的漫长航行。宇宙航行是寂寞的,但宇航员们能看到无限的太空和壮丽的星群;而地航飞船上的地航员们,只能凭感觉触摸飞船周围不断向上移去的高密度物质。从飞船上的全息后视电视中能看到这样的情景:炽热的岩浆刺目地闪亮着、翻滚着,随着飞船的下潜,在船尾飞快地合拢起来,瞬间充满了飞船通过的空间。有一名地航员回忆:他们一闭上眼睛,就会看到飞快合拢并压下来的岩浆,这个幻象使航行者意识到压在他们上方那巨量的并不断增厚的物质,一种地面上的人难以理解的压抑感折磨着地航飞船中的每一个人,他们都受到幽闭恐惧症的袭击。

"落日六号"出色地完成着航行中的各项研究工作。飞船的速度大约是每小时十五公里,飞船需要航行两百多个小时才能到达预定深度。但是航行区的物质密度突然由每立方厘米六点三克猛增到九点五克,物质成分由硅酸盐类突然变为以铁镍为主的金属,物质状态也由固态变为液态。尽管"落日六号"当时只到达了两千五百公里的深度,但所有的迹象却残酷地表明,他们闯入了地核!后来得知,这是地幔中一条通向地核的裂隙,地核中的高压液态铁镍充满了这条裂隙,使得在"落日六号"的航线上,古腾堡不连续面向上延伸了近一千公里!飞船立刻紧急转向,企图冲出这条裂隙,不幸就在这时发生了:由中子材料制造的船体顶住了突然增加到每平方厘米一千六百吨的巨大压力,但是,飞船分为前部烧熔发动机、中部主舱和后部推进发动机三大部分,当飞船在远大于设计密度和设计压力的液态铁镍中转向时,烧熔发动机与主舱结合部断裂,从"落日六号"用中微子通信发回的画面中我们看到,已与船体分离的烧熔发动机在一瞬间被发着暗红光的液态铁镍吞没了。地层飞船的烧熔发动机用超高温射流为飞船切开航道前方的物质,没有它,只剩下一台推进发动机的"落日六号"在地层中是寸步难行的。地核的密度很惊人,但构成飞船的中子材料密度更大,液态铁镍对飞船产生的浮力小于它的自重,于是,"落日六号"便向地心沉下去。

　　人类登月后,用了一个半世纪才有能力航行到土星。在地层探险方面,人类也要用同样的时间才有能力从地幔航行到地核。现在的地航飞船误入地核,就如同二十世纪中期的登月飞船偏离月球迷失于外太空,获救的希望是丝毫不存在的。

　　好在"落日六号"主舱的船体是可靠的,船上的中微子通信系统仍和地面控制中心保持着通畅的联系。以后的一年中,"落日六号"航行组坚持工作,把从地核中得到的大量宝贵资料发送到地面。他们被裹在几千公里厚的物质中,这里别说空气和生命,连空间都没有,周围是温度高达五千度,压力可以把碳在一秒钟内变成金刚石的液态铁镍!它们密密地挤在"落日六号"的周围,密得只有中微子才能穿过。"落日六号"是处于一个巨大的炼钢炉中！在这样的世界里,《神曲》中的《地狱篇》像是在描写天堂了。在这样的世界里,生命算什么?仅仅能用脆弱来描写它吗?

沉重的心理压力像毒蛇一样噬咬着"落日六号"地航员们的神经。一天,船上的地质工程师从睡梦中突然跃起,竟打开了他所在的密封舱的绝热门!虽然这只是四道绝热门中的第一道,但瞬间涌入的热浪立刻把他烧成了一缕青烟。指令长在另一个密封舱飞快地关上了绝热门,避免了"落日六号"的彻底毁灭。但他自己被严重烧伤,在写完最后一页航行日志后死去了。

从那以后,在这个星球的最深处,在"落日六号"上,只剩下她一个人了。

现在,"落日六号"内部已完全处于失重状态,飞船已下沉到六千三百公里深处,那里是地球的最深处,她是第一个到达地心的人。

她在地心的世界是那个活动范围不到十平方米的闷热的控制舱。飞船上有一副中微子传感眼镜,这个装置使她同地面世界多少保持着一些感性的联系。但这种如同生命线的联系不能长时间延续下去,飞船里中微子通信设备的能量很快就要耗尽,现有的能量已不能维持传感眼镜的超高速数据传输。这种联系在三个月前就中断了,具体时间是在我从草原返回航天中心的飞机上,当时我已把她的眼睛摘下来放到旅行包中。

那个没有日出的细雨蒙蒙的草原早晨,竟是她最后看到的地面世界。

后来"落日六号"同地面只能保持着语音和数据通信,而这个联系也在一天深夜中断了,她被永远孤独地封闭于地心中。

"落日六号"的中子材料外壳足以抵抗地心的巨大压力，而飞船上的生命循环系统还可以运行五十至八十年，她将在那不到十平方米的地心世界里度过自己的余生。

　　我不敢想象她同地面世界最后告别的情形，但主任让我听的录音出乎我的意料。这时来自地心的中微子波束已很弱，她的声音时断时续，但很平静。

　　"……你们发来的最后一份补充建议已经收到，今后，我会按照整个研究计划努力工作的。将来，可能是几代人以后吧，也许会有地心飞船找到'落日六号'并同它对接，有人会再次进入这里，但愿那时我留下的资料会有用。请你们放心，我会在这里安排好自己的生活。我现在已适应这里，不再觉得狭窄和封闭了，整个世界都围着我呀，我闭上眼睛就能看见上面的大草原，还可以清楚地看见每一朵我起了名字的小花呢。再见。"

透明地球

　　在以后的岁月中，我到过很多地方，每到一处，我都喜欢躺在那里的大地上。我曾经躺在海南岛的海滩上、阿拉斯加的冰雪上、俄罗斯的白桦林中、撒哈拉烫人的沙漠里……每到那个时刻，地球在我脑海中就变得透明了，在我下面六千多公里深处，在这巨大的水晶球中心，我看到了停泊在那里的"落日六号"地航飞船，感受到了从几千公里深的地球中心传出的她的心跳。我想象着金色的阳光和银色的月光透射到这个星球的中心，我听到了那里传出的她吟唱的《月光》，还听到她那轻柔的话音：

"……多美啊,这又是另一种音乐了……"

有一个想法安慰着我:不管走到天涯海角,我离她都不会更远了。

流浪地球

刹车时代

我没见过黑夜,我没见过星星,我没见过春天、秋天和冬天。我出生在刹车时代结束的时候,那时地球刚刚停止转动。

地球自转刹车用了四十二年,比联合政府的计划长了三年。妈妈给我讲过我们全家看最后一次日落的情景——太阳落得很慢,仿佛在地平线上停住了,用了三天三夜才落下去。当然,以后没有"天"也没有"夜"了。东半球在相当长的一段时间里(有十几年吧)将处于永远的黄昏中,因为太阳在地平线下并没落深,还在半边天上映出它的光芒。

就在那次漫长的日落中,我出生了。

黄昏并不意味着昏暗,地球发动机把整个北半球照得通明。地球发动机安装在亚洲和美洲大陆上,因为只有这两个大陆完整坚实的板块结构才能承受发动机对地球巨大的推力。地球发动机共有一万二千台,分布在亚洲和美洲大陆的各个平原上。

从我住的地方,可以看到几百台发动机喷出的等离子体光柱。你想象一座巨大的宫殿,有雅典卫城上的神殿那么大,殿中有无数根顶天立地的巨柱,每根柱子都像巨大的日光灯管那样发出蓝白色的强光,而你则是那巨大宫殿地板上的一个细菌,这样,你就可以想象到我所在的世界是什么样子了。其实这样描述还不是太准确,地球发动机的喷射必须有一定的角度,这样切线推力分量才能刹住地球的自转,所以天空中的那些巨型光柱是倾斜的,我们是处在一个将要倾倒的巨殿中!如果有人突然从南半球到北半球,多半会精神失常的。比这景象更可怕的是发动机带来的酷热,户外气温高达七八十摄氏度,必须穿冷却服才能外出。在这样的气温下,常常会有暴雨,而发动机光柱穿过乌云时的景象简直是一场噩梦!光柱蓝白色的强光在云中散射,变成无数种色彩组成的疯狂涌动的光晕,整个天空仿佛被白热的火山岩浆所覆盖。爷爷老糊涂了,有一次被酷热折磨得实在受不了,看到下大雨喜出望外,赤膊冲出门去,我们没来得及拦住他,外面雨点已被地球发动机超高温的等离子光柱烤沸,把他身上烫脱了一层皮。

但对于在北半球出生的我们这一代人来说,这一切都很自然,就如同刹车时代以前的人们,看见太阳、星星和月亮很自然一样。我们把那以前人类的历史都叫作"前太阳时代",那真是个让人神往的黄金时代啊!

在我小学入学时,作为一门课程,老师带我们班的三十个孩子进行了一次环球旅行。这时地球已经完全停转,地球发动机除了维持这颗行星的静止状态外,只进行一些姿态调整,所以从我三岁到六岁的三年中,光柱的光度大为减弱,这使得我们可以在这次旅行中更好地认识我们的世界。

我们首先近距离见到了地球发动机,是在石家庄附近的太行山出口处看到的。那是一座金属的高山,在我们面前赫然耸立,占据了半个天空。同它相比,西边的太行山脉如同一串小土丘。有的孩子惊叹它如珠峰一样高。我们的班主任小星老师是一位漂亮姑娘,她笑着告诉我们,这台发动机的高度是一万一千米,比珠峰还要高两千多米,人们管它叫"上帝的喷灯"。我们站在它巨大的阴影中,感受着它通过大地传来的震动。

地球发动机分为两大类,大一些的叫"山",小一些的叫"峰"。我们登上了"华北794号山"。登"山"比登"峰"花的时间长,因为"峰"是靠巨型电梯上下的,上"山"则要坐汽车沿盘"山"公路走。我们的汽车混在不见首尾的长长车队中,沿着光滑的钢铁公路向上爬行。我们的左边是青色的金属峭壁,右边是万丈深渊。车队由五十吨重巨型自卸卡车组成,车上满载着从太行山上挖下的岩石。汽车很快升到了五千米以上,下面的大地已看不清细节,只能看到地球发动机反射的一片青光。小星老师让我们戴上氧气面罩。随着我们距喷口越来越近,光度和温度都在剧增,面罩的颜色渐渐变深,冷却服中的微型压缩机也大功率地忙碌起来。在六千米处,我们见到了进料口,一车车的大石块倒进那闪着幽幽红光的大洞中,一点声音都没传出来。我问小星老师,地球发动机是如何把岩石做成燃料的?

"重元素聚变是一门很深的学问,现在给你们还讲不明白。你们只需要知道,地球发动机是人类建造的力量最大的机器,比如我们所在的华北794号,全功率运行时能对大地产生一百五十亿吨的推力。"

我们的汽车终于登上了山顶,喷口就在我们头顶上。由于光柱的直径太大,我们现在抬头看到的是一堵发着蓝光的等离子体巨墙,向上伸延到无限高处。这时,我突然想起不久前的一堂哲学课,那个憔悴的老师给我们出了一个谜语:"你在平原上走着走着,突然迎面遇到一堵墙,这墙向上无限高,向下无限深,向左无限远,向右无限远,这墙是什么?"

我打了一个寒战,随后把这个谜语告诉了身边的小星老师。她想了好长一会儿,困惑地摇摇头。我把嘴凑到她耳边,把那个可怕的谜底告诉她:"死亡。"

她默默地看了我几秒钟,突然把我紧紧地抱在怀里。我从她的肩上极目望去,迷蒙的大地上,耸立着一座座金属巨峰,从我们周围一直延伸到地平线。巨峰吐出的光柱,如一片倾斜的宇宙森林,刺破我们摇摇欲坠的天空。

我们很快到达了海边,看到城市摩天大楼的尖顶伸出海面,退潮时,白花花的海水从大楼无数的窗子中流出,形成一道道瀑布⋯⋯刹车时代刚刚结束,其对地球的影响已触目惊心:地球发动机加速造成的潮汐吞没了北半球三分之二的大城市;发动机带来的全球高温融化了极地冰川,更给这大洪水推波助澜,波及南半球。爷爷在三十年前目睹了百米高的巨浪吞没上海的情景,他现在讲这事的时候眼还直勾勾的。事实上,我们的星球还没起程就已面目全非了,谁知道在以后漫长的外太空流浪中,还有多少苦难在等着我们呢?

我们乘上一种叫"船"的古老交通工具,在海面上航行。地球发动机的光柱在后面越来越远,一天以后就完全看不见了。这时,大海处在两片霞光之间——一片是西面地球发动机的光柱产生的青蓝色霞光,一片是东方海平面下的太阳产生的粉红色霞光——它们在海面上的反射使大海也分成了闪耀着两色光芒的两部分,我们的船就行驶在这两部分的分界处,这景色真是奇妙。但随着青蓝色霞光的渐渐减弱和粉红色霞光的渐渐增强,一种不安的气氛在船上弥漫开来。甲板上见不到孩子们了,他们都躲在船舱里不出来,舷窗的帘子也被紧紧拉上。一天后,我们最害怕的时刻终于到来了。我们集合在那间用来做教室的大舱中,小星老师庄严地宣布:"孩子们,我们要去看日出了。"

没有人动。我们目光呆滞,像突然冻住一样僵在那儿。小星老师又催了几次,还是没人动。她的一位男同事说:"我早就提过,环球体验课应该放在近代史课后面,学生在心理上就比较容易适应了。"

"那没什么用的。在近代史课前,他们早就从社会上知道一切了。"小星老师说,她接着对几位班干部说,"你们先走,孩子们,不要怕,我小时候第一次看日出也很紧张的,但看过一次就好了。"

孩子们终于一个个站了起来,朝着舱门挪动脚步。这时,我感到一只湿湿的小手抓住了我的手,回头一看,是灵儿。

"我怕……"她嘤嘤地说。

"我们在电视上也看到过太阳,反正都一样的。"我安慰她说。

"怎么会一样呢,你在电视上看蛇和看真蛇一样吗?"

"……反正我们得上去,要不这门课会扣分的!"

我和灵儿紧紧拉着手,和其他孩子一起战战兢兢地朝甲板走去,去面对我们人生中的第一次日出。

"其实,人类把太阳同恐惧连在一起也只是这三四个世纪的事。这之前,人类是不怕太阳的;相反,太阳在他们眼中是庄严和壮美的。那时地球还在转动,人们每天都能看到日出和日落。他们对着初升的太阳欢呼,赞颂落日的美丽。"小星老师站在船头对我们说。海风吹动着她的长发,在她身后,海天连接处射出几道光芒,好像海面下的一头大得无法想象的怪兽喷出的鼻息。

终于,我们看到了那令人胆寒的火焰。开始只是天水连线上的一个亮点,但很快增大,渐渐显示出了圆弧的形状。这时,我感到自己的喉咙被什么东西掐住了,恐惧使我窒息,脚下的甲板仿佛突然消失,我在向海的深渊坠下去,坠下去……和我一起下坠的还有灵儿,她那蛛丝般柔弱的小身躯紧贴着我颤抖不已。还有其他孩子,其他所有人,整个世界,都在下坠。这时我又想起了那个谜语,我曾问过哲学老师,那堵墙是什么颜色的,他说应该是黑色的。我觉得不对,我想象中的死亡之墙应该是雪亮的,这就是为什么那道等离子体墙让我想起了死亡。这个时代,死亡不再是黑色的,而是闪电的颜色。当那最后的闪电到来时,世界将在瞬间变成蒸汽。

三个多世纪前,天体物理学家就发现太阳内部氢转化为氦的速度突然加快,于是,他们发射了上万枚探测器穿过太阳,最终建立了这颗恒星完整精确的数学模型。巨型计算机对这个模型计算的结果表明,太阳的演化已向主星序外偏移,氦元素的聚变将在很短的时间内传遍整个太阳内部,由此产生一次叫"氦闪"的剧烈爆炸。之后,太阳将变为一颗巨大但暗淡的红巨星,它膨胀到如此之大,地球将在太阳内部运行!事实上,在这之前的氦闪爆发中,我们的星球已被气化了。

这一切将在四百年内发生,现在已过了三百八十年。

太阳的灾变将炸毁和吞没太阳系所有适合居住的类地行星,并使所有类木行星完全改变形态和轨道。自第一次氦闪后,随着重元素在太阳中心的反复聚集,太阳氦闪将在一段时间内反复发生,这"一段时间"是相对于恒星演化来说的,其长度实际上可能是人类历史的上千倍。所以,人类在以后的太阳系中已无法生存下去,唯一的生路是向外太空恒星际移民。而照人类目前的技术力量,全人类移民唯一可行的目标是半人马座比邻星,这是距我们最近的恒星,有四点三光年的路程。在这个问题上,人们已达成共识,争论的焦点在移民方式上。

为了加强教学效果,我们的船在太平洋上折返了两次,又给我们制造了两次日出。现在我们已完全适应了,也相信了南半球那些每天面对太阳的孩子确实能活下去。

以后我们就在太阳下航行了。太阳在空中越升越高,凉爽下来的天气又热了起来。我正在自己的舱里昏昏欲睡,忽然听到外面有喧乱的人声。灵儿推开门,探进头来。

"嗨,飞船派和地球派又打起来了!"

我对这事儿不感兴趣,他们已经打了四个世纪了。但我还是到外面看了看,在那打成一团的几个男孩儿中,一眼就看出了挑起事儿的是阿东。他爸爸是个顽固的飞船派,因参加一次反联合政府的暴动,现在还被关在监狱里。有其父,必有其子。

小星老师和几名粗壮的船员好不容易才拉开架,阿东鼻子血糊糊的,振臂高呼:"把地球派扔到海里去!"

"我也是地球派,也要扔到海里去?"小星老师问。

"地球派都扔到海里去!"阿东毫不示弱。现在,全世界飞船派情绪又呈上升趋势,所以他们也狂起来了。

"为什么这么恨我们?"小星老师问。其他几个飞船派小子接着喊了起来:

"我们不和地球派傻瓜在地球上等死!"

"我们要坐飞船走!飞船万岁!"

……

小星老师按了一下手腕上的全息显示器,我们面前的空中立刻显示出一幅全息图像,孩子们的注意力被它吸引过去,暂时安静下来。那是一个晶莹透明的密封玻璃球,直径大约十厘米,球里有三分之二充满了水,水中有一只小虾、一小枝珊瑚和一些绿色的藻类植物,小虾在水中悠然地游动着。小星老师说:"这是阿东的一件自然课设计作品,小球中除了这几样东西外,还有一些看不见的细菌,它们在密封的玻璃球中相互依赖,相互作用。小虾以海藻为食,从水中摄取氧气,排出含有机物质的粪便和二氧化碳废气。细菌将这些东西分解成无机物质和二氧化碳。然后,海藻利用这些无机物质和二氧化碳在人造阳光的照射下进行光合作用,制造营养物质,进行生长和繁殖,同时放出氧气,供小虾呼吸。这样的生态循环应该能使玻璃球中的生物在只有阳光供应的情况下生生不息。这是我见过的最好的课程设计。我知道,这里面凝聚了阿东和所有飞船派孩子的梦想。这就是你们梦中飞船的缩影啊!阿东告诉我,他按照计算机中严格的数学模型,对球中每一样生物进行了基因设计,使它们的新陈代谢正好达到平衡。他坚信,球中的生命世界会长期存在下去,直到小虾寿命的终点。老师们都很钟爱这件作品。我们把它放到所要求强度的人造阳光下,默默地祝福他创造的这个小小的世界,能像阿东预想的那样长存。但现在,时间只过去了十几天……"

小星老师从随身带来的一个小箱子中小心翼翼地拿出了那个玻璃球。死去的小虾漂浮在水面上,水混浊不堪,腐烂的藻类植物已失去了绿色,变成一团没有生命的毛状物覆盖在珊瑚上。

"这个小世界死了。孩子们,谁能说出为什么?"小星老师把那个死亡的世界举到孩子们面前。

"它太小了!"

"说得对,太小了。小的生态系统,不管多么精确,也是经不起时间的风浪的。飞船派想象中的飞船也一样。"

"我们的飞船可以造得像上海或纽约那么大。"阿东说,声音比刚才低了许多。

"是的,按人类目前的技术最多也只能造这么大。但同地球相比,这样的生态系统还是太小了,太小了。"

"我们会找到新的行星。"

"这连你们自己也不相信。半人马座没有行星,最近的有行星的恒星在八百五十光年以外,目前人类能建造的最快的飞船也只能达到光速的百分之零点五,这样就需十七万年才能到那儿,飞船规模的生态系统连这十分之一的时间都维持不了。孩子们,只有像地球这样规模的生态系统、这样气势磅礴的生态循环,才能使生命万代不息!人类在宇宙间离开了地球,就像婴儿在沙漠里离开了母亲!"

"可……老师,我们来不及了,地球来不及了——它还来不及加速到足够快,航行到足够远,太阳就爆炸了!"

"时间是够的,要相信联合政府!这我说了很多遍。如果你们还不相信,我们就退一万步说:人类将自豪地去死,因为我们尽了最大的努力!"

人类的逃亡分为五步:第一步,用地球发动机使地球停止自转,使发动机喷口对准地球运行的反方向;第二步,全功率开动地球发动机,使地球加速到逃逸速度,飞出太阳系;第三步,在外太空继续加速,飞向比邻星;第四步,在中途使地球重新自转,掉转发动机方向,开始减速;第五步,地球泊入比邻星轨道,成为这颗恒星的行星。人们把这五步分别称为刹车时代、逃逸时代、流浪时代Ⅰ(加速)、流浪时代Ⅱ(减速)、新太阳时代。

整个移民过程将延续两千五百年时间,一百代人。

我们的船继续航行,到了地球黑夜的部分。在这里,阳光和地球发动机的光柱都照不到,在大西洋清凉的海风中,我们这些孩子第一次看到了星空。天啊,那是怎样的景象啊,美得让我们心醉。小星老师一手搂着我们,一手指着星空。看,孩子们,那就是半人马座,那就是比邻星,那就是我们的新家!说完她哭了起来,我们也都跟着哭了,周围的水手和船长,这些铁打的汉子也流下了眼泪。所有的人都用泪眼望着老师指的方向,星空在泪水中扭曲抖动,唯有那颗星星是不动的。它是黑夜大海狂浪中远方陆地的灯塔,是冰雪荒原中快要冻死的孤独旅人前方隐现的火光,是我们心中的太阳,是人类在未来一百代的苦海中唯一的希望和支撑……

在回家的航程中,我们看到了起航的第一个信号:夜空中出现了一颗巨大的彗星,那是月球。人类带不走月球,就在月球上也安装了行星发动机,把它推离地球轨道,以免在地球加速时相撞。月球上行星发动机产生的巨大彗尾使大海笼罩在一片蓝光之中，群星看不见了。月球移动产生的引力潮汐使大海巨浪滔天，我们改乘飞机向南半球的家飞去。

起航的日子终于到了！

我们一下飞机，就被地球发动机的光柱照得睁不开眼，这些光柱比以前亮了几倍，而且所有光柱都由倾斜变成笔直。地球发动机开到了最大功率，加速产生的百米巨浪轰鸣着扑上每个大陆，灼热的飓风夹着滚烫的水沫，在林立的顶天立地的等离子光柱间疯狂呼啸，拔起了陆地上所有的大树……这时从宇宙空间看，我们的星球也成了一颗巨大的彗星，蓝色的彗尾刺破了黑暗的太空。

地球上路了，人类上路了。

就在起航时，爷爷去世了，他身上的烫伤已经感染。弥留之际，他反复念叨着一句话："啊，地球，我的流浪地球啊……"

逃逸时代

学校要搬入地下城了，我们是第一批入城的居民。校车钻进了一个高大的隧洞，隧洞呈不大的坡度向地下延伸。走了有半个钟头，我们被告之已入城了，可车窗外哪有城市的样子？只看到不断掠过的错综复杂的支洞和洞壁上无数的密封门，在高高洞顶的一排泛光灯下，一切都呈单调的金属蓝色。想到后半生的大部分时光都要在这个世界中度过，我们不禁黯然神伤。

"原始人就住洞里，我们又住洞里了。"灵儿低声说，这话还是让小星老师听见了。

"没有办法的,孩子们,地面的环境很快就要变得很可怕很可怕。那时,冷的时候,吐一口唾沫,还没掉到地上呢,就冻成小冰块儿了;热的时候,再吐一口唾沫,还没掉到地上,就变成蒸汽了!"

"冷我知道,因为地球离太阳越来越远了。可为什么还会热呢?"同车的一个低年级的小娃娃问。

"笨,没学过变轨加速吗?"我没好气地说。

"没有。"

灵儿耐心地解释起来,好像是为了缓解刚才的悲伤,"是这样,跟你想的不同,地球发动机没那么大劲儿,它只能给地球很小的加速度,不能把地球一下子推出绕日轨道。在地球离开太阳前,还要绕着它转十五个圈儿呢!在这期间,地球会慢慢加速。现在,地球绕太阳转着一个挺圆的圈儿,可它的速度越快呢,这圈儿就越扁,越快越扁,越快越扁……所以后来,地球有时会离太阳很远很远,当然冷了……"

"可……还是不对!地球到最远的地方是很冷,可在扁圈的另一头儿,它离太阳——嗯,我想想,按轨道动力学,它离太阳还是现在这么近啊,怎么会更热呢?"

真是个小天才,记忆遗传技术使这样的小娃娃具备了成人的智力水平,这是人类的幸运,否则,像地球发动机这样连神都不敢想的奇迹,是不会在四个世纪内变成现实的。

我说:"还有地球发动机呢,小傻瓜。现在,一万多台那样的大喷灯全功率开动,地球就成了火箭喷口的护圈了……你们安静点吧,我心里烦!"

我们就这样开始了地下的生活,像这样在地下五百米处人口超过百万的城市遍布各个大陆。在这样的地下城中,我读完小学并升入中学。学校教育都集中在理工科,艺术和哲学之类的教育被压缩到最少——人类没有这份闲心了。这是人类最忙的时代,每个人都有做不完的工作。很有意思的是,地球上所有的宗教在一夜之间消失得无影无踪。人们现在终于明白,就算真有上帝,他也是个王八蛋。历史课还是有的,只是课本中前太阳时代的人类历史在我们听来就像伊甸园中的神话一样。

父亲是空军的一名近地轨道宇航员,在家的时间很少。记得在变轨加速的第五年,在地球处于远日点时,我们全家到海边去过一次。运行到远日点顶端那一天,是一个如同新年或圣诞节一样的节日,因为这时地球距太阳最远,人们都有一种虚幻的安全感。像以前到地面上去一样,我们必须穿上带有核电池的全密封加热服。外面,地球发动机林立的刺目光柱是主要能看见的东西,地面世界的其他部分都淹没于光柱的强光中,看不出变化。我们乘飞行汽车飞了很长时间,到了光柱照不到的地方,到了能看见太阳的海边。这时的太阳只有棒球大小,一动不动地悬在天边,它的光芒只在自己的周围映出了一圈晨曦似的亮影。天空呈暗暗的深蓝色,星星仍清晰可见。举目望去,哪有海啊,眼前是一片白茫茫的冰原。在这封冻的大海上,有大群狂欢的人。焰火在暗蓝色的空中绽放,冰冻海面上的人们以一种反常的情绪狂欢着,到处都是喝醉了在冰上打滚儿的人,更多的人在声嘶力竭地唱着不同的歌,都想用自己的声音压住别人。

"每个人都在不顾一切地过自己想过的生活,这也没有什么不好。"爸爸突然想起了一件事,"呵,忘了告诉你们,我爱上了黎星,我要离开你们和她在一起。"

"她是谁?"妈妈平静地问。

"我的小学老师。"我替爸爸回答。我升入中学已两年,不知道爸爸和小星老师是怎么认识的,也许是在两年前那个毕业仪式上?

"那你去吧。"妈妈说。

"过一阵子我肯定会厌倦,那时我就回来,你看呢?"

"你要愿意当然行。"妈妈的声音像冰冻的海面一样平,但很快激动起来,"啊,这一颗真漂亮,里面一定有全息散射体!"她指着刚在空中绽放的一朵焰火,真诚地赞美着。

在这个时代,人们看四个世纪以前的电影和小说时都莫名其妙。他们不明白,前太阳时代的人怎么会在不关生死的事情上倾注那么多的感情。当看到男女主人公为爱情而痛苦或哭泣时,他们的惊奇是难以言表的。在这个时代,死亡的威胁和逃生的欲望压倒了一切。除了当前太阳的状态和地球的位置,没有什么能真正引起他们的注意并打动他们了。这种注意力高度集中的关注,渐渐从本质上改变了人类的心理状态和精神生活。对于爱情这类东西,他们只是用余光瞥一下而已,就像赌徒在盯着轮盘的间隙抓住几秒钟喝口水一样。

过了两个月,爸爸真从小星老师那儿回来了,妈妈没有高兴,也没有不高兴。

爸爸对我说:"黎星对你印象很好,她说你是一个有创造力的学生。"

妈妈一脸茫然,"她是谁?"

"小星老师嘛,我的小学老师,爸爸这两个月就是同她在一起的!"

"哦,想起来了!"妈妈摇头笑了,"我还不到四十,记忆力就成了这个样子。"她抬头看看天花板上的全息星空,又看看四壁的全息森林,"你回来挺好,把这些图像换换吧,我和孩子都看腻了,但我们都不会调整这玩意儿。"

地球再次向太阳跌去的时候,我们全家已经把爸爸和小星老师的事忘了。

有一天,新闻报道海在融化,于是我们全家又到海边去。地球正在通过火星轨道,按照这时太阳的光照量,地球的气温应该仍然是很低的,但由于地球发动机的影响,地面的气温正适宜。能不穿加热服或冷却服去地面,那感觉真令人愉快。地球发动机所在的半球天空还是老样子,但到达另一个半球时,真正感到了太阳的临近:天空是明朗的纯蓝色,太阳在空中已同起航前一样明亮了。可我们从空中看到海并没融化,还是一片白色的冰原。当我们失望地走出飞行汽车时,听到惊天动地的隆隆声,那声音仿佛来自这颗星球的最深处,真像地球要爆炸一样。

"这是大海的声音!"爸爸说,"因为气温骤升,厚厚的冰层受热不均匀,这很像陆地上的地震。"

突然,一声雷霆般尖厉的巨响插进这低沉的隆隆声中,我们后面看海的人群欢呼起来。我看到海面上裂开一道长缝,其开裂速度之快如同广阔的冰原上突然出现的一道黑色闪电。接着在不断的巨响中,这样的裂缝一条接一条地在海冰上出现,海水从所有的裂缝中喷出,在冰原上形成一条条迅速扩散的急流……

回家的路上,我们看到荒芜已久的大地上,野草在大片大片地钻出地面,各种花朵竞相怒放,嫩叶给枯死的森林披上绿装……所有的生命都在抓紧时间焕发活力。

随着地球和太阳的距离越来越近,人们的心也一天天揪紧了。到地面上来欣赏春色的人越来越少,大部分人都深深地躲进了地下城中。他们这不是为了躲避即将到来的酷热、暴雨和飓风,而是躲避那对越来越近的太阳的恐惧。有一天,在我睡下后,听到妈妈低声对爸爸说:"可能真的来不及了。"

爸爸说:"前四个近日点时也有这种谣言。"

"可这次是真的,我是从钱德勒博士夫人口中听说的,她丈夫是航行委员会的那个天文学家,你们都知道他的。他亲口告诉她,已观测到氦的聚集在加速。"

"你听着,亲爱的,我们必须抱有希望,这并不是因为希望真的存在,而是因为我们要做高贵的人。在前太阳时代,做一个高贵的人必须拥有金钱、权力或才能,而在今天,你只需要拥有希望。希望是这个时代的黄金和宝石,不管活多长,我们都要拥有它!明天把这话告诉孩子。"

和所有的人一样,我也随着近日点的到来而心神不定。有一天放学后,我不知不觉走到了城市中心广场,在广场中央有喷泉的圆形水池边呆立着,时而低头看着蓝莹莹的池水,时而抬头望着广场圆形穹顶上梦幻般的光波纹,那是池水反射上去的。这时我看到了灵儿,她拿着一个小瓶子和一根小管儿,在吹肥皂泡。每吹出一串,她都呆呆地盯着空中飘浮的泡泡,看着它们一个个消失,然后再吹出一串……

"都这么大了还干这个,好玩吗?"我走过去问她。

灵儿见了我喜出望外,"我俩去旅行吧!"

"旅行?去哪儿?"

"当然是地面啦！"她挥手在空中划了一下，用手腕上的计算机甩出一幅全息景象，显示出一片落日下的海滩。微风吹拂着棕榈树，白浪拍打着金黄的沙滩，一对对情侣在铺满碎金的海面前相依相偎。"这是梦娜和大刚发回来的，他俩现在还满世界转呢，他们说外面现在还不太热，外面可好呢，我们去吧！"

"他们因为旷课刚被学校开除了。"

"哼，你根本不是怕这个，你是怕太阳！"

"你不怕吗？别忘了你因为怕太阳还看过精神病医生呢。"

"可我现在不一样了，我受到了启示！你看，"灵儿用小管儿吹出了一串肥皂泡，"盯着它看！"她用手指着一个肥皂泡说。

我盯着那个泡泡，看到它表面上光和色的狂澜，那狂澜以人的感觉无法把握的复杂和精细在涌动，好像那个泡泡知道自己生命短暂，所以要疯狂地把浩如烟海的记忆中的无数梦幻和传奇向世界演绎。很快，光和色的狂澜在一次无声的爆炸中消失了。我看到了一小片似有似无的水汽，这水汽也只存在了半秒钟，然后什么都没有了，好像什么都没有存在过。

"看到了吗？地球就是宇宙中的一个小水泡，啪一下，什么都没了，有什么好怕的呢？"

"不是这样的，据计算，在氦闪发生时，地球被完全蒸发掉至少需要一百个小时。"

"这就是最可怕之处了！"灵儿大叫起来，"我们在这地下五百米，就像馅饼里的肉馅一样，先给慢慢烤熟了，再蒸发掉！"

一阵冷战传遍我的全身。

"但在地面就不一样了，那里的一切瞬间被蒸发，地面上的人就像那泡泡一样，啪一下……所以，氦闪时还是在地面上为好。"

不知为什么,我没同她去,她就同阿东去了,我以后再也没见到他们。

氦闪并没有发生,地球高速掠过了近日点,第六次向远日点升去,人们绷紧的神经松弛下来。由于地球自转已停止,在绕日轨道的这一侧,亚洲大陆上的地球发动机面朝地球的运行方向,所以在通过近日点前都停了下来,只是偶尔做一些调整姿态的运行,我们这儿处于宁静而漫长的黑夜之中。美洲大陆上的发动机则全功率运行,那里成了火箭喷口的护圈。由于太阳这时正悬挂在西半球,那儿的高温更是可怕,草木生烟。

地球的变轨加速就这样年复一年地进行着。每当地球向远日点升去时,人们的心也随着地球与太阳距离的日益拉长而放松;而当它在新的一年向太阳跌去时,人们的心就一天天紧缩起来。每次到达近日点,社会上就谣言四起,说太阳氦闪就要在这时发生。直到地球再次升向远日点,人们的恐惧才随着天空中渐渐变小的太阳平息下来,但下一次恐惧又在酝酿……人类的精神像在荡着一个宇宙秋千,更恰当地说,在经历着一场宇宙俄罗斯轮盘赌——升上远日点和跌向太阳的过程是在转动弹仓,掠过近日点时则是扣动扳机!每扣一次时的神经比上一次更紧张。我就是在这种交替的恐惧中度过了自己的少年时代。其实仔细想想,即使在远日点,地球也未脱离太阳氦闪的威力圈,如果那时太阳氦闪爆发,地球不是被气化而是被慢慢液化,那种结果还真不如在近日点。

在逃逸时代,大灾难接踵而至。

由于地球发动机产生的加速度及运行轨道的改变,地核中铁镍核心的平衡被扰动，其影响穿过古腾堡不连续面，波及地幔。各个大陆地热逸出，火山爆发，这对于人类的地下城市是致命的威胁。从第六次变轨周期后，在各大陆的地下城中，岩浆渗入灾难频繁发生。

那天警报响起来的时候，我正走在放学回家的路上，听到市政厅的广播："F112市全体市民注意，城市北部屏障已被地应力破坏，岩浆渗入！岩浆渗入！现在岩浆流已到达第四街区！公路出口被封死，全体市民到中心广场集合，通过升降梯向地面撤离。注意，撤离时按《危急法》第五条行事。强调一遍，撤离时按《危急法》第五条行事！"

我环视了一下四周迷宫般的通道，地下城现在看上去并没有什么异常。但我知道现在的危险：只有两条通向外部的地下公路，其中一条去年因加固屏障的需要已被堵死，如果剩下的这条也堵死了，就只有通过经竖井直通地面的升降梯逃命了。升降梯的载运量很小，要把这座城市的三十六万人运出去需要很长时间，但也没有必要去争夺生存的机会，联合政府的《危急法》把一切都安排好了。

古代曾有过一个伦理学问题：当洪水到来时，如果一次只能救走一个人，是去救父亲呢，还是去救儿子？在这个时代的人看来，这个问题很不可理解。

当我到达中心广场时，看到人们已按年龄排起了长队。最靠近电梯口的是由机器人保育员抱着的婴儿，然后是幼儿园的孩子，再往后是小学生……我排在队伍靠前的部分。爸爸现在在近地轨道值班，城里只有我和妈妈。我现在看不到妈妈，就顺着长长的队伍跑，没跑多远就被士兵拦住了。我知道她在最后一段,因为这座城市是学校集中地,家庭很少,她已经算年纪大的那批人了。

长队以让人心里着火的慢速度向前移动。三个小时后,轮到我跨进升降梯时,心里一点都不轻松,因为这时在妈妈和生存之间,还隔着两万多名大学生呢!而我已闻到了浓烈的硫黄味……

我到地面两个半小时后,岩浆就在五百米深的地下吞没了整座城市。我心如刀绞地想象着妈妈最后的时刻:她同没能撤出的一万八千人一起,看着岩浆涌进市中心广场。那时已经停电,整个地下城只有岩浆那可怕的暗红色光芒。广场那高大的白色穹顶在高温中渐渐变黑,所有的遇难者可能还没接触到岩浆,就被这上千度的高温夺去了生命。

但生活还在继续。在这残酷可怕的现实中,爱情仍不时闪现出迷人的火花。为了缓解人们的紧张情绪,在第十二次到达远日点时,联合政府居然恢复了中断达两个世纪的奥运会。我作为一名机动雪橇拉力赛选手参加了奥运会,驾驶机动雪橇,从上海出发,沿冰面横穿封冻的太平洋,再横穿美洲大陆,到达终点纽约。

发令枪响过之后,上百只雪橇在冰冻的海洋上以每小时二百公里左右的速度出发了。开始还有几只雪橇相伴,但两天后,它们或前或后,都消失在地平线之外。这时,背后地球发动机的光芒已经看不到了,我正处于地球最黑暗的部分。在我眼中,世界就是由广阔的星空和向四面无限延伸的冰原组成的,这冰原似乎一直延伸到宇宙的尽头,或者它本身就是宇宙的尽头。而在无限的星空和无限的冰原组成的宇宙中,只有我一个人!雪崩般的孤独感压倒了我,我想哭。我拼命地赶路,名次已无关紧要,只是为了在这可怕的孤独感杀死我之前尽早地摆脱它,而那想象中的彼岸似乎根本就不存在。

就在这时,我看到天边出现了一个人影。近了些后,我发现那是一个姑娘,正站在她的雪橇旁,长发在冰原上的寒风中飘动。你知道这时遇见一个姑娘意味着什么——我们的后半生由此决定了。她是日本人,叫山彬加代子。女子组比我们先出发十二个小时,她的雪橇卡在冰缝中,把一根滑杆卡断了。我一边帮她修雪橇,一边把自己刚才的感觉告诉她。

"您说得太对了,我也是那样的感觉!是的,好像整个宇宙中就只有你一个人!知道吗?我看到您从远方出现时,就像看到太阳升起一样呢!"

"那你为什么不叫救援飞机?"

"这是一场体现人类精神的比赛。要知道,流浪地球在宇宙中是叫不到救援的!"她挥动着小拳头,以日本人特有的执着说。

"不过现在总得叫了,我们都没有备用滑杆,你的雪橇修不好了。"

"那我坐您的雪橇一起走好吗?如果您不在意名次的话。"

我当然不在意,于是,我和加代子一起在冰冻的太平洋上走完了剩下的漫长路程。经过夏威夷后,我们看到了天边的曙光。在被那个小小的太阳照亮的无际冰原上,我们向联合政府的民政部发去了结婚申请。

当我们到达纽约时,这个项目的裁判们早等得不耐烦,收摊走了。但有一个民政局的官员在等我们,他向我们致以新婚的祝贺,然后开始履行职责:他挥手在空中画出一个全息图像,上面整齐地排列着几万个圆点,代表这几天全世界有几万对男女向联合政府申请结婚。由于环境的严酷,法律规定每三对新婚配偶中只有一对有生育权,抽签决定。加代子对着半空中那几万个点犹豫了半天,点了中间的一个。当那个点变为绿色时,她高兴得跳了起来。但我的心中却不知是什么滋味。我的孩子出生在这个苦难的时代,是幸运还是不幸呢?那个官员倒是兴高采烈,他说每当一对儿"点绿"的时候,他都十分高兴。他拿出了一瓶伏特加,我们三个轮着一人一口地喝,为人类的延续干杯。我们身后,遥远的太阳用它微弱的光芒给自由女神像镀上了一层金辉。对面,是已无人居住的曼哈顿的摩天大楼群,微弱的阳光把它们的影子长长地投在纽约港寂静的冰面上。醉意蒙眬的我,眼泪涌了出来。

地球,我的流浪地球啊!

分手前,官员递给我们一串钥匙,醉醺醺地说:"这是你们在亚洲分到的房子,回家吧。哦,家多好啊!"

"有什么好的?"我漠然地说,"亚洲的地下城充满危险,这你们在西半球当然体会不到。"

"我们马上也有你们体会不到的危险了,地球又要穿过小行星带,这次是西半球对着运行方向。"

"上几个变轨周期也经过小行星带,不是没什么大事吗?"

"那只是擦着小行星带的边缘走,太空舰队当然能应付,他们可以用激光和核弹把地球航线上的那些小石块都清除掉。但这次……你们没看新闻?这次地球要从小行星带正中穿过去!舰队要对付的是那些大石块,唉……"

在回亚洲的飞机上,加代子问我:"那些石块很大吗?"

我父亲现在就在太空舰队干那种工作,所以尽管政府为了避免惊慌照例封锁消息,我还是知道一些情况。我告诉加代子,那些石块大得像一座大山,五千万吨级的热核炸弹只能在上面打出一个小坑。"他们就要使用人类手中威力最大的武器了!"我神秘地告诉加代子。

"你是说反物质炸弹?"

"还能是什么?"

"太空舰队的巡航距离是多远?"

"现在他们力量有限,我爸说只有一百五十万公里左右。"

"啊,那我们能看到了!"

"最好别看。"

加代子还是看了,而且是没戴护目镜看的。反物质炸弹的第一次闪光是在我们起飞不久后从太空传来的,那时加代子正在欣赏飞机舷窗外空中的星星,这使她的双眼失明了一个多小时,以后的一个多月眼睛都红肿流泪。那真是让人心惊肉跳的时刻,反物质炮弹不断地击中小行星,强光在漆黑的太空中此起彼伏地闪现,仿佛宇宙中有一群巨人围着地球用闪光灯疯狂拍照似的。

半小时后,我们看到了火流星,它们拖着长长的火尾划破长空,给人一种恐怖的美感。火流星越来越多,在空中划过的距离越来越长。突然,机身在一声巨响中震颤了一下,紧接着又是连续的巨响和震颤。加代子惊叫着扑到我怀中,她显然以为飞机被流星击中了,这时舱里响起了机长的声音。

"请各位乘客不要惊慌,这是流星冲破音障产生的超音速爆音。请大家戴上耳机,否则您的听力会受到永久性损害。由于飞行安全已无法保证,我们将在夏威夷紧急降落。"

这时我盯住了一颗火流星,那个火球比别的大出许多,我不相信它能在大气中烧完。果然,那火球疾驰过大半个天空,越来越小,但还是坠入了冰海。我从万米高空看到,海面被击中的位置出现了一个小白点,那白点立刻扩散成一个白色的圆圈,圆圈迅速在海面扩大。

"那是浪吗?"加代子颤着声儿问我。

"是浪,上百米的浪。不过海封冻了,冰面会很快使它衰减的。"我自我安慰地说,不再看下面。

我们很快在檀香山降落,由当地政府安排去地下城。我们的汽车沿着海岸走,天空中布满了火流星,那些红发恶魔好像是从太空中的某一个点同时迸发出来的。一颗流星在距海岸不远处击中了海面,没有看到水柱,但水蒸气形成的白色蘑菇云高高地升起。涌浪从冰层下传到岸边,厚厚的冰层轰隆隆地破碎了,冰面显出了浪的形状,好像有一群柔软的巨兽在冰下排着队游过。

"这颗流星有多大?"我问那位来接应我们的官员。

"不超过五公斤,不会比你的脑袋大吧。不过刚接到通知,在北方八百公里外的海面上,刚落下一颗二十吨左右的。"

这时他手腕上的通信机响了,他看了一眼后对司机说:"来不及到204号门了,就近找个入口吧!"

汽车拐了个弯,在一个地下城入口前停了下来。我们下车后,看到入口处有几个士兵,他们都一动不动地盯着远方,眼里充满了恐惧。我们顺着他们的目光看去,在天海连线处,我们看到一道黑色的屏障,乍一看好像是天边低低的云层,但那"云层"的高度太整齐了,像一堵横在天边的长墙,再仔细看,墙头还镶着一线白边。

"那是什么呀?"加代子怯生生地问一个军官,得到的回答让我们毛发直竖。

"浪。"

地下城高大的铁门隆隆地关上。约莫过了十分钟,我们听到从地面传来低沉的声音,咕噜噜的,像一个巨人在地面打滚。我们面面相觑,大家都知道,百米高的巨浪正在滚过夏威夷,也将滚过各个大陆。但另一种震动更吓人,仿佛有一只巨拳从太空中不断地击打地球。在地下,这震动并不大,只能隐约感到,但每一次震动都直达我们灵魂深处。这是流星在不断地击中地面。

我们的星球所遭到的残酷轰炸断断续续持续了一个星期。

当我们走出地下城时,加代子惊叫:"天啊,天怎么是这样的?!"

天空是灰色的,这是因为高层大气弥漫着小行星撞击陆地时产生的灰尘,星星和太阳都消失在这无际的灰色中,仿佛整个宇宙在下着一场大雾。地面上,滔天巨浪留下的海水还没来得及退去就封冻了,城市幸存的高楼形单影只地立在冰面上,挂着长长的冰凌柱。冰面上落了一层撞击尘,于是这个世界只剩下一种颜色——灰色。

我和加代子继续回亚洲的旅行。在飞机越过早已无意义的国际日期变更线时,我们见到了人类所见过的最黑的黑夜。飞机仿佛潜行在墨汁的海洋中。我们看着机舱外那没有一丝光线的世界,心情也黯淡到了极点。

"什么时候到头呢?"加代子喃喃地说。我不知道她指的是这段旅程,还是这充满苦难和灾难的生活,我现在觉得两者都没有尽头。是啊,即使地球航出了氦闪的威力圈,我们得以逃生,又怎么样呢?我们只是那漫长阶梯的最下一级,当我们的一百代孙爬上阶梯的顶端,见到新生活的光明时,我们的骨头都变成灰了。我不敢想象未来的苦难和艰辛,更不敢想象要带着爱人和孩子走过这条看不到头的泥泞路。我累了,实在走不动了……就在我被悲伤和绝望窒息的时候,机舱里响起了一声女人的惊叫:"啊!不!不能,亲爱的!"

我循声看去,见那个女人正从旁边的一个男人手中夺下一把手枪,他刚才显然想把枪口凑到自己的太阳穴上。这人很瘦弱,目光呆滞地看着前方无限远处。女人把头埋在他膝上,嘤嘤地哭了起来。

"安静。"男人冷冷地说。

哭声消失了,只有飞机发动机的嗡嗡声在轻响,像不变的哀乐。在我的感觉中,飞机已粘在这巨大的黑暗中,一动不动;而整个宇宙,除了黑暗和飞机,什么都没有了。加代子紧紧钻在我怀里,浑身冰凉。

突然,机舱前部一阵骚动,有人在兴奋地低语。我向窗外看去,发现飞机前方出现了一片朦胧的光亮,那光亮是蓝色的,没有形状,十分均匀地出现在前方弥漫着撞击尘埃的夜空中。

那是地球发动机的光芒。

西半球的地球发动机已被陨石击毁了三分之一,但损失比起航前预测的要少。东半球的地球发动机由于背向撞击面,完好无损。从功率上来说,它们是能使地球完成逃逸航行的。

在我眼中,前方朦胧的蓝光,如同从深海漫长上浮后看到的海面的亮光。我的呼吸又顺畅起来。

我又听到那个女人的声音:"亲爱的,痛苦呀恐惧呀这些东西,也只有在活着时才能感觉到。死了,死了什么也没有了,那边只有黑暗,还是活着好。你说呢?"

那瘦弱的男人没有回答,他盯着前方的蓝光,眼泪流了下来。我知道他能活下去了。只要那代表希望的蓝光还亮着,我们就都能活下去,我又想起了父亲关于希望的那些话。

下了飞机,我和加代子没有去我们在地下城中的新家,而是到设在地面的太空舰队基地去找父亲。但在基地,我只见到了追授给他的一枚冰冷的勋章。这勋章是一名空军少将给我的,他告诉我,在清除地球航线上的小行星的行动中,一块被反物质炸弹炸出的小行星碎片击中了父亲的单座微型飞船。

"当时那个石块和飞船的相对速度有每秒一百公里,撞击使飞船座舱瞬间气化了,他没有一点痛苦,我向您保证,没有一点痛苦。"将军说。

当地球又向太阳跌回去的时候,我和加代子又到地面上来看春天,但没有看到。世界仍是一片灰色。阴暗的天空下,大地上分布着由残留海水形成的一个个冰冻湖泊,见不到一点绿色。大气中的撞击尘埃挡住了阳光,使气温难以回升。甚至到了近日点,海洋和大地也没有解冻,太阳只是一片朦胧的光晕,仿佛是撞击尘埃后面的幽灵。

三年以后,空中的撞击尘埃才有所消散,人类终于最后一次通过近日点,向远日点升去。在这个近日点,东半球的人有幸目睹了地球历史上最快的一次日出和日落。太阳从海平面上一跃而起,迅速划过长空,大地上万物的影子快速地变换着角度,仿佛是无数根钟表的秒针。这也是地球上最短的一个白天,只有不到一个小时。当太阳没入地平线,黑暗再度降临大地时,我感到一阵伤感。这转瞬即逝的一天,仿佛是对地球在太阳系四十五亿年进化史的一个短暂总结。直到宇宙末日,地球也不会再回来了。

"天黑了。"加代子忧伤地说。

"最长的一夜。"我说。东半球的这一夜将延续两千五百年,一百代人后,半人马座的曙光才能再次照亮这片大陆。西半球也将面临最长的白天,但比这里的黑夜要短得多。在那里,太阳将很快升到天顶,然后一直静止在那个位置上,渐渐变小。在半个世纪内,它就会融入星群难以分辨了。

按照预定的航线,地球升向与木星的会合点。航行委员会的计划是:地球第十五圈的公转轨道是如此之扁,以至于它的远日点会到达木星轨道,地球将与木星在几乎相撞的距离上擦身而过。在木星巨大引力的拉动下,地球将最终达到逃逸速度。

离开近日点后两个月,就能用肉眼看到木星了。它开始只是一个模糊的光点,但很快显出圆盘的形状。又过了一个月,木星在地球上空已有满月大小,呈暗红色,能隐约看到上面的条纹。这时,十五年来一直垂直的地球发动机光柱中有一些开始摆动,地球在做会合前最后的姿态调整。木星渐渐沉到了地平线下。以后的三个多月,木星一直处在地球的另一面,我们看不到它,但知道两颗行星正在交会之中。

有一天我们突然被告知东半球也能看到木星了,于是人们纷纷从地下城中来到地面。我走出城市的密封门来到地面,发现开了十五年的地球发动机已经全部关闭了。我再次看到了星空,这表明同木星最后的交会正在进行。人们都在紧张地盯着西方的地平线。地平线上出现了一片暗红色的光,那光区渐渐扩大,伸延到整个地平线的宽度。我现在发现,那暗红色的区域上方同漆黑的星空有一道整齐的边界,那边界呈弧形,从地平线的一端跨到了另一端,在缓缓升起,巨弧下的天空都变成了暗红色,仿佛一块同星空一样大小的暗红色幕布逐渐把地球同整个宇宙隔开。当我回过神来时,不由倒吸一口冷气,那暗红色的幕布就是木星!我早就知道木星的体积是地球的一千三百倍,现在才真正感觉到它的巨大。这宇宙巨怪在整个地平线上升起时引发的恐惧和压抑是难以用语言描述的。一名记者后来写道:"不知是我身处噩梦中,还是这整个宇宙都是造物主巨大而变态的头脑中的噩梦!"木星恐怖地上升着,渐渐占据了半个天空。这时,我们可以清楚地看到它云层中的风暴,那风暴把云层搅动成让人迷茫的混乱线条。我知道,那厚厚的云层下是沸腾的液氢和液氦的大洋。著名的大红斑出现了,这个在木星表面维持了几十万年的大旋涡大得可以吞下整整三个地球。这时木星已占满了整个天空,地球仿佛是浮在木星沸腾的暗红色云海上的一只气球!而木星的大红斑就处在天空正中,如一只红色的巨眼盯着我们的世界,大地笼罩在它那阴森的红光中……谁都无法相信小小的地球能逃出这巨大怪物的引力场。从地面上看,地球甚至连成为木星的卫星都不可能。我们似乎就要掉进那无边云海覆盖着的地狱中去了!但领航工程师的计算是精确的。暗红色的迷乱的天空继续缓缓移动,不知过了多长时间,西

45

方的天边露出了黑色的一角,那黑色迅速扩大,其中有星星在闪烁——地球正在冲出木星的引力魔掌。这时警报尖叫起来,木星产生的引力潮汐正在向内陆推进。后来得知,百多米高的巨浪再次横扫了整个大陆。在跑进地下城的密封门时,我最后看了一眼仍占据半个天空的木星,发现木星的云海中有一道明显的划痕。后来知道,那是地球引力作用在木星表面留下的痕迹——我们的星球也在木星表面拉起了如山的液氢和液氦的巨浪。这时,木星巨大的引力正在把地球加速甩向外太空。

离开木星时,地球已达到了逃逸速度,它不再需要返回潜藏着死亡的太阳系,而是向广漠的外太空飞去。漫长的流浪时代开始了。

就在木星暗红色的阴影下,我的儿子在地层深处出生了。

叛　乱

离开木星后,亚洲大陆上一万多台地球发动机再次全功率开动。这一次,它们要不停地运行五百年,不停地加速地球。这五百年中,发动机将把亚洲大陆上一半的山脉当作燃料消耗掉。

从四个多世纪死亡的恐惧中解脱出来,人们长出了一口气。但预料中的狂欢并没有出现,接下来发生的事情出乎所有人的想象。

在地下城的庆祝集会后,我一个人穿上密封服来到地面。童年时熟悉的群山已被超级挖掘机夷为平地,大地上只有裸露的岩石和坚硬的冻土,冻土上到处是白色的斑块,那是大海潮留下的盐渍。面前那座爷爷和爸爸度过了一生的曾有千万人口的大城市现在已是一片废墟,钢筋外露的高楼残骸在地球发动机光柱的蓝光中拖着长长的影子,好像是史前巨兽的化石……一次次的洪水和小行星的撞击已摧毁了地面上的一切,各大陆上的城市和植被都荡然无存,地球表面已变成火星一样的荒漠。

这一段时间,加代子心神不定。她常常扔下孩子不管,一个人开着飞行汽车出去旅行,回来后,只是说她去了西半球。最后,她拉我一起去了。

我们的飞行汽车以四倍音速飞行了两个小时,终于能够看到太阳了。它刚刚升出太平洋,看上去只有棒球大小,给冰封的洋面投下一片微弱的、冷冷的光芒。加代子把飞行汽车悬停在五千米的空中,然后从后面拿出了一个长长的东西。去掉封套后,我看到那是一架天文望远镜,业余爱好者用的那种。加代子打开车窗,把望远镜对准太阳,让我看。

从有色镜片中,我看到了放大几百倍的太阳,我甚至清楚地看到太阳表面缓缓移动的明暗斑点,还有日球边缘隐隐约约的日珥。

加代子把望远镜同车内的计算机联起来,记录下一幅太阳影像。然后,她又调出了另一幅太阳图像,说:"这是四个世纪前的太阳图像。"接着,计算机对两幅图像进行比较。

"看到了吗?"加代子指着屏幕说,"它们的光度、像素排列、像素概率、层次统计等参数都完全一样!"

我摇摇头说:"这能说明什么?一架玩具望远镜,一个低级图像处理程序,加上你这个无知的外行……别自寻烦恼了,别信那些谣言!"

"你是个白痴。"她说着,收回望远镜,把飞行汽车向回开去。这时,在我们的上方和下方,我又远远地看到了几辆飞行汽车,同我们刚才一样悬在空中,从每辆车的车窗中都伸出一架望远镜对着太阳。

以后的几个月中,一个可怕的说法像野火一样在全世界蔓延。越来越多的人自发地用更大型、更精密的仪器观测太阳。后来,一个民间组织向太阳发射了一组探测器,它们在三个月后穿过日球。探测器发回的数据最后证实了那个传言。

同四个世纪前相比,太阳没有任何变化。

现在,各大陆的地下城已成了一座座骚动的火山,随时可能喷发。一天,按照联合政府的法令,我和加代子把儿子送进了养育中心。回家的路上,我俩都感到维系我们关系的唯一纽带已不复存在了。走到市中心广场,我们看到有人在演讲,另一些人在演讲者周围向市民分发武器。

"公民们!地球被出卖了!人类被出卖了!文明被出卖了!我们都是一个超级骗局的牺牲品!这个骗局之巨大之可怕,上帝都会为之休克!太阳还是原来的太阳,它不会爆发,过去现在将来都不会,它是永恒的象征!爆发的是联合政府中那些人阴险的野心!他们编造了这一切,只是为了建立他们的独裁帝国!他们毁了地球!他们毁了人类文明!公民们,有良知的公民们!拿起武器,拯救我们的星球!拯救人类文明!我们要推翻联合政府,控制地球发动机,把我们的星球从这寒冷的外太空开回原来的轨道!开回到我们的太阳温暖的怀抱!"

加代子默默地走上前去,从分发武器的人手中接过一支冲锋枪,加入拿到武器的市民的队列中。她没有回头,同那支庞大的队列一起消失在地下城的迷雾里。我呆呆地站在那儿,手在衣袋中紧紧攥着父亲用生命和忠诚换来的那枚勋章,它的边角把我的手扎出了血……

三天后,叛乱在各个大陆同时爆发了。

叛军所到之处,人民群起响应。到现在,很少有人不怀疑自己受骗了。但我加入了联合政府的军队,这并非出于对政府的信任,而是因为我三代前辈都有过军旅生涯,他们在我心中种下了忠诚的种子,不论在什么情况下,背叛联合政府对我来说都是一件不可想象的事。

美洲、非洲、大洋洲和南极洲相继沦陷,联合政府收缩防线,死守地球发动机所在的东亚和中亚。叛军很快包围了这里。他们对政府军占有压倒性优势,之所以在相当长一段时间里没有取得进展,完全是由于地球发动机。叛军不想毁掉地球发动机,所以在这一广阔的战区没有使用重武器,联合政府得以苟延残喘。双方这样相持了三个月后,联合政府的十二个集团军相继倒戈,中亚和东亚防线全线崩溃。两个月后,大势已去的联合政府连同不到十万军队在靠近海岸的地球发动机控制中心陷入重围。

我就是这残存军队中的一名少校。控制中心有一座中等城市大小,它的中心是地球驾驶室。我拖着一条被激光束烧焦的手臂,躺在控制中心的伤兵收容站里。就是在这儿,我得知加代子已在澳洲战役中阵亡。我和收容站里所有的人一样,整天喝得烂醉,对外面的战事全然不知,也不感兴趣。不知过了多久,我听到有人在高声说话。

"知道你们为什么这样吗?你们在自责。在这场战争中,你们站到了反人类的一边,我也一样。"

我转头一看，发现讲话的人肩上有一颗将星，他接着说："没关系，我们还有最后的机会拯救自己的灵魂。地球驾驶室距我们这儿只有三个街区，我们去占领它，把它交给外面理智的人类！我们为联合政府已尽到了责任，现在该为人类尽责任了！"

我用那只没受伤的手抽出手枪，随着这群突然狂热起来的受伤和没受伤的人，沿着钢铁通道，向地球驾驶室冲去。出乎意料，一路上我们几乎没遇到抵抗，倒是有越来越多的人从错综复杂的钢铁通道的各个分支中加入我们。最后，我们来到了一扇巨大的门前，那钢铁大门高得望不到顶，它轰隆隆地打开了，我们冲进了地球驾驶室。

尽管以前无数次在电视中看到过，所有的人还是被驾驶室的宏伟震惊了。很难判断这里的实际大小，因为驾驶室淹没在一幅巨型太阳系全息图中。整幅图实际就是一个向所有方向无限伸延的黑色空间，我们一进来，就悬浮在这空间之中。由于尽量反映真实的比例，太阳和其他行星都很小很小，小得像远方的萤火虫，但能分辨出来。以那遥远的代表太阳的光点为中心，一条醒目的红色螺旋线扩展开来，像广阔的黑色洋面上迅速扩散的红色波纹。这是地球的航线。在螺旋线最外层的一点上，航线变成明亮的绿色，那是地球还没有完成的路程。那条绿线从我们的头顶掠过，顺着看去，我们看到了灿烂的星海。绿线消失在星海的深处，我们看不到它的尽头。在这广漠的黑色空间中，还飘浮着许多闪亮的灰尘，其中几颗尘粒飘近，我发现那是一块块虚拟屏幕，上面翻滚着复杂的数字和曲线。

我看到了全人类瞩目的地球驾驶台，它好像是漂浮在黑色空间中的一颗银白色的小行星。看到它，我更难以想象这里的巨大——驾驶台本身就是一个广场，现在上面密密麻麻地站着五千多人，包括联合政府的主要成员、负责实施地球航行计划的星际移民委员会的大部分成员，以及那些最后忠于政府的人。这时，我听到最高执政官的声音在整个黑色空间响了起来：

"我们本来可以战斗到底的，但这可能导致地球发动机失控，这种情况一旦发生，过量聚变的物质将烧穿地球，或蒸发全部海洋，所以我们决定投降。我们理解所有的人，因为在还要延续一百代人的艰难奋斗中，永远保持理智确实是一个奢求。但也请所有的人记住我们。站在这里的这五千多人里，有联合政府的最高执政官，也有普通的列兵，是我们把信念坚持到了最后。我们都知道自己看不到真理被证实的那一天，但如果人类得以延续万代，以后所有的人都将在我们的墓前洒下眼泪。这颗叫地球的行星，就是我们永恒的纪念碑！"

控制中心巨大的密封门隆隆开启，五千多名最后的地球派成员一群群走了出来，在叛军的押送下向海岸走去。一路上两边挤满了人，所有人都冲他们吐唾沫，用冰块和石块砸他们。他们中有人密封服的面罩被砸裂了，外面零下一百多度的严寒使那些人的脸麻木了，但他们仍努力地走下去。我看到一个小女孩，举起一大块冰用尽全身力气狠命地向一个老者砸去，她那双眼睛透过面罩射出疯狂的怒火。

当我听到这五千人全部被判处死刑时，觉得太宽容了。难道让他们仅仅一死吗？这一死就能偿清他们的罪恶吗？能偿清他们用一个离奇变态的想象和骗局毁掉地球、毁掉人类文明的罪恶吗？他们应该死一万次！这时，我想起了那些作出太阳爆发预测的天体物理学家、那些设计和建造地球发动机的工程师，他们在一个世纪前就已作古，我现在真想把他们从坟墓中挖出来，让他们也死一万次。

真感谢死刑的执行者，他们为这些罪犯找了一种"最佳"的死法：他们收走了被判死刑的每个人密封服上加热用的核能电池，然后把他们丢在大海的冰面上，让零下百度的严寒慢慢夺去他们的生命。

这些人类文明史上最险恶、最可耻的罪犯在冰海上站了黑压压的一片，岸上有十几万人在看着他们，十几万副牙齿咬得咔咔响，十几万双眼睛喷出和那个小女孩一样的怒火。

这时，所有的地球发动机都已关闭，壮丽的群星出现在冰原之上。

我能想象出严寒像无数把尖刀刺进他们的身体，他们的血液在凝固，生命从他们的体内一点点流走。这想象中的感觉变成一种快感，传遍我的全身。看到那些人在严寒的折磨中慢慢死去，岸上的人快活起来，他们一起唱起了《我的太阳》。我唱着，眼睛看着星空的一个方向。在那个方向上，有一颗刚刚显出圆盘形状的星星发出黄色的光芒，那就是太阳。

啊，我的太阳，生命之母，万物之父，我的大神，我的上帝！还有什么比您更稳定，还有什么比您更永恒？我们这些渺小的、连灰尘都不如的碳基细菌，拥挤在围着您转的一粒小石头上，竟敢预言您的末日，我们怎么能蠢到这个程度！

一个小时过去了，海面上那些反人类的罪犯虽然还全都站着，但已没有一个活人，他们的血液已被冻结了。

我的眼睛突然什么都看不见了。几秒钟后，视力渐渐恢复，冰原、海岸和岸上的人群又在眼前慢慢显影,最后完全清晰了,而且比刚才更清晰,因为这个世界现在笼罩在一片强烈的白光中,刚才我眼睛的失明正是由于这突然出现的强光的刺激。但星空没有重现,所有的星光都被这强光所淹没,仿佛整个宇宙都被强光融化了。这强光从太空中的一点迸发出来,那一点现在成了宇宙中心,那一点就在我刚才盯着的方向。

太阳氦闪爆发了。

《我的太阳》的合唱戛然而止,岸上的十几万人呆住了,似乎同海面上那些人一样,冻成了一片僵硬的岩石。

太阳最后一次把光和热洒向地球。地面上冰结的二氧化碳干冰首先融化,腾起了一阵白色的蒸汽;然后海冰表面也开始融化,受热不均的大海冰层发出惊天动地的巨响;渐渐地,照在地面上的光柔和起来,天空露出了微微的蓝色;后来,强烈的太阳风产生的极光在空中出现,苍穹中飘动着巨大的彩色光幕……

在这突然出现的灿烂阳光下,海面上最后的地球派们仍稳稳地站着,仿佛五千多尊雕像。

太阳氦内爆发只持续了很短的时间,两个小时后,强光开始急剧减弱,很快熄灭了。在太阳的位置上,出现了一颗暗红色球体,它的体积慢慢膨胀,最后达到了从原来地球轨道上看到的太阳大小。这意味着它的实际体积已大到越出火星轨道,而水星、金星和火星这三颗地球的伙伴行星,已在上亿度的辐射中化为一缕轻烟。但那个红球已不是太阳,它不再发出光和热,看去如同贴在太空中的一张冰冷的红纸,它那暗红色的光芒似乎是周围星光的散射。这就是小质量恒星演化的归宿——红巨星。

五十亿年的壮丽生涯已成为飘逝的梦幻。太阳死了。

幸运的是,还有人活着。

流浪时代

当我回忆这一切时,半个世纪已过去了。二十年前,地球航出了冥王星轨道,航出了太阳系,在寒冷广漠的外太空继续着孤独的航程。

最近一次去地面是十几年前的事了,那是儿子和儿媳陪我去的。儿媳是一个金发碧眼的姑娘,就要做母亲了。

到地面后,我首先注意到,虽然所有地球发动机仍在全功率运行,巨大的光柱却看不到了,这是因为地球大气已消失,等离子体的光芒没有散射的缘故。我看到地面上布满了奇怪的黄绿相间的半透明晶体块,这是固体氧氮,是已冻结的空气。有趣的是,空气并没有均匀地冻结在地球表面,而是形成了小山丘似的不规则的隆起。在原来平滑的大海冰原上,这些半透明的小山形成了奇特的景观。银河纹丝不动地横过天穹,也像被冻结了,但星光很亮,看久了还刺眼呢。

地球发动机将不间断地开动五百年,到时地球将加速至光速的千分之五,然后地球将以这个速度滑行一千三百年,走完三分之二的航程,然后掉转发动机的方向,开始长达五百年的减速。地球将在航行两千四百年后到达比邻星,再用一百年时间泊入这颗恒星的轨道,成为它的一颗行星。

我知道已被忘却
流浪的航程太长太长
但那一时刻要叫我一声啊

当东方再次出现霞光

我知道已被忘却
起航的时代太远太远
但那一时刻要叫我一声啊
当人类又看到了蓝天

我知道已被忘却
太阳系的往事太久太久
但那一时刻要叫我一声啊
当鲜花重新挂上枝头
……

每当听到这首歌,一股暖流就涌进我这年迈僵硬的身躯,我干涸的老眼又湿润了。我好像看到半人马座三颗金色的太阳在地平线上依次升起,万物沐浴在温暖的光芒中。固态的空气融化了,天变蓝了。两千多年前的种子从解冻的土层中复苏,大地绿了。我看到我的第一百代孙子孙女们在绿色的草原上欢笑,草原上有清澈的小溪,溪中有银色的小鱼……我看到了加代子,她从绿色的大地上向我跑来,年轻美丽,像个天使……

啊,地球,我的流浪地球……

乡村教师

他知道,这最后一课要提前讲了。

又一阵剧痛从肝部袭来,几乎使他晕厥过去。他已没气力下床了,便艰难地移近床边的窗口。月光映在窗纸上,银亮亮的,使小小的窗户看上去像是通向另一个世界的门,那个世界的一切一定都是银亮亮的,像用银子和不冻人的雪做成的盆景。他颤颤地抬起头,从窗纸的破洞中望出去,幻觉立刻消失了,他看到了远处自己度过了一生的村庄。

村庄静静地卧在月光下,像是百年前就没了人似的。那些黄土高原上特有的平顶小屋,形状同村子周围的黄土包没啥区别,在月夜中颜色也一样,整个村子仿佛已溶入这黄土坡之中。只有村前那棵老槐树很清楚,树上干枯枝杈间的几个老鸦窝更是黑黑的,像是滴在这暗银色画面上的几滴醒目的墨点……其实村子也有美丽温暖的时候。比如秋收时,外面打工的男人女人们大都回来了,村里有了人声和笑声,家家屋顶上是金灿灿的玉米,打谷场上娃们在秸秆堆里打滚。再比如过年的时候,打谷场被气灯照得通亮,在那里连着几天闹红火、摇旱船、舞狮子。

那几头狮子只剩下咔嗒作响的木头脑壳,上面油漆都脱了,村里没钱置新狮子皮,就用几张床单代替,玩得也挺高兴……但十五一过,村里的青壮年都外出打工挣生活去了,村子一下没了生气。只有每天黄昏,当稀拉拉几缕炊烟升起时,村头可能出现一两个老人,扬起山核桃一样的脸,眼巴巴地望着那条通向山外的路,直到在老槐树挂住的最后一抹夕阳消失。天黑后,村里早早就没了灯光,娃娃和老人们睡得都早,电费贵,现在到了一块八一度了。

这时村里隐约传出了一声狗叫,声音很轻,好像那狗在说梦话。他看着村子周围月光下的黄土地,突然觉得那好像是纹丝不动的水面。要真是水就好了,今年是连着第五个旱年了,要想有收成,又要挑水浇地了。想起田地,他的目光向更远方移去,那些小块的山田,月光下像一个巨人登山时留下的一个个脚印。在这只长荆条和毛蒿的石头山上,田也只能是这么东一小块西一小块的,别说农机,连牲口都转不开身,只能凭人力种了。去年一家什么农机厂到这儿来,推销一种微型手扶拖拉机,可以在这些巴掌大的地里干活儿。那东西真是不错,可村里人说他们这是闹笑话哩!他们想过那些巴掌地能产出多少东西来吗?就是绣花似的种,能种出一年的口粮就不错了,遇上这样的旱年,可能种子钱都收不回来呢!为这样的田买那三五千一台的拖拉机,再搭上两块多一升的柴油?!唉,这山里人的难处,外人哪能知晓呢?

这时,窗前走过了几个小小的黑影,在不远的田垄上围成一圈蹲下来,不知要干什么。他知道这都是自己的学生,其实只要他们在近旁,不用眼睛他也能感觉到他们的存在,这直觉是他一生积累出来的,只是在这生命的最后时间里更敏锐了。

他甚至能认出月光下的那几个孩子,其中肯定有刘宝柱和郭翠花。这两个孩子都是本村人,本来不必住校的,但他还是收他们住了。刘宝柱的爹十年前同一个买来的外乡女人成亲,生了宝柱,五年后那女人跟一个有钱的包工头跑了。这以后,宝柱爹也变得不成样儿了,开始是赌,同村子里那几个老光棍一样,把个家折腾得只剩四堵墙一张床;然后是喝,每天晚上都用八毛钱一斤的地瓜烧把自己灌得烂醉,拿孩子出气,每天一小揍三天一大揍,直到上个月的一天半夜,抢了根烧火棍差点儿把宝柱的命要了。郭翠花更惨了,要说她妈还是正经娶来的,这在这儿可是个稀罕事,男人也很荣光了,可好景不长,喜事刚办完大家就发现她是个疯子,之所以迎亲时没看出来,大概是吃了什么药。本来嘛,好端端的女人哪会到这穷得鸟都不拉屎的地方来?但不管怎么说,翠花还是生下来了,并艰难地长大。但她那疯妈妈的病也越来越重,犯起病来,白天拿菜刀砍人,晚上放火烧房,更多的时间还是在阴森森地笑,那声音让人汗毛直竖……

剩下的都是外村的孩子了,他们的村子距这里最近的也有十里山路,只能住校了。在这所简陋的乡村小学里,他们一住就是一个学期。娃们来时,除了带自己的铺盖,每人还背了一袋米或面,十多个孩子在学校的那个大灶做饭吃。当冬夜降临时,娃们围在灶边,看着菜面糊糊在大铁锅中翻腾,灶膛里秸秆橘红色的火光映在他们脸上……这是他一生中看到过的最温暖的画面,他会把这画面带到另一个世界的。

窗外的田垄上,在那圈娃们中间,亮起了几点红色的小火星星,在这一片银灰色的月夜背景上,火星星的红色格外醒目。这些娃们在烧香,接着他们又烧起纸来,火光把娃们的形象以橘红色在冬夜银灰色的背景上显现出来,这使他又想起了那灶边的画面。他脑海中还出现了另一幅类似的画面:当学校停电时(可能是因为线路坏了,但大多数时间是因为交不起电费),他给娃们上晚课。他手里举着一根蜡烛照着黑板,"看见不?"他问。"看不显!"娃们总是这样回答,那么一点点亮光,确实难看清,但娃们缺课多,晚课是必须上的。于是他再点上一根蜡,手里两根举着。"还是不显!"娃们喊。他于是再点上一根,虽然还是看不清,娃们不喊了,他们知道再喊老师也不会加蜡了,蜡太多了也是点不起的。烛光中,他看到下面那群娃们的面容时隐时现,像一群用自己的全部生命拼命挣脱黑暗的小虫虫。

娃们和火光,娃们和火光,总是娃们和火光,总是夜中的娃们和火光,这是这个世界深深刻在他脑子中的画面,但始终不明其含义。

他知道娃们是在为他烧香和烧纸,他们以前多次这么干过,只是这次,他已没有力气像以前那样斥责他们迷信了。他用尽了一生在娃们的心中燃起科学和文明的火苗,但他明白,同笼罩着这偏远山村的愚昧和迷信相比,那火苗是多么弱小,像这深山冬夜中教室里的那根蜡烛。半年前,村里的一些人来到学校,要从本来已很破旧的校舍取下椽子木,说是修村头的老君庙用。问他们校舍没顶了,娃们以后住哪儿?他们说可以睡教室里嘛,他说那教室四面漏风,大冬天能住?他们说反正都是外村人。他拿起一根扁担和他们拼命,结果被人家打断了两根肋骨。好心人抬着他走了三十多里山路,送到了镇医院。

就是在那次检查伤势时,意外发现他患了食道癌。这并不稀奇,这一带是食道癌高发区。镇医院的医生恭喜他因祸得福,因为他的食道癌现在处于早期,还未扩散,动手术就能治愈,食道癌是手术治愈率高的癌症之一,他算捡了条命。

于是他去了省城,去了肿瘤医院,在那里他问医生动一次这样的手术要多少钱,医生说像你这样的情况可以住我们的扶贫病房,其他费用也可适当减免,最后下来不会太多的,也就两万多元吧。想到他来自偏远山区,医生接着很详细地给他介绍住院手续怎么办,他默默地听着,突然问:

"要是不手术,我还有多长时间?"

医生呆呆地看了他好一阵儿,才说:"半年吧。"并不解地看到他长出了一口气,好像得到了很大安慰。

至少能送走这届毕业班了。

他真的拿不出这两万多元。虽然民办教师工资很低,但干了这么多年,孤身一人无牵无挂,按说也能攒下一些钱了。只是他把钱都花在娃们身上了,他已记不清给多少学生代交了学杂费,最近的就有刘宝柱和郭翠花。更多的时候,他看到娃们的饭锅里没有多少油星星,就用自己的工资买些肉和猪油回来……反正到现在,他全部的钱也只有手术所需用的十分之一。

沿着省城那条宽长的大街,他向火车站走去。这时天已黑了,城市的霓虹灯开始发出迷人的光芒,那光芒之多彩之斑斓,让他迷惑。还有那些高楼,一入夜就变成了一盏盏高耸入云的巨大彩灯。音乐声在夜空中飘荡,疯狂的、轻柔的,走一段一个样。

就在这个不属于他的世界里,他慢慢地回忆起自己不算长的一生。他很坦然,各人有各人的命,早在二十年前初中毕业回到山村小学时,他就选定了自己的命。再说,他这条命很大一部分是另一位乡村教师给的。他就是在自己现在任教的这所小学度过童年的,他爹妈死得早,那所简陋的乡村小学就是他的家,他的小学老师把他当亲儿子待,日子虽然穷,但他的童年并不缺少爱。那年,放寒假了,老师要把他带回自己的家里过冬。老师的家很远,他们走了很长的积雪的山路,当看到老师家所在的村子的一点灯光时,已是半夜了。这时他们看到身后不远处有四点绿荧荧的亮光,那是两双狼眼。那时山里狼很多的,学校周围就能看到一堆堆狼屎。有一次他淘气,把那灰白色的东西点着扔进教室里,浓浓的狼烟充满了教室,把娃们都呛得跑了出来,让老师很生气。现在,那两只狼向他们慢慢逼近,老师折下一根粗树枝,挥动着拦住狼的来路,同时大声喊着让他向村里跑。他当时吓糊涂了,只顾跑,只想着那狼会不会绕过老师来追他,会不会遇到其他的狼。当他上气不接下气地跑进村子,然后同几个拿猎枪的汉子去接老师时,发现他躺在一片已冻成糊状的血泊中,半条腿和整只胳膊都被狼咬掉了。老师在送往镇医院的路上就咽了气,当时在火把的光芒中,他看到了老师的眼睛,老师的腮帮被深深地咬下一大块,已说不出话,但用目光把一种心急如焚的牵挂传给了他,他读懂了那牵挂,记住了那牵挂。

初中毕业后,他放弃了在镇政府里一个不错的工作机会,直接回到了这个举目无亲的山村,回到了老师牵挂的这所乡村小学,这时,学校因为没有教师已荒废好几年了。

前不久,教委出台新政策,取消了民办教师,其中的一部分经考试考核转为公办。当他拿到教师证时,知道自己已成为一名国家承认的小学教师了,很高兴,但也只是高兴而已,不像别的同事那么激动。他不在乎什么民办公办，只在乎那一批又一批的娃们，从他的学校读完了小学，走向生活。不管他们是走出山去还是留在山里，他们的生活同那些没上过一天学的娃们总是有些不一样的。

他所在的山区，是这个国家极其贫困的地区之一。但穷不是最可怕的，最可怕的是那里的人们对现状的麻木。记得那是好多年前了，搞包产到户，村里开始分田，然后又分其他的东西。对于村里唯一的一台拖拉机，大伙对于油钱怎么出、机时怎么分配总也谈不拢，最后唯一大家都能接受的办法是把拖拉机分了，真的分了，你家拿一个轮子他家拿一根轴……再就是两个月前，有一家工厂来扶贫，给村里安了一台潜水泵，考虑到用电贵，人家还给带了一台小柴油机和足够的柴油，挺好的事儿，但人家前脚走，村里后脚就把机器都卖了，连泵带柴油机，只卖了一千五百块钱，全村好吃了两顿，算是过了个好年……一家皮革厂来买地建厂，村里什么都不清楚就把地卖了。那厂子建起后，硝皮子的毒水流进了河里，渗进了井里，人一喝了那些水浑身起红疙瘩。就这也没人在乎，还沾沾自喜那地卖了个好价钱……看村里那些娶不上老婆的光棍汉们，每天除了赌就是喝，但不去种地。他们能算清：穷到了头县里每年总会有些救济，那钱算下来也比在那巴掌大的山地里刨一年土坷垃挣得多……没有文化，人们都变得下作了，穷山恶水固然让人灰心，但真正让人感到没指望的，是山里人那呆滞的目光。

他走累了，就在人行道边坐下来。他面前，是一家豪华的大餐馆，那餐馆靠街的一整堵墙全是透明玻璃，华丽的枝形吊灯把光芒投射到外面。整个餐馆像一个巨大的鱼缸，里面穿着华贵的客人则像一群多彩的观赏鱼。他看到靠街的一张桌子旁坐着一个胖男人,头发和脸似乎都在冒油,看上去像用一大团表面涂了油的蜡做的。两旁各坐着一个身材高挑、穿着暴露的女郎,男人转头对一个女郎说了句什么,把她逗得大笑起来,男人跟着笑起来,而另一个女郎则娇嗔地用两个小拳头捶那个男的……真没想到还有个子这么高的女孩子,秀秀的个儿,大概只到她们一半……他叹了口气,唉,又想起秀秀了。

秀秀是本村唯一一个没有嫁到山外的姑娘,也许是因为她从未出过山,怕外面的世界,也许是别的什么原因。他和秀秀好过两年多,最后那阵差点儿就成了。秀秀家里也通情达理,只要一千五百块的肚疼钱①。但后来,村子里一些出去打工的人赚了些钱回来,和他同岁的二蛋虽不识字但脑子活,去城里干起了挨家挨户清洗抽油烟机的活儿,一年下来竟能赚个万把块。前年这个二蛋回来待了一个月,秀秀不知怎的就跟他好上了。秀秀一家全是睁眼瞎,家里粗糙的干打垒墙壁上,除了贴着一团一团用泥巴和起来的瓜种子,还画着长长短短的道道儿,那是她爹多少年来记的账……秀秀没上过学,但自小对识文断字的人有好感,这是她同他好的主要原因。但二蛋的一瓶廉价香水和一串镀金项链就把这种好感全打消了,"识文断字又不能当饭吃。"秀秀对他说。虽然他知道识文断字是能当饭吃的,但具体到他身上,吃得确实比二蛋差好远,所以他也说不出什么。秀秀看他那样儿,转身走了,只留下一股让他皱鼻子的香水味。

和二蛋成亲一年后,秀秀生娃死了。他还记得那个接生婆,

---

① 西北一些农村地区彩礼的一个名目,意思是对娘生女儿肚子疼的补偿。

把那些锈不拉叽的刀刀铲铲放到火上烧一烧就向里捅。秀秀可倒霉了,血流了一铜盆,在送镇医院的路上就咽气了。成亲办喜事的时候,二蛋花了三万块,那排场在村里真是风光死了,可他怎的就舍不得花点儿钱让秀秀到镇医院去生娃呢?后来他一打听,这花费一般也就二三百,就二三百呀。但村里历来都是这样儿,生娃是从不去医院的。所以没人怪二蛋,秀秀就这命。后来他听说,比起二蛋妈来,她还算幸运。二蛋妈生二蛋时难产,二蛋爹从产婆那儿得知是个男娃,就决定只要娃了。于是把二蛋妈放到驴子背上,让那驴子一圈圈走,硬是把二蛋挤出来,听当时看见的人说,院子里血流了一圈……

想到这里他长出了一口气,笼罩着家乡的愚昧和绝望使他窒息。

但娃们还是有指望的,对于那些在冬夜寒冷的教室中盯着烛光照着的黑板的娃们来说,他就是那蜡烛,不管能点多长时间,发出的光有多亮,他总算是从头点到尾了。

他站起身来继续走,没走多远就拐进了一家书店,城里就是好,还有夜里开门的书店。除了回程的路费,他把身上所有的钱都买了书,以充实他的乡村小学里那小小的图书室。半夜,提着那两捆沉重的书,他踏上了回家的火车。

在距地球五万光年的远方,在银河系的中心,一场延续了两万年的星际战争已接近尾声。

那里的太空中渐渐隐现出一个方形区域,仿佛灿烂群星的背景被剪出一个方口。这个区域的边长约十万公里,区域的内部是一种比周围太空更黑的黑暗,让人感到一种虚空中的虚空。

从这黑色的正方形中,开始浮现出一些实体,它们形状各异,都有月球大小,呈耀眼的银色。这些物体越来越多,并组成一个整齐的立方体方阵。这银色的方阵庄严地驶出黑色正方形,两者构成了一幅挂在宇宙永恒墙壁上的镶嵌画,这幅画以绝对黑体的正方形天鹅绒为衬底,由纯净耀眼的白银小构件整齐地镶嵌而成,仿佛是一首宇宙交响乐的固化。渐渐地,黑色的正方形消融在星空中,群星填补了它的位置,银色的方阵庄严地悬浮在群星之间。

银河系碳基联邦的星际舰队,完成了本次巡航的第一次时空跃迁。

在舰队的旗舰上,碳基联邦的最高执政官看着眼前银色的金属大地,上面布满了错综复杂的纹路,像一块无限广阔的银色蚀刻电路板,不时有几艘闪光的水滴状小艇出现在大地上,沿着纹路以令人目眩的速度行驶几秒钟,然后无声地消失在一口突然出现的深井中。时空跃迁带过来的太空尘埃被电离,成为一团团发着暗红色光的云,笼罩在银色大地的上空。

最高执政官以冷静著称,他周围那似乎永远波澜不惊的淡蓝色智能场就是他人格的象征,但现在,像周围的人一样,他的智能场也微微泛出黄光。

"终于结束了。"最高执政官的智能场振动了一下,把这个信息传送给站在他两旁的参议员和舰队统帅。

"是啊,结束了。战争的历程太长太长,以致我们都忘记了它的开始。"参议员回答。

这时,舰队开始了亚光速巡航,它们的亚光速发动机同时启动,旗舰周围突然出现了几千个蓝色的太阳,银色的金属大地像一面无限广阔的镜子,把蓝太阳的数量又复制了一倍。

远古的记忆似乎被点燃了,其实,谁能忘记战争的开始呢?这记忆虽然遗传了几百代,但在碳基联邦的万亿公民的脑海中,它仍那么鲜活,那么铭心刻骨。

两万年前的那一时刻,硅基帝国从银河系外围对碳基联邦发动全面进攻。在长达一万光年的战线上,硅基帝国的五百多万艘星际战舰同时开始恒星蛙跳。每艘战舰首先借助一颗恒星的能量打开一个时空虫洞,然后从这个虫洞跃迁至另一颗恒星,再用这颗恒星的能量打开第二个虫洞继续跃迁……由于打开虫洞消耗了恒星大量的能量,恒星的光谱会暂时向红端移动。当飞船完成跃迁后,恒星的光谱渐渐恢复原状。当几百万艘战舰同时进行恒星蛙跳时,所产生的这种效应是十分恐怖的:银河系的边缘出现一条长达一万光年的红色光带,并向银河系的中心移过来。这个景象在光速视界是看不到的,但在超空间监视器上却能显示出来。那条由变色恒星组成的红带,如同一道一万光年长的血潮,向碳基联邦的疆域涌来。

碳基联邦最先接触硅基帝国攻击前锋的是绿洋星,这颗美丽的行星围绕着一对双星恒星运行,它的表面全部被海洋覆盖。那生机盎然的海洋中漂浮着由柔软的长藤植物构成的森林,温和美丽、身体晶莹透明的绿洋星人在这海中的绿色森林间轻盈地游动,创造了绿洋星伊甸园般的文明。突然,几万道刺目的光束从天而降,硅基帝国舰队开始用激光蒸发绿洋星的海洋。在很短的时间内,绿洋星变成了一口沸腾的大锅,这颗行星上包括五十亿绿洋星人在内的所有生物在沸水中极度痛苦地死去,它们被煮熟的有机质使整个海洋变成了绿色的浓汤。最后海洋全部蒸发了,昔日美丽的绿洋星变成了一个由厚厚蒸气包裹着的地狱般的灰色行星。

这是一场几乎波及整个银河系的星际大战,是银河系中碳基和硅基文明之间惨烈的生存竞争,但双方谁都没有料到战争会持续两万银河年!

现在,除了历史学家,谁也记不清有百万艘以上战舰参加的大战役有多少次了。规模最大的一次超级战役是第二旋臂战役,战役在银河系第二旋臂中部进行,双方投入了上千万艘星际战舰。据历史记载,在那广漠的战场上,被引爆的超新星就达两千多颗,那些超新星像第二旋臂中部黑暗太空中怒放的焰火,使那里变成超强辐射的海洋,只有一群群幽灵似的黑洞漂行其间。战役的最后,双方的星际舰队几乎同归于尽。一万五千年过去了,第二旋臂战役现在听起来就像上古时代缥缈的神话,只有那仍然存在的古战场证明它确实发生过。但很少有飞船真正进入过古战场,那里是银河系中最恐怖的区域,这并不仅仅是因为辐射和黑洞。当时,双方数量多得难以想象的战舰群为了进行战术机动,进行了大量的超短距离时空跃迁,据说一些星际歼击机在空间格斗时,时空跃迁的距离竟短到令人难以置信的几千米!这样就把古战场的时空结构搞得千疮百孔,像一块内部被老鼠钻了无数长洞的大乳酪。飞船一旦误入这个区域,可能在瞬间被畸变的空间扭成一根细长的金属绳,或压成一张面积有几亿平方公里但厚度只有几个原子的薄膜,立刻被辐射狂风撕得粉碎。但更为常见的是,飞船变为建造它们时的一块块钢板,或者立刻老得只剩下一个破旧的外壳,内部的一切都变成古老灰尘。人在这里也可能瞬间回到胚胎状态或变成一堆白骨……

但最后的决战不是神话，它就发生在一年前。在银河系第一和第二旋臂之间的荒凉太空中，硅基帝国集结了最后的力量，这支由一百五十万艘星际战舰组成的舰队在自己周围构筑了半径一千光年的反物质云屏障。碳基联邦投入攻击的第一个战舰群刚完成时空跃迁就陷入了反物质云中。反物质云十分稀薄，但对战舰具有极大的杀伤力，碳基联邦的战舰立刻变成一个个刺目的火球，但它们仍然奋勇冲向目标。每艘战舰都拖着长长的火尾，在后面留下一条发着荧光的航迹，这由三十多万个火流星组成的阵列构成了碳硅战争中最为壮观最为惨烈的画面。在反物质云中，这些火流星渐渐缩小，最后在距硅基帝国战舰阵列很近的地方消失了，但它们用自己的牺牲为后续的攻击舰队在反物质云中打开了一条通道。在这场战役中，硅基帝国最后的舰队被赶到银河系最荒凉的区域：第一旋臂的顶端。

现在，这支碳基联邦舰队将完成碳硅战争中最后一项使命：在第一旋臂的中部建立一条五百光年宽的隔离带，隔离带中的大部分恒星将被摧毁，以制止硅基帝国的恒星蛙跳。恒星蛙跳是银河系中大吨位战舰进行远距离快速攻击的唯一途径，而一次蛙跳的最大距离是二百光年。隔离带一旦产生，硅基帝国的重型战舰要想进入银河系中心区域，只能以亚光速跨越这五百光年的距离，这样，硅基帝国实际上被禁锢在第一旋臂顶端，再也无法对银河系中心区域的碳基文明构成任何严重威胁。

"我带来了联邦议会的意愿，"参议员用振动的智能场对最高执政官说，"他们仍然强烈建议：在摧毁隔离带中的恒星前，对它们进行生命级别的保护甄别。"

"我理解议会。"最高执政官说，"在这场漫长的战争中，各种生命流出的血足够形成上千颗行星的海洋了。战后,银河系中最迫切需要重建的是对生命的尊重。这种尊重不仅是对碳基生命的,也是对硅基生命的。正是基于这种尊重,碳基联邦才没有彻底消灭硅基文明。但硅基帝国并没有这种对生命的感情,如果说碳硅战争之前,战争和征服对于它们还仅仅是一种本能和乐趣的话,现在这种东西已根植于它们的每个基因和每行代码之中,成为它们生存的终极目的。由于硅基生物对信息的存贮和处理能力大大高于我们,可以预测硅基帝国在第一旋臂顶端的恢复和发展将是神速的,所以我们必须在碳基联邦和硅基帝国之间建成足够宽的隔离带。在这种情况下,对隔离带中数以亿计的恒星进行生命级别的保护甄别是不现实的,第一旋臂虽属银河系中最荒凉的区域,但其带有生命行星的恒星密度仍可能足以支持中型战舰进行蛙跳,而即使只有一艘硅基帝国的中型战舰闯入碳基联邦的疆域,可能造成的破坏也是巨大的,所以在隔离带中只能进行文明级别的甄别。我们不得不牺牲隔离带中某些恒星周围的低级生命,是为了拯救银河系中更多的高级和低级生命。这一点我已向议会说明。"

参议员说:"议会也理解您和联邦防御委员会,所以我带来的只是建议而不是立法。但隔离带中周围已形成3C级以上文明的恒星必须被保护。"

"这一点无需质疑,"最高执政官的智能场闪现出坚定的红色,"对隔离带中带有行星的恒星的文明检测将是十分严格的!"

舰队统帅的智能场第一次发出信息:"其实我觉得你们多虑了,第一旋臂是银河系中最荒凉的荒漠,那里不会有3C级以上文明的。"

"但愿如此。"最高执政官和参议员同时发出了这个信息,他们智能场的共振使一道弧形的等离子体波纹向银色金属大地的上空扩散开去。

舰队开始了第二次时空跃迁,以近乎无限的速度奔向银河系的第一旋臂。

夜深了,烛光中,全班的娃们围在老师的病床前。

"老师歇着吧,明儿个讲也行的。"一个男娃说。

他艰难地苦笑了一下,"明儿个有明儿个的课。"

他想,如果真能拖到明天当然好,那就再讲一堂课。但直觉告诉他怕是不行了。

他做了个手势,一个娃把一块小黑板放到他胸前的被单上,这最后一个月,他就是这样把课讲下来的。他用软弱无力的手接过娃递过来的半截粉笔,吃力地把粉笔头放到黑板上,这时又一阵剧痛袭来,手颤抖了几下,粉笔哒哒地在黑板上敲出了几个白点儿。从省城回来后,他再也没去过医院。两个月后,他的肝部疼了起来,他知道癌细胞已转移到那儿了,这种疼痛越来越厉害,最后变成了压倒一切的痛苦。他一只手在枕头下摸索着,找出了一些止痛片,是最常见的用塑料长条包装的那种。对于癌症晚期的剧痛,这药已经没有任何作用,可能是由于精神暗示,他吃后总觉得好一些。杜冷丁倒是也不算贵,但医院不让带出来用,就是带回来也没人给他注射。他像往常一样从塑料条上取下两片药来,但想了想,又把所有剩下的十二片全剥出来,一把吞了下去,他知道以后再也用不着吃药了。他又挣扎着想向黑板上写字,但头突然偏向一边,一个娃赶紧把盆接到他嘴边,他吐出了一口黑红的血,然后虚弱地靠在枕头上喘息着。

娃们中传出了低低的抽泣声。

他放弃了在黑板上写字的努力,无力地挥了一下手,让一个娃把黑板拿走。他开始说话,声音如游丝一般:

"今天的课同前两天一样,也是初中的课。这本来不是教学大纲上要求的,我是想到,你们中的大部分人,这一辈子可能永远也听不到初中的课了,所以我最后讲一讲,也让你们知道稍深一些的学问是什么样子。昨天讲了鲁迅的《狂人日记》,你们肯定不大懂,不管懂不懂都要多看几遍,最好能背下来,等长大了,总会懂的。鲁迅是个很了不起的人,他的书每一个中国人都应该读读的,你们将来也一定要找来读读。"

他累了,停下来喘息着歇歇,看着跳动的烛光,鲁迅写下的几段文字在他的脑海中浮现出来。那不是《狂人日记》中的,课本上没有,他是从自己那套本数不全、已经翻烂的《鲁迅全集》上读到的,许多年前读第一遍时,那些文字就深深地刻在他脑子里:

"假如一间铁屋子,是绝无窗户而万难破毁的,里面有许多熟睡的人们,不久都要闷死了,然而是从昏睡入死灭,并不感到就死的悲哀。现在你大嚷起来,惊起了较为清醒的几个人,使这不幸的少数者来受无可挽救的临终的苦楚,你倒以为对得起他们么?"

"然而几个人既然起来,你不能说决没有毁坏这铁屋的希望。"

他用尽最后的力气,接着讲下去:

"今天我们讲初中物理。物理你们以前可能没有听说过,它讲的是物质世界的道理,是一门很深很深的学问。

"这课讲牛顿三定律。牛顿是从前英国的一个大科学家,他说了三句话,这三句话很神的,把人间天上所有东西的规律都包括进去了,上到太阳月亮,下到流水刮风,都跑不出这三句话划定的圈圈。用这三句话,可以算出什么时候日食,就是村里老人说的天狗吃太阳,一分一秒都不差的。人飞上月球,也要靠这三句话,这就是牛顿三定律。

"下面讲第一定律:当一个物体没有受到外力作用时,它将保持静止或匀速直线运动不变。"

娃们在烛光中默默地看着他,没有反应。

"就是说,你猛推一下谷场上那个石碾子,它就一直滚下去,滚到天边也不停下来。宝柱你笑什么?是啊,它当然不会那样,这是因为有摩擦力,摩擦力让它停下来,这世界上,没有摩擦力的环境可是没有的……"

是啊,他人生的摩擦力就太大了。在村里他是外姓人,本来就没什么分量,加上他这个倔脾气,这些年来把全村人都得罪下了。他挨家挨户拉人家的娃入学,跑到县里,把跟着爹做买卖的娃拉回来上学,拍着胸脯保证垫学费……这一切并没有赢得多少感激,关键在于,他对过日子的看法同周围人太不一样,成天想的说的,都是些不着边际的事,这是最让人讨厌的。在查出病来之前,他曾跑到县里,居然从教育局跑回一笔维修学校的款子,村子里只拿走了一小部分,想过节请个戏班子唱两天戏,结果让他搅了,愣从县里拉过来个副县长来,让村里把钱拿回来,可当时戏台子都搭好了。学校倒是修了,但他扫了全村人的兴,以后的日子更难过。先是村里的电工——村长的侄子,把学校的电掐了,接着做饭取暖用的秸秆村里也不给了,害得他扔下自个儿的地下不了种,一人上山打柴,更别提后来拆校舍房椽子那事了……这些摩擦力无所不在,让他心力交瘁,让他无法做匀速直线运动,他不得不停下来了。

也许,他就要去的那个世界是没有摩擦力的,那里的一切都是光滑可爱的,但那有什么意义?在那边,他的心仍留在这个充满灰尘和摩擦力的世界上,留在这所他倾注了全部生命的乡村小学里。他不在了以后,剩下的两个教师也会离去,这所他用力推了一辈子的小学校就会像谷场上那个石碾子一样停下来。他陷入深深的悲哀,但不论在这个世界或是那个世界,他都无力回天。

"牛顿第二定律比较难懂,我们最后讲。下面先讲牛顿第三定律:当一个物体对第二个物体施加一个力,第二个物体也会对第一个物体施加一个力,这两个力大小相等,方向相反。"

娃们又陷入了长时间的沉默。

"听懂了没?谁说说?"

班上学习最好的赵拉宝说:"我知道是啥意思,可总觉得说不通。响午我和李权贵打架,他把我的脸打得那么痛,肿起来了,所以作用力应该不相等的,我受的肯定比他大嘛!"

喘息了好一会儿,他才解释说:"你痛是因为你的腮帮子比权贵的拳头软,它们相互的作用力还是相等的……"

他想用手比画一下,但手已抬不起来了,他感到四肢像铁块一样沉,这沉重感很快扩展到全身,他感到自己的躯体像要压塌床板,陷入地下似的。

时间不多了。

"目标编号:1033715。绝对目视星等:3.5。演化阶段:主星序偏上。发现两颗行星,平均轨道半径分别为1.3和4.7个距离单位,在一号行星上发现生命。这是红69012舰报告。"

碳基联邦星际舰队的十万艘战舰目前已散布在一条长一万光年的带状区域中,这就是正在建立的隔离带。工程刚刚开始,只是试验性地摧毁了五千颗恒星,其中带有行星的只有一百三十七颗,而行星上有生命的这是第一颗。

"第一旋臂真是个荒凉的地方啊!"最高执政官感叹道。他的智能场振动了一下,用全息图隐去了脚下的旗舰和上方的星空,使他、舰队统帅和参议员悬浮于无际的黑色虚空中。接着,他调出了探测器发回的图像:虚空出现了一个发着蓝光的火球,最高执政官的智能场产生了一个白色的方框,那方框调整大小,圈住了这颗恒星并把它的图像隐去了,于是他们又陷入无边的黑暗之中。但这黑暗中有一个小小的黄色光点,图像的焦距开始大幅度调整,行星的图像以令人目眩的速度推向前来,很快占满了半个虚空,三个人都沉浸在它反射的橙黄色光芒中。

这是一颗被浓密大气包裹着的行星,在它那橙黄色的气体海洋上,汹涌的大气运动描绘出极端复杂的不断变幻的线条。行星图像继续移向前来,直到占据了整个虚空,三个人被橙黄色的气体海洋吞没了。探测器带着他们在这浓雾中穿行,很快雾气稀薄了一些,他们看到了这颗行星上的生命。

那是一群在浓密大气上层飘浮的气球状生物,表面有着美丽的花纹,那花纹不停地变换着色彩和形状,时而呈条纹状,时而呈斑点状,不知这是不是一种可视语言。每个气球都有一条长尾,那长尾的尾端不时炫目地闪烁一下,光沿着长尾传到气球上,化为一片弥漫的荧光。

"开始四维扫描!"红 69012 舰上的一名上尉值勤军官说。

一束极细的波束开始从上至下飞快地扫描那群气球。这束波只有几个原子粗细,但它的波管内的空间维度比外部宇宙多一维。扫描数据传回舰上,在主计算机的内存中,那群气球被切成了几亿亿个薄片,每个薄片只有一个原子的厚度,在这个薄片上,每个夸克的状态都被精确地记录下来。

"开始数据镜像组合!"

主计算机的内存中,那几亿亿个薄片按原有顺序叠加起来,很快组合成一群虚拟气球,在计算机内部广漠的数字宇宙中,这个行星上的那群生物体有了精确的复制品。

"开始 3C 级文明测试!"

在数字宇宙中,计算机敏锐地定位了气球的思维器官,它是悬在气球内部错综复杂的神经丛中间的一个椭圆体。计算机在瞬间分析了这个大脑的结构,并越过所有低级感官,直接同它建立了高速信息接口。

文明测试是从一个庞大的数据库中任意地选取试题,测试对象如果能答对其中三道,则测试通过。如果头三道题没有答对,测试者有两种选择:可以认为测试没有通过,也可以继续测试,题数不限,直到被测试者答对的题数达到三道,这时可认为其通过测试。

"3C 文明测试题 1 号:请叙述你们已探知的组成物质的最

小单元。"

"嘀嘀,嘟嘟嘟,嘀嘀嘀嘀。"气球回答。

"1号试题测试未通过。3C文明测试题2号:你们观察到物体中热能的流向有什么特点?这种流向是否可逆?"

"嘟嘟嘟,嘀嘀,嘀嘀嘟嘟。"气球回答。

"2号试题测试未通过。3C文明测试题3号:圆的周长和它的直径之比是多少?"

"嘀嘀嘀嘀嘟嘟嘟嘟嘟。"气球回答。

"3号试题测试未通过。3C文明测试题4号……"

"到此为止吧。"当测试题数达到十道时,最高执政官说,"我们时间不多。"他转身对旁边的舰队统帅示意了一下。

"发射奇点炸弹!"舰队统帅命令。

奇点炸弹实际上是没有大小的,它是一个严格意义上的几何点,一个原子同它相比都是无穷大,虽然最大的奇点炸弹质量有上百亿吨,最小的也有几千万吨。当一颗奇点炸弹沿着长长的导轨从红69012舰的武器舱中滑出时,可以看到一个直径达几百米的发着幽幽荧光的球体,这荧光是周围的太空尘埃被吸入这个微型黑洞时产生的辐射。同恒星引力坍缩形成的黑洞不同,这些小黑洞在宇宙创世之初就形成了,它们是大爆炸前的奇点宇宙的微缩模型。碳基联邦和硅基帝国都有庞大的船队,游弋在银河系银道外面的黑暗荒漠搜集这些微型黑洞,一些海洋行星上的种群把这些船队戏称为"远洋捕鱼船队",而船队带回的东西,是银河系中最具威慑力的武器之一,是迄今为止唯一能够摧毁恒星的武器。

奇点炸弹脱离导轨后,沿一条由母舰发出的力场束加速,直奔目标恒星。过了不长的一段时间，这颗灰尘似的黑洞高速射入了恒星表面火的海洋。想象在太平洋的中部突然出现一个口径一百公里的深井，就可以大概把握这时的情形。巨量的恒星物质开始被吸入黑洞，那汹涌的物质洪流从所有方向汇聚到一点并消失在那里。物质被吸入时产生的辐射在恒星表面产生了一团刺目的光球，仿佛给恒星戴上了一枚光彩夺目的钻石戒指。随着黑洞向恒星内部沉下去，光团暗淡下来，可以看到它处于一个直径达几百万公里的大旋涡正中，那巨大的旋涡散射着光团的强光，缓缓转动着，呈现出飞速变幻的色彩，使恒星从这个方向看去仿佛是一张狰狞的巨脸。很快，光团消失了，旋涡渐渐消失，恒星表面似乎又恢复了它原来的色彩和光度。但这只是毁灭前最后的平静，随着黑洞向恒星中心下沉，这个贪婪的饕餮者更疯狂地吞食周围密度急剧增大的物质，它在一秒钟内吸入的恒星物质总量可能相当于上百颗中等行星。黑洞巨量吸入物质时产生的超强辐射向恒星表面蔓延，由于恒星物质的阻滞，只有一小部分到达表面，其余辐射的能量留在了恒星内部，快速破坏着恒星的每一个细胞，从整体上把它飞快地拉离平衡态。从外部看，恒星的色彩在缓缓变化，由浅红色变为明黄色，从明黄色变为鲜艳的绿色，从绿色变为如洗的碧蓝，从碧蓝变为恐怖的紫色。这时，在恒星中心的黑洞产生的辐射能已远远大于恒星本身辐射的能量，随着更多的能量以非可见光形式溢出恒星，这紫色渐渐加深，这颗恒星看上去像太空中一个在忍受着超级痛苦的灵魂。这痛苦在急剧增大，紫色已深到了极限，这颗恒星用不到一个小时的时间走完了它未来几十亿年的旅程。

一团似乎吞没整个宇宙的强光闪起,然后慢慢消失,在原来恒星所在的位置上,可以看到一个急剧膨胀的薄球层,像一个被吹大的气球,这是被炸飞的恒星表面。随着薄球层体积的增大,它变得透明了,可以看到它内部的第二个膨胀的薄球层,然后又可以看到更深处的第三个薄球层……这颗爆炸中的恒星,就像宇宙中突然显现的一个套一个的一组玲珑剔透的镂花玻璃球,其中最深处的薄球层的体积也是恒星原来体积的几十万倍。当爆炸的恒星的第一层膨胀外壳穿过那颗橙黄色行星时,它立刻被气化了。其实在这爆炸的壮丽场景中根本就看不到它,同那膨胀的恒星外壳相比,它只是一粒微不足道的灰尘,其大小甚至不能成为那几层镂花玻璃球上的一个小点。

"你们感到消沉?"舰队统帅问。他看到最高执政官和参议员的智能场暗下来了。

"又一个生命世界毁灭了,像烈日下的露珠。"

"那您就想想伟大的第二旋臂战役,当两千多颗超新星被引爆时,有十二万个这样的世界同碳硅双方的舰队一起化为蒸气。阁下,时至今日,我们应该超越这种无谓的多愁善感了。"

参议员没有理会舰队统帅的话,也对最高执政官说:"这种对行星表面取随机点的检测方式是不可靠的,可能漏掉行星表面的文明特征,我们应该进行面积检测。"

最高执政官说:"这一点我也同议会讨论过,在隔离带中我们要摧毁的恒星有上亿颗,其中估计有一千万个行星系,行星数量可能达五千万颗,我们时间紧迫,对每颗行星都进行面积检测是不现实的。我们只能尽量加宽检测波束,以增大随机点覆盖的面积,除此之外,只能祈祷隔离带中那些可能存在的文明在其星球表面的分布尽量均匀了。"

"下面我们讲牛顿第二定律……"

他心急如焚,极力想在有限的时间里给娃们多讲一些。

"一个物体的加速度,与它所受的力成正比,与它的质量成反比。首先,加速度,这是速度随时间的变化率,它与速度是不同的,速度大加速度不一定大,加速度大速度也不一定大。比如:一个物体现在的速度是110米每秒,两秒后的速度是120米每秒,那么它的加速度就是120减110除以2.5米每秒,呵,不对,5米每秒的平方。另一个物体现在的速度是10米每秒,两秒后的速度是30米每秒,那么它的加速度就是30减10除以2,10米每秒平方。看,后面这个物体虽然速度小,但加速度大!呵,刚才说到平方,平方就是一个数自个儿乘自个……"

他惊奇自己的头脑如此清晰,思维如此敏捷,他知道,自己生命的蜡烛已燃到根上,棉芯倒下了,把最后的一小块蜡全部引燃了,一团比以前的烛苗亮十倍的火焰熊熊燃烧起来。剧痛消失了,身体也不再沉重,其实他已感觉不到身体的存在,他的全部生命似乎只剩下那个在疯狂运行的大脑,那个悬在空中的大脑竭尽全力,尽量多尽量快地把自己存贮的信息输出给周围的娃们,但语言是个该死的瓶颈,他知道来不及了。他产生了一个幻象:一把水晶样的斧子把自己的大脑无声地劈开,他一生中积累的那些知识,虽不是很多但他很看重的,像一把发光的小珠子毫无保留地落在地上,发出一阵悦耳的叮当声,娃们像见到过年的糖果一样抢那些小珠子,抢得撂成一堆……这幻象让他有一种幸福的感觉。

"你们听懂了没?"他焦急地问。他已经看不到周围的娃们,但还能听到他们的声音。

"我们懂了!老师快歇着吧!"

他感觉到那团最后的火焰在弱下去,"我知道你们不懂,但你们把它背下来,以后慢慢会懂的。一个物体的加速度,与它所受的力成正比,与它的质量成反比。"

"老师,我们真懂了,求求你快歇着吧!"

他用尽最后的力气喊道:"背呀!"

娃们抽泣着背了起来:"一个物体的加速度,与它所受的力成正比,与它的质量成反比。一个物体的加速度,与它所受的力成正比,与它的质量成反比……"

这几百年前就在欧洲化为尘土的卓越头脑产生的思想,以浓重的西北方言的童音在二十世纪中国最偏僻的山村中回荡,就在这声音中,那烛苗灭了。

娃们围着老师已没有生命的躯体大哭起来。

"目标编号:500921473。绝对目视星等:4.71。演化阶段:主星序正中,带有九颗行星。这是蓝84210号舰的报告。"

"一个精致完美的行星系。"舰队统帅赞叹。

最高执政官很有同感:"是的,它的固态小体积行星和气液态大体积行星的配置很有韵律感,小行星带的位置恰到好处,像一条美妙的装饰链。还有最外侧那颗小小的甲烷冰行星[①],似乎是这首音乐最后一个余音未尽的音符,暗示着某种新周期的

[①] 本文创作的时候,冥王星尚未被宣布为矮行星。

开始。"

"这是蓝84210号舰,将对最内侧1号行星进行生命检测,检测波束发射。该行星没有大气,自转缓慢,温差悬殊。1号随机点检测,白色结果;2号随机点检测,白色结果……10号随机点检测,白色结果。蓝84210号舰报告,该行星没有生命。"

舰队统帅不以为然地说:"这颗行星的表面温度可以当冶炼炉了,没必要浪费时间。"

"开始2号行星生命检测,波束发射。该行星有稠密大气,表面温度较高且均匀,大部分为酸性云层覆盖。1号随机点检测,白色结果;2号随机点检测,白色结果……10号随机点检测,白色结果。蓝84210号舰报告,该行星没有生命。"

通过四维通信,最高执政官对一千光年之外蓝84210号舰上的值勤军官说:"直觉告诉我,3号行星有生命的可能性很大,在它上面检测三十个随机点。"

"阁下,我们时间很紧了。"舰队统帅说。

"照我说的做。"最高执政官坚定地说。

"是,阁下。开始3号行星生命检测,波束发射。该行星有中等密度的大气,表面大部为海洋覆盖……"

来自太空的生命检测波束落到了亚洲大陆靠南一些的一点上,在地面上形成了一个直径约五千米的圆形。如果是在白天,用肉眼有可能觉察到波束的存在,因为当波束到达时,在它的覆盖范围内,一切无生命的物体都将变成透明状态。现在被它覆盖的中国西北的这些黄土山在观察者的眼里将如同水晶的山脉,阳光在这些山脉中折射,将是一幅十分奇异壮观的景象,观察者还会看到脚下的大地也变成深不可测的深渊。而被波束判断为有生命的物体则保持原状态不变,人、树木和草在这水晶世界中显得格外清晰醒目。但这效应只持续了半秒钟,这期间检测波束完成初始化,之后一切恢复原状。观察者肯定会认为自己产生了一瞬间的幻觉。而现在,这里正是深夜,自然难以觉察到什么了。

这所山村小学,正好位于检测波束圆形覆盖区的圆心上。

"1号随机点检测,结果……绿色结果,绿色结果! 蓝84210号舰报告,目标编号:500921473,第3号行星发现生命!"

检测波束对覆盖范围内的众多种类生命体进行分类,在以生命结构的复杂度和初步估计的智能等级进行排序的数据库中,在一个方形掩蔽物下的那一簇生命体排在首位。于是波束迅速收缩,汇聚到那座掩蔽物上。

最高执政官的智能场接收到从蓝84210号舰上发回的图像,并把它放大到整个太空背景上,那所山村小学的影像在瞬间占据了整个宇宙。图像处理系统已经隐去了掩蔽物,但那簇生命体的图像仍不清晰,它们的外形太不醒目了,几乎同周围行星表面的以硅元素为主的黄色土壤融为一体。计算机只好把图像中所有的无生命部分,包括这些生命体中间的那具体形较大的已没有生命的躯体,全部隐去,这样那一簇生命体就仿佛悬浮在虚空之中,即使如此,它们看上去仍是那么平淡和缺乏色彩,像一簇黄色的植物,一看就是那种在它们身上不会发生任何奇迹的生物。

一束纤细的四维波束从蓝84210号舰发射,这艘有一个月球大小的星际战舰正停泊在木星轨道之外，使太阳系暂时多了一颗行星。那束四维波束在三维太空中以接近无限的速度到达地球，穿过那所乡村小学校舍的屋顶，以基本粒子的精度对这十八个孩子进行扫描。数据的洪流以人类难以想象的速率传回太空，很快，在蓝84210号舰主计算机那广阔的内存中，孩子们的数字复制体形成了。

十八个孩子悬浮在一个无际的空间里，那空间呈一种无法形容的色彩，实际上那不是色彩，虚无是没有色彩的，虚无是透明中的透明。孩子们都不由想拉住旁边的伙伴，但手却从伙伴身体里毫无阻力地穿过去了。孩子们感到了难以形容的恐惧。计算机觉察到了这一点，它认为这些生命体需要一些熟悉的东西，于是在自己内存宇宙的这一部分模拟出这个行星天空的颜色。孩子们立刻看到了蓝天，没有太阳没有云更没有浮尘，只有蓝色，那么纯净，那么深邃。孩子们的脚下没有大地，也是与头顶一样的蓝天，他们似乎置身于一个无限的蓝色宇宙中，而他们是这宇宙中唯一的实体。计算机感觉到，这些数字生命体仍然处于惊恐中，它用了亿分之一秒想了想，终于明白了：银河系中大多数生命体并不惧怕悬浮于虚空之中，但这些生命体不同，他们是大地上的生物。于是它给了孩子们一个大地，并给了他们重力感。孩子们惊奇地看着脚下突然出现的大地，它是纯白色的，上面有黑线画出的整齐方格，他们仿佛站在一个无限广阔的语文作业本上。他们中有人蹲下来摸摸地面，这是他们见过的最光滑的东西，他们迈开双脚走，但原地不动，这地面是绝对光滑的，摩擦力为零，他们很惊奇自己为什么不会滑倒。这时有个孩子脱下自己的一只鞋子，沿着地面扔出去，那鞋子以匀速直线运动向前滑去,孩子们呆呆地看着它以恒定的速度渐渐远去。

他们看到了牛顿第一定律。

有一个声音,空灵而悠扬,在这数字宇宙中回荡:

"开始3C级文明测试,3C文明测试题1号:请叙述你所在星球生物进化的基本原理,是自然淘汰型还是基因突变型?"

孩子茫然地沉默着。

"3C文明测试题2号:请简要说明恒星能量的来源。"

孩子茫然地沉默着。

……

"3C文明测试题10号:请说明你们星球上海洋的液体的分子构成。"

孩子仍然茫然地沉默着。

那只鞋在遥远的地平线处变成一个小黑点消失了。

"到此为止吧!"在一千光年之外,舰队统帅对最高执政官说,"不能再耽误时间了,否则我们肯定不能按时完成第一阶段的任务。"

最高执政官的智能场发出了微弱的表示同意的振动。

"发射奇点炸弹!"

载有命令信息的波束越过四维空间,瞬间到达了停泊在太阳系中的蓝84210号舰。那个发着幽幽荧光的雾球滑出了战舰前方长长的导轨,沿着看不见的力场束急剧加速,向太阳扑去。

最高执政官、参议员和舰队统帅把注意力转向了隔离带的其他区域,那里又发现了几个有生命的行星系,但其中最高级的生命是一种生活在泥浆中的无脑蠕虫。接连爆炸的恒星像宇宙中怒放的焰火,使他们想起了史诗般的第二旋臂战役。

不知过了多长时间,最高执政官智能场的一小部分下意识地游移到太阳系,他听到了蓝84210号舰舰长的声音:

"准备脱离爆炸威力圈,时空跃迁准备,三十秒倒数!"

"等一下,奇点炸弹到达目标还需多长时间?"最高执政官说,舰队统帅和参议员的注意力也被吸引过来。

"它正越过内侧1号行星的轨道,大约还有十分钟。"

"用五分钟时间,再进行一些测试吧。"

"是,阁下。"

接着听到了蓝84210号舰值勤军官的声音:"3C文明测试题11号:一个三维平面上的直角三角形,它的三条边的关系是什么?"

沉默。

"3C文明测试题12号:你们的星球是你们行星系的第几颗行星?"

沉默。

"这没有意义,阁下。"舰队统帅说。

"3C文明测试题13号:当一个物体没有受到外力作用时,它的运行状态如何?"

数字宇宙广漠的蓝色空间中突然响起了孩子们清脆的声音:"当一个物体没有受到外力作用时,它将保持静止或匀速直线运动不变。"

"3C文明测试题13号通过!3C文明测试题14号……"

"等等!"参议员打断了值勤军官,"下一道试题也出关于甚低速力学基本近似定律的。"他又问最高执政官,"这不违反测试准则吧。"

"当然不,只要是测试数据库中的试题。"舰队统帅代为回答,这些令他大感意外的生命体把他的注意力全部吸引过来了。

"3C文明测试题14号:请叙述相互作用的两个物体间力的关系。"

孩子们说:"当一个物体对第二个物体施加一个力,第二个物体也会对第一个物体施加一个力,这两个力大小相等,方向相反!"

"3C文明测试题14号通过!3C文明测试题15号:对于一个物体,请说明它的质量、所受外力和加速度之间的关系。"

孩子们齐声说:"一个物体的加速度,与它所受的力成正比,与它的质量成反比!"

"3C文明测试题15号通过,文明测试通过!确定目标恒星500921473的3号行星上存在3C级文明。"

"奇点炸弹转向!脱离目标!"最高执政官的智能场急剧闪动着,用最大的能量把命令通过超空间传送到蓝84210号舰上。

在太阳系,推送奇点炸弹的力场束弯曲了,这根长几亿公里的力场束此时像一根弓起的长杆,努力把奇点炸弹挑离射向太阳的轨道。蓝84210号舰上的力场发动机以最大功率工作,巨大的散热片由暗红变为耀眼的白炽色。力场束向外的推力分量开始显示出效果,奇点炸弹的轨道开始弯曲,但它已越过水星轨道,距太阳太近了,谁也不知道这努力是否能成功。通过超空间直播,全银河系都在盯着那个模糊的雾团的轨迹,并看到它的亮度急剧增大,这是一个可怕的迹象,说明炸弹已能感受到太阳外围空间粒子密度的增大。舰长的手已放到了那个红色的时空跃迁启动按钮上,以在奇点炸弹击中太阳前的一刹那脱离这个空间。但奇点炸弹最终像一颗子弹一样擦过太阳的边缘,当它以仅几万米的高度掠过太阳表面时,由于黑洞吸入太阳大气中大量的物质,亮度增到最大,使得太阳边缘出现了一个刺眼的蓝白色光球,使它在这一刻看上去像一个紧密的双星系统,这奇观对人类将永远是个难解的谜。蓝白色光球飞速掠过时,下面太阳浩瀚的火海黯然失色。像一艘快艇掠过平静的水面,黑洞的引力在太阳表面划出了一道V形的划痕,这划痕扩展到太阳的整个半球才消失。奇点炸弹撞断了一条日珥,这条从太阳表面升起的百万公里长的美丽轻纱在高速冲击下,碎成一群欢快舞蹈着的小小的等离子体旋涡……奇点炸弹掠过太阳后,亮度很快暗下来,最后消失在茫茫太空的永恒之夜中。

"我们险些毁灭了一个碳基文明。"参议员长出一口气说。

"真是不可思议,在这么荒凉的地方竟会存在3C级文明!"舰队统帅感叹说。

"是啊,无论是碳基联邦,还是硅基帝国,其文明扩展和培植计划都不包括这一区域,如果这是一个自己进化的文明,那可是一件很不寻常的事。"最高执政官说。

"蓝84210号舰,你们继续留在那个行星系,对3号行星进行全表面文明检测,你舰前面的任务将由其他舰只接替。"舰队司令命令道。

同他们在木星轨道之外的数字复制品不一样,山村小学中的那些娃们丝毫没有觉察到什么,在那间校舍里的烛光下,他们只是围着老师的遗体哭啊哭。不知哭了多长时间,娃们最后安静下来。

"咱们去村里告诉大人吧。"郭翠花抽泣着说。

"那又咋的?"刘宝柱低着头说,"老师活着时村里的人都腻歪他,这会儿肯定连棺材钱都没人给他出呢!"

最后,娃们决定自己掩埋自己的老师。他们拿了锄头铁锹,在学校旁边的山地上挖墓坑,灿烂的群星在整个宇宙中静静地看着他们。

"天啊!这颗行星上的文明不是3C级,是5B级!"看着蓝84210号舰从一千光年之外发回的检测报告,参议员惊呼起来。

人类城市的摩天大楼群的影像在旗舰上方的太空中显现。

"他们已经开始使用核能,并用化学推进方式进入太空,甚至已登上了他们所在行星的卫星。"

"他们的基本特征是什么?"舰队统帅问。

"您想知道哪些方面?"蓝84210号上的值勤军官问。

"比如,这个行星上生命体记忆遗传的等级是多少?"

"他们没有记忆遗传,所有记忆都是后天取得的。"

"那么,他们的个体相互之间信息交流的方式是什么?"

"极其原始,也十分罕见。他们身体内有一种很薄的器官,这种器官在这颗行星以氧氮为主的大气中振动时可产生声波,同时把要传输的信息调制到声波之中,接收方也用一种薄膜器官从声波中接收信息。"

"这种方式信息传输的速率是多大?"

"大约每秒1至10比特。"

"什么?!"旗舰上听到这话的所有人都大笑起来。

"真的是每秒1至10比特,我们开始也不相信,但反复核实过。"

"上尉,你是个白痴吗?!"舰队统帅大怒,"你是想告诉我们,一种没有记忆遗传,相互间用声波进行信息交流,并且是以令人难以置信的每秒1至10比特的速率进行交流的物种,能创造出5B级文明?!而且这种文明是在没有任何外部高级文明培植的情况下自行进化的?!"

"但,阁下,确实如此。"

"但在这种状态下,这个物种根本不可能在每代之间积累和传递知识,而这是文明进化所必需的!"

"他们有一种个体,有一定数量,分布于这个种群的各个角落,这类个体充当两代生命体之间知识传递的媒介。"

"听起来像神话。"

"不,"参议员说,"在银河文明的太古时代,确实有过这种个体,但即使在那时也极其罕见,除了我们这些星系文明进化史的专业研究者,很少有人知道。"

"你是说那种在两代生命体之间传递知识的个体?"

"他们叫教师。"

"教——师?"

"一个早已消失的太古文明单词,很生僻,在一般的古词汇数据库中都查不到。"

这时,从太阳系发回的全息影像焦距拉长,显示出蔚蓝色的地球在太空中缓缓转动。

最高执政官说:"在银河系联邦时代,独立进化的文明十分罕见,能进化到5B级的更是绝无仅有,我们应该让这个文明继续不受干扰地进化下去,对它的观察和研究,不仅有助于我们对太古文明的研究,对今天的银河文明也有启示。"

"那就让蓝84210号舰立刻离开那个行星系吧,并把这颗恒星周围一百光年的范围列为禁航区。"舰队统帅说。

北半球失眠的人,会看到星空突然微微抖动,那抖动从空中的一点发出,呈圆形向整个星空扩展,仿佛星空是一汪静水,有人用手指在水中央点了一下似的。

蓝84210号舰跃迁时产生的时空激波到达地球时已大大衰减,只使地球上所有的时钟都快了三秒,但在三维空间中的人类是不可能觉察到这一效应的。

"很遗憾,"最高执政官说,"如果没有高级文明的培植,他们还要在亚光速和三维时空中被禁锢两千年,至少还需一千年时间才能掌握和使用湮灭能量,两千年后才能通过多维时空进行通信。至于通过超空间跃迁进行宇宙航行,可能是五千年后的事了。至少要一万年,他们才具备加入银河系碳基文明大家庭的起码条件。"

参议员说:"文明的这种孤独进化,是银河系太古时代才有的事。如果古老的记载正确,我那太古的祖先生活在一个海洋行星的深海中。在那黑暗世界中的无数个王朝后,一个庞大的探险计划开始了,他们发射了第一艘外空飞船,那是一个透明浮力小球,经过漫长的路程浮上海面。当时正是深夜,小球中的先祖第一次看到了星空……你们能够想象,那对他们是怎样的壮丽和神秘啊!"

最高执政官说:"那是一个让人向往的时代,一粒灰尘样的行星对先祖都是一个无限广阔的世界,在那绿色的海洋和紫色的草原上,先祖敬畏地面对群星……这感觉我们已丢失千万年了。"

"可我现在又找回了它!"参议员指着地球的影像说。它那蓝色的晶莹球体上浮动着雪白的云纹,真像一种来自他祖先星球海洋中的美丽珍珠,"看这个小小的世界,它上面的生命体在过着自己的生活,做着自己的梦,对我们的存在,对银河系中的战争和毁灭全然不知,宇宙对他们来说,是希望和梦想的无限源泉,这真像一首来自太古时代的歌谣。"

他真的吟唱了起来,他们三人的智能场合为一体,荡漾着玫瑰色的波纹。那从遥远得无法想象的太古时代传下来的歌谣听起来悠远、神秘、苍凉,通过超空间传遍了整个银河系。在这团由上千亿颗恒星组成的星云中,数不清的生命感到了一种久违的温馨和宁静。

"宇宙的最不可理解之处在于它是可以理解的。"最高执政官说。

"宇宙的最可理解之处在于它是不可理解的。"参议员说。

当娃们造好那座新坟时,东方已经放亮了。老师是放在从教室拆下来的一块门板上下葬的,陪他入土的是两盒粉笔和一套已翻破的小学课本。娃们在那个小小的坟头上立了一块石板,上面用粉笔写着"李老师之墓"。

只要一场雨,石板上那稚拙的字迹就会消失。用不了多长时间,这座坟和长眠在里面的人就会被外面的世界忘得干干净净。

太阳从山后露出一角,把一抹金辉投进仍沉睡着的山村。在仍处于阴影中的山谷草地上,露珠在闪着晶莹的光,可听到一两声怯生生的鸟鸣。

娃们沿着小路向村里走去,那一群小小的身影很快消失在山谷淡蓝色的晨雾中。

他们将活下去。在这块古老贫瘠的土地上,收获虽然微薄,但确实存在着希望。

朝 闻 道

爱因斯坦赤道

"有一句话我早就想对你们说，"丁仪对妻子和女儿说，"我心中的位置大部分都被物理学占据了，只是努力挤出了一个小角落给你们，对此我心里很痛苦，但也实在是没办法。"

他的妻子方琳说："这话你对我说过两百遍了。"

十岁的女儿文文说："对我也说过一百遍了。"

丁仪摇摇头说："可你们始终没能理解我这话的真正含义，你们不懂得物理学到底是什么。"

方琳笑着说："只要它的性别不是女就行。"

这时，他们一家三口正坐在一辆时速达五百公里的小车上，行驶在一条直径五米的钢管中，这根钢管的长度约为三万公里，在北纬四十五度线上绕地球一周。

小车完全自动行驶，透明的车舱内没有任何驾驶设备。从车里看出去，钢管笔直地伸向前方，小车像是一颗在无限长的枪管中运行的子弹。前方的洞口似乎固定在无限远处,看上去针尖大小,一动不动,如果不是周围的管壁如湍急的流水飞快掠过,肯定觉察不出车的运动。在小车启动或停止时,可以看到管壁上安装的数量巨大的仪器,还有无数等距离的箍圈,当车加速起来后,它们就在两旁浑然一体地掠过,看不清了。丁仪告诉她们,那些箍圈是用于产生强磁场的超导线圈,而悬在钢管正中的那条细管是粒子通道。

他们正行驶在人类迄今所建立的最大的粒子加速器中,这台环绕地球一周的加速器被称为"爱因斯坦赤道",借助它,物理学家们将实现上世纪那个巨人肩上的巨人最后的梦想:建立宇宙的大统一模型。

这辆小车本是加速器工程师用于维修的,现在被丁仪用来带着全家进行环球旅行,这旅行是他早就答应妻子和女儿的,但她们万万没有想到要走这条路。整个旅行耗时六十小时,在这环绕地球一周的行驶中,她们除了笔直的钢管什么都没看到。不过方琳和文文还是很高兴很满足,至少在这两天多时间里,全家人难得地聚在一起。

旅行的途中也并不枯燥,丁仪不时指着车外飞速掠过的管壁对文文说:"我们现在正在驶过蒙古,看到大草原了吗?还有羊群……我们在经过日本,但只是擦过它的北角,看,朝阳照到积雪的国后岛上了,那可是今天亚洲迎来的第一抹阳光……我们现在在太平洋底了,真黑,什么都看不见,哦不,那边有亮光,暗红色的,嗯,看清了,那是洋底火山口,它涌出的岩浆遇水很快冷却了,所以那暗红光一闪一闪的,像海底平原上的篝火。文文,大陆正在这里生长啊……"

后来,他们又在钢管中驶过了美国全境,潜过了大西洋,从法国海岸登上欧洲的土地,驶过意大利和巴尔干半岛,第二次进入俄罗斯,然后从里海回到亚洲,穿过哈萨克斯坦进入中国。现在,他们已走完最后的路程,回到了爱因斯坦赤道在塔克拉玛干沙漠中的起点——世界核子中心,这也是环球加速器的控制中心。

当丁仪一家从控制中心大楼出来时,外面已是深夜,广阔的沙漠静静地在群星下伸向远方,世界显得简单而深邃。

"好了,我们三个基本粒子,已经在爱因斯坦赤道中完成了一次加速试验。"丁仪兴奋地对方琳和文文说。

"爸爸,真的粒子要在这根大管子中跑这么一大圈,要多长时间?"文文指着他们身后的加速器管道问。那管道从控制中心两侧向东西两个方向延伸,很快消失在夜色中。

丁仪回答说:"明天,加速器将首次以它最大的能量运行,在其中运行的每个粒子,将受到相当于一颗核弹的能量的推动,加速到接近光速。这时,每个粒子在管道中只需十分之一秒就能走完我们这两天多的环球旅程。"

方琳说:"别以为你已经实现了自己的诺言,这次环球旅行是不算的!"

"对!"文文点点头说,"爸爸以后有时间,一定要带我们在这长管子的外面沿着它走一圈,看看我们在管子里面到过的地方,那才叫真正的环球旅行呢!"

"不需要,"丁仪对女儿意味深长地说,"如果你睁开了想象力的眼睛,那这次旅行就足够了。你已经在管子中看到了你想看的一切,甚至更多!孩子,更重要的是,蓝色的海洋、红色的花朵、绿色的森林,都不是最美的东西,真正的美眼睛是看不到的,只有想象力才能看到,与海洋、花朵、森林不同,它没有色彩和形状,只有当你用想象力和数学把整个宇宙在手中捏成一团儿,使它变成你的一个心爱的玩具,你才能看到这种美……"

丁仪没有回家,送走了妻女后,他回到了控制中心。中心只有不多的几个值班工程师,在加速器建成以后历时两年的紧张调试后,这里第一次这么宁静。

丁仪上到楼顶,站在高高的露天平台上,他看到下面的加速器管道像一条把世界一分为二的直线,他有一种感觉:夜空中的星星像无数只眼睛,它们的目光此时都聚焦在下面这条直线上。

丁仪回到下面的办公室,躺在沙发上睡着了,进入了一个理论物理学家的梦乡……

他坐在一辆小车里,小车停在爱因斯坦赤道的起点。小车启动,他感觉到了加速时强劲的推力。他在四十五度纬线上绕地球旋转,一圈又一圈,像轮盘赌上的骰子。随着速度趋近光速,急剧增加的质量使他的身体如一尊金属塑像般凝固了,意识到这个身体中已蕴含了创世的能量,他有一种帝王般的快感。在最后一圈,他被引入一条支路,冲进一个奇怪的地方,这是虚无之地,他看到了虚无的颜色,虚无不是黑色也不是白色的,它的色彩就是无色彩,但也不是透明,在这里,空间和时间都还是有待于他去创造的东西。他看到前方有一个小黑点,急剧扩大,那是另一辆小车,车上坐着另一个自己。他们以光速相撞后同时消失了,只在无际的虚空中留下一个无限小的奇点,这万物的种子爆炸开来,能量火球疯狂暴涨。当弥漫整个宇宙的红光渐渐减弱时,冷却下来的能量天空中,物质如雪花般出现了,开始是稀薄的星云,然后是恒星和星系群。在这个新生的宇宙中,丁仪拥有一个量子化的自我,可以在瞬间从宇宙的一端跃至另一端。其实他并没有跳跃,他同时存在于这两端,他同时存在于这浩大宇宙中的每一点,他的自我像无际的雾气弥漫于整个太空,由恒星沙粒组成的银色沙漠在他的体内燃烧。他无所不在的同时又无所在,他知道自己的存在只是一个概率的幻影,这个多态叠加的幽灵渴望地环视宇宙,寻找那能使自己坍缩为实体的目光。正找着,这目光就出现了,它来自遥远太空中浮现出来的两双眼睛,它们出现在一道由群星织成的银色帷幕后面。那双有着长长睫毛的美丽的眼睛是方琳的,那双充满天真灵性的眼睛是文文的。这两双眼睛在宇宙中茫然扫视,最终没能觉察到这个量子自我的存在。波函数颤抖着,如微风拂过平静的湖面,但坍缩没有发生。正当丁仪陷入绝望之时,茫茫的星海扰动起来,群星汇成的洪流在旋转奔涌。当一切都平静下来时,宇宙间的所有星星构成了一只大眼睛。那只百亿光年大小的眼睛如钻石粉末在黑色的天鹅绒上撒出的图案,正盯着丁仪看。波函数在瞬间坍缩,如倒着放映的焰火影片,他的量子存在凝聚在宇宙中微不足道的一点上,他睁开双眼,回到了现实。

是控制中心的总工程师把他推醒的,丁仪睁开眼,看到核子中心的几位物理学家和技术负责人围着他躺的沙发站着,用看一个怪物的目光盯着他。

"怎么?我睡过了吗?"丁仪看看窗外,发现天已亮了,但太阳还未升起。

"不,出事了!"总工程师说。这时丁仪才知道,大家那诧异的目光不是冲着他的,而是由于刚出的那件事情。总工程师拉起丁仪,带他向窗口走去。丁仪刚走了两步就被人从背后拉住了,回头一看,是一位叫松田诚一的日本物理学家,上届诺贝尔物理学奖获得者之一。

"丁博士,如果您在精神上无法承受马上要看到的东西,也不必太在意,我们现在可能是在梦中。"松田诚一说。他脸色苍白,抓着丁仪的手在微微颤抖。

"我刚从梦中出来!"丁仪说,"发生了什么事?"

大家仍用那种怪异的目光看着他,总工程师拉起他继续朝窗口走去。当丁仪看到窗外的景象时,立刻对自己刚才的话产生了怀疑,眼前的现实突然变得比刚才的梦境更虚幻了。

在淡蓝色的晨光中,以往他熟悉的横贯沙漠的加速器管道消失了,取而代之的是一条绿色的草带,这条绿色大道沿东西两个方向伸向天边。

"再去看看中心控制室吧!"总工程师说。丁仪随着他们来到楼下的控制大厅,又受到了一次猝不及防的震撼:大厅中一片空旷,所有的设备都消失得无影无踪,原来放置设备的位置也长满了青草,那草是直接从防静电地板上长出来的。

丁仪发疯似的冲出控制大厅,奔跑着绕过大楼,站到那条取代加速器管道的草带上,看着它消失在太阳即将升起的东方地平线处,在早晨沙漠寒冷的空气中他打了个寒战。

"加速器的其他部分呢?"他问喘着气跟上来的总工程师。

"都消失了,地上、地下和海中的,全部消失了。"

"也都变成了草?!"

"哦不,草只在我们附近的沙漠上有,其他部分只是消失了,地面和海底部分只剩下空空的支座,地下部分只留下空隧道。"

丁仪弯腰拔起了一束青草,这草在别的地方看上去一定很普通,但在这里就很不寻常:它完全没有红柳或仙人掌之类的耐旱沙漠植物的特点,看上去饱含水分,青翠欲滴,这样的植物只能生长在多雨的南方。丁仪搓碎了一根草叶,手指上沾满了绿色的汁液,一股淡淡的清香飘散开来。丁仪盯着手上的小草呆立了很长时间,最后说:

"看来,这真是梦了。"

东方传来一个声音:"不,这是现实!"

真空衰变

在绿色草路的尽头,朝阳已升出了一半,它的光芒照花了人们的眼睛。在这光芒中,有一个人沿着草路向他们走来,开始他只是一个以日轮为背景的剪影,剪影的边缘被日轮侵蚀,显得变幻不定。当那人走近些后,人们看到他是一名中年男子,穿着白衬衣和黑裤子,没打领带。再近些,他的面孔也可以看清了,这是一张兼具亚洲和欧洲人特点的脸,这在这个地区并没有什么不寻常,但人们绝不会把他误认为是当地人。他的五官太端正了,端正得有些不现实,像某些公共标志上表示人类的一个图形。当他再走近些时,人们也不会把他误认为是这个世界的人了,他并没有走,而是一直两腿并拢笔直地站着,鞋底紧贴着草地飘浮而来。在距他们两三米处,来人停了下来。

"你们好,我以这个外形出现是为了我们之间能更好地交流,不管各位是否认可我的人类形象,我已经尽力了。"来人用英语说,他的话音一如其面孔,极其标准而无特点。

"你是谁?"有人问。

"我是这个宇宙的排险者。"

这个回答中有四个含义深刻的字立刻深入了物理学家们的脑海:这个宇宙。

"您和加速器的消失有关吗?"总工程师问。

"它在昨天夜里被蒸发了,你们计划中的实验必须被制止。作为补偿,我送给你们这些草,它们能在干旱的沙漠上以很快的速度成长蔓延。"

"可这些都是为了什么呢?"

"这个加速器如果真以最大功率运行,能将粒子加速到 10^{20} 吉电子伏特,这接近宇宙大爆炸的能量,可能给我们的宇宙带来灾难。"

"什么灾难?"

"真空衰变。"

听到这回答,总工程师扭头看了看身边的物理学家们,他们都沉默不语,紧锁眉头思考着什么。

"还需要进一步解释吗?"排险者问。

"不,不需要了。"丁仪轻轻地摇摇头说。物理学家们本以为排险者会说出一个人类完全无法理解的概念,但没想到,他说出的东西人类的物理学界早在上世纪八十年代初就想到了,只是当时大多数人都认为那不过是一个新奇的假设,与现实毫无关系,以致现在几乎被遗忘了。

真空衰变的概念最初出现在 1980 年《物理评论》杂志的一篇论文中,作者是西德尼·科尔曼和弗兰克·德卢西亚。早在这之前狄拉克就指出,我们宇宙中的真空可能是一种伪真空,在那似乎空无一物的空间里,幽灵般的虚粒子在短得无法想象的瞬间出现又消失。这瞬息间创生与毁灭的活剧在空间的每一点上无休止地上演,把真空变成了一个沸腾的量子海洋,这就使得真空具有一定的能级。科尔曼和德卢西亚的新思想在于:他们认为某种高能过程可能产生出另一种状态的真空,这种真空的能级比现有的真空低,甚至可能出现能级为零的"真真空"。这种真空的体积开始可能只有一个原子大小,但它一旦形成,周围相邻的高能级真空就会向它的能级跌落,变成与它一样的低能级真空,这就使得低能级真空的体积迅速扩大,形成一个球形。这个低能级真空球的扩张速度很快就能达到光速,球中的质子和中子将在瞬间衰变,这使得球内的物质世界全部蒸发,一切归于毁灭……

"……以光速膨胀的低能级真空球将在 0.03 秒内毁灭地球,五个小时内毁灭太阳系,四年后毁灭最近的恒星,十万年后毁灭银河系……没有什么能阻止球体的膨胀,随着时间的推移,整个宇宙都难逃劫难。"排险者说。他的话正好接上了大多数人的思维,难道他能看到人类的思想?!排险者张开双臂,作出一个囊括一切的姿势,"如果把我们的宇宙看作一个广阔的海洋,我们就是海中的鱼儿,我们周围这无边无际的海水是那么清澈透明,以至于我们忘记了它的存在。现在我要告诉你们,这不是海水,是液体炸药,一粒火星就会引发毁灭一切的大灾难。作为宇宙排险者,我的职责就是在这些火星燃到危险的温度前扑灭它。"

丁仪说:"这大概不太容易,我们已知的宇宙有二百亿光年半径,即使对于你们这样的超级文明,这也是一个极其广阔的空间。"

排险者笑了笑,这是他第一次笑,这笑同样毫无特点:"没有你想的那么复杂。你们已经知道,我们目前的宇宙,只是大爆炸焰火的余烬,恒星和星系,不过是仍然保持着些许温热的飘散的烟灰罢了。这是一个低能级的宇宙,你们看到的类星体之类的高能天体只存在于遥远的过去,在目前的自然宇宙中,最高级别的能量过程,如大质量物体坠入黑洞,其能级也比大爆炸低许多数量级。在目前的宇宙中,发生创世级别的能量过程的唯一机会,只能来自其中的智慧文明探索宇宙终极奥秘的努力,这种努力会把大量的能量聚焦到一个微观点上,使这一点达到创世能级。所以,我们只需要监视宇宙中进化到一定程度的文明世界就行了。"

松田诚一问:"那么,你们是从何时起开始注意到人类的呢?普朗克时代吗?"

排险者摇摇头。

"那么是牛顿时代?也不是?!不可能远到亚里士多德时代吧?"

"都不是。"排险者说,"宇宙排险系统的运行机制是这样的:它首先通过散布在宇宙中的大量传感器监视已有生命出现的世界,当发现这些世界中出现有能力产生创世能级能量过程的文明时,传感器就发出警报,我这样的排险者在收到警报后将亲临那些世界监视其中的文明,但除非这些文明真要进行创世能级的实验,我们是绝不会对其进行任何干预的。"

这时,在排险者的头部左上方出现了一个黑色的正方形,约两米见方,充满了深不见底的漆黑,仿佛现实被挖了一个洞。几秒钟后,那黑色的空间中出现了一个蓝色的地球影像,排险者指着影像说:"这就是放置在你们世界上方的传感器拍下的地球影像。"

"这个传感器是在什么时候放置于地球的?"有人问。

"按你们的地质学纪年,在古生代末期的石炭纪。"

"石炭纪?!""那就是……三亿年前了!"人们纷纷惊呼。

"这……太早了些吧?"总工程师敬畏地问。

"早吗?不,是太晚了,当我们第一次到达石炭纪的地球,看到在广阔的冈瓦纳古陆上,皮肤湿滑的两栖动物在原生松林和沼泽中爬行时,真吓出了一身冷汗。在这之前的相当长的岁月里,这个世界都有可能突然进化出技术文明,所以,传感器应该在古生代开始时的寒武纪或奥陶纪就放置在这里。"

地球的影像向前推来,充满了整个正方形,镜头在各大陆间移动,让人想到一双警惕巡视的眼睛。

排险者说:"你们现在看到的影像是在更新世末期拍摄的,距今三十七万年,对我们来说,几乎是在昨天了。"

地球表面的影像停止了移动,那双眼睛的视野固定在非洲大陆上,这个大陆正处于地球黑夜的一侧,看上去是一个由稍亮些的大洋三面围绕的大墨块。显然大陆上的什么东西吸引了这双眼睛的注意,焦距拉长,非洲大陆向前扑来,很快占据了整个画面,仿佛观察者正在飞速冲向地球表面。陆地黑白相间的色彩渐渐在黑暗中显示出来,白色的是第四纪冰期的积雪,黑色部分很模糊,是森林还是布满乱石的平原,只能由人想象了。镜头继续拉近,一个雪原充满了画面,显示图像的正方形现在全变成白色了,是那种夜间雪地的灰白色,带着暗暗的淡蓝。在这雪原上有几个醒目的黑点,很快可以看出那是几个人影,接着可以看出他们的身形都有些驼背,寒冷的夜风吹起他们长长的披肩乱发。图像再次变黑,一个人仰起的面孔充满了画面,在微弱的光线里无法看清这张面孔的细部,只能看出他的眉骨和颧骨很高,嘴唇长而薄。镜头继续拉近这似乎已不可能再近的距离,一双深陷的眼睛充满了画面,黑暗中的瞳仁中有一些银色的光斑,那是映在其中的变形的星空。

图像定格,一声尖厉的鸣叫响起,排险者告诉人们,预警系统报警了。

"为什么?"总工程师不解地问。

"这个原始人仰望星空的时间超过了预警阈值,已对宇宙表现出了充分的好奇,到此为止,已在不同的地点观察到了十起这样的超限事件,符合报警条件。"

"如果我没记错的话,你前面说过,只有当有能力产生创世能级能量过程的文明出现时,预警系统才会报警。"

"你们看到的不正是这样一个文明吗?"

人们面面相觑,一片茫然。

排险者露出那毫无特点的微笑说:"这很难理解吗?当生命意识到宇宙奥秘的存在时,距它最终解开这个奥秘只有一步之遥了。"看到人们仍不明白,他接着说,"比如地球生命,用了四十多亿年时间才第一次意识到宇宙奥秘的存在,但那一时刻距你们建成爱因斯坦赤道只有不到四十万年时间,而这一进程最关键的加速期只有不到五百年时间。如果说那个原始人对宇宙的几分钟凝视是看到了一颗宝石，其后你们所谓的整个人类文明，不过是弯腰去拾它罢了。"

丁仪若有所悟地点点头："要说也是这样，那个伟大的望星人！"

排险者接着说："以后我就来到了你们的世界，监视着文明的进程，像是守护着一个玩火的孩子。周围被火光照亮的宇宙使这孩子着迷，他不顾一切地把火越燃越旺，直到现在，宇宙已有被这火烧毁的危险。"

丁仪想了想，终于提出了人类科学史上最关键的问题："这就是说，我们永远不可能得到大统一模型，永远不可能探知宇宙的终极奥秘？"

科学家们呆呆地盯着排险者，像一群在最后审判日里等待宣判的灵魂。

"智慧生命有多种悲哀，这只是其中之一。"排险者淡淡地说。

松田诚一声音颤抖地问："作为更高一级的文明，你们是如何承受这种悲哀的呢？"

"我们是这个宇宙中的幸运儿，我们得到了宇宙的大统一模型。"

科学家们心中的希望之火又重新开始燃烧。

丁仪突然想到了另一种恐怖的可能："难道说，真空衰变已被你们在宇宙的某处触发了？"

排险者摇摇头："我们是用另一种方式得到的大统一模型，这一时说不清楚，以后我可能会详细地讲给你们听。"

"我们不能重复这种方式吗?"

排险者继续摇头:"时机已过,这个宇宙中的任何文明都不可能再重复它。"

"那请把宇宙的大统一模型告诉人类!"

排险者还是摇头。

"求求你,这对我们很重要,不,这就是我们的一切!"丁仪冲动地去抓排险者的胳膊,但他的手毫无感觉地穿过了排险者的身体。

"知识密封准则不允许这样做。"

"知识密封准则?!"

"这是宇宙中文明世界的最高准则之一,他不允许高级文明向低级文明传递知识——我们把这种行为叫知识的管道传递——低级文明只能通过自己的探索来得到知识。"

丁仪大声说:"这是一个不可理解的准则。如果你们把大统一模型告诉所有渴求宇宙最终奥秘的文明,他们就不会试图通过创世能级的高能实验来得到它,宇宙不就安全了吗?"

"你想得太简单了,这个大统一模型只是这个宇宙的,当你们得到它后就会知道,还存在着无数其他的宇宙,你们接着又会渴求得到制约所有宇宙的超统一模型。而大统一模型在技术上的应用会使你们拥有产生更高能量过程的手段,你们会试图用这种能量过程击穿不同宇宙间的壁垒,不同宇宙间的真空存在着能级差,这就会导致真空衰变,同时毁灭两个或更多的宇宙。知识的管道传递还会对接收它的低级文明产生其他更直接的不良后果和灾难,其原因大部分你们目前还无法理解,所以知识密封准则是绝对不允许违反的。这个准则所说的知识不仅是宇宙的深层秘密,还包括所有你们不具备的知识,假设人类现在还不知道牛顿三定律或微积分,我也同样不能传授给你们。"

科学家们沉默了,在他们眼中,已升得很高的太阳熄灭了,一切都陷入黑暗之中,整个宇宙顿时变成一个巨大的悲剧。这悲剧之大之广他们一时还无法把握,只能在余生细水长流地受其折磨,事实上他们知道,余生已无意义。

松田诚一瘫坐在草地上,说了一句后来成为名言的话:"在一个不可知的宇宙里,我的心脏懒得跳动了。"

他的话道出了所有物理学家的心声,他们目光呆滞,欲哭无泪。就这样不知过了多长时间,丁仪突然打破沉默:

"我有一个办法,既可以使我得到大统一模型,又不违反知识密封准则。"

排险者对他点点头:"说说看。"

"你把宇宙的终极奥秘告诉我,然后毁灭我。"

"给你三天时间考虑。"排险者说。他的回答不假思索十分迅速,紧接着丁仪的话。

丁仪欣喜若狂:"你是说这可行?!"

排险者点点头。

真 理 祭 坛

真理祭坛,人们是这么称呼那个巨大的半球体的。它直径五十米,底面朝上、球面向下放置在沙漠中,远看像一座倒放的山丘。这个半球是排险者用沙子筑成的,当时沙漠中出现了一股巨大的龙卷风,风中那高大的沙柱最后凝聚成这个东西。谁也不知道他是用什么东西使大量的沙子聚合成这样一个精确的半球形,其强度之高以致球面朝下放置都不会解体。但这样的放置方式使半球很不稳定,在沙漠中的阵风里它有明显的摇晃。

据排险者说,在他的那个遥远世界里,这样的半球是一个论坛,在那个文明的上古时代,学者们就聚集在上面讨论宇宙的奥秘。由于这样放置的半球的不稳定性,论坛上的学者们必须小心地使他们的位置均匀地分布,否则半球就会倾斜,使上面的人都滑下来。排险者一直没有解释这个半球形论坛的含义,人们猜测,它可能是暗示宇宙的非平衡态和不稳定。

在半球的一侧,还有一条沙子构筑的长长的坡道,通过它可以从下面走上祭坛。在排险者的世界里,这条坡道是不需要的,在纯能化之前的上古时代,他的种族是一种长着透明双翼的生物,可以直接飞到论坛上。这条坡道是专为人类修筑的,他们中的三百多人将通过它走上真理祭坛,用生命换取宇宙奥秘。

三天前,当排险者答应了丁仪的要求后,事情的发展令世界恐慌。在短短一天时间内,有几百人提出了同样的要求。这些人除了世界核子中心的其他科学家外,还有来自世界各国的学者,开始只有物理学家,后来报名者的专业越出了物理学和宇宙学,出现了数学、生物学等其他基础学科的科学家,甚至还有经济学和史学这类非自然科学的学者。这些要求用生命来换取真理的人,都是他们所在学科的刀锋,是科学界精英中的精英,其中诺贝尔奖获得者就占了一半,可以说,在真理祭坛前聚集了人类科学界的精华。

真理祭坛前其实已不是沙漠了,排险者在三天前种下的草迅速蔓延,那条草带已宽了两倍,不规则的边缘延伸到了真理祭坛下面。在这绿色的草地上聚集了上万人,除了这些即将献身的科学家和世界各大媒体的记者外,还有科学家们的亲人和朋友。两天两夜无休止的劝阻和哀求已使他们心力交瘁,精神都处于崩溃的边缘,但他们还是决定在这最后的时刻做最后的努力。与他们一同做这种努力的还有数量众多的各国政府代表,其中包括十多位国家元首,他们也竭力留住自己国家的科学精英。

"你怎么把孩子带来了?!"丁仪盯着方琳问。在他们身后,毫不知情的文文正在草地上玩耍,她是这群表情阴沉的人中唯一的快乐者。

"我要让她看着你死。"方琳冷冷地说。她脸色苍白,双眼无目标地平视远方。

"你认为这能阻止我?"

"我不抱希望,但能阻止你女儿将来像你一样。"

"你可以惩罚我,但孩子……"

"没人能惩罚你,你也别把即将发生的事伪装成一种惩罚,你正走在通向自己梦中天堂的路上!"

丁仪直视着爱人的双眼说:"琳,如果这是你的真实想法,那么你终于从最深处认识了我。"

"我谁也不认识,现在我的心中只有仇恨。"

"你当然有权恨我。"

"我恨物理学!"

"可如果没有它,人类现在还是丛林和岩洞中愚钝的动物。"

"但我现在并不比它们快乐多少!"

"但我快乐,也希望你能分享我的快乐。"

"那就让孩子也一起分享吧,当她亲眼看到父亲的下场,长大后至少会远离物理学这种毒品!"

"琳,把物理学称为毒品,你也就从最深处认识了它。看,在这两天你真正认识了多少东西?如果你早些理解这些,我们就不会有现在的悲剧了。"

那几位国家元首则在真理祭坛上努力劝说排险者,他拒绝那些科学家的要求。

美国总统说:"先生——我可以这么称呼您吗?我们的世界里最出色的科学家都在这里了,您真想毁灭地球的科学吗?"

排险者说:"没有那么严重,另一批科学精英会很快涌现并补上他们的位置,对宇宙奥秘的探索欲望是所有智慧生命的本性。"

"既然同为智慧生命,您就忍心杀死这些学者吗?"

"这是他们自己的选择,生命是他们自己的,他们当然可以用它来换取自己认为崇高的东西。"

"这个用不着您来提醒我们!"俄罗斯总统激动地说,"用生命来换取崇高的东西对人类来说并不陌生,在上个世纪的一场战争中,我的国家就有两千多万人这么做了。但现在的事实是,那些科学家的生命什么都换不到!只有他们自己能得知那些知识,这之后,您只给他们十分钟的生存时间!他们对于真理的欲望已成为一种地地道道的变态,这您是清楚的!"

"我清楚的是,他们是这个星球上仅有的正常人。"

元首们面面相觑,然后都困惑地看着排险者,他们不明白他的意思。

排险者伸开双臂拥抱天空:"当宇宙的和谐之美一览无遗地展现在你面前时,生命只是一个很小的代价。"

"但他们看到这美后只能再活十分钟!"

"就是没有这十分钟,仅仅经历看到那终极之美的过程,也是值得的。"

元首们又互相看了看,都摇头苦笑。

"随着文明的进化,像他们这样的人会渐渐多起来的。"排险者指指真理祭坛下的科学家们说,"最后,当生存问题完全解决,当爱情因个体的异化和融合而消失,当艺术因过分的精致和晦涩而最终死亡,对宇宙终极美的追求便成为文明存在的唯一寄托,他们的这种行为方式也就符合了整个宇宙的基本价值观。"

元首们沉默了一会儿,试着理解排险者的话,美国总统突然哈哈大笑起来:"先生,您在耍我们,您在耍弄整个人类!"

排险者露出一脸困惑:"我不明白……"

日本首相说:"人类还没有笨到你想象的程度,你话中的逻辑错误连小孩子都明白!"

排险者显得更加困惑了:"我看不出这有什么逻辑错误。"

美国总统冷笑着说:"一万亿年后,我们的宇宙肯定充满了高度进化的文明,照您的意思,对终极真理的这种变态的欲望将成为整个宇宙的基本价值观,那时全宇宙的文明将一致同意,用超高能的实验来探索囊括所有宇宙的超统一模型,不惜在这种实验中毁灭包括自己在内的一切？您想告诉我们这种事会发生?!"

排险者盯着元首们长时间不说话，那怪异的目光使他们不寒而栗，他们中有人似乎悟出了什么：

"您是说……"

排险者举起一只手制止他说下去，然后向真理祭坛的边缘走去，在那里，他用响亮的声音对所有人说：

"你们一定很想知道我们是如何得到这个宇宙的大统一模型的，现在可以告诉你们了。

"很久很久以前，我们的宇宙比现在小得多，而且很热，恒星还没有出现，但已有物质从能量中沉淀出来，形成弥漫在发着红光的太空中的星云。这时生命已经出现了，那是一种力场与稀薄的物质共同构成的生物，其个体看上去很像太空中的龙卷风。这种星云生物的进化速度快得像闪电，很快产生了遍布全宇宙的高度文明。当星云文明对宇宙终极真理的渴望达到顶峰时，全宇宙的所有世界一致同意，冒着真空衰变的危险进行创世能级的实验，以探索宇宙的大统一模型。

"星云生物操纵物质世界的方式与现今宇宙中的生命完全不同，由于没有足够多的物质可供使用，他们的个体自己进化为自己想要的东西。在最后的决定作出后，某些个体飞快地进化，把自己进化为加速器的一部分。最后，上百万个这样的星云生物排列起来，组成了一台能把粒子加速到创世能级的高能加速器。加速器启动后，暗红色的星云中出现了一个发出耀眼蓝光的灿烂光环。

"他们深知这个实验的危险，在实验进行的同时把得到的结果用引力波发射了出去，引力波是唯一能在真空衰变后存留下来的信息载体。

"加速器运行了一段时间后，真空衰变发生了，低能级的真空球从原子大小以光速膨胀，转眼间扩大到天文尺度，内部的一切蒸发殆尽。真空球的膨胀速度大于宇宙的膨胀速度，虽然经过了漫长的时间，最后还是毁灭了整个宇宙。

"漫长的岁月过去了，在空无一物的宇宙中，被蒸发的物质缓慢地重新沉淀凝结，星云又出现了，但宇宙一片死寂，直到恒星和行星出现，生命才在宇宙中重新萌发。而这时，早已毁灭的星云文明发出的引力波还在宇宙中回荡，实体物质的重新出现使它迅速衰减，但就在它完全消失以前，被新宇宙中最早出现的文明接收到，它所带的信息被破译，从这远古的实验数据中，新文明得到了大统一模型。他们发现，对建立模型最关键的数据，是在真空衰变前万分之一秒左右产生的。

"让我们的思绪再回到那个毁灭中的星云宇宙，由于真空球以光速膨胀，球体之外的所有文明世界都处于光锥视界之外，不可能预知灾难的到来，在真空球到达之前，这些世界一定在专心地接收着加速器产生的数据。在他们收到足够建立大统一模型的数据后的万分之一秒，真空球毁灭了一切。但请注意一点：星云生物的思维频率极高，万分之一秒对他们来说是一段相当长的时间，所以他们有可能在生命的最后时刻推导出了大统一模型。当然，这也可能只是我们的一种自我安慰，更有可能的是他们最后什么也没推导出来，星云文明掀开了宇宙的面纱，但他们自己没来得及向宇宙那终极的美瞥一眼就毁灭了。更为可敬的是，开始实验前他们可能已经想到了这种可能，牺牲自己，把那些包含着宇宙终极秘密的数据传给遥远未来的文明。

"现在你们应该明白,对宇宙终极真理的追求,是文明的最终目标和归宿。"

排险者的讲述使真理祭坛上下的所有人陷入长久的沉思中。不管这个世界对他最后那句话是否认同,有一点可以肯定:它将对今后人类思想和文化的进程产生重大影响。

美国总统首先打破沉默说:"您为文明描述了一幅阴暗的前景,难道生命在漫长进程中所有的努力和希望,都是为了那飞蛾扑火的一瞬间?"

"飞蛾并不觉得阴暗,它至少享受了短暂的光明。"

"人类绝不可能接受这样的价值观!"

"这完全可以理解。在我们这个真空衰变后重生的宇宙中,文明还处于萌芽阶段,各个世界都有自己的生活方式,追求着不同的目标。对大多数世界来说,对终极真理的追求并不具有至高无上的意义,为此而冒毁灭宇宙的危险,对宇宙中大多数生命是不公平的。即使在我自己的世界中,也并非所有的成员都愿意为此牺牲一切。所以,我们自己没有继续进行探索超统一模型的高能实验,并在整个宇宙中建立了排险系统。但我们相信,随着文明的进化,总有一天宇宙中的所有世界都会认同文明的终极目标。其实就是现在,就是在你们这样一个婴儿文明中,已经有人认同了这个目标。好了,时间快到了,如果各位不想用生命换取真理,就请你们下去,让那些想这么做的人上来。"

元首们走下真理祭坛,来到那些科学家面前,进行最后的努力。

法国总统说:"能不能这样,把这事稍往后放一放,让我陪大家去体验另一种生活。让我们放松自己,在黄昏的鸟鸣中看着夜幕降临大地,在银色的月光下听着怀旧的音乐,喝着美酒想着你心爱的人……这时你们就会发现,终极真理并不像你们想的那么重要,与你们追求的虚无缥缈的宇宙和谐之美相比,这样的美更让人陶醉。"

一位物理学家冷冷地说:"所有的生活都是合理的,我们没必要互相理解。"

法国元首还想说什么,美国总统已失去了耐心:"好了,不要对牛弹琴了!您还看不出来这是怎样一群毫无责任心的人?还看不出这是怎样一群骗子?!他们声称为全人类的利益而研究,其实只是拿社会的财富满足自己的欲望,满足他们对那种玄虚的宇宙和谐美的变态欲望,这和拿公款嫖娼有什么区别?!"

丁仪挤上前来拍拍他的肩膀笑着说:"总统先生,科学发展到今天,终于有人对它的本质进行了比较准确的定义。"

旁边的松田诚一说:"我们早就承认这点,并反复声明,但一直没人相信我们。"

交　换

生命和真理的交换开始了。

第一批八位数学家沿着长长的坡道向真理祭坛走去。这时,沙漠上没有一丝风,仿佛大自然屏住了呼吸,寂静笼罩着一切,刚刚升起的太阳把他们的影子长长地投在沙漠上,那几条长影是这个凝固的世界中唯一能动的东西。

数学家们的身影消失在真理祭坛上,下面的人们看不到他们了。所有的人都凝神听着,他们首先听到祭坛上传来排险者的声音,在死一般的寂静中这声音很清晰:

"请提出问题。"

接着是一位数学家的声音:"我们想看到哥德巴赫猜想的最后证明。"

"好的,但证明很长,时间只够你们看关键的部分,其余用文字说明。"

排险者是如何向科学家们传授知识的,以后对人类一直是个谜。在远处的监视飞机上拍下的图像中,科学家们都在仰起头看着天空,而他们看的方向上空无一物。一个被普遍接受的说法是:外星人用某种思维波把信息直接输入到他们的大脑中。但实际情况比那要简单得多:排险者把信息投射在天空上,在真理祭坛上的人看来,整个地球的天空变成了一个显示屏,而从祭坛之外什么都看不到。

一个小时过去了,真理祭坛上有个声音打破了寂静:"我们看完了。"

接着是排险者平静的回答:"你们还有十分钟的时间。"

真理祭坛上隐隐传来了多个人的交谈声,只能听清只言片语,但能清楚地感受到那些人的兴奋和喜悦,像是一群在黑暗的隧道中跋涉了一年的人突然看到了洞口的光亮。

"……这完全是全新的……""……怎么可能……""……我以前在直觉上……""……天啊,真是……"

当十分钟就要结束时,真理祭坛上响起了一个清晰的声音:

"请接受我们八个人真诚的谢意。"

真理祭坛上闪起一片强光,强光消失后,下面的人们看到八个等离子体火球从祭坛上升起,轻盈地向高处飘升。它们的光度渐渐减弱,由明亮的黄色变成柔和的橘红色,最后一个接一个地消失在蓝色的天空中,整个过程悄无声息。从监视飞机上看,真理祭坛上只剩下排险者站在圆心。

"下一批!"他高声说。

在上万人的凝视下,又有十一个人走上了真理祭坛。

"请提出问题。"

"我们是古生物学家,想知道地球上恐龙灭绝的真正原因。"

古生物学家们开始仰望长空,但所用的时间比刚才数学家们短得多,很快有人对排险者说:"我们知道了,谢谢!"

"你们还有十分钟。"

"……好了,七巧板对上了……""……做梦也不会想到那方面去……""……难道还有比这更……"

然后强光出现又消失,十一个火球从真理祭坛上飘起,很快消失在沙漠上空。

……

一批又一批的科学家走上真理祭坛,完成了生命和真理的交换,在强光中化为美丽的火球飘逝而去。

一切都在庄严与宁静中进行,真理祭坛下面,预料中生离死别的景象并没有出现。全世界的人们静静地看着这壮丽的景象,心灵被深深地震撼了,人类在经历着一场有史以来最大的灵魂洗礼。

一个白天的时间不知不觉过去了,太阳已在西方地平线处落下了一半,夕阳给真理祭坛洒上了一层金辉。物理学家们开始走向祭坛,他们是人数最多的一批,有八十六人。就在这一群人刚刚走上坡道时,从日出时一直持续到现在的寂静被一个童声打破了。

"爸爸!"文文哭喊着从草坪上的人群中冲出来,一直跑到坡道前,冲进那群物理学家中,抱住了丁仪的腿,"爸爸,我不让你变成火球飞走!"

丁仪轻轻抱起了女儿,问她:"文文,告诉爸爸,你能记起来的最让自己难受的事是什么?"

文文抽泣着想了几秒钟,说:"我一直在沙漠里长大,最……最想去动物园。上次爸爸去南方开会,带我去了那边的一个大大的动物园,可刚进去,你的电话就响了,说工作上有急事。那是个野生动物园,小孩儿一定要大人带着才能进去,我也只好跟你回去了,后来你再也没时间带我去。爸爸,这是最让我难受的事儿,在回来的飞机上我一直哭。"

丁仪说:"但是,好孩子,那个动物园你以后肯定有机会去,妈妈以后会带文文去的。爸爸现在也在一个大动物园的门口,那里面也有爸爸做梦都想看到的神奇的东西,而爸爸如果这次不去,以后真的再也没机会了。"

文文用泪汪汪的大眼睛呆呆地看了爸爸一会儿,点点头说:"那……那爸爸就去吧。"

方琳走过来,从丁仪怀中抱走了女儿,眼睛看着前面矗立的真理祭坛说:"文文,你爸爸是世界上最坏的爸爸,但他真的很想去那个动物园。"

丁仪两眼看着地面,用近乎祈求的声调说:"是的文文,爸爸真的很想去。"

方琳用冷冷的目光看着丁仪说:"冷血的基本粒子,去完成你最后的碰撞吧。记住,我绝不会让你女儿成为物理学家的!"

这群人正要转身走去,另一个女性的声音使他们又停了下来。

"松田君,你要再向上走,我就死在你面前!"

说话的是一位娇小美丽的日本姑娘,她此时站在坡道起点的草地上,用一支银色的小手枪顶在自己的太阳穴上。

松田诚一从那群物理学家中走了出来,走到姑娘的面前,直视着她的双眼说:"泉子,还记得北海道那个寒冷的早晨吗?你说要出道题考验我是否真的爱你,你问我,如果你的脸在火灾中被烧得不成样子,我该怎么办?我说我将忠贞不渝地陪伴你一生。你听到这回答后很失望,说我并不是真的爱你,如果我真的爱你,就会弄瞎自己的双眼,让一个美丽的泉子永远留在心中。"

泉子拿枪的手没有动,但美丽的双眼盈满了泪水。

松田诚一接着说:"所以,亲爱的,你深知美对一个人生命的重要,现在,宇宙终极之美就在我面前,我能不看她一眼吗?"

"你再向上走一步我就开枪!"

松田诚一对她微笑了一下,轻声说:"泉子,天上见。"然后转身和其他物理学家一起沿坡道走向真理祭坛,身后清脆的枪声、脑浆溅落在草地上的声音和柔软的躯体倒地的声音,都没使他回头。

物理学家们走上了真理祭坛那圆形的顶面,在圆心,排险者微笑着向他们致意。突然间,映着晚霞的天空消失了,地平线处的夕阳消失了,沙漠和草地都消失了,真理祭坛悬浮于无际的黑色太空中,这是创世前的黑夜,没有一颗星星。排险者挥手指向一个方向,物理学家们看到在遥远的黑色深渊中有一颗金色的星星。它起初小得难以看清,后来由一个亮点渐渐增大,开始具有面积和形状,他们看出那是一个向这里漂来的旋涡星系。星系很快增大,显出它磅礴的气势。距离更近一些后,他们发现星系中的恒星都是数字和符号,它们组成的方程式构成了这金色星海中的一排排波浪。

宇宙大统一模型缓慢而庄严地从物理学家们的上空移过。

......

当八十六个火球从真理祭坛上升起时,方琳眼前一黑倒在草地上,她隐约听到文文的声音:

"妈妈,那些哪个是爸爸?"

最后一个上真理祭坛的人是史蒂芬·霍金,他的电动轮椅沿着长长的坡道慢慢向上移动,像一只在树枝上爬行的昆虫。他那仿佛已抽去骨骼的绵软身躯瘫陷在轮椅中,像一支在高温中变软且即将熔化的蜡烛。

轮椅终于开上了祭坛,在空旷的圆面上开到了排险者面前。这时,太阳落下了一段时间,暗蓝色的天空中有零落的星星出现,祭坛周围的沙漠和草地模糊了。

"博士,您的问题?"排险者问,对霍金。他似乎并没有表示出比对其他人更多的尊重,他面带着毫无特点的微笑,听着博士轮椅上的扩音器发出的呆板的电子声音：

"宇宙的目的是什么？"

天空中没有答案出现，排险者脸上的微笑消失了，他的双眼中掠过了一丝不易觉察的恐慌。

"先生？"霍金问。

仍是沉默，天空仍是一片空旷，在地球的几缕薄云后面，宇宙的群星正在涌现。

"先生？"霍金又问。

"博士，出口在您后面。"排险者说。

"这是答案吗？"

排险者摇摇头："我是说您可以回去了。"

"你不知道？"

排险者点点头说："我不知道。"这时，他的面容第一次不仅是一个图形符号。一阵悲哀的黑云涌上这张脸，这悲哀表现得那样生动和富有个性，这时谁也不怀疑他是一个人，而且是一个最平常因而最不平常的普通人。

"我怎么知道。"排险者喃喃地说。

尾 声

十五年之后的一个夜晚，在已被变成草原的昔日的塔克拉玛干沙漠上，有一对母女正在交谈。母亲四十多岁，但白发已过早地出现在她的双鬓，从那饱经风霜的双眼中透出的，除了忧伤就是疲倦。女儿是一位苗条的少女，大而清澈的双眸中映着晶莹的星光。

母亲在柔软的草地上坐下来,两眼失神地看着模糊的地平线说:"文文,你当初报考你爸爸母校的物理系,现在又要攻读量子引力专业的博士学位,妈都没拦你。你可以成为一名理论物理学家,甚至可以把这门学科当作自己唯一的精神寄托,但,文文,妈求你了,千万不要越过那条线啊!"

文文仰望着灿烂的银河,说:"妈妈,你能想象,这一切都来自两百亿年前一个没有大小的奇点吗?宇宙早就越过那条线了。"

方琳站起来,抓着女儿的肩膀说:"孩子,求你别这样!"

文文双眼仍凝视着星空,一动不动。

"文文,你在听妈妈说话吗?你怎么了?!"方琳摇晃着女儿。文文的目光仍被星海吸住收不回来,她盯着群星问:

"妈妈,宇宙的目的是什么?"

"啊……不——"方琳彻底崩溃了,又跌坐在草地上,双手捂着脸抽泣着,"孩子,别,别这样!"

文文终于收回了目光,蹲下来扶着妈妈的双肩,轻声问道:"那么,妈妈,人生的目的是什么?"

这个问题像一块冰,使方琳灼烧的心立刻冷了下来。她扭头看了女儿一眼,然后看着远方深思着。十五年前,就在她看着的那个方向,曾矗立过真理祭坛,再远些,爱因斯坦赤道曾穿过沙漠。

微风吹来,草海上涌起道道波纹,仿佛是星空下无际的骚动的人海,向整个宇宙无声地歌唱着。

"不知道,我怎么知道呢?"方琳喃喃地说。

白垩纪往事

这是六千五百万年前白垩纪晚期普通的一天,真的不可能搞清是哪一天了,但确实是普通的一天,这一天的地球,是在平静中度过的。

那时各大陆的形状和位置与现在大不相同,恐龙主要分布在两块大陆上,其一是冈瓦纳古陆,它在几亿年前原本是地球上唯一的完整大陆,现在经过分裂,面积已大为减小,但仍有现在的非洲和南美洲合起来那么大;其二是罗拉西亚大陆,是从冈瓦纳古陆分裂出去的一块大陆,后来形成现在的北美洲。

在这一天,在所有的大陆上,所有的生命都在为生存而奔波,在这蒙昧之中的世界,它们不知道自己从哪里来,也不关心自己到哪里去。当白垩纪的太阳升到正空时,当苏铁植物的大叶在地上投下的影子缩到最小时,它们只关心从哪里找到自己今天的午餐。

一头霸王龙找到了自己的午餐,它此时正处于冈瓦纳古陆的中部地区,在一片高大的苏铁林中的一块阳光明媚的空地上。它的午餐是一条刚刚抓到的肥硕的大蜥蜴,它用两只大爪把那只拼命扭动的蜥蜴一下撕成两半,把尾巴那一半扔进大嘴里,津津有味地大嚼起来,这时它对这个世界和自己的生活很满意。

就在距霸王龙左脚一米左右的地方,有一个蚂蚁小镇,镇子大部分处于地下,里面生活着一千多只蚂蚁。今年的旱季很长,日子越来越难了,它们已经连着两天挨饿了。

霸王龙吃完后,后退两步,满意地躺在树荫里睡午觉。它的倒卧使小镇产生了一场强烈的地震,涌到地面的蚂蚁们看到霸王龙的身躯像远方一道高大的山脉。不一会儿地震又发生了,只见那道山脉在大地上来回滚动着,霸王龙把一支巨爪伸进嘴里,在巨牙间使劲抠着,蚂蚁们很快明白了恐龙睡不着的原因:牙缝里塞了肉,很难受。

蚂蚁小镇的镇长突然间有了一个主意,它攀上一棵小草,向下面的蚁群发出一股气味语言,气味所到之处,蚂蚁们理解了镇长的意思,也发出气味把这信息更广地传播开来,蚁群中触角挥动,出现了一阵兴奋的浪潮。随后,在镇长的率领下,蚁群向霸王龙行进,在地面上形成了几道黑色的小溪。

十分钟后,蚂蚁们便跟着镇长开始登上恐龙的巨爪。霸王龙看到了前臂上的蚁群,挥起另一只手臂要把它们扫下去。它挥起的巨掌如一片乌云瞬间遮住了正午的太阳,蚁群所在的前臂平原立刻暗了下来。蚂蚁们惊恐地仰望着空中的巨掌,急剧挥动着它们的触须,镇长则抬起前爪指着恐龙的大嘴,其他的蚂蚁也学着镇长的样子,一起指着恐龙的嘴。霸王龙愣了几秒钟,似乎明白了蚂蚁的意思。它想了想,把举着的那只爪子放了下来,前臂平原上立刻云开日出。霸王龙张开大嘴,将爪子的一根指头搭到它的巨牙上,形成了一座沟通前臂平原与巨牙的桥梁。

蚂蚁们犹豫着,镇长首先向指头走去,蚁群随后跟上。

一群蚂蚁很快走到了手指的尽头,它们站在那光滑的圆锥形指尖上,充满敬畏地向恐龙的嘴里看了一眼,仿佛面对着一个处于雷雨前的暗夜中的世界,一阵充满血腥味的潮湿的大风迎面刮来,那无尽的黑暗深处有隆隆的雷声传来。当蚂蚁们的眼睛适应了黑暗,模糊地看到黑暗中的远方有一大片更黑的区域,那片区域的边界还在不断地变幻着形状,好半天蚂蚁们才明白那是恐龙的嗓子眼儿,隆隆的雷声就是从那里传出的,这声音是从那大黑洞的深处霸王龙庞大的胃发出的。蚂蚁们惊恐地收回目光,纷纷从指尖爬上了恐龙的巨牙,然后沿着牙面那白色的光滑峭壁爬下去。在宽大的牙缝中,蚂蚁们开始用它们有力的双颚撕咬卡在那里的粉红色的蜥蜴肉。这时霸王龙已经把指头搭到了上排牙上,后来的蚂蚁在持续不断地爬上去,然后进入牙缝中吃肉,这使得上牙的情景仿佛是下牙的镜像。在恐龙的十几道牙缝中,有上千只蚂蚁在忙碌着。很快,牙缝中的残肉被剔得干干净净。

霸王龙牙齿间的不适感消失了,恐龙还没有进化到能说声谢谢的地步,它只是快意地长出一口气,一时间突然出现的飓风掠过两排巨牙,把所有的蚂蚁都吹了出去。蚁群像一片黑色的灰尘纷纷从空中飘落,由于它们身体极轻,都安然无恙地降落在距霸王龙头部一米多远的地方。饱餐一顿的蚂蚁们心满意足地向小镇的入口走去,而消除了齿间不适的霸王龙,又打了一个滚回到凉爽的树荫里,舒适地睡去。

地球在静静地转动着,太阳无声地滑向西方,苏铁植物的影子在悄悄拉长,林间有蝴蝶和小飞虫在静静地飞着,在远方,远古大洋上的浪花拍打着冈瓦纳古陆的海岸……

没有人知道,在这宁静的一刻,地球的历史已被扭向另一个方向。

一、信息时代

时光飞逝,五万年过去了。

恐龙和蚂蚁的相互依存关系一直延续下来,两个物种一同创造了白垩纪文明,跨越了石器时代、青铜时代、铁器时代、蒸汽机时代、电气时代、原子时代,现在进入了信息时代。

恐龙在各大陆上建起了巨大的城市,这些城市中有上万米高的大楼,站在它们的楼顶向下看,就像坐在我们的高空飞机上鸟瞰一样,可以看到云层几乎贴着大地。这些巨楼站立在云海之上,下面的云很密时,总是处于万里晴空之中的顶层的恐龙就会打电话问底层的门卫,下面是不是在下雨,以决定它们下班回家时要不要带伞。它们的伞也很大,像我们马戏团的顶棚。它们的汽车每一辆都有我们的一幢楼房那么大,行驶时地面在颤动。恐龙的飞机像我们的巨轮那么大,飞行时如惊雷滚过长空,并在地面上投下大大的影子。恐龙还进入了太空进行探险,在地球同步轨道上运行着它们大量的卫星和飞船,这些航天器同样是庞然大物,在地面上就能看出其形状。恐龙的世界是由庞大而复杂的计算机网络连在一起的,它们的计算机键盘上的每一个键都有我们的电脑屏幕那么大,而它们的电脑屏幕像我们的一面墙那么宽。

与此同时,蚂蚁世界也进入了先进的信息时代。蚂蚁世界的能源动力与恐龙世界完全不同,它们不使用石油和煤炭,而是采集风力和太阳能。在蚂蚁城市中能看到大量的风力发电机,外形和大小与我们的孩子玩的纸风车相仿;城市的建筑表面都是一种光亮的黑色材料,那是太阳能电池。蚂蚁世界的另一个重要技术是用生物工程制造的动力肌肉,这种动力肌肉的外形像一根根粗电缆,注入营养液后就能够进行各种频率的伸缩以产生动力,蚂蚁的汽车和飞机都是由这种动力肌肉作为发动机的。蚂蚁也有计算机,它们都是米粒大小的圆粒,与恐龙的计算机不同,没有任何集成电路,所有的计算都是由复杂的有机化学反应完成。蚂蚁计算机没有显示屏,它用化学气味输出信息,这些极其复杂精细的气味只有蚂蚁能够分辨,蚂蚁的感觉可以把这些气味翻译成数据、语言和图像。这些粒状化学计算机同样联成了庞大的网络,只是它们之间的联网不是通过光纤和电波,而是通过化学气味,计算机之间用气味语言来交换信息。蚂蚁社会的结构与我们今天见到的蚁群大不相同,反倒更像我们人类。由于采用生物工程生产胚胎,蚁后在生殖繁衍后代中的作用已微不足道,所以她们在蚂蚁社会中没有今天这样的地位和重要性。

  蚂蚁和恐龙两个世界间形成了一种相互依存的关系,四肢笨拙的恐龙依赖蚂蚁的精细操作技能,在恐龙世界的所有工厂中,都有大量的蚂蚁在工作,它们主要从事恐龙工人无法胜任的微小零件的制造、精密设备和仪器的操作、维护和维修等。蚂蚁在恐龙社会发挥重要作用的另一个重要领域是医学,恐龙的所有手术由蚂蚁医师们进入它们那巨大的内脏来实施,蚂蚁拥有了许多精密的医疗设备，包括微小的激光手术刀、能够在恐龙血管中行驶并清淤的微型潜艇等。

冈瓦纳大陆上的蚂蚁帝国最后统一了各个大陆上的未开化的蚂蚁部落，建立了名叫"蚂蚁联邦"的覆盖整个地球的蚂蚁世界。

与蚂蚁世界相反，原本统一的恐龙帝国却发生了分裂，罗拉西亚大陆独立，建立了另一个庞大的恐龙国家——罗拉西亚共和国。后来经过上千年的扩张，冈瓦纳帝国占据了原生印度、原生南极和原生澳大利亚，而罗拉西亚共和国则把自己的版图扩张至原生亚洲和原生欧洲两个大陆。冈瓦纳帝国主要由霸王龙组成，而罗拉西亚共和国主要龙种是暴龙，双方在领土扩张的漫长历史中不断爆发战争。但在最近的两百年，随着核时代的到来，战争却停止了。这完全是核威慑的结果，两个大国都存贮了大量的热核武器，战争一旦爆发，这些核弹会使地球变成一个没有生命的放射性熔炉。正是对共同毁灭的恐惧，使白垩纪地球维持了这针尖上的可怕和平。

随着时间的流逝，恐龙社会在地球上急剧膨胀，它们的数量迅速增加，各个大陆变得拥挤起来，环境污染和核战争两大威胁变得日益严重。蚂蚁和恐龙两个世界间的裂痕出现，白垩纪文明笼罩在一层不祥的阴云之中。

在刚刚闭幕的本年度龙蚁峰会上，蚂蚁世界要求恐龙世界采取断然措施，销毁所有核武器，保护环境和限制数量增长，在要求被拒绝后，白垩纪世界中的所有蚂蚁全体罢工。

二、蚂蚁罢工

冈瓦纳帝国首都,在高耸入云的皇宫中的一间宽阔的蓝色大厅中,达达斯皇帝躺在一张大沙发上,用大爪捂着左眼,不时痛苦地呻吟一声。围着它站着几头恐龙,它们是:国务大臣巴巴特、国防大臣洛洛加元帅、科学大臣尼尼坎博士、医疗大臣维维克医生。

维维克医生欠身看着皇帝说:"殿下,您的左眼已经发炎了,急需手术,但现在找不到动眼科手术的蚂蚁医生,只能用抗生素药物维持,这样下去,您的这只眼睛有失明的危险。"

"见鬼!"皇帝咬牙切齿地说,接着问医生,"全国的医院都没有蚂蚁医生了吗?"

维维克点点头,"是的,殿下,大量需要手术的患者得不到治疗,已经引起了一定的社会恐慌。"

"大概更大的恐慌不是来自于此吧。"皇帝说着,转向国务大臣。

巴巴特欠一下身说:"当然,殿下。现在,全国有三分之二的工厂已经停工,有几个城市还停电,罗拉西亚共和国的情况也比我们好不到哪里去。"

"那些恐龙能够操纵的机器和生产线也停下来了吗?"

"是的殿下,在制造业,比如汽车制造之类,如果精细的小部件造不出来,那些恐龙能够生产的大部件也无法装配成能够使用的成品,所以也都停止生产了。在另外一些工业部门,如化工和发电,蚂蚁罢工刚开始还影响不大,但后来随着设备故障的增加，维修又跟不上，瘫痪的工厂越来越多。"

皇帝暴跳如雷，"混蛋！龙蚁峰会刚结束，我们就命令你们在全国范围内对恐龙产业工人进行紧急培训，以使它们能够逐步胜任原来由蚂蚁从事的精细操作。"

"殿下，这几乎是一件不可能的事。"

"对于伟大的冈瓦纳帝国没有什么是不可能的！在帝国漫长的历史上，冈瓦纳恐龙经历过比这大得多的危机，有多少次敌众我寡的血战，多少次扑灭覆盖整个大陆的森林大火，多少次在大陆板块运动后岩浆横流的大地上生存下来……"

"但，殿下，这次不同……"

"有什么不同的？！只要勤学苦练，恐龙也能拥有一双灵巧的手！我们的世界不会因此而屈服于那些小虫子的要挟！"

"我将让您看到，这是一件多么困难的事……"国务大臣说着，张开它的大爪，把两根红色的电线放到沙发上，"殿下，您能试着做一个维修机器设备最基本的操作：把这两根导线接起来吗？"

达达斯皇帝大爪的每根指头都有半米长，比茶杯还粗，那两根直径三毫米的电线，在它看来比我们眼中的头发丝还细，它费了很大劲，蹲在那里把两眼紧凑在沙发上，试图把那两根电线捏起来，爪子粗大的锥形指甲像几颗小炮弹般光滑，夹起的电线最终都滑落下去，剥开电线的胶皮进行连接更是谈不上了。皇帝叹了口气，不耐烦地一挥爪子把电线扫到地上。

"就算是您最终练就了这接线的细功夫，还是无法进行维修工作，我们这粗大的手指不可能伸进那些只有蚂蚁才能钻进去的精密机器中。"

"唉——"科学大臣尼尼坎长叹一声，感慨地说，"早在八百年前，先皇就看到了恐龙世界对蚂蚁细微操作技能的依赖所产生的危险，并作出了巨大的努力，研究新的技术和设备以摆脱这种依赖。但恕我冒昧，在包括殿下在位的这两个世纪，这种努力几乎停止了，我们舒适地躺在蚂蚁服务的温床上，忘记了居安思危。"

"我没有躺在谁的温床上！"皇帝举起两只大爪愤怒地说，"事实上，先皇看到的那种危险也无数次在我的噩梦中出现，"它用一根粗指头抵着尼尼坎的前胸，"但你要知道，先皇摆脱对蚂蚁技能依赖的努力是因为失败而停止的，在罗拉西亚共和国也一样！"

"是这样，殿下！"国务大臣点点头，指指地上的电线对尼尼坎说，"博士，您不可能不知道，要想让恐龙顺利地完成接线操作，这两根电线必须有十至十五厘米粗！即使具有这样大的形体，我们也不可能想象一部内部盘着像小树那么粗的电线的移动电话，或者同样的一台电脑。与此类似，要想由恐龙操作和维护，有一半的机器设备必须造得比现在大百倍甚至几百倍，这样，资源和能源的消耗也相应地是现在的几百倍，这是恐龙世界的经济根本无法承受的！"

科学大臣点点头，承认了上面的说法，"是的，更要命的是，有些设备的部件是不可能大型化的，比如光学和电磁波通信设备，包括光波在内的电磁波的波长，决定了调制和处理它们的部件一定是微小的。没有微小部件，怎么可能想象会有计算机和网络？在分子生物学和基因工程的研究和生产方面也是类似的。"

医疗大臣说:"我们的医疗也离不开蚂蚁,没有他们,恐龙的外科手术无法想象。"

科学大臣总结道:"龙蚁联盟是大自然在进化中的一项选择,它的意义是十分深远的,没有这种联盟,地球上的文明根本不可能出现,我们绝不能容忍蚂蚁破坏这个联盟。"

"可现在我们怎么办呢?"皇帝摊开双爪看看大家问。

一直沉默的国防大臣洛洛加元帅说话了,"殿下,蚂蚁联邦固然有它们的优势,但我们也有自己的力量,蚂蚁世界的城市比我们娃娃的积木玩具还小,我们撒泡尿就能把它冲垮!帝国应该使用这种力量。"

皇帝点点头,对元帅说:"好吧,你命令总参谋部制订一个行动方案,毁灭几座蚂蚁城市,给他们一个警告!"

"元帅,"国务大臣拉住正要离去的洛洛加说,"关键是要与罗拉西亚协调好。"

"对!"皇帝点点头,"要与它们同时行动,以防让多多米趁虚而入,把蚂蚁联邦拉到罗拉西亚那边去。"

三、最后的战争

"在我们的那三座城市被摧毁后,为避免更大的损失,蚂蚁联邦已经暂时结束罢工,恢复在恐龙世界的工作。现在的事实已经很清楚:要么蚂蚁消灭恐龙,要么整个地球文明一起毁灭!"蚂蚁联邦最高执政官卡奇卡在议会讲坛上对议员们说。

"我同意最高执政官的看法。"蚂蚁参议员比卢比在自己的座位上挥动着触角说,"照现在的趋势发展下去,地球生物圈只有两个命运:或者被恐龙大工业产生的污染完全毒化,或者在冈瓦纳和罗拉西亚两个恐龙大国间的核战争中被完全毁灭!"

它们的话在蚂蚁议员们中引起了强烈反响,"对,是做最后抉择的时候了!""消灭恐龙,拯救文明!""行动吧!行动吧!!"……

"请大家冷静一下!"蚂蚁联邦的首席科学家乔耶博士挥动触角平息了喧哗,"要知道,蚂蚁和恐龙的共生关系已经延续了很多年,龙蚁联盟是地球文明的基础,当然也是蚂蚁文明的基础,如果这个联盟突然消失,并且其中的一方恐龙文明被消灭,蚂蚁文明真的能够独自存在下去吗?大家都知道,在龙蚁联盟中,恐龙从蚂蚁这里得到的东西一直是很明确很具体的,而蚂蚁从恐龙那里得到的,除了基本的生活物资外,还有一些无形的东西,这就是它们的思想和科技知识,对于蚂蚁文明来说,后者显然是更重要的,蚂蚁也许能够成为出色的工程师,但永远也成不了科学家!因为蚂蚁大脑的生理结构决定了我们永远也不可能拥有恐龙的两样东西:好奇心和想象力。"

比卢比参议员不以为然地摇摇头,"好奇心和想象力?咄咄,博士,您以为这是两样好东西吗?正是这两样东西,使恐龙成为一种神经兮兮的动物,使它们的情绪变幻不定、喜怒无常,整天在胡思乱想的白日梦中浪费时光。"

"但,参议员,正是这种变幻不定和胡思乱想,才使灵感和创造成为可能,才使以探索宇宙最深层规律的理论研究成为可能,而后者是技术进步的基础……"

"好了好了——"卡奇卡不耐烦地打断乔耶博士的话,"现在不是进行这种无聊的学术讨论的时候,博士,蚂蚁世界现在面临的问题只有一个:是消灭恐龙,还是与它们一起毁灭?"

乔耶无言以对。

卡奇卡转向若列,点头示意。

若列元帅走上讲坛,"我想让大家看一样小东西,这也是我们不依赖恐龙老师而进行的技术发明中的微不足道的一项。"

在元帅的示意下,有两只蚂蚁拿上来两小条薄薄的白色片状物,像两片小纸屑,若列介绍说:"这是蚂蚁最传统的武器——雷粒的一种最新型号,这种片状的雷粒,是联邦的军事工程师们专为这场终极战争研制的。"它挥了一下触须,又有四只蚂蚁抬上来两小段导线,就是在恐龙的机器中最常见的那种,一段是红色的,另一段为绿色。它们把这两段导线放到一个支架上,然后把那两片白色的小条分别缠到两段导线的中部,小条紧紧地贴在导线上,像在上面缠了两圈白胶布。但接下来神奇的事情发生了:那两圈小白条突然开始变色,分别变成与它们所缠的导线一样的颜色,一条变红一条变绿,很快,它们就与所缠的导线融为一体,根本无法分辨出来。卡奇卡说:"这就是联邦的最新武器:变色雷粒。它们一旦安装到位,恐龙是绝对无法发现的!"约两分钟后雷粒爆炸,啪啪两声脆响后,两段导线都被齐齐切断。

"届时,联邦将出动由一亿只蚂蚁组成的大军,它们中的一部分是目前正在恐龙世界工作的蚂蚁,另一部分则正在潜入恐龙世界。这支大军将在恐龙的机器内部的导线上,安装两亿片变色雷粒!我们把这个行动称为断线行动。"

"哇,真是一个宏伟的计划!"比卢比参议员赞叹道,引发了议员们一阵由衷的附和声。

"同时进行的另一个行动也同样宏伟！联邦将出动另一支由两千万蚂蚁组成的大军,潜入五百万恐龙的头颅,在它们的大脑主血管上安装雷粒。这五百万头恐龙是地球上几十亿恐龙中的精英部分,它们包括国家领导层、科学家、关键岗位上的技术人员和操作人员等,这些恐龙一旦被消灭,整个恐龙世界就像失去了大脑,所以我们把这个行动称为断脑行动。"

"计划的最精彩之处是对恐龙世界打击的同时性！"卡奇卡接着说,"安放在恐龙世界机器中的那两亿颗雷粒,和布设在恐龙大脑中的五百万颗雷粒,将在同一时刻爆炸！这一时刻的误差不会超过一秒钟！这使得恐龙世界的任何一部分都不可能得到其他部分的救援和替代,整个恐龙社会将像大洋中部一艘被抽掉了船底的大船,飞快地沉下去！那时,我们就是真正的地球统治者了。"

"尊敬的卡奇卡执政官,能否告诉我们那一伟大时刻的具体时间？"比卢比问,拼命抑制着自己的兴奋。

"所有雷粒的引爆时间,将设定在一个月后的午夜。"

蚂蚁们发出了一阵欢呼。

乔耶博士拼命地挥动触须,想让众蚂蚁安静下来,但欢呼声经久不息,他大喝了一声,才使大家安静下来把目光转向它。

"够了！你们都疯了?!"乔耶大喊道,"恐龙世界是一个极其复杂的超巨型系统,这个系统如果在一瞬间全面崩溃,会产生我们难以预测的后果。"

"博士,除了恐龙世界的毁灭和蚂蚁联邦在地球上的最后胜利,您能告诉大家还会有什么别的后果吗？"卡奇卡问。

"我说过,难以预测！"

"又来了，乔耶书呆子，您那一套我们都厌烦了。"比卢比说，其他的议员对首席科学家扫了大家的兴也纷纷表示不满。

若列走过来用前爪拍拍乔耶，元帅是一只冷静的蚂蚁，也是刚才少数没有同大家一起欢呼的蚂蚁之一。"博士，我理解您的忧虑，其实这种担心我们也有过，我想恐龙的核武器失控算是最可能的一个吧。但不用担心，虽然两个恐龙大国的核武器系统都全部由恐龙控制，日常少量由蚂蚁进行的维护工作也在恐龙的严密监视之下，但对于蚂蚁特种部队来说，进入其内部也不是一件难事。我们在核武器系统中安放的雷粒数量将比别的系统中多一倍，当那一时刻过后，核武器系统会同其他系统一样全面瘫痪，不会造成很大的灾难。"

乔耶叹了口气，"元帅，事情要复杂得多，问题的关键在于，我们真的了解恐龙世界吗？"

这个问题让所有的蚂蚁都愣了一下，卡奇卡看着乔耶说："博士，蚂蚁遍及恐龙世界的每一个角落，而且上万年来一直如此！您怎么能提出一个如此愚蠢的问题？！"

乔耶缓缓地摇摇触须，"蚂蚁和恐龙毕竟是两个差异巨大的物种，生活在两个完全不同的世界里。直觉告诉我，恐龙世界肯定存在着某些蚂蚁完全不知晓的巨大秘密。"

"如果您提不出什么具体的来，那就等于没说。"比卢比不以为然地说。

乔耶说："为此，我请求建立一个信息收集系统，具体的计划是：当你们每向恐龙的大脑中布设一颗雷粒，同时也向它的耳蜗中安装一个窃听器，我将领导一个部门监听和分析这些窃听器发回的信息，以期能尽快发现一些我们以前不知道的东西。"

四、雷　粒

通信大厦是巨石城信息网络的中心，担负着首都同全国的信息处理和交换义务。在冈瓦纳帝国共有上百个这样的网络中心，构成了帝国庞大信息网络的主干。

一支蚂蚁小分队已经进入了信息网络中心的一台服务器内部，它们由上百只蚂蚁组成，在五个小时前沿着一根供水管潜入通信大厦，然后又从地板上一道极小的缝隙进入了服务器机房，最后由通风孔进入这台服务器内部。在恐龙巨大的建筑和机器中，蚂蚁是通行无阻的。听到有恐龙走来，蚂蚁们赶紧躲到比他们的城市中的足球场还大的主板下面，它们听到机柜的门打开来，透过主板上的小孔，看到一面放大镜遮住了整个天空，放大镜中扭曲地映出了恐龙工程师的一只巨大的眼睛。这时蚂蚁们胆战心惊，但最后恐龙并没有发现它们。恐龙工程师没有发现蚂蚁刚刚布设的几十颗雷粒，那些小小的薄片已与贴于其上的导线颜色浑然一体，根本不可能分辨出来。在十几根不同颜色和粗细的导线上都贴上了薄片雷粒。还有几张薄片雷粒贴在电路板上，这些雷粒具有更高级的变色功能，它能在不同的位置变出不同的颜色，与下面的电路板精确对应，天衣无缝，比贴在导线上的雷粒更难发现。这种雷粒并不会爆炸，当到达设定的时间后，它会流出几滴强酸，将电路板上的蚀刻电路溶断。

机柜的门关上后，服务器中的世界立刻进入夜晚，只有一个电源指示灯像一颗绿色的月亮挂在空中，冷却扇的嗡嗡声和硬盘哒哒的轻响反而加剧了这个世界的宁静。

不久,在信息网络中心的每台服务器中,都有一支蚂蚁小部队完成了雷粒的布设。

在广阔的外部世界,在各个大陆上,有上亿只蚂蚁正在恐龙世界的无数大机器中干着同样的事。

这天夜里,冈瓦纳恐龙帝国皇帝达达斯做了一个噩梦,它梦见黑压压的一大片蚂蚁从鼻孔爬进了自己的身体,然后又从嘴里呈长长的一列爬出来,出来的每只蚂蚁嘴里都衔着一块东西,那是自己被咬碎的内脏。蚂蚁们扔下碎块后又从鼻孔钻进去,形成了一个不停循环的大圈……

达达斯皇帝的梦并非完全没有根据,此时,真的有两只蚂蚁正在钻进它的鼻孔,这两只兵蚁在白天就潜入了它的卧室,藏在枕头下等待机会。在鼻孔呼吸大风的呼啸声中,它们很有经验地在纵横交错的鼻毛丛林间悬浮着行走,以免触发恐龙的喷嚏。它们很快通过了鼻腔,沿着以前在无数次手术中早已熟悉的道路来到了眼球后面。蚂蚁们顺着半透明的视觉神经前行,向着大脑进发。有时,薄薄的隔膜挡住了通路,它们就在上面咬出洞穿过它,那洞极小,恐龙感觉不到。三个蚂蚁终于到达了大脑,大脑静静地悬浮于脑液中,像一个神秘的独立生命体。蚂蚁们仔细寻找着,很快找到了那根粗大的脑血管,它是供应大脑血液的主要通道。一只蚂蚁打开了微小的头灯,很快找到了大脑的主血管,另一只蚂蚁把一颗黄色的雷粒贴在血管透明的外壁上。然后它们从大脑部分撤出,在潮湿黑暗的头颅中沿着另一条曲折的道路向斜下方爬行,很快到达耳部,来到耳膜前,有一丝亮光从半透明的耳膜透进来,经过耳蜗放大的外界微小的声音在耳膜上轰轰作响。两只蚂蚁开始在耳膜下安装窃听器。

达达斯皇帝的噩梦还在继续,梦中自己的内脏已被完全掏空,有更多的蚂蚁钻了进去,要用自己的身体当蚁穴……当它一身冷汗地醒过来时,那两只蚂蚁已经完成了自己的任务,无声地从鼻孔中爬出来,爬下床,从地板上撤出了卧室。

达达斯皇帝沉重地翻了个身,再次进入了仍然被噩梦困扰的睡眠。

五、海神和明月

在蚂蚁联邦统帅部,执政官卡奇卡和联邦军队总司令若列元帅正在指挥着毁灭恐龙世界的巨大行动。有两个大屏幕分别显示着断线行动和断脑行动的进展情况。

"看起来一切顺利。"若列对卡奇卡说。

这时,联邦首席科学家乔耶走了进来。卡奇卡对它打招呼说:"啊,乔耶博士,有一个星期没看见您了!一直在忙着分析窃听到的信息吗?看您那严肃的样子,好像真有什么惊人的秘密要告诉我们了?"

乔耶点点触须,"是的,我必须立刻和你们两位谈谈。"

"我们很忙,请您简短一些。"

"我想让二位听一段录音,是在昨天召开的冈瓦纳帝国和罗拉西亚共和国首脑会议上,我们窃听到的达达斯和多多米的对话。"

卡奇卡不耐烦地说:"这次会议有什么秘密可言?我们都知道两国在裁减核武器问题上又谈崩了,冈瓦纳和罗拉西亚之间的战争一触即发,这更证明了我们行动的正确,必须在恐龙世界的核大战爆发之前消灭它们。"

乔耶说:"您说的是新闻公告,而我要你们听的是它们秘密进行的会谈的细节,这中间,透露出一件我们以前不知道的事。"

录音开始播放。

......

多多米:"达达斯殿下,您真的认为蚂蚁会那么容易屈服吗?几乎可以肯定,它们回到恐龙世界复工只是缓兵之计,蚂蚁联邦一定在策划着针对恐龙世界的重大阴谋。"

达达斯:"多多米总统,您以为我愚蠢到连这么明显的事实都看不出来吗?但与罗拉西亚的'明月'进入负计时的事相比,蚂蚁的威胁,甚至你们的核威胁,都变得微不足道了。"

多多米:"是的是的,比起蚂蚁威胁和核战争的危险,'明月'和'海神'当然是地球文明更大的危险,那我们就先谈这个问题吧:在'明月'的事情上指责我们是不恰当的,'海神'首先进入了负计时!"

......

"停停停,"卡奇卡挥挥触角说,"博士,我听不明白它们在说什么。"

乔耶暂停了录音机后说:"这段对话中有两个重要信息:它们提到的'明月'和'海神'是什么?负计时又是什么?"

"博士,恐龙高层领导者的谈话中常常出现各种古怪的代号,您干吗要在这上面疑神疑鬼?"

"从它们的谈话中可以听出,这是很危险的两样东西,能够对整个地球世界构成威胁。"

"从逻辑上说这是不可能的。博士,能够对整个地球构成威胁的东西一定是一个很大的设施,这样的设施如果存在,蚂蚁联邦不可能不知道。"

"执政官,我同意您的看法:地球上不可能有大的设施能瞒过蚂蚁而存在,但简单的规模较小的设施却有可能,它不需要蚂蚁的维护就能正常运行,比如一颗单独的洲际导弹,就可以在没有蚂蚁参与的情况下长期待命并随时可以发射。也许,'明月'和'海神'就是类似这样的东西。"

"要是这样就不必担心了,这种小设施是不可能对整个地球构成威胁的,我刚说过,即使能量最高的热核炸弹,要想毁灭地球也需要上万枚。"

乔耶有几秒钟没有说话,然后它把头凑近卡奇卡,它们触须交错,眼睛几乎撞在一起,"这就是问题的关键了,执政官,核弹真的是目前地球上能量最高的武器吗?"

"博士,这是常识啊!"

乔耶缩回头来,点点触须,"不错,是常识,这就是蚂蚁思维致命的缺陷,我们的思想只局限于常识,而恐龙则在时时盯着未知的新领域。"

"那都是些与现实无关的纯科学领域。"

"那我就提醒你们一件与现实有关的事:还记得三年前夜空中突然出现的那个新太阳吗?"

卡奇卡和若列当然记得,那件亘古未有的事给它们的印象太深了。那是一个寒冷的冬夜,南半球的正空中突然出现了一个新太阳,世界在瞬间变成白昼。那太阳的光芒十分强烈,直视它会导致暂时的失明。那个太阳大约亮了二十秒钟就熄灭了，它辐射的热量使得那个严冬之夜变得像夏天般闷热，突然融化的积雪产生的洪水淹没了好几座城市。这件事当时令蚂蚁们很震惊，它们去问恐龙是怎么回事，但恐龙科学家们也没有给出任何解释，缺乏好奇心的蚂蚁很快就把这件事忘了。

"当时，蚂蚁所进行的观测所得到的唯一能确定的结果是：那个新太阳出现在太阳系内，距地球约一个天文单位。"

卡奇卡仍不以为然，"博士，您所提到的事情仍然与现实无关，就算那种能量真的存在，您也无法证明恐龙已经把它弄到地球上来了，事实上这种可能性几乎不存在。"

"我以前也是这么想的，但……请你们接着听下面的录音吧。"乔耶说着，又启动了录音机。

……

达达斯："我们这场游戏太危险了，危险得超出了可以忍受的上限，罗拉西亚应该立刻停止'明月'的负计时，或至少将其改为正计时，如果这样，冈瓦纳也会跟着做的。"

多多米："应该是冈瓦纳首先停止'海神'的负计时，如果这样，罗拉西亚也会跟着做的。"

达达斯："是罗拉西亚首先启动'明月'的负计时的！"

多多米："可是，殿下，在更早一些的时候，也就是三年前的十二月四日，如果冈瓦纳的飞船没有在太空中做那件事，'明月'和'海神'根本就不会存在！那个魔鬼早已沿着彗星轨道飞出太阳系，与地球无关了！"

达达斯："那是为了科学研究的需要……"

多多米："够了！到现在您还在重复这种无耻的谎言！是

冈瓦纳帝国把地球文明推到了悬崖边缘,你们这些罪犯没有资格对罗拉西亚提出任何要求!"

达达斯:"看来罗拉西亚共和国是不打算首先作出让步了?"

多多米:"冈瓦纳帝国打算吗?"

达达斯:"那好吧,看来我们都不在乎地球的毁灭。"

多多米:"如果你们不在乎,我们也不在乎。"

达达斯:"呵呵呵,好的好的,恐龙本来就是对什么都不在乎的种族。"

……

乔耶停止了播放,问卡奇卡和若列:"我想,二位已经注意到了对话中提到的那个日期。"

"三年前的十二月四日?"若列回忆着,"就是那个新太阳出现的日子。"

"是的,把所有这一切联系起来,不知你们有什么感觉,但我感到毛骨悚然。"

卡奇卡说:"我们不反对您尽力搞清这件事。"

乔耶叹了口气,"谈何容易!搞清这个秘密的最好办法,是到恐龙的军事网络中查询,但蚂蚁的计算机与恐龙的在结构上完全不同,所以我们虽然能够随意进入恐龙计算机的硬件部分,却至今不能从软件上入侵,否则,怎么会用窃听这样的笨办法来搜集情报呢?而用这种方式,在短时间内揭开这个秘密是不可能的。"

"好吧,博士,我会提供您从事这个调查所需要的力量,但这件事不能影响我们正在进行的对恐龙的全面战争,现在唯一令我毛骨悚然的事就是让恐龙帝国继续存在下去。我觉得您一直生活在幻觉中,这对联邦正在从事的伟大事业是不利的。"

乔耶没再说什么,转身走了,第二天他就失踪了。

六、恐龙世界的毁灭

两只兵蚁悄悄地从冈瓦纳帝国皇宫大门的底缝中爬出,它们是负责在皇宫的计算机系统和恐龙的头颅中布设雷粒的三千只蚂蚁中最后撤出的两只。爬出门缝后,它们开始爬下那高大的台阶,就在第一级台阶笔直的悬崖上,它们看到了一个向上爬的蚂蚁的身影。

"咦,那不是乔耶博士吗?!"一只兵蚁吃惊地对另一只说。

"联邦首席科学家?不错,是他!"

"他怎么会到这里来?我怎么看他怪怪的?"一只兵蚁看着乔耶爬进门缝中后说。

"事情有些不对,你的对讲机呢?快向长官报告!"

达达斯皇帝正在主持一个由帝国主要大臣参加的会议,一个秘书走进来通报:蚂蚁联邦首席科学家乔耶博士紧急求见皇帝。

"让它等一等,开完会再说。"达达斯一挥爪说。

秘书出去不长时间又回来了,"它说有极其重要的事情,坚持要立即见您,并且要求国务大臣、科学大臣和帝国军队总司令也在场。"

"混蛋,这个小虫虫怎么这么没礼貌?!让它等着,要不就滚!"

"可它……"秘书看了看在座的大臣们,附到皇帝耳边低声说,"它说自己已从蚂蚁联邦叛逃。"

国务大臣插话说:"乔耶是蚂蚁联邦领导层的重要成员,它的思维方式似乎也与其他蚂蚁不太一样,它这样来,可能真有什么紧急重要的事。"

"那好,就让它到这里来吧。"达达斯指指会议桌宽大的桌面说。

"我为拯救地球而来。"乔耶站在会议桌光滑的平原上,对周围高山似的恐龙说,翻译器把它的气味语言译成恐龙语,由一个看不见的扩音器播放出来。

"哼,好大的口气,地球现在很好嘛。"达达斯冷笑了一声说。

"您很快就不这么认为了。我首先要各位回答一个问题:'明月'和'海神'是什么?"

恐龙们顿时警觉起来,互相交换着目光,乔耶周围的高山一时陷入沉默中,过了好一会儿,达达斯才反问:"我们凭什么要告诉你呢?"

"殿下,如果它们真是我预料的那种东西,我也会向你们透露一个关系到恐龙世界生死存亡的超级秘密,你们会认为这种交换是值得的。"

"如果它们不是你预料的那种东西呢?"达达斯阴沉地问。

"那我就不会告诉你们那个超级秘密,你们也可以杀死我或者永远不让我离开这里,以保住你们的秘密。不管怎样,大家都没有什么损失。"

达达斯沉默了几秒钟,对坐在会议桌左边的帝国科学大臣点点头:"告诉它。"

在蚂蚁联邦统帅部,若列元帅放下电话,神色严峻地对卡奇卡执政官说:"已经发现了乔耶的行踪,看来我们的预测是对的,这家伙叛逃了。"

"雷粒的布设行动进行得怎么样了?"

"断线行动已完成了百分之九十二,断脑行动也完成了百分之九十。"

卡奇卡转向显示着世界地图的大屏幕,看着闪烁着五光十色的各个大陆,沉默了几秒钟后说:"让地球的历史翻开新的一页吧,十分钟后引爆!"

听完了几位恐龙大臣的叙述,震惊使乔耶头昏目眩,一时站立不稳,更说不出话来。

"怎么样,博士?您是否可以按照刚才的承诺,告诉我们您的那个秘密?"达达斯问。

乔耶如梦初醒,"这太……太可怕了!!你们简直是魔鬼!不过,蚂蚁也是魔鬼……快,立刻给蚂蚁联邦最高执政官去电话!"

"您还没有回答……"

"殿下,没有时间公布什么秘密了!它们已经知道我到这里来,随时都会提前行动,恐龙世界的毁灭已是千钧一发,整个地球的毁灭将紧跟其后!相信我吧,快打电话!快!!"

"好吧。"恐龙皇帝拿起会议桌上的电话,乔耶心急如焚地看着它的粗指头一个一个地按动着电话机上那硕大的按键,随后从达达斯爪中的话筒中隐约听到了接通的信号声,几秒钟后信号声停止,它知道卡奇卡已在另一端拿起了那小如米粒的电话,话筒中很快传来了它的声音:

"喂,谁呀?"

达达斯对着话筒说:"是卡奇卡执政官吗?我是达达斯,现在……"

正在这时,乔耶听到周围响起了一阵细微的咔嗒声,像是许多钟表的秒针同时走动了一下,它知道,这是从恐龙们的头颅中传出的雷粒的爆炸声,所有的恐龙同时僵住了,这一刻的现实像被定格,达达斯爪中的话筒重重地摔在距乔耶不远处的桌面上,发出一声惊天动地的巨响,然后,所有的恐龙都轰然倒下,桌面平原晃动了几下,那些恐龙高山消失后,地平线处显得空旷了。乔耶爬上电话的耳机,里面仍在传出卡奇卡的声音:

"喂,我是卡奇卡,您有什么事吗?喂……"

耳机的音膜在这声音中振动着,使站在上面的乔耶浑身发麻,它大喊:"执政官!我是乔耶!!"与刚才不同,它发出的气味语言没有被转化成声音,因而也无法被线路另一端的卡奇卡听到,皇宫的翻译系统已经被雷粒破坏了。乔耶没有再说话,它知道说什么都晚了。

接着,大厅内所有的灯都灭了,这时已是傍晚,这里的一切陷入昏暗之中。乔耶向着最近的一个窗子爬去,远处城市交通的喧哗声消失了,一切都陷入一片死寂之中,很像刚才恐龙倒下前的僵滞状态。当乔耶越过会议桌的边缘向下爬时,外面开始有种种不和谐的声音传进来,先是远远的恐龙的跑动声和惊叫声,乔耶知道这声音来自皇宫外面,因为皇宫内肯定已经没有活着的恐龙了,它们都死于自己头颅中的雷粒;然后,远处的城市有警报声,断断续续地持续了不长时间就消失了;当乔耶在地板上向着窗子爬过一半路程时,远处开始传来隐约的爆炸声。它终于爬上了窗子,向外看去,巨石城尽收眼底,傍晚的城市笼罩在一片黑暗中,可以看到几根细长的烟柱升上还没完全黑下来的天空,后来更多的烟柱出现了,在某些烟柱的根部出现了火光,城市的轮廓在火光中时隐时现。起火点越来越多,火光透过窗子,在乔耶身后高高的天花板上映出跳动的暗红色光影。

七、终极威慑

"我们成功了!!"若列元帅看着大屏幕上红光闪烁的世界地图兴奋地喊道,"恐龙世界已彻底瘫痪,它们的信息系统已经完全中断,所有的城市都已断电,被雷粒所破坏的车辆已堵死了所有的道路,火灾正在到处出现和蔓延。断脑行动已经消灭了四百多万恐龙世界的重要领导成员,冈瓦纳帝国和罗拉西亚共和国的首脑机构已不存在,这两个恐龙大国已陷入没有大脑的休克状态,整个社会一片混乱。"

"这还只是开始,"卡奇卡说,"所有的恐龙城市已经断水,存粮也将很快被这些食量很大的居民吃光,那时候真正致命的时刻才到来,大批恐龙将弃城而出,在没有交通工具和道路堵塞的情况下,它们不可能在短时间内真正疏散开来,它们的食量太大了,至少有一半的恐龙将在找到足够的食物之前饿死。其实,在恐龙弃城之际,它们的技术社会就已经彻底崩溃,恐龙世界已退回到低技术的农业时代了。"

"两个大国的核武器系统怎么样了?"有蚂蚁问。

若列回答:"正如我们预料的那样,恐龙的所有核武器,包括洲际导弹和战略轰炸机,都在我们大量雷粒的破坏下成了一堆废铁,没有发生任何意外的核事故或核污染。"

"好极了,这真是一个伟大的时刻,我们只需等待恐龙世界自行灭亡就可以了!"卡奇卡兴高采烈地说。

正在这时,有蚂蚁报告,说乔耶博士回来了,急着要见卡奇卡和若列。当疲惫不堪的首席科学家走进指挥中心时,卡奇卡愤怒地斥责道:

"博士,你在最关键的时刻背叛了蚂蚁联邦的伟大事业,你将受到严厉的审判!"

"当你们听完我已得知的一切时,就明白到底谁该受到审判了。"乔耶冷冷地说。

"你到冈瓦纳皇帝那里去干什么了?"若列问。

"我从它那里知道了'明月'和'海神'到底是什么。"

博士的这句话使蚂蚁们亢奋的情绪顿时冷了下来,它们专注地把目光集中在乔耶身上。

乔耶看看四周问:"首先,这里有没有谁知道反物质是什么?"

蚂蚁们沉默了一会儿,卡奇卡说:"我知道一些:反物质是恐龙物理学家们猜想中的一种物质,它的原子中的粒子电荷与我们世界中的物质相反。反物质一旦与我们世界的正物质相接触,双方的质量就全部转化为能量。"

乔耶点点触须说:"现在大家知道有比核武器更厉害的东

西了,在同样的质量下,正反物质湮灭产生的能量要比核弹大几千倍!"

"但这和那神秘的'明月''海神'有什么关系?"

"请听我接着说:还记得三年前那个南半球的夜间突然出现的新太阳吗?这次闪光是从一个沿彗星轨道进入太阳系的小天体上发出的,那个天体直径还不到三十公里,只是飘浮在太空中的一个小石块。但它是由反物质构成的!在它经过小行星带时,与一块陨石相撞,陨石与反物质发生湮灭爆发出巨大的能量,产生了那次闪光。当时,罗拉西亚和冈瓦纳都发射了探测器,也都得到了同样的结果。这次湮灭产生了许多大大小小的反物质碎片,这些碎片都飞散到太空之中。恐龙天文学家很快定位了几块碎片,这并不是很困难,因为在小行星带以内,太阳风中的正粒子会与反物质产生湮灭,使那些碎片表面发出一种特殊的光。那时正值罗拉西亚和冈瓦军备竞赛的高峰期,于是,两个恐龙大国同时产生了一个极其疯狂的想法:采集一些反物质碎片带回地球,作为一种威力远在核弹之上的超级武器威慑对方……"

"等等等等,"卡奇卡打断了乔耶的话,"这里有一个明显的逻辑错误:既然反物质与正物质接触后会发生湮灭,那它们用什么容器来存贮它并把它带回地球呢?"

乔耶接着说:"恐龙天文学家发现,那个反物质天体的相当大一部分是反物质铁,它们在太空中定位的碎片也都是反物质铁。反物质铁与我们世界的铁一样,能受到磁场的作用,这就为解决存贮问题提供了可能,这使得恐龙有可能制造一种容器,容器的内部为真空,并产生一个强大的约束磁场,把要存贮的反物质牢牢约束在容器的正中,避免它与容器的内壁相接触,这样就可以对反物质进行存贮,并能够将它运送或投放到任何地方。当然,这种想法最初只是一种理论上的可能,要想用这种容器将反物质带回地球,则是一个极其疯狂和危险的举动,但疯狂是恐龙的本性,称霸世界的欲望战胜了一切,它们真的那么做了!

"是冈瓦纳帝国首先走出了这通向地狱的第一步。它们设计并制造了磁约束容器,它是一个空心球,在采集反物质碎片时,这个空心球分成两个半球,分别固定在飞船的两支机械臂上,飞船缓慢地接近反物质碎片,机械臂举着两个半球极其小心地向碎片合拢,最后将碎片扣在空心球中,在两个半球合拢的同时,球内由超导体产生的约束磁场开始工作,将碎片约束在球体正中,然后,飞船就将这个球体带回了地球。

"冈瓦纳飞船载着球体容器进入地球大气层,那块碎片重达四十五吨,如果在大气层内湮灭,将使九十吨的正反物质在大气层内转化为纯能,这巨大的能量将毁灭地球上的一切生命。罗拉西亚恐龙当然不想与冈瓦纳帝国玉石俱焚同归于尽,所以它们眼巴巴地看着那艘飞船降落在海面上。

"接下来发生的事情使疯狂达到了巅峰:冈瓦纳飞船降落后,在海上将那个球体容器转载到一艘大货轮上,这艘船叫海神号,以后恐龙也就将它所运载的反物质碎片称为'海神'了。这艘大船不是驶回冈瓦纳,而是驶向罗拉西亚大陆,最后停泊在罗拉西亚最大的港口上!在整个航程中,罗拉西亚不敢对这艘毁灭之船进行任何拦截,只能听之任之,那艘船进入港口如入无人之境。海神号停泊后,船上的恐龙乘直升机返回冈瓦纳,把船遗弃在港口。罗拉西亚恐龙对海神号敬若神明,不敢对它有任何轻举妄动,因为它们知道,冈瓦纳帝国可以遥控球体容器,随时关闭容器内的约束磁场,使那块反物质与容器接触而发生湮灭。如果这事发生,整个世界的毁灭在所难免,但最先毁灭的是罗拉西亚大陆,大陆上的一切将在海岸出现的一轮死亡太阳的烈焰中瞬间化为灰烬。那真是罗拉西亚共和国最黑暗的日子,而冈瓦纳帝国手握地球的生命之弦,变得无比猖狂,不断地向罗拉西亚提出领土要求,并命令其解除核武装。

"但这种一边倒的局面并没有持续多久,冈瓦纳的海神行动仅一个月后,罗拉西亚采取了同样的行动,用同样的技术从太空中将第二块反物质碎片带回地球,并做了与冈瓦纳帝国同样的事:将其装载到一艘叫明月号的货轮上,运到了冈瓦纳大陆最大的港口。

"于是,恐龙世界再次形成了平衡,这是终极威慑下的平衡,地球已被推到了毁灭的边缘上。

"为了避免世界性的恐慌,海神行动和明月行动都是在绝密状态下进行的,即使在恐龙世界,也只有极少数的人知道它的底细。这两个行动都使用了不惜成本的高可靠性设备,同时使用可替换的模块结构,而且系统的规模不大,所以完全不需要蚂蚁的维护,蚂蚁联邦也就至今对此一无所知。"

乔耶的叙述使统帅部所有的蚂蚁都极为震惊,它们从胜利的巅峰一下子跌入了恐惧的深渊,卡奇卡说:"这不只是疯狂,是变态!这样以整个世界共同毁灭为基础的终极威慑,已完全失去了任何政治意义和军事意义,简直是彻底的变态!"

"博士,这就是您所推崇的恐龙的好奇心、想象力和创造力产生的结果。"若列元帅讥讽地说。

"别扯远了,还是回到世界面临的极度危险中来吧。"乔耶说,"我要谈到两个恐龙大国元首曾提到的'负计时'了。为了避免在对方先发制人的打击下无还手之力,两个恐龙大国几乎同时对'海神'和'明月'采取了一种新的待命方式,这就是所谓'负计时'。这以后,本土遥控站不再用于对反物质容器发出引爆信号,相反,它发出的是解除引爆的信号;而球形容器则每时每刻都处于引爆倒计时状态,只有在收到本土遥控站的解除信号后,它才中断本次倒计时,重新复位,开始新的一轮倒计时,并等待着下一次的解除信号。每次的解除信号由冈瓦纳皇帝和罗拉西亚总统亲自发出。这样,当某一方遭受对方先发制人的打击而陷入瘫痪后,解除信号就无法发出,球形容器就会完成倒计时引爆反物质。这种待命方式使先发制人的打击等于自杀,使得敌人的存在成为自己存在的必要条件,同时,也使地球面临的危险上升了一个等级,'负计时'是这场终极威慑中最为疯狂,或用执政官的话说,最为变态的部分。"

统帅部再次陷入死寂之中。卡奇卡首先打破沉寂,它的气味语声有些颤抖,"这就是说,'海神'和'明月'现在都在等待着下一个解除信号?"

乔耶点点触须,"也许是两个永远不会发出的信号。"

"您是说,冈瓦纳和罗拉西亚的遥控站已经被我们的雷粒破坏了?!"若列问。

"是的。达达斯告诉了我冈瓦纳遥控站的位置,也告之我他们侦察到的罗拉西亚遥控站的位置,我回来后在断线行动的数据库中查询,发现这是两个很小的信号发射站,由于其用途不明,我们只在其中的通信设备里布设了很少的雷粒,冈瓦纳遥控站中布设了三十五颗,罗拉西亚遥控站中布设了二十六颗,总共切断六十一根导线。虽数量不多,但足以使这两个遥控站的信号发射设备完全失效。"

"每次倒计时有多长时间?"

"三天时间,六十六小时,罗拉西亚和冈瓦纳的倒计时几乎是同时开始的,一般解除信号是在倒计时开始后的二十二小时发出的,这次倒计时已过去二十小时,我们还有两天的时间。"

若列说:"如果我们知道解除信号的具体内容,就能够自己建立一个发射台,不停地中断'海神'和'明月'的倒计时了。"

"问题是我们不知道,也不可能知道!恐龙没有告诉我信号的内容,只是说那个信号是一个十分复杂的长密码,每次都在变化,其算法只存贮在遥控站的计算机中,我想现在已没有恐龙知道了。"

"这就是说,只有这两个遥控站能够发出解除信号了。"

"我想是这样。"卡奇卡迅速思考了一下,说,"我们能够做的,就是尽快修复它们了。"

八、遥控站战役

冈瓦纳帝国发射解除信号的遥控站位于巨石城远郊的一片荒漠之中。这是一幢顶端有复杂天线的不大的建筑,看上去像个气象站似的毫不起眼。遥控站的守卫很松懈,只有一个排的恐龙在把守,而这些守卫者主要是为了防止偶尔路过的本国恐龙无意中的闯入,并不担心敌国的间谍和破坏分子。因为,比起冈瓦纳来,罗拉西亚更愿意保证这个地方的安全。

除去守卫者外,负责遥控站日常工作的只有五个恐龙,包括一名工程师、三名操作员和一名维修技师。它们同守卫者一样,对这个站的用途全然不知。

遥控站的控制室里有一个大屏幕,上面显示着一个倒计时,从六十六小时开始递减。但这个倒计时从未减到四十四小时以下,每到这个时间(通常是早晨),另一个空着的屏幕上就出现了帝国皇帝达达斯的影像,皇帝每次只说一句简短的话:

"我命令,发信号。"

这时,值班操作员就会立正回答:"是!殿下!"然后移动操作台上的鼠标,点击一下电脑屏幕上的"发射"图标,大屏幕上就会显示出如下信息:

解除信号已发出——收到本次解除成功的回复信号——倒计时重置

然后,屏幕上重新显示出"66:00"的数字,并开始递减。

在另一个屏幕上,皇帝很专注地看着这一切的进行,直到重置的倒计时开始,它才像松了一口气似的离开了。从皇帝关注信号发出的眼神可以看出,这个信号极其重要,但这些普通恐龙操作员无论如何也不可能想到,这个信号每天都推迟了一次地球的死刑。

这一天,两年如一日的平静生活中断了,信号发射机出了故障。遥控站配备的是高可靠性设备,且有冗余备份,像这样包括备份系统在内的整个设备都因故障停机,肯定不是自然或偶然因素所致。工程师和技师立刻查找故障,很快发现有几根导线断了,而那些导线只有蚂蚁才能接上。于是它们立刻向上级打电话,请求派蚂蚁维修工来,这才发现电话已不通了。它们继续查找故障，发现了更多的断线，而这时，距皇帝命令发信号的时间已经很近了，恐龙们只好自己动手接线，但那些细线它们的粗爪很难接上，五头恐龙心急如焚。虽然电话不通，但它们相信通信很快就会恢复，在倒计时减到四十四小时时，皇帝一定会出现在那个屏幕上。两年来，在恐龙们的意识中，皇帝的出现如同太阳升起一般成了铁打不动的规律。但今天，太阳虽升起了，皇帝却没有出现，倒计时的时钟数码第一次减到了四十四以下，还在以同样恒定的速度继续减少着。

后来恐龙们知道，不可能再指望蚂蚁了，因为发射机就是它们破坏的。从巨石城逃出来的恐龙开始经过这里，从那些惊魂未定的恐龙那里，遥控站的恐龙们知道了首都的情况，知道了蚂蚁已经用雷粒破坏了恐龙帝国所有的机器，恐龙世界已经陷入瘫痪。

但在遥控站工作的都是尽心尽责的恐龙，它们继续试图接上已断的导线。但这是一项不可能完成的任务，机器中大部分断线所在的地方，恐龙粗大的爪子根本伸不进去，那几根露在外面的断线的线头在它们那粗笨的手指间跳来跳去，就是凑不到一起。

"唉，这些该死的蚂蚁！"恐龙技师揉揉发酸的双眼，骂了一声。

这时，工程师瞪大了双眼，它真的看到了蚂蚁！那是由百只左右的蚂蚁组成的小队伍，正在操作台白色的台面上急速行进，领队的蚂蚁对着恐龙高喊：

"喂，我们是来帮你们修机器的！我们是来帮你们接线的！！我们是来……"

恐龙这时没有打开气味语言翻译器,因而也听不到蚂蚁的话,其实就是听到了它们也不会相信,对蚂蚁的仇恨此时占据了它们的整个心灵。恐龙们用它们的爪子在控制台上蚂蚁所在的位置拍着掂着,嘴里咬牙切齿地嘟囔着:"让你们放雷粒!让你们破坏机器……"白色的台面上很快出现了一片小小的污迹,这些蚂蚁都被拈碎了。

"报告执政官,遥控站内的恐龙攻击蚂蚁维修队,把它们消灭在控制台上了!"在距遥控站五十米远的一棵小草下,从遥控站中侥幸逃回来的一只蚂蚁对卡奇卡说。蚂蚁联邦统帅部的大部分成员都在这里。

"执政官,我们必须设法与遥控站的恐龙交流,说明我们的来意!"乔耶说。

"怎么交流?它们不听我们说话,根本就不打开翻译器!"

"能不能打电话试试?"有蚂蚁建议。

"早试过了,恐龙的整个通信系统已被破坏,与蚂蚁联邦的电话网完全断开,电话根本打不通!"

若列说:"大家应该知道蚂蚁的一项古老的技艺,在蒸汽机时代之前的漫长岁月,先祖用队列排出字来与恐龙交流。"

"目前在这里已集结了多少部队?"

"十个陆军师,大约十五万蚂蚁。"

"这能排出多少个字来呢?"

"这要看字的大小了,为了让恐龙在一定的距离上也能看清,最多也就是十几个字吧。"

"好吧,"卡奇卡想了一下,"就排出以下的字句:我们来帮你们修机器,这台机器能拯救世界。"

"蚂蚁又来了!这次好多耶!"

在遥控站的门前,恐龙士兵们看到有一个蚂蚁方阵正在向这里逼近,方阵有三四米见方,随着地面的凸凹起伏,像一面在地上飘动的黑色旗帜。

"它们要进攻我们吗?"

"不像,这队形好奇怪。"

蚂蚁方阵渐渐近了,一头眼尖的恐龙惊叫起来:"哇,那里面有字耶!!"

另一头恐龙一字一顿地念着:"我、们、来、帮、你、们、修、机、器,这、台、机、器、能、拯、救、世、界。"

"听说在古代蚂蚁就是这样与我们的先祖交谈的,现在亲眼看见了!"有头恐龙赞叹说。

"扯淡!"少尉一摆触须说,"不要中它们的诡计,去,把热水器中所有的热水都倒到盆里端来。"

恐龙士兵七嘴八舌地议论起来:"它们的话太奇怪了,这台机器怎么能拯救世界?""谁的世界?我们的还是它们的?""这台机器发出的信号想必是很重要的。""是啊,要不为什么每天都由皇帝亲自下命令发出呢?"

"白痴!"中尉训斥道,"到现在你们还相信蚂蚁?就因为我们对它们的轻信,它们已经摧毁了帝国!这是地球上最卑鄙最阴险的虫虫,我们决不再上它们的当了!快,去倒热水!"

很快,恐龙士兵们搬出了五大盆热水,五个士兵每人端一盆,一字排开向蚂蚁方阵走去,同时把热水泼向方阵。滚烫的水花在弥漫的蒸汽中飞溅,地上的那行黑色字迹被冲散了,字阵的蚂蚁被烫死大半。

"与恐龙交流已不可能,现在唯一的选择,就是强攻遥控站,将其占领后修好机器,我们自己发出解除信号。"卡奇卡看着远处腾起的蒸汽说。

"蚂蚁强攻恐龙的建筑?!"若列像不认识似的看着卡奇卡,"这在军事上简直是发疯!"

"没办法,这本来就是一个疯狂的世界。这个建筑规模不大,且处于孤立状态,短时间内得不到增援,我们集结可能集结的最大力量,是有可能攻下它的!"

"看远处那是些什么?好像是蚂蚁的超级行走车!"

听到哨兵的喊声,少尉举起望远镜,看到远方的荒原上果然有一长排黑色的东西在移动,再细看,那确实是哨兵所说的东西。蚂蚁的交通工具一般都很小,但出于军事方面的特殊需要,它们也造出了一些与它们的身体相比极其巨大的车辆,这就是超级行走车。每辆这样的车约有我们的三轮车大小,这在蚂蚁的眼中无疑是庞然大物,与我们眼中的万吨巨轮一样。超级行走车没有轮子,而是仿照蚂蚁用六条机械腿行走,所以能够快速穿越复杂的地形。每辆超级行走车可以搭载几十万只蚂蚁。

"开枪,打那些车!"少尉命令。恐龙士兵用它们仅有的一挺轻机枪向远处的行走车射击,一排子弹在沙地上激起道道尘柱,走在最前面的那辆车的一条前腿被打断了,一下子翻倒在地,剩下的五条机械腿仍在不停地挥动着。从打开侧盖的车厢里滚出许多黑色的圆球,每一个有我们的足球那么大,那是一团团的蚂蚁!这些黑球滚到地面后很快散开来,就像在水中溶化的咖啡块一样。又有两辆行走车被击中停了下来,穿透车厢的子弹并不能杀死多少蚂蚁,黑色的蚁团纷纷从车厢中滚落到地面。

"唉,要是有门炮就好了!"一名恐龙士兵说。

"是啊,有手榴弹也行啊。"

"火焰喷射器最管用!"

"好了,不要废话了,你们数数有多少辆行走车!"少尉放下望远镜,指着前方说。

"天啊,足有二三百辆啊!"

"我看蚂蚁联邦在冈瓦纳大陆的超级行走车都开到这里了。"

"这就是说,这里集结了上亿只蚂蚁!"少尉说,"可以肯定,蚂蚁要强攻遥控站了!"

"少尉,我们冲过去,捣毁那些虫虫车!"

"不行,我们的机枪和步枪对它们没有多少杀伤力。"

"我们还有发电用的汽油,冲过去烧它们!"

少尉冷静地摇摇头,"那也只能烧掉一部分。我们的首要任务是保卫遥控站,下面,听我的安排……"

"执政官、元帅,前方空军观察机报告,恐龙们正在挖壕沟,以遥控站为圆心挖了两圈壕沟。它们正在引来附近一条小河的水灌满外圈壕沟,还搬出了几个大油桶,向内圈的壕沟中倒汽油!"

"立刻发起进攻!"

蚁群开始向遥控站移动,黑压压一片,仿佛是空中的云层在大地上投下的阴影。这景象让遥控站中的恐龙们胆战心惊。

蚁群的前锋到达已经注满水的第一道壕沟边,最前边的蚂蚁没有停留,直接爬进了水中,后面的蚂蚁踏着它们的身体爬进稍靠前些的水中,很快,水面上形成了一层厚厚的黑色浮膜,这浮膜在迅速向水壕的内侧扩展。恐龙士兵们都戴上了密封头盔以防蚂蚁钻进体内,它们在水壕的内侧用铁锹向蚁群撒土,还大盆大盆地泼热水,但这些作用都不大,那层黑色浮膜很快覆盖了整个水面,蚁群踏着浮膜如黑色的洪水般涌了过来,恐龙们只得撤到第二道壕沟之内,并点燃了壕沟中的汽油。一圈熊熊烈火将遥控站围了起来。

蚁群到达火沟后,在沟边堆叠起来,形成了一道蚁坝。蚁坝不断增高,最后高达两米多,在火沟外面形成一堵黑色的墙。接着,蚁坝整体开始向火沟移动,它的表面在火光中蠕动着,仿佛是一条黑色的巨蟒。在烈火的烘烤中,蚁坝的表面冒出了青烟,空气中充满了刺鼻的焦味,蚁坝表面被烤焦的蚂蚁不停地滚落下去,掉进火沟烧着了,在火沟的外缘形成了一圈奇异的绿火,蚁坝的表面则不断地被一层新蚂蚁代替,整个蚁坝仍坚定地站立在火沟边上。这时,大批蚂蚁从蚁坝的另一侧登上顶端,聚成了一个个黑色的大蚁球,其大小与一小时前从超级行走车上滚下的那些相当,每个蚁球包含了一个师的蚂蚁兵力。这些黑色的球体从蚁坝的顶端滚下去,有一些被大火吞没了,但大部分借着冲力滚过了火沟,到达沟的另一侧。在穿越烈火的过程中,这些蚁球的外层都被烧焦了,但那无数只蚂蚁仍互相紧抓着不放,在蚁球外面形成了一层焦壳,保护了内层的蚂蚁。滚上火沟对岸的蚁球很快达到了上千个,它们外部的焦壳很快裂开,球体溶散成蚁群,黑压压地涌上遥控站的台阶。

守卫遥控站的恐龙士兵们的精神完全崩溃了,它们不顾少尉的阻拦,夺门而出,绕到建筑物后面,沿着正在包围遥控站的蚁群尚未填充的一条通道狂奔而去。

蚁群涌入了遥控站的底层,然后涌上楼梯,进入控制室。同时,蚁群也爬上了建筑的外墙,由窗户进入,一时间这幢建筑的下半截变成了黑色的。

控制室中还有六头恐龙,它们是少尉、工程师、维修技师和三名操作员。它们惊恐地看着蚂蚁从门、窗和所有的缝隙进入这个房间,仿佛整幢建筑被浸在蚂蚁之海中,黑色的海水正在从各处渗进来。它们看看窗外,发现这蚂蚁之海真的存在,目力所及之处,大地都被黑色的蚁群所覆盖,遥控站只是这蚂蚁海洋中的一个孤岛。

蚁群很快淹没了控制室的大部分地板,在控制台前留下了一个空圈,六头恐龙就站在空圈中。工程师赶紧取出翻译器,打开开关时立刻听到了一个声音:

"我是蚂蚁联邦的最高执政官,已没有时间向您详细说明一切,您只需要知道,如果遥控站不能在十分钟之内发出信号,地球将被毁灭。"

工程师向四周看看,黑压压的全是蚂蚁,按照翻译器上的方向指示,它看到控制台上有三只蚂蚁,刚才的话就是其中的一只说出的。它对那三只蚂蚁摇摇头,"发射机坏了。"

"我们的技工已经接好了所有的断线,修好了机器,请立即启动机器发信号!"

工程师再次摇头,"没电了。"

"你们不是有备用发电机吗?"

"是的,自从外部电力中断后,我们一直用汽油发电机供电,但现在没有油了,汽油都倒进外面的壕沟中烧光了……世界真的会在十分钟后毁灭吗?"

翻译器中传出了卡奇卡的回答:"如果发不出信号,是的!"

卡奇卡看看窗外,发现外面的火已经灭了,这证实了少尉的话,壕沟中也没有剩油了。他转身问若列:

"倒计时还剩多长时间?"

若列一直在看着表,他回答说:"还剩五分钟三十秒,执政官。"

乔耶说:"刚刚接到电话,罗拉西亚那边已经失败了,守卫遥控站的恐龙在蚂蚁军队的进攻中炸毁了遥控站,对'明月'的解除信号已不可能发出,五分钟后它将引爆。"

若列平静地说:"'海神'也一样,执政官,一切都完了。"

恐龙们并没有听明白这三位蚂蚁联邦的最高领导者在说什么,工程师说:"我们可以到附近去找汽油,距这里五公里有一个村庄,快的话,二十分钟就能回来。"

卡奇卡无力地挥了挥触须:"去吧,你们都去吧,想去哪儿就去哪儿。"

六头恐龙鱼贯而出,工程师在门口停下脚步,问了刚才少尉问的同一个问题:"几分钟后地球真的会毁灭吗?"

蚂蚁联邦的最高执政官对它作出了一个类似微笑的表情,

"工程师,什么东西都有毁灭的一天。"

"呵,我第一次听蚂蚁说出这么有哲学意味的话。"工程师说,转身走去。

卡奇卡再次走到控制台的边缘,对地板上黑压压一片的蚂蚁军队说:"迅速向全军将士传我的话:遥控站附近的部队立刻到这幢建筑的地下室隐蔽,远处的部队就地寻找缝隙和孔洞藏身,蚂蚁联邦政府最后告诉全体公民的话是:世界末日到了,大家各自保重吧。"

"执政官、元帅,我们一起去地下室吧!"卡奇卡说。

"不,您快去吧,博士。我们已犯了文明史上最大的错误,没有资格再活下去了。"

"是的,博士,"若列说,"虽然不太可能,还是希望您能把文明的火种保存下去。"

乔耶同卡奇卡和若列分别碰了碰触须,这是蚂蚁世界的最高礼仪,然后它转身混入了控制室中正在快速离去的蚁群。

蚂蚁军队离开后,控制室内一片宁静,卡奇卡向窗子爬去,若列跟着它。两只蚂蚁爬到窗前时,正好看到了一幅奇景:此时是夜色将尽的凌晨,天空中有一轮残月。突然,月牙的方向在瞬间转动了一个角度,同时亮度急剧增强,直到那银光变得电弧般刺目,把大地上的一切,包括正在疏散的蚁群,都照得毫发毕现。

"怎么回事?太阳的亮度增强了吗?"若列好奇地问。

"不,元帅,是又出现了一个新太阳,月球在反射着它的光芒,那个太阳在罗拉西亚出现,正在把那个大陆烧焦。"

"冈瓦纳的太阳也该出现了。"

"这不是吗,来了。"

更强的光芒从西方射来,很快淹没了一切。在被高温汽化之前,两只蚂蚁看到有一轮雪亮的太阳从西方的地平线上迅速升起,那太阳的体积急剧膨胀,最后占据了半个天空,大地上的一切在瞬间燃烧起来。反物质湮灭的海岸距这里有上千公里,冲击波要几十分钟后才能到达,但在这之前,一切都早已在烈火中结束了。

这是白垩纪的最后一天。

九、漫漫长夜

寒冬已持续了三千年。

在一个稍微暖和一些的正午,冈瓦纳大陆中部,两只蚂蚁从深深的蚁穴中爬到地面。在没有生气的灰蒙蒙的天空中,太阳只是一团模糊的光晕,大地覆盖在厚厚的冰雪下,偶尔有一块岩石从雪中露出,黑乎乎的,格外醒目,极目望去,远方的山脉也是白色的。

蚂蚁 A 转过身来,打量着一个巨大的骨架,这种大骨架在大地上到处都有,由于也是白色的,同雪混在一起,从远处不易看到。但从这个角度看,在天空的背景上显得格外醒目。

"听说这种动物叫恐龙。"蚂蚁 A 说。

蚂蚁 B 转过身来,也凝视着天空中的骨架,"昨天夜里你听它们讲那个关于神奇时代的传说了吗?"

"听了,它们说在几千年前,蚂蚁有过辉煌的时代。"

"是啊,它们说,那时的蚂蚁不是住在地下的洞穴中,而是生活在地面的大城市里,它们也不是由蚁后来生育,那真是一个神奇的时代。"

"那个传说里面说,那个神奇时代是蚂蚁和恐龙一起创造的,恐龙没有灵巧的手,蚂蚁就为它们干细活儿;蚂蚁没有灵活的思想,恐龙就想出了神奇的技术。"

"那个神奇的时代啊,蚂蚁和恐龙造出了许多大机器,建造了许多大城市,拥有了神一般的力量!"

"你听懂了传说中关于那个世界毁灭的部分了吗?"

"听不太懂,好像很复杂的:恐龙世界里爆发了战争,蚂蚁和恐龙之间也爆发了战争……再到后来,地球上出现了两个太阳。"

蚂蚁 A 在寒风中打着抖,"唉,现在要是有个新太阳有多好啊!"

"你不懂的!那两个太阳很可怕,把陆地上的一切都烧毁了!"

"那现在为什么这么冷呢?"

"这很复杂,好像是这么回事:那两个新太阳出现以后的一段时间内,世界上确实很热,据说太阳附近的大地都融成岩浆了!但后来,新太阳爆炸时激起的尘埃在空中遮住了旧太阳的阳光,世界就变冷了,变得比那两个太阳出现前还冷得多,就是现在这个样子。恐龙那么大个儿,在那可怕的时代自然都死光了,但有一部分蚂蚁钻到地下,活了下来。"

"听说就在不久前蚂蚁还识字的,现在,我们都不认识字了,那些古代留下来的书谁也读不了了。"

"我们在退化,照这样下去,蚂蚁很快就会退化成什么都不知道,只会筑穴觅食的小虫子了。"

"那有什么不好？在这艰难时代,懂得少些就舒服些。"

"那倒也是。"

……

"会不会有那么一天,世界又温暖起来,别的什么动物又建立起一个神奇时代?"

"有可能,我觉得那种动物应该既有足够大的大脑,又有灵巧的双手。"

"是的,但不能像恐龙这么大,它们吃得太多,生活会很难。"

"也不能像我们这么小,脑子不够大。"

"唉,这种神奇的动物怎么会出现呢?"

"我想会的,时间是无穷无尽的,什么都会出现,我告诉你吧,什么都会出现的。"

吞 食 者

一、波江座晶体

即使距离很近,上校也不可能看到那块透明晶体。它飘浮在漆黑的太空中,如同一块沉在深潭中的玻璃。上校凭借着晶体扭曲的星光确定其位置,但很快在一片星星稀疏的背景上丢失了它。突然,远方的太阳变形扭曲了,那永恒的光芒也变得闪烁不定。他吃了一惊,但以"冷静的东方人"著称的他并没有像漂浮在旁边的十几名同事那样惊叫。他很快明白,那块晶体就在他们和太阳之间,距他们十几米,距太阳一亿公里。以后的三个多世纪里,这诡异的景象时常出现在他的脑海中,他真怀疑这是不是后来人类命运的一个先兆。

作为联合国地球防护部队在太空中的最高指挥官,他率领的这支小小的太空军队装备着人类有史以来当量最大的热核武器,敌人却是太空中没有生命的大石块。在预警系统发现有威胁地球安全的陨石和小行星时,他的部队负责使其改变轨道或摧毁它们。这支部队在太空中巡逻了二十多年,从来没有一次使用这些核弹的机会。那些足够大的太空石块似乎都躲着地球走,故意不给他们创造辉煌的机会。但现在,晶体在两个天文单位外被探测到,它精确地沿一条绝非自然形成的轨道飞向地球。

上校和同事们谨慎地向晶体靠近,他们太空服上推进器的尾迹像条条蛛丝把晶体缠在正中。就在上校与它的距离缩小到不到十米时,晶体的内部突然出现了迷雾般的白光,使它那规则的长梭状轮廓清晰地显示出来。它大约有三米长,再近一些,还可以看到其内部像是推进系统的错综复杂的透明管道。当上校把戴着太空手套的右手伸向晶体表面,以进行人类与外星文明的首次接触时,晶体再次变得透明,内部浮现出一个色彩亮丽的影像。那是一个卡通小女孩儿,眼睛像台球那么大,长发直到脚跟,同漂亮的长裙一起像在水中那样缓缓漂动着。

"警报!呀!警报!吞食者来了!"她惊慌失措地大叫着,大眼睛盯着上校,一只细而柔软的手臂指向与太阳相反的方向,像在指一条追着她的大狼狗。

"那你是从哪里来的呢?"上校问。

"波江座 ε 星——你们好像是这么叫的。按你们的时间,我已经飞行了六万年……吞食者来了!吞食者来了!"

"你有生命吗?"

"当然没有,我只是一封信……吞食者来了!吞食者来了!"

"你怎么会讲英语?"

"路上学的……吞食者来了!吞食者来了!"

"那你这个样子是……"

"路上看到的……吞食者来了！吞食者来了！呀,你们真不怕吞食者吗?"

"吞食者是什么?"

"样子像个大轮胎,呵,这是按你们的比喻。"

"你对我们世界的东西真熟悉。"

"路上熟悉的……吞食者来了!"

波江女孩儿喊叫着,闪到晶体的一端。在她空出的空间里出现了那个"轮胎"的图像,它确实像轮胎,表面发着磷光。

"它有多大?"另一名军官问。

"总直径为五万公里,'轮胎'宽为一万公里,内圆直径为三万公里。"

"……你说的'公里'是我们的长度单位吗?"

"当然是! 它大着呢,可以把一颗行星套进去,就像你们的轮胎套一个足球一样。套住那颗行星后,它就掠夺行星的资源,把它吸干榨尽后吐出去,就像你们吃水果吐核儿一样……"

"我们还是不明白吞食者到底是什么。"

"一艘世代飞船,我们不知道它从哪里来,要到哪里去。事实上,驾驶吞食者的那些大蜥蜴肯定也不知道。这个世界已在银河系中漂行了几千万年,它的拥有者一定早已忘记了它的本源和目的。但可以肯定,它被创造出来时远没有那么大。它是靠吃行星长大的,我们的行星就被它吃了!"

这时,晶体中显示的吞食者在变大,渐渐占满了整个画面,显然正在向摄像者的世界缓缓降下来。现在,在这个世界居民的眼中,大地仿佛处于一口宇宙巨井的井底,太空就是一圈缓缓转动的井壁,可以看清井壁表面的复杂结构。这让上校想到了在显微镜下看到的微处理器的电路,后来他发现那是连绵不断的城市。再向上,井壁的顶端是一圈蓝色光焰,在天空中形成一个围绕着群星的巨大火圈。波江女孩告诉他们,那是吞食者尾部的环形推进发动机。在晶体的一端,女孩手舞足蹈,她那飘飘的长发也像许多只挥动的手臂,极力表达着她的惊恐。

"这就是波江座 ε 星的第三颗行星被吞食时的情形。这时你要是身在我们的世界,第一个感觉是身体在变轻,这是由于吞食者巨大质量产生的引力抵消行星引力所致。这引力的扰动产生了毁灭性的灾难:海洋先是涌向行星朝向吞食者的那一极;当行星被套入'轮胎'后,海洋又涌向赤道,产生的巨浪能够吞没云层;接着,引力异常将大陆像薄纸一样撕成碎片,火山在海底和陆地密密麻麻地出现……当'轮胎'套到行星的赤道时,吞食者便停止推进。以后,其相对于恒星的轨道运动始终与行星保持同步,一直把这颗行星含在口里。

"这时,对行星的掠夺开始了。无数条上万公里长的缆索从井壁伸到行星表面,使行星如同一只被蛛网粘住的虫子。巨大的运载舱频繁地往来于行星表面与井壁之间,运走行星的海水和空气,更有无数大机器深深地钻进行星的地层,狂采吞食者需要的矿藏……由于吞食者的引力与行星引力相互抵消,行星与'轮胎'之间的一圈空间是低重力区,这使行星向吞食者的资源运输变得很容易,大掠夺因此有很高的效率。

"按地球时间,吞食者对被吞入的每颗行星大约要'咀嚼'一个世纪左右。在这段时间里,行星上包括空气在内的资源被掠夺一空。同时,由于'轮胎'长时间的引力作用,行星被拉得扁平,最后变成……还用你们的比喻吧:铁饼状。当吞食者最后移走,'吐出'这颗已被榨干的行星时,行星的形状会恢复成球形,这又引发了最后一场全球范围的地质灾难。这时,行星的表面呈现其几十亿年前刚刚形成时的熔岩状态,它早已是一个没有任何生命的地狱了。"

"吞食者距太阳系还有多远?"上校问。

"它紧跟在我后面。按你们的时间,再有一个世纪就到了。警报! 吞食者来了! 吞食者来了!"

二、使者大牙

正当人们为波江晶体带来的信息是否可信而争论不休时,吞食者的一艘先遣小型飞船进入了太阳系,最后到达地球。

首先与之接触的,仍是上校率领的太空巡逻队,但这次接触的感觉与上次与波江晶体的接触完全不同。如果说,玲珑剔透的波江晶体代表了一种纤细精致的技术文明,那么吞食者飞船则相反,它的外形极其粗陋笨重,如同被遗弃在旷野中一个世纪的大锅炉,令人想起凡尔纳描述的粗放的大机器时代。吞食帝国的使者也同样粗陋笨重,他那蜥蜴状的粗壮身躯披着大块的石板般的鳞甲,直立起来有近十米高。他自我介绍的名字发音为"达雅",但按他的外形特点和后来的行为方式,人们管他叫"大牙"。

当大牙的小型飞船在联合国大厦前着陆时,发动机把地面撞出一个大坑,飞溅的石块把大厦打得千疮百孔。由于外星使者太高大,无法进入会议大厅,各国首脑就在大厦前的广场上与他见面,他们中的几个人用手帕捂着刚才被玻璃和碎石划破的头。大牙每走一步,地面都颤抖一下。他说话时的声音像十台老式火车头同时鸣笛,让人头皮发炸。挂在他胸前的一个外形粗笨的翻译器把他的话译成英语(也是路上学的),那是一个粗犷的男声,音量虽比大牙低了许多,但仍然让听者心惊肉跳。

"呵呵,白嫩的小虫虫,有趣的小虫虫。"大牙乐呵呵地说。人们捂住耳朵,等他轰鸣着说完,然后稍微放开耳朵,听翻译器里的声音,"我们有一个世纪的时间相处,相信我们会互相喜欢对方的。"

"尊敬的使者,您知道,我们现在最关心的,是您那伟大的母舰到太阳系的目的。"联合国秘书长仰望着大牙说。尽管他在大喊,但声音听起来仍像蚊子叫。

大牙做了一个类似于人类立正的姿势,地面为之一颤,"伟大的吞食帝国将吃掉地球,以便继续它壮丽的航程,这是不可改变的!"

"那么人类的命运呢?"

"这正是我今天要决定的事。"

元首们纷纷交换目光,秘书长点点头,"这确实需要我们进行充分的交流。"

大牙摇摇头,"这是一件十分简单的事情,我只需要品尝一下——"说着,他伸出强壮的大爪,从人群中抓起一个欧洲国家的首脑,从三四米远处优雅地扔进嘴里,细细地嚼了起来。不知是出于尊严还是过度恐惧,那个牺牲品一直没有叫出声,只听到他的骨骼在大牙嘴里碎裂时清脆的咔嚓声。半分钟后,大牙噗的一声吐出那人的衣服和鞋子。衣服虽然浸透了血,但几乎完好无损。这时,不止一个旁观者联想到了人类嗑瓜子的情形。

整个地球一时间陷入一片死寂,这寂静似乎无限期地持续着,直到被一个人类的声音打破——

"您怎么拿起来就吃啊?"站在人群后面的上校问。

大牙向他走去,人群散开一条道。这个庞然大物咚咚地走到上校面前,用一双篮球大小的黑眼睛盯着他,"不行吗?"

"您怎么这么肯定他能吃呢?一个相距如此遥远的世界上的生物能被食用,从生物化学上讲几乎是不可能的。"

大牙点点头,大嘴一咧,作出类似于笑的表情,"我一开始就注意到你了。你一直冷眼看着我,若有所思。你在想什么?"

上校也笑笑,"您呼吸我们的空气,通过声波说话,有两只眼睛一个鼻子一张嘴,还有四条对称的肢体……"

"这不可理解吗?"大牙把巨头凑近上校,喷出一股让人作呕的血腥气。

"是的,因为太好理解所以不可理解。我们不应该这么相似。"

"我也有不理解之处,那就是你的冷静。你是军人?"

"我是一名保卫地球的战士。"

"哼,不过是推开一些小石头而已,那能让你成为真正的战士?"

"我准备接受更大的考验。"上校庄严地昂起头。

"有趣的小虫虫。"大牙笑着点点头,直起身来,"我们还是回到正题吧:人类的命运。你们的味道不错,有一种滑爽的清淡,很像我在波江座行星上吃过的一种蓝色浆果。所以祝贺你们,你们的种族将延续下去——你们将作为一种小家禽在吞食帝国被饲养,到六十岁左右上市。"

"您不觉得那时我们的肉太老了吗？"上校冷笑着说。

大牙大笑起来，声音如火山爆发，"哈哈哈哈，吞食人喜欢有嚼头儿的小吃。"

三、蚂　蚁

联合国又同大牙进行了几次接触，虽然再没有人被吃掉，但关于人类命运的谈判结果都一样。

人们把下一次会面精心安排在非洲的一处考古挖掘现场。

大牙的飞行器准时在距挖掘现场几十米处降落，同每次一样，他的降落就像是一场大爆炸，震耳欲聋，飞沙走石。据波江女孩介绍，大牙的飞行器是由一台小型核聚变发动机驱动的。对于有关吞食者的信息，她一解释，人类科学家就立刻明白了。但波江人的技术却令地球人很迷惑，比如那块晶体，着陆后便在空气中融化，最后与星际航行有关的推进部分全融化掉了，只剩下薄薄的一片，在空气中轻盈地飘行。

大牙来到挖掘现场时，有两个联合国工作人员抬着一本一米见方的大画册递给他。画册是按他的个头儿精心制作的，有上百页精美的彩图，内容是人类文明的各个方面，很像一本儿童启蒙教材。在挖掘现场的大坑旁，一名考古学家绘声绘色地讲述着地球文明的辉煌历程。他竭力想让外星人明白这颗蓝色行星上有太多值得珍惜的东西，说到动情处考古学家声泪俱下，好不凄惨。最后，他指着挖掘现场的大坑说："尊敬的使者，您看，这是我们刚刚发现的一处城市遗址，是迄今发现的最早的人类城市，距今已有近五万年。你们真的忍心毁灭一个历经五万年岁月、一点一滴发展到今天的灿烂文明?"

大牙在这个过程中一直翻看着画册,好像觉得那是一件很好玩的东西。考古学家的最后一句话让他抬起头来,看了看大坑,"呵,考古虫虫,我对这个坑和坑里的旧城市不感兴趣,倒是很想看看从坑里挖出的土。"他指了指大坑旁边一个几米高的土堆。

听完翻译器中的话,考古学家很迷惑,"土?那堆土里什么也没有啊。"

"那是你的看法。"大牙说着走到土堆旁,蹲下高大的身躯,伸出两只大爪在土里挖起来。人们围成一圈看着,惊叹他那看似粗笨的大爪的灵活。他拨动着松土,不时拾起什么极小的东西放到画册上。就这样专心致志地干了十多分钟后,他捧着画册直起身来,走到人们面前,让大家看画册上的东西。

上百只蚂蚁,有的活着,有的已经死了,蜷成一团,仔细辨认才能看出是什么。

"我想讲一个故事,"大牙说,"是关于一个王国的故事。这个王国的前身是一个更大的帝国,帝国国民的先祖可以追溯到地球白垩纪末期。在恐龙高耸入云的骨架下,先祖建起帝国宏伟的城市……但那段历史太久远了,帝国最后一世女王能记起的,就是冬天的降临。在那漫长的冬天里,大地被冰川覆盖,失去已延续了上千万年的生机,生活变得万分艰难。

"从最后一次冬眠醒来后,女王只唤醒了帝国不到百分之一的成员,其他的都已在寒冷中长眠,有的已变成透明的空壳。女王摸摸城市的墙壁,冷得像冰块,硬得像金属。她知道这是冻土——在这严寒时代中,它夏天都不化。女王决定离开这片先祖留下的疆域,去找一块不冻的土地建立新的王国。

"于是,女王率领所有的幸存者来到地面,在高大的冰川间开始艰难的跋涉。大部分成员在漫漫的路途中死于严寒,但女王与不多的幸存者终于找到了一块不冻土,这是一块被溢出的地热温暖的土地。女王当然不明白,为什么在这严寒世界中有这么一小片潮湿柔软的土地,但她对能到达这里并不感到意外:一个延续了六千万年的种族是不会灭绝的!

"面对冰川纵横的大地和昏暗的太阳,女王宣布要在这里建立一个新的伟大的王国,它将延续万代!她站在一座高大的白色山峰下,把这个新王国命名为'白山王国',那座白色山峰是一头猛犸象的头骨。这是第四纪冰川末期的一个正午,这时的人类虫虫还是零星地龟缩在岩洞中发抖的愚钝动物。九万年之后,你们文明的第一点烛光才在另一个大陆的美索不达米亚平原上出现。

"以附近冰冻的猛犸象遗体为生,白山王国度过了一万年的艰难岁月。之后,地球冰河期结束,大地回春,各大陆又重新披上了生命的绿色。在这新一轮的生命大爆炸中,白山王国很快达到了鼎盛,拥有数不清的成员和广大的疆域。在其后的几万年中,王国经历了数不清的朝代,创造了数不清的史诗。"

大牙指指眼前的大坑,"这就是那个王国最后的位置,在考古虫虫专心挖掘下面那已死去五万年的城市时,并没有想到在它上面的土层中还有一个活着的城市。它的规模绝不比纽约小,后者只是一个二维的平面城市,而它是一座宏大的立体城市,有很多层。每一层密布着迷宫般的街道,有宽阔的广场和宏伟的宫殿。整座城市的供排水系统和消防系统的设计也比纽约高明得多。城市有着复杂的社会结构、严格的行业分工,整个社会以一种机器般的精密和协调高效地运转着,不存在吸毒和犯罪问题,也没有沉沦和迷茫。但王国的国民并非没有感情,当有成员死亡时,它们表现出长时间的悲伤。它们甚至还有墓地,位于城市附近的地面上,掩埋深度为三厘米。最值得说明的是:在城市的底层有一个庞大的图书馆,收藏着数量巨大的卵形小容器——那是一本本书——每个容器中都装有成分极其复杂的化学味剂,用其复杂的成分记录着信息。这里有对白山王国漫长历史的史诗般的记载:你能看到在一次森林大火中,王国的所有成员抱成无数个团,顺一条溪流漂下,逃出火海的壮举;还能看到王国与白蚁帝国长达百年的战争史;还有王国的远征队第一次看到大海的记载……

"但所有这一切在三个小时之内被毁灭。当时,在惊天动地的轰鸣声中,挖掘机那遮盖了整片天空的钢铁巨掌凌空劈下,把包含着城市的土壤一把把抓起。城市和其中的一切在巨掌中被碾得粉碎,包括城市最下层的孩子和将成为孩子的几万只雪白的卵。"

地球世界再一次陷入死寂之中,这次的寂静比大牙吃人的那一次延续得更长。面对外星使者,人类第一次无话可说。

大牙最后说:"我们以后有很长的时间相处,有很多的事要谈,但不要再从道德角度谈了,在宇宙中,那东西没意义。"

四、加 速 度

大牙走后,考古现场的人们仍沉浸在迷茫和绝望之中。又是上校首先打破寂静,他对周围的各国政要说:"我知道自己是个小人物,只是因为首先接触外星文明而有幸亲临这些场合。我只想说两句话:一、大牙是对的;二、人类的唯一出路是战斗。"

"战斗?唉,上校,战斗……"秘书长苦笑着摇头。

"对,战斗!战斗!战斗!"波江女孩大喊。此时,她所在的晶体片正飘飞在人们头上几米高处。在阳光下的晶体中,那长发女孩在兴奋地手舞足蹈。

有人说:"你们波江人也战斗了,结果怎么样?人类得为自己种族的生存着想,我们并没有义务满足你那变态的复仇欲望。"

"不,先生,"上校对所有人说,"波江人是在对敌人完全陌生的情况下进行自卫战争的,加上他们本来就是一个历史上完全没有战争的社会,所以失败是不奇怪的。但在这场长达一个世纪的惨烈战争中,他们对吞食者有了细致深刻的了解。现在,他们掌握的大量资料通过这艘飞船送到了我们手中,这就是我们的优势。

"冷静地初步研究这些资料,我们发现吞食者并没有最初想象的那么可怕。首先,除了不可思议的庞大形体外,吞食者并没有太多超出人类知识范畴的东西。就生命形式而言,吞食人——据说在'轮胎'上居住着上百亿个——与地球人一样是碳基生物,且其生命在分子层次的构造上与我们十分相似。人类与敌人拥有相同的生物学基础,我们有可能真正深刻地理解它们的各个方面,这比我们面对一群由力场和中子星物质构成的入侵者要幸运多了。

"更让我们宽慰的是,吞食者并没有太多的'超技术'。吞食人的技术比人类要先进许多,但这主要表现在技术的规模上,而不是理论基础上。吞食者的推进系统的能量来源主要是核聚变,它所掠夺的行星水资源除了用于吞食人的生活外,主要是被作为聚变燃料。吞食者发动机的推进方式也是基于动量守恒的反冲方式,并没有时空跃迁之类玄妙的玩意儿……这些信息可能使科学家深感失落,因为吞食者上的文明毕竟延续了几千万年,它的技术层次也代表了科学力量的极限。但与此同时,我们也因此知道,敌人不是不可战胜的神。"

秘书长说:"仅凭这些,就能使人类树立起必胜的信心吗?"

"当然还有许多具体的信息,使我们能够制定出一个成功率较高的战略,比如……"

"加速度!加速度!"波江女孩在人们头顶大叫。

上校对周围迷惑的人们解释说:"从波江人送来的资料看,吞食者航行的加速度有一个极限。在长达两个世纪的观察中,他们从未发现它突破过这个极限。为证实这一点,我们根据波江座飞船送来的其他资料,如吞食者的结构和构成它的材料的强度等,建立了一个数学模型,模型的演算证实了波江人对吞食者加速度极限的观察。这个极限是由它的结构强度所决定的,一旦超出,这个庞然大物就会被撕裂。"

"那又怎么样?"一位大国元首问道。

"我们应该冷静下来,用自己的脑子好好想想。"上校微笑着说。

五、月球避难所

人类与外星使者的谈判终于有了一点点进展,大牙对人类关于月球避难所的要求作出了让步。

"人是恋家的动物。"在一次谈判中,秘书长眼泪汪汪地说。

"吞食人也是,虽然我们没有家。"大牙同情地点点头。

"那么,能否让我们留下一些人,等伟大的吞食帝国吃完再吐出地球后,待它的地质结构稳定下来,再回来重建我们的文明?"

大牙摇摇头,"吞食帝国吃东西是吃得很干净的,那时的地球将比现在的火星还荒凉,凭你们虫虫的技术能力,不可能重建文明。"

"总得试试吧,这样我们的灵魂才会安宁。特别是在吞食帝国上被饲养的那些小家禽,如果他们记得在遥远的太阳系还有一个家,会多长些肉的,虽然这个家不一定真的存在。"

大牙点点头,"可是当地球被吞下时,这些人去哪儿呢?除了地球,我们还要吃掉金星,木星和海王星太大了,我们吃不下,但要吃它们的卫星,吞食帝国需要上面的碳氢化合物和水;连贫瘠的火星和水星我们也想嚼一嚼,我们想要上面的二氧化碳和金属。这些星球的表面将是一片火海。"

"我们可以去月球避难。据我们所知,吞食帝国在吃地球之前要把月球推开。"

大牙又点点头,"是的,由吞食帝国和地球组成的联合星体引力很大,有可能使月球坠落在大环表面,这种撞击足以毁灭帝国。"

"那就对了,让我们的一些人住到月球去吧,这对你们也没有太大损失。"

"你们打算留多少人?"

"从维持一个文明的最低限度着想,十万吧。"

"可以,但你们得干活儿。"

"干活儿?什么活儿?"

"把月球从地球轨道推开,这对我们来说也是一件很麻烦的事。"

"可是……"秘书长绝望地抓着头发,"您这等于拒绝了人类这点小小的可怜要求,您知道我们没有这种技术力量的!"

"呵,虫虫,那我不管。再说,不是还有一个世纪吗?"

六、播种核弹

在泛着白光的月球平原上,一群穿着太空服的人站在一个高高的钻塔旁边。吞食帝国高大的使者站在更远一些的地方,仿佛是另一个钻塔。他们注视着一个钢铁圆柱体从钻塔顶端缓缓落下,沉入钻塔下的深井中。吊索飞快地向井中放下去,三十八万公里外的整个地球世界都在注视着这一幕。当放置物到达井底的信号传来时,包括大牙在内的所有观察者都鼓起掌来,庆祝这一历史性时刻的到来。

推进月球的最后一颗核弹已经就位,这时,距波江晶体和吞食帝国使者到达地球已有一个世纪。

这是一个绝望的世纪,人类在进行着痛苦的奋斗。

上半个世纪,全世界竭尽全力建造月球推进发动机,但这种超级机器始终没能建成。那几台试验用的样机只是给月球表面增加了几座废铁高山,还有几台在试运行时被核聚变的高温熔化成一片钢水的湖泊。人类曾向吞食帝国使者请求技术支援,因为推进月球需要的发动机还不及吞食者上那无数超级发动机的十分之一大。但大牙不答应,还讥讽道:"别以为知道了核聚变就能造出行星发动机,造出爆竹离造出火箭还差得远呢。其实你们完全没有必要费这么大劲儿。在银河系,一个文明成为另一个更强大文明的家禽是很正常的。你们会发现被饲养是一种多么美妙的生活,衣食无忧,快乐终生,有些文明还求之不得呢。你们感到不舒服,完全是陈腐的人类中心论在作怪。"

于是,人类把希望寄托在波江晶体上,但这希望同样落空。波江文明是沿着一条与地球和吞食者完全不同的技术路线发展的,他们的所有技术力量都来自本星的生物,比如这块晶体,就是波江行星海洋中的一种浮游生物的共生体。对他们世界中生命的这些奇特能力,波江人只是组合和利用,并不知其深层的秘密,而一旦离开本星的生物,波江人的技术就寸步难行了。

浪费了宝贵的五十多年后,绝望的人类突然想出了一个极其疯狂的月球推进方案。这个方案首先由上校提出,当时他是月球推进计划的主要领导人之一,军衔已升为元帅。这个方案尽管疯狂,技术上的要求却并不高,人类已有的技术完全可以胜任,以至于人们惊奇为什么没有早点儿想到它。

新的推进方案很简单,就是在月球的一面大量埋设核弹。这些核弹的埋设深度一般为三千米左右,其埋设的密度以不被周围核弹的爆炸所摧毁为标准。这样，将在月球的推进面埋设五百万枚核弹。与这些热核炸弹的当量相比，人类在冷战时期所制造的威力最大的核弹也只能算常规武器。因此，当这些埋在月球地下的超级核弹爆炸时，与以前的地下核试验中被窒息在深洞中的核爆炸完全不同，会将上面的地层完全掀起炸飞。在月球的低重力下，被炸飞的地层岩石会达到逃逸速度，脱离月球，冲进太空，进而对月球本身产生巨大的推进力。如果每一时刻都有一定数量的核弹爆炸，这种脉冲式的推进力就会变得连续不断，等于给月球装上了强劲的发动机。而使不同位置的核弹爆炸，就可以操纵月球的飞行方向。方案还计划在月面下埋设两层核弹，另一层在第一层之下，约六千米深度。当上层核弹耗尽、月球推进面被剥去三千米厚的一层时，第二层接着被不断引爆，使"发动机"的运行时间延长一倍。

当晶体中的波江女孩听到这个方案时，认为人类真的疯了，"现在我知道，如果你们有吞食者那样的技术力量，会比他们还野蛮！"

但这个方案使大牙赞叹不已，"呵呵，虫虫们竟能有这样美妙的想法，我喜欢，喜欢它的粗野，粗野是最美的！"

"荒唐！粗野怎么会美？"波江女孩反驳说。

"粗野当然美，宇宙就是最粗野的！漆黑寒冷的深渊中燃烧着狂躁的恒星，不粗野吗？宇宙是雄性的，明白吗？像你们那种女人气的文明，那种弱不禁风的精致和纤细，只是宇宙小角落中一种微不足道的病态而已。"

一百年过去了，大牙仍然生机勃勃，晶体中的波江女孩仍然鲜艳动人，但元帅感到了岁月的力量。一百三十五岁，他已是老年人了。

这时，吞食者已越过冥王星轨道，从由波江座 ε 星开始的六万年漫长航行中苏醒了。太空中那个巨大的"轮胎"变得灯火辉煌，庞大的社会运转起来，准备好了对太阳系的掠夺。

吞食者掠过外行星，向地球扑来。

七、人类的第一次和最后一次星战

月球脱离地球的加速开始了。

推进面的核弹开始爆炸时，月球正处于地球白昼的一面。每次爆炸的闪光，都会让月球在蓝天上短暂地映现一下，天空中仿佛出现了一只不断眨巴的银色眼睛。入夜后，月球一侧的闪光传过近四十万公里仍能在地面上映出人影。淡淡月球的后面还能看到一条淡淡的银色尾迹，它是由从月面炸入太空的岩石构成的。从安装在推进面的摄像机中可以看到，月面被核爆掀起的地层碎块如滔天洪水般涌向太空，向前很快变细，在远方成为一条极细的蛛丝，弯向地球的另一面，描绘出月球加速的轨道。

但人们的注意力都集中在天空中出现的那个恐怖的大环上：吞食者此时已驶近地球，它的引力产生的巨大潮汐已摧毁了所有的沿海城市。吞食者尾部的发动机闪着一圈蓝色的光芒，它正在进行最后的轨道调整，以使其绕太阳运行的轨道与地球保持同步，同时使自己与地球的自转轴线重合在同一直线上。然后它将缓缓向地球移动，将其套入大环中。月球的加速持续了两个月,这期间,在它的推进面,平均两三秒钟就爆炸一枚核弹,到目前为止,已引爆了二百五十多万枚。加速后的月球环绕地球的轨道形状已变得很扁,当月球运行到这椭圆轨道的顶端时,应元帅的邀请,大牙同他一起来到了月球面向前进方向的一面。他们站在环形山环绕的平原上,感受着从月球另一面传来的震动,仿佛这颗地球卫星的中心有一颗强劲的心脏。在漆黑的太空背景下,吞食者的巨环光彩夺目,占据了半个天空。

"太棒了,元帅虫虫,真的太棒了!"大牙对元帅由衷地赞叹着,"不过你们要抓紧,只剩下一圈的加速时间了,吞食帝国可没有等待别人的习惯。我还有个疑问:你们十年前就已建成的地下城还空着,那些移民什么时候来?你们的月地飞船能在一个月时间里从地球迁移十万人?"

"不会迁移任何人了,我们将是月球上最后的人类。"

听到这话,大牙吃惊地转过身去,看到了元帅所说的"我们":那是地球太空部队的五千名将士,在环形山平原上站成严整的方阵。方阵前面,一名士兵展开一面蓝色的旗帜。

"看,这是我们行星的旗帜,地球对吞食帝国宣战了!"

大牙呆呆地站着,迷惑多于惊讶。紧接着,他四脚朝天摔倒了,这是由于月面突然增加的重力所致。大牙一动不动地趴在地上,他那庞大身体激起的月尘在周围缓缓降落,但很快又扬起来——这是从月球另一面传来的剧烈震波所致,平原因此蒙上了一层白色的尘被。大牙知道,在月球的另一面,核弹的爆炸密度突然增加了几倍。从重力的激增,他推测出月球的加速度也增加了几倍。他打了个滚儿,从太空服胸前的口袋里掏出硕大的电脑,调出了月球目前的轨道。他看到,如果这剧增的加速度持续下去,轨道将不再闭合,月球将脱离地球引力冲向太空,一条闪着红光的虚线标示出预测的方向。

月球将径直撞向吞食者!

大牙缓缓地站了起来,任手中的电脑掉下去。他抬头看去,在突然增加的重力和波浪般的尘雾中,地球军团的方阵仍如磐石般稳立着。

"持续了一个世纪的阴谋。"大牙喃喃地说。

元帅点点头,"你明白得太晚了。"

大牙长叹着说:"我应该想到地球人与波江人是完全不同的两个物种。波江世界是一个以共生为进化基础的生态圈,没有自然选择和生存竞争,更不知战争为何物……我们却用这种习惯思维来套地球人。而你们,自从树上下来后就厮杀不断,怎么可能轻易被征服呢?我……不可饶恕的失职啊!"

元帅说:"波江人为我们提供了大量的重要信息,其中关于吞食者的加速度极限值就是人类这个作战方案的基础:如果引爆月球上的转向核弹,月球的轨道机动加速度将是吞食者速度极限值的三倍。这就是说,它比吞食者灵活三倍,你们不可能躲开这次撞击的。"

大牙说:"其实我们也不是完全没有戒备。当地球开始大量生产核弹时,我们时刻监视着这些核弹的去向,确保它们被放置在月球地层中,可没有想到……"

元帅在面罩后面微微一笑,"我们不会傻到用核弹直接攻击吞食者,地球人那些简陋的导弹在半途中就会被身经百战的吞食帝国全部拦截,但你们无法拦截巨大的月球。也许凭借吞食者的力量,最终能击碎它或使其转向,但现在距离已经很近,来不及了。"

"狡诈的虫虫,阴险的虫虫,恶毒的虫虫……吞食帝国是心肠实在的文明,把什么都说在明处,可是最终被狡诈阴险的地球虫虫骗了。"大牙咬牙切齿地说,狂怒中想用大爪子抓元帅,但在士兵们指向他的冲锋枪面前停住了。他没有忘记自己也是血肉之躯,一梭子弹足以让他丧命。元帅对大牙说:"我们要走了,劝你也离开月球吧,不然会死在吞食帝国的核弹之下。"

元帅说得很对,大牙和人类太空部队刚刚飞离月球,吞食者的截击导弹就击中了月面。这时月球的两面都闪烁着强光,朝向前进方向的一面也有大量的岩石被炸飞到太空中。与推进面不同的是,这些岩石是朝着各个方向漫无目标地飞散开。从地球上看去,撞向吞食者的月球如一个披散着怒发的斗士,任何力量都无法阻挡它!在能看到月球的大陆上,人山人海爆发出狂热的欢呼。

吞食人的拦截行动只持续了不长的时间就停止了,因为他们发现这毫无意义。在月球走完短暂的距离之前,既不可能使它转向,更不可能击碎它。

月球上的推进核弹也停止了爆炸。速度已经足够,地球保卫者要留下足够的核弹进行最后的轨道机动。

一切都沉静下来。在冷寂的太空中,吞食者和地球的卫星静静地相向飘行着,它们之间的距离在急剧缩短。当两者的距离缩短至五十万公里时,从地球统帅部所在的指挥舰上看去,月球已与"轮胎"重叠,像是轴承圈上的一粒钢珠。

直到这时,吞食者的航向也没有任何变化,这是容易理解的:过早的轨道机动会使月球也作出相应的反应,真正有意义的躲避动作要在月球最后撞击前进行。这就像两名用长矛决斗的中世纪骑士,他们骑马越过长长的距离逼近对方,但胜负是在接触前的一小段距离内决出的。

银河系的两大文明都屏住了呼吸,等待着那最后的时刻。

当距离缩短至三十五万公里时,双方的机动航行开始了。吞食者的发动机首先喷出了上万公里的蓝色烈焰,开始躲避;月球上的核弹则以空前的密度和频率疯狂地引爆,进行着相应的攻击方向修正,它那弯曲的尾迹清楚地描绘出航线的变化。吞食者喷出的上万公里长的蓝色光河的头部镶嵌着月球核弹银色的闪光,构成了太阳系有史以来最壮观的景象。

双方的机动航行进行了三个小时,它们的距离已缩短至五万公里,计算机显示的结果令指挥舰上的人们不敢相信自己的眼睛:吞食者的变轨加速度四倍于波江晶体提供的极限值!以前深信不疑的吞食者的加速度极限,一直是地球人取胜的基础,现在,月球上剩余的核弹已没有能力对攻击方向作出足够的调整。计算表明,即使尽全力变轨,半小时后,月球也将以四百公里的距离与吞食者擦肩而过。

在一阵令人目眩的剧烈闪光后,月球耗尽了最后的核弹,几乎与此同时,吞食者的发动机也关闭了。在死一般的寂静中,惯性定律完成了这篇宏伟史诗的最后章节:月球紧擦着吞食者的边缘飞过,由于其速度很高,吞食者的引力没能将其捕获,但扭弯了它的飘行轨迹。月球掠过吞食者后,无声地向远离太阳的方向飞去。

指挥舰上,统帅部的人们在死一般的沉默中度过了几分钟。

"波江人骗了我们。"一位将军低声说。

"也许,那块晶体只是吞食帝国的一个圈套!"一位参谋喊道。

统帅部瞬间陷入一片混乱,每个人都声嘶力竭地叫喊着,以掩盖或发泄自己的绝望。几名文职人员或哭泣或抓着自己的头发,精神已到了崩溃的边缘。只有元帅仍静静地站在大显示屏前,他慢慢转过身来,用一句话稳住了局面:"我请各位注意一个现象:吞食者的发动机为什么要关闭?"

这句话引起了所有人的思考。是的,在月球上的核弹停止爆炸后,敌人的发动机没有理由关闭,因为他们不可能知道月球上是否还剩有核弹。同时,考虑到吞食者的引力有可能捕获月球,他们也应该继续进行躲避加速,拉开与月球攻击线的距离,而不能仅仅满足于这四百公里的微小间距。

"给我吞食者外表面的近距离图像。"元帅说。

大屏幕上出现了一幅全息面画,这是一个掠过吞食者的地球小型高速侦察器在距其表面五百公里上空传回的。人们敬畏地看着吞食者灯光灿烂的大陆上线条粗放的钢铁山脉和峡谷缓缓移过。一条黑色的长缝引起了元帅的注意。在过去的一个世纪中,他已记熟了吞食者外表面的每一个细节,可以绝对肯定这条长缝以前是不存在的。很快其他人也注意到了。

"这是什么?一条……裂缝?"

"是的,裂缝,一条长达五千公里的裂缝。"元帅点点头说,"波江人没有骗我们,晶体带来的资料是真实的,那个加速度极限确实存在。但当月球逼近时,绝望的吞食者不顾一切地用四倍于极限的加速度来躲避。这就是超限加速的后果:它被撕裂了。"

接下来,人们又发现了另外几条裂缝。

"看啊,那又是什么?!"又有人惊叫。这时,吞食者的自转正使它表面的另一部分进入人们的视野:金属大陆的边缘出现了一个刺目的光球,如同它那辽阔地平线上的日出一般。

"自转发动机!"一名军官说。

"是的,是吞食者赤道上很少启动的自转发动机,此时它正在以最大功率刹住自转!"

"元帅,这证实了您的看法!"

"尽快用各种观测手段取得详细资料,进行模拟!"元帅说。但在这之前,一切已在进行中了。

经一个世纪建立起来的精确描述吞食者物理结构的数学模型,在从前方取得必需的数据后高速运转,模拟结果很快出来了:需近四十小时的时间,自转发动机才能把吞食者的自转速度减至毁灭值之下;而如果高于这个转速,离心力将使已被撕裂的吞食者在十八个小时内完全解体。

人们欢呼起来。大屏幕上接着映出了吞食者解体时的全息模拟图像:解体的过程很慢,如同梦幻。在太空漆黑的背景上,这个巨大的世界如同一团浮在咖啡上的奶沫一样散开,边缘的碎块渐渐隐没于黑暗之中,仿佛被太空融化了,只有不时出现的爆炸闪光才使它们重新现形。

元帅并没有同人们一起观赏这令人心旷神怡的画面,他远离人群,站在另一块大屏幕前注视着现实中的吞食者,脸上没有一点胜利的喜悦。冷静下来的人们注意到了他,也纷纷站到这块屏幕下。他们发现,吞食者尾部的蓝色光环又出现了,它再次启动了推进发动机。在环体已经被严重损伤的情况下,这似乎是一个不可理解的错误,这时,任何微小的加速度都可能导致大环解体。而吞食者的运行方向更让人迷惑:它正在缓缓回到躲避月球攻击前所在的位置,谨慎地建立与地球同步的太阳轨道,并使自己和地球的自转轴重合在一条直线上。

"怎么,这时它还想吃地球?"有人吃惊地说,他的话引起了稀疏的笑声,但笑声戛然而止,人们看到了元帅的表情:他已不再看屏幕,而是双眼紧闭,苍白的脸上毫无表情。一个世纪以来,作为抗击吞食者的精神支柱之一,太空将士们已经熟悉了他的音容,但他们从来没有见到他像这样。人们冷静下来,再看屏幕,终于明白了一个严峻的现实:

吞食者还有一条活路。

吞食地球的航行开始了,已与地球同步自转同轴的吞食者向着这颗行星的南极移动。如果它慢了,会在自转的离心力下解体;如果太快,推进的加速度又可能使其提前解体。吞食者正走在一条生存的钢丝绳上,它必须绝对正确地把握住时间和速度的平衡。

在地球的南极被套入大环前的一段时间,太空中的人们看到,南极大陆的海岸线形状急剧变化。这个大陆像一块热煎锅上的牛油一样缩小着面积,地球的海水在吞食者引力的拉动下涌向南极,地球顶端那块雪白的大陆正在被滔天巨浪所吞没。

这时,吞食者大环上的裂缝越来越多,且都在延长扩宽。最初出现的那几条裂缝已不再是黑色的,里面透出了暗红色的火光,像几千公里长的地狱之门。有几条蛛丝般的白色细线从大环表面升起,接下来,这样的细线越来越多,出现在大环的每一部分,仿佛吞食者长出了稀疏的头发。这是从大环上发射的飞船的尾迹,吞食者开始从他们将要毁灭的世界逃命了。

但当地球被大环吞入一半时,情况发生了逆转:地球的引力像无数根无形的辐条拉住了正在解体的大环,吞食者表面不再有新的裂缝出现,已有的裂缝也停止了扩展。十四小时过去后,地球被完全套入大环,它那引力的辐条变得更加强劲有力,吞食者表面的裂缝开始缩小,又过了五个小时,这些裂缝完全合拢了。

在指挥舰上,统帅部的大屏幕黑了,甚至连灯都灭了,只有太阳从舷窗中投进惨白的光芒。为了产生人工重力,飞船仍在缓缓自转,使得太阳从不同位置的舷窗中升升降降。光影流转,仿佛在追述着人类那已永远成为过去的日日夜夜。

"谢谢各位在过去一个世纪中尽职尽责的工作,谢谢。"元帅说,并向统帅部的全体人员敬礼。在将士们的注视下,他平静地整理了一下自己的军装,其他的人也这样做了。

人类失败了,但地球保卫者们已经尽到了自己的责任。对于尽责的战士来说,这一时刻仍是辉煌的。他们接受了平静的良心授予自己的无形勋章,他们有权享受这光荣的一刻。

尾声:归宿

"真的有水啊!"一名年轻上尉惊喜地叫出来。面前确实是一片广阔的水面,在昏黄的天空下泛着粼粼的波光。

元帅摘下太空服的手套,捧起一点水,推开面罩尝了尝,又赶紧将面罩合上,"嗯,还不是太咸。"看到上尉也想打开面罩,他制止说,"会得减压病的。大气成分倒没问题,硫黄之类的有毒成分已经很淡了,但气压太低,相当于战前的一万米高空。"

一名将军在脚下的沙子中挖着什么,"也许会有些草种子的。"他抬头对元帅笑笑说。

元帅摇摇头,"这里战前是海底。"

"我们可以到离这里不远的十一号新陆去看看,那里说不定会有。"那名上尉说。

"有也早烤焦了。"有人叹息道。

大家举目四望。地平线处有连绵的山脉,它们是最近一次造山运动的产物。青色的山体由赤裸的岩石构成,从山顶流下的岩浆河发着暗红的光,使山脉像一个巨人淌血的躯体,但大地上的岩浆河已经消失了。

这是战后二百三十年的地球。

战争结束后,统帅部幸存的一百多人在指挥舰上进入冬眠器,等待地球被吞食者吐出后重返家园。指挥舰则成为一颗卫星,在一条宽大的轨道上围绕着由吞食者和地球组成的联合星体运行。在以后的时间里,吞食帝国并没有打扰他们。

战后第一百二十五年,指挥舰上的传感系统发现吞食者正在吐出地球,就唤醒了一部分冬眠者。当这些人醒来后,吞食者已飞离地球,向金星方向航行,而这时的地球已变成一颗人们完全陌生的行星,像一块刚从炉子里取出的火炭,海洋早已消失,大地上覆盖着蛛网般的岩浆河。他们只好继续冬眠,重新设定传感器,等待地球冷却。这一等又是一个世纪。

冬眠者们再次醒来时,发现地球已冷却成一颗荒凉的黄色行星,剧烈的地质运动平息下来,虽然生命早已消失,但有稀薄的大气,甚至还发现了残存的海洋,于是,他们就在一个大小如战前内陆湖泊的残海边着陆了。

一阵轰鸣声——就是在这稀薄的空气中也震耳欲聋——那艘熟悉的外形粗笨的吞食帝国飞船在人类飞船的不远处着陆。高大的舱门打开后,大牙挂着一根电线杆长度的拐杖颤颤地走下来。

"啊,您还活着!有五百岁了吧?"元帅同他打招呼。

"我哪儿能活那么久啊。战后三十年我也冬眠了,就是为了能再见你们一面。"

"吞食者现在在哪儿?"

大牙指向天空的一个方向,"晚上才能看见,只是一颗暗淡的小星星,它已航出木星轨道。"

"它在离开太阳系吗?"

大牙点点头,"我今天就要启程去追它了。"

"我们都老了。"

"老了……"大牙黯然地点点头,哆嗦着把拐杖换了手,"这个世界,现在……"他指指天空和大地。

"有少量的水和大气留了下来,这算是吞食帝国的仁慈吗?"

大牙摇摇头,"与仁慈无关,这是你们的功绩。"

地球战士们不解地看着大牙。

"哦,在那场战争中,吞食帝国遭受了前所未有的创伤。死了上亿人,生态系统也被严重损坏。战后我们用了五十个地球年的时间才初步修复撕裂的大环,这以后才有能力对地球进行咀嚼。但你知道，我们在太阳系的时间有限，如果不能及时离开，有一片星际尘埃会飘到我们前面的航线上，如果绕道，我们到达下一个行星系的时间就会晚一万七千年，那时我们要吞食的行星就会被衰老的恒星吞食掉，所以我们对太阳几颗行星的咀嚼就很匆忙，吃得不太干净。"

"这让我们备感自豪。"元帅看看周围的人们说。

"你们当之无愧！那真是一场伟大的星际战争。在吞食帝国漫长的征战史中，你们是最出色的战士之一！直到现在，帝国的行吟诗人还在到处传唱地球战士史诗般的战绩。"

"我们更想让人类记住这场战争。对了，现在人类怎样了？"

"战后大约有二十亿人类移居到吞食帝国，占人类总数的一半。"大牙说着，打开了手提电脑宽大的屏幕，上面出现人类在吞食者上生活的画面：蓝天下，一片美丽的草原，一群快乐的人在歌唱舞蹈，一时难以分辨这些人的性别，因为他们的皮肤都是那么细腻白嫩，都身着轻纱般的长服，头上装饰着美丽的花环。远处有一座漂亮的城堡，其形状显然来自地球童话，色彩之鲜艳如同用奶油和巧克力建造的。镜头拉近，元帅细看这些漂亮人儿的表情，确信他们真的是处于快乐之中，这是一种真正无忧无虑的快乐，如水晶般单纯，战前的人类只在童年能够短暂地享受。

"必须保证他们的绝对快乐，这是饲养中起码的技术要求，否则肉质得不到保证。地球人是高档食品，只有吞食帝国的上层社会才有钱享用，这种美味像我都是吃不起的。哦，元帅，我们找到了您的曾孙，录下了他对您说的话，想看吗？"

元帅吃惊地看了大牙一眼,点点头。屏幕上出现了一个皮肤细嫩的漂亮男孩。从面容上看,他可能只有十岁,但身材却有成年人那么高。他一双女人般的小手拿着一个花环,显然是刚刚从舞会上被叫过来。他眨着一双水灵灵的大眼睛说:"听说曾祖父您还活着?我只求您一件事,千万不要来见我啊!我会恶心死的!想到战前人类的生活,我们都会恶心死的,那是狼的生活,蟑螂的生活!您和您的那些地球战士还想维持那种生活,差一点儿真的阻止人类进入这个美丽的天堂!变态!您知道您让我多么羞耻、多么恶心吗?呸!不要来找我!呸!快死吧你!"说完,他又蹦跳着加入草原上的舞会中去了。

大牙首先打破了尴尬的沉默,"他将活过六十岁,能活多久就活多久,不会被宰杀。"

"如果是因为我的缘故,十分感谢。"元帅凄凉地笑了一下。

"不是,在得知自己的身世后,他很沮丧,也充满了对您的仇恨,这类情绪会使他的肉质不合格。"

大牙感慨地看着面前这最后一批真正的人类。他们身上的太空服已破旧不堪,脸上都刻着岁月的沧桑,在昏黄的阳光中如同地球大地上一群锈迹斑斑的铁像。

大牙合上电脑,充满歉意地说:"本来不想让大家看这些的,但你们都是真正的战士,能够勇敢地面对现实,要承认……"他犹豫了一下才说,"人类文明完了。"

"是你们毁灭了地球文明,"元帅凝视着远方,"你们犯下了滔天罪行!"

"我们终于又开始谈道德了。"大牙咧嘴一笑。

"在入侵我们的家园并极其野蛮地吞食一切后,我不认为你们还有这个资格。"元帅冷冷地说。其他人不再关注他们的谈话,吞食者文明冷酷残暴的程度已超出人类的理解力,他们现在真的没有兴趣再同其进行道德方面的交流了。

"不,我们有资格,我现在还真想同人类谈谈道德……'您怎么拿起来就吃啊!'"

大牙最后这句话让所有人浑身一震。这话不是从翻译器中传出,而是大牙亲口说的,虽然嗓门很大,但他对三个世纪前元帅的声调模仿得惟妙惟肖。

大牙通过翻译器接着说:"元帅,您在三百年前的那次感觉是对的。星际间的不同文明,其相似要比差异更令人震惊,我们确实不应该这么像。"

人们把目光聚焦在大牙身上。他们都预感到,一个惊天的大秘密将被揭开。

大牙动动拐杖,使自己站直,看着远方说:"朋友们,我们都是太阳的孩子,地球是我们共同的家园,但我们比你们更有权利拥有她!因为在你们之前的一亿四千万年,我们的先祖就在这颗美丽的行星上生活,并创造了灿烂的文明。"

地球战士们呆呆地看着大牙,身边的残海跳跃着昏黄的阳光,远方的新山脉流淌着血红的岩浆。越过六千万年的沧桑时光,曾经覆盖地球的两大物种在这劫后的母星上凄凉地相会了。

"恐——龙——"有人低声惊叫。

大牙点点头,"恐龙文明崛起于一亿地球年前,就是你们地质纪年的中生代白垩纪中期,在白垩纪晚期达到鼎盛。我们是体形巨大的物种,对生态的消耗量极大。随着恐龙数量的急剧增加,地球生态圈已难以维持恐龙社会的生存,接着恐龙又吃光了刚刚拥有初级生态的火星。地球上恐龙文明的历史长达两千万年，但恐龙社会真正的急剧膨胀也就是几千年的事，其在生态上造成的影响从地质纪年的长度看，很像一场突然爆发的大灾难，这就是你们所猜测的白垩纪灾难。

"终于有那么一天，所有的恐龙都登上了十艘巨大的世代飞船，航向茫茫星海。这十艘飞船最后合为一体，每到达一颗有行星的恒星就扩建一次，经过六千万年，就成为现在的吞食帝国。"

"为什么要吃掉自己的家园呢？恐龙没有一点儿怀旧感吗？"有人问。

大牙陷入了回忆，"说来话长，星际空间确实茫茫无际，但与你们的想象不同，真正适合我们高等碳基生物生存的空间并不多。从我们所在的位置向银河系的中心方向，走不出两千光年，就会遇到大片的星际尘埃，在其中既无法航行，也无法生存；再向前，则会遇到强辐射和大群游荡的黑洞……如果向相反的方向走呢，我们已在旋臂的末端，不远处就是无边无际的荒凉虚空。在适合生存的这片空间中，消耗量巨大的吞食帝国已吃光了所有的行星。现在，我们的唯一活路是航行到银河系的另一旋臂去，我们也不知道那里有什么，但在这片空间待下去肯定是死路一条。这次航行要持续一千五百万年，途中一片荒凉，我们必须在启程前贮备好所有的消耗品。这时的吞食帝国就像干涸的小水洼中的一条鱼，它必须在水洼完全干掉之前猛跳一下，虽然多半是落到旱地上，在烈日下死去，但也有可能落到相邻的另一个水洼中活下去……至于怀旧感，在经历了几千万年的太空跋涉和数不清的星际战争后，恐龙种族早已是铁石心肠了。为了前面千万年的航程,吞食帝国要尽可能多吃一些东西……文明是什么?文明就是吞食,不停地吃啊吃,不停地扩张和膨胀,其他的一切都是次要的。"

元帅深思着说:"难道生存竞争是宇宙间生命和文明进化的唯一法则?难道不能建立起一个自给自足的、内省的、多种生命共生的文明吗?像波江文明那样?"

大牙长出一口气,"我不是哲学家,回答不了这个问题。也许答案是肯定的,关键是谁先走出第一步呢?自己的生存是以征服和消灭别人为基础的,这是这个宇宙中生命和文明生存的铁的法则,谁要首先不遵从它而自省起来,就必死无疑。"

大牙转身走上飞船,再出来时,手中端着一个扁平的方盒子。那个盒子长宽有三四米,起码要四个人才能抬起来。大牙把盒子平放到地上,掀起顶盖。人们看到盒子里装满了土,土上长着一片青草。在这已无生命的世界中,这绿色令所有人心动。

"这是一块战前地球的土地,战后我使这片土地上的所有植物和昆虫都进入冬眠,现在过了两个多世纪,又使它们同我一起苏醒。我本想把这块土地带走做个纪念,唉,现在想想还是算了吧,还是把它放回它该在的地方吧。我们从母星拿走的够多了。"

看着这一小片生机盎然的地球土地,人们的眼睛湿润了,他们现在知道,恐龙并非铁石心肠,在那比钢铁和岩石更冰冷坚硬的鳞甲后面,也有一颗渴望回家的心。

大牙一挥爪子,似乎想把自己从某种情绪中解脱出来,"好了,朋友们,我们一起走吧,到吞食帝国去。"看到人们的表情,他举起一只爪子,"你们到那里当然不是作为家禽被饲养。你们是伟大的战士,都将成为帝国的普通公民,你们还会得到一份工作:建立一座人类文明博物馆。"

地球战士们把目光集中在元帅身上。他想了想,缓缓地点点头。

地球战士们一个接一个地上了大牙的飞船。那为恐龙准备的梯子他们必须一节一节引体向上爬上去。元帅是最后一个上飞船的人,他双手抓住飞船舷梯最下面一节踏板的边缘,在把自己的身体拉离地面的时候,他最后看了一眼脚下地球的土地,然后就停在那里看着地面,很长时间一动不动,他看到了——蚂蚁。

这蚂蚁是从盒子中的土里爬出来的。元帅放开抓着踏板的双手,蹲下身,让它爬到手上。他举起那只手,细细地看着它,它那黑宝石般的小身躯在阳光下闪闪发亮。元帅走到盒子旁,把这只蚂蚁放回那片小小的草丛中。这时,他又在草丛间的土面上发现了其他几只蚂蚁。

他站起身来,对刚来到身边的大牙说:"我们走后,这些草和蚂蚁就是地球上仅有的生命了。"

大牙默默无语。

元帅说:"地球上的文明生物有越来越小的趋势——恐龙,人,然后可能是蚂蚁。"他又蹲下来,深情地看着那些在草丛间穿行的小生命,"该轮到它们了。"

这时,地球战士们又纷纷从飞船上下来,返回到那块有生命的地球土地前,围成一圈,深情地看着它。

大牙摇摇头说,"草能活下去,这海边也许会下雨的,但蚂蚁不行。"

"因为空气稀薄吗?看样子它们好像没受影响。"

"不,空气没问题。与人不同,在这样的空气中它们能存活,关键是没有食物。"

"不能吃青草吗?"

"那就谁也活不下去了:在稀薄的空气中,青草长得很慢;蚂蚁会吃光青草,然后饿死——这倒很像吞食文明可能的最后结局。"

"您能从飞船上给它们留下些吃的吗?"

大牙又摇头,"我的飞船上除了生命冬眠系统和饮用水外,什么都没有。我们在追上帝国前需要冬眠。你们的飞船上还有食物吗?"

元帅也摇摇头,"只剩几支维持生命的注射营养液,没用的。"

大牙指指飞船,"我们还是抓紧时间吧。帝国的加速很快,晚了我们会追不上它的。"

沉默。

"元帅,我们留下来。"一名年轻中尉说。

元帅坚定地点点头。

"留下来?干什么?"大牙挨个儿看着他们,惊讶地问,"你们飞船上的冬眠装置已接近报废,又没有食品,留下来等死吗?"

"留下来走出第一步。"元帅平静地说。

"什么?"

"您刚才提过的新文明的第一步。"

"你们……要做蚂蚁的食物?"

地球战士们点点头。大牙无言地注视了他们很长时间,然后转身,拄着拐杖慢慢走向飞船。

"再见,朋友!"元帅在大牙身后高声说。

老恐龙长长地叹息了一声,"在我和我的子孙前面,是无尽的暗夜,不休的征战。茫茫宇宙,哪里是家哟!"人们看到他的脚下湿了一片,不知道是不是一滴眼泪。

恐龙的飞船在轰鸣中起飞,很快消失在西方的天空。在那个方向,太阳正在落下。

最后的地球战士们围着那块有生命的土地默默地坐了一会儿,然后,从元帅开始,大家纷纷掀起面罩,在沙地上躺了下来。

时间流逝,太阳落下,晚霞使劫后的大地映在一片美丽的红光中。然后,有稀疏的星星在天空中出现。元帅发现,一直昏黄的天空这时居然现出了一抹深蓝。在稀薄的空气夺去他的知觉前,他欣慰地感到太阳穴上的轻微搔动——蚂蚁正在爬上他的额头。这感觉让他回到了遥远的童年,在海边两棵棕榈树间拴着的小吊床上,他仰望着灿烂的星海,妈妈的手抚过他的额头……

夜晚降临了,残海平静如镜,毫不走样地映着横跨夜空的银河。这是这颗行星有史以来最宁静的夜晚。

在这宁静中,地球重生了。

诗 云

伊依一行三人乘一艘游艇在南太平洋上作吟诗航行,他们的目的地是南极,如果几天后能顺利到达那里,他们将钻出地壳去看诗云。

今天,天空和海水都很清澈,对于作诗来说,世界显得太透明了。抬头望去,平时难得一见的美洲大陆清晰地出现在天空中,在东半球构成的覆盖世界的巨大穹顶上,大陆好像是墙皮脱落的区域……

哦,现在人类生活在地球里面,更准确地说,人类生活在气球里面——地球已变成了气球。地球被掏空了,只剩下厚约一百公里的一层薄壳,但大陆和海洋还原封不动地存在着,只不过都跑到里面了——球壳的里面。大气层也还存在,也跑到球壳里面了,所以地球变成了气球,一个内壁贴着海洋和大陆的气球。空心地球仍在自转,但自转的意义已与以前大不相同——它产生重力。构成薄薄地壳的那点质量产生的引力是微不足道的,地球重力现在主要由自转的离心力来产生了。但这样的重力在世界各个区域是不均匀的:赤道上最强,约为1.5个原地球重力;随着纬度增高,重力也渐渐减小,两极地区的重力为零。现在吟诗游艇航行的纬度正好是原地球的标准重力,但很难令伊依找到已经消失的实心地球上旧世界的感觉。

空心地球的球心悬浮着一个小太阳,现在正以正午的阳光照耀着世界。这个太阳的光度在二十四小时内不停地变化,由最亮渐变至熄灭,给空心地球里面带来昼夜更替。在某些夜里,它还会发出月亮的冷光,但只是从一点发出,看不到圆月。

游艇上的三人中有两个其实不是人,其中一个是一头名叫大牙的恐龙。他高达十米的身躯一移动,游艇就跟着摇晃倾斜,这令站在船头的吟诗者很烦。吟诗者是一个干瘦老头儿,同样雪白的长发和胡须混在一起飘动。他身着唐朝的宽大古装,仙风道骨,仿佛是在海天之间挥洒写就的一个狂草字。

他就是新世界的创造者,伟大的——李白。

礼　物

事情是从十年前开始的。当时,吞食帝国刚刚完成了对太阳系长达两个世纪的掠夺,来自远古的恐龙驾驶着那个直径五万公里的环形世界飞离太阳,航向天鹅座。吞食帝国还带走了被恐龙掠去当作小家禽饲养的十二亿人类。但就在接近土星轨道时,环形世界突然开始减速,最后竟沿原轨道返回,重新驶向太阳系内层空间。

在吞食帝国开始返程后的一个大环星期,使者大牙乘一艘如古老锅炉般的飞船飞离大环,衣袋中装着一个叫伊依的人。

"你是一件礼物!"大牙对伊依说,眼睛看着舷窗外黑暗的太空。它那粗嘎的嗓音震得衣袋中的伊依浑身发麻。

"送给谁?"伊依在衣袋中仰头大声问。他能从袋口看到恐龙的下颚,像是悬崖顶上一大块突出的岩石。

"送给神!神来到了太阳系,这就是帝国返回的原因。"

"是真的神吗?"

"它们掌握了不可思议的技术,已经纯能化,并且能在瞬间从银河系的一端跃迁到另一端,这不就是神了?如果我们能得到那些超级技术的百分之一,吞食帝国的前景就很光明了。我们正在完成一个伟大的使命,你要学会讨神喜欢!"

"为什么选中了我?我的肉质是很次的。"伊依说。他三十多岁,与吞食帝国精心饲养的那些肌肤白嫩的人相比,他的外貌很有些沧桑。

"神不吃虫虫,只是收集,我听饲养员说你很特别,你好像还有很多学生?"

"我是一名诗人,在饲养场的家禽人中教授人类的古典文学。"伊依很吃力地念出了"诗""文学"这类在吞食语中相当生僻的词。

"无用又无聊的学问。你那里的饲养员之所以默许你授课,是因为其中的一些内容有助于改善虫虫们的肉质……我观察过,你自视清高、目空一切,对于一个被饲养的小家禽来说,这很有趣。"

"诗人都是这样!"伊依在衣袋中站直。虽然知道大牙看不见,但他还是骄傲地昂起头。

"你的先辈参加过地球保卫战吗?"

伊依摇摇头,"我在那个时代的先辈也是诗人。"

"一种最无用的虫虫。在当时的地球上也十分稀少了。"

"他生活在自己的内心世界里，对外部世界的变化并不在意。"

"没出息……呵，我们快到了。"

听到大牙的话，伊依把头从衣袋中伸出来，透过宽大的舷窗向外看。飞船前方有两个发出白光的物体，那是悬浮在太空中的一个正方形平面和一个球体，当飞船移动到与平面齐平时，平面在星空的背景上短暂地消失了一下，这说明它几乎没有厚度。那个完美的球体悬浮在平面正上方，两者都发出柔和的白光，表面均匀得看不出任何特征。它们仿佛是从计算机图库中取出的两个元素，是这纷乱宇宙中两个简明而抽象的概念。

"神呢？"伊依问。

"就是这两个几何体啊。神喜欢简洁。"

距离拉近，伊依发现平面有足球场大小，飞船正在向平面上降落。发动机喷出的炽焰首先接触到平面，仿佛只是接触到一个幻影，没有在上面留下任何痕迹。但伊依感到了重力和飞船接触平面时的震动，说明它不是幻影。大牙显然以前曾经来过这里，毫不犹豫地拉开舱门走了出去。伊依看到他同时打开了气密过渡舱的两道舱门，心一下抽紧了，但他并没有听到舱内空气涌出时的呼啸声。当大牙走出舱门后，衣袋中的伊依嗅到了清新的空气，伸到外面的脸上感到了习习的凉风……这是人和恐龙都无法理解的超级技术，却以温柔而漫不经心的方式呈现出来，这震撼了伊依。与人类第一次见到吞食者时相比，这震撼更加深入灵魂。他抬头望望，球体悬浮在他们上方，背后是灿烂的银河。

"使者,这次你又给我带来了什么小礼物?"神问。他说的是吞食语,声音不高,仿佛从无限远处的太空深渊中传来,让伊依第一次感觉到这种粗陋的恐龙语言听起来很悦耳。

大牙把一只爪子伸进衣袋,抓出伊依放到平面上。伊依的脚底感到了平面的弹性。大牙说:"尊敬的神,得知您喜欢收集各个星系的小生物,我带来了这个很有趣的小东西:地球人。"

"我只喜欢完美的小生物,你把这么肮脏的虫子拿来干什么?"神说。球体和平面发出的白光微微地闪动了两下,可能是表示厌恶。

"您知道这种虫虫?!"大牙惊奇地抬起头。

"只是听这个旋臂的一些航行者提到过,不是太了解。在这种虫子不算长的进化史中,航行者曾频繁造访地球。这种生物的思想之猥琐、行为之低劣、历史之混乱和肮脏,都让他们恶心,以至于直到地球世界毁灭之前,也没有一个航行者屑于同它们建立联系……快把它扔掉。"

大牙抓起伊依,转动着硕大的脑袋,看看可往哪儿扔。"垃圾焚化口在你后面。"神说。大牙一转身,看到身后的平面上突然出现了一个小圆口,里面闪着蓝幽幽的光……

"你不要这样说!人类建立了伟大的文明!"伊依用吞食语声嘶力竭地大喊。

球体和平面的白光又颤动了两次。神冷笑了两声,"文明?使者,告诉这个虫子什么是文明。"

大牙把伊依举到眼前,伊依甚至听到了恐龙的两个大眼球转动时骨碌碌的声音,"虫虫,在这个宇宙中,对一个种族文明程度的统一度量标准是这个种族所进入的空间的维度。只有进入六维以上空间的种族才具备加入文明大家庭的起码条件。我们尊敬的神的一族已能够进入十一维空间。吞食帝国已能在实验室中小规模地进入四维空间,只能算是银河系中一个未开化的原始群落。而你们,在神的眼里不过是杂草和青苔。"

"快扔了,脏死了!"神不耐烦催促道。

大牙举着伊依向垃圾焚化口走去。伊依拼命挣扎,从衣服中掉出了许多白色的纸片。那些纸片飘荡着下落,从球体中射出一条极细的光线,射到其中一张纸上时,纸片便在半空中悬住了,光线飞快地在上面扫描了一遍。

"唷,等等,这是什么东西?"

大牙把伊依悬在焚化口上方,扭头看着球体。

"那是……是我的学生们的作业!"伊依在恐龙的巨掌中吃力地挣扎着说。

"这种方形的符号很有趣,它们组成的小矩阵也很好玩儿。"神说,从球体中射出的光束又飞快地扫描了已落在平面上的另外几张纸。

"那是汉……汉字,这些是用汉字写的古诗!"

"诗?"神惊奇地问,收回了光束,"使者,你应该懂这种虫子的文字吧?"

"当然,尊敬的神,在吞食帝国吃掉地球前,我在它们的世界生活了很长时间。"大牙把伊依放到焚化口旁边的平面上,弯腰拾起一张纸,举到眼前吃力地辨认着上面的小字,"它的大意是……"

"算了吧,你会曲解它的!"伊依挥手制止大牙说下去。

"为什么?"神很感兴趣地问。

"因为这是一种只能用古汉语表达的艺术。即使翻译成人类的其他语言,也会失去大部分内涵和魅力,变成另一种东西了。"

"使者,你的计算机中有这种语言的数据库吗?我还要有关地球历史的一切知识。给我传过来吧,就用我们上次见面时建立的那个信道。"

大牙急忙返回飞船,在舱内的电脑上鼓捣了一阵儿,嘴里嘟囔着:"古汉语部分没有,还要从帝国的网络上传过来,可能有些时滞。"伊依从敞开的舱门中看到,恐龙的大眼球中反射着电脑屏幕上变幻的彩光。当大牙从飞船上走出来时,神已经能用标准的汉语读出一张纸上的中国古诗了:

  白日依山尽,黄河入海流。欲穷千里目,更上一层楼。

"您学得真快!"伊依惊叹道。

神没有理他,只是沉默着。

大牙解释说:"它的意思是:恒星已在行星的山后面落下,一条叫黄河的河流向着大海的方向流去——哦,这河和海都是由那种由一个氧原子和两个氢原子构成的化合物组成——要想看得更远,就应该在建筑物上登得更高些。"

神仍然沉默着。

"尊敬的神,您不久前曾君临吞食帝国,那里的景色与写这首诗的虫虫的世界十分相似,有山有河也有海,所以……"

"所以我明白诗的意思。"神说。球体突然移动到大牙头顶上,伊依感觉它就像一只盯着大牙看的没有瞳仁的大眼睛,

"但,你,没有感觉到些什么?"

大牙茫然地摇摇头。

"我是说,隐含在这个简洁的方块符号矩阵的表面含义之后的一些东西?"

大牙显得更茫然了,于是神又吟诵了一首古诗:

前不见古人,后不见来者。念天地之悠悠,独怆然而涕下。

大牙赶紧殷勤地解释道:"这首诗的意思是:向前看,看不到在遥远过去曾经在这颗行星上生活过的虫虫;向后看,看不到未来将要在这颗行星上生活的虫虫。于是感到时空的无限,于是哭了。"

神沉默。

"呵,哭是地球虫虫表达悲哀的一种方式,它们的视觉器官……"

"你仍没感觉到什么?"神打断了大牙的话。球体又向下降了一些,几乎贴到大牙的鼻子上。

大牙这次坚定地摇摇头,"尊敬的神,我想里面没有什么的。一首很简单的小诗罢了。"

接下来,神又连续吟诵了几首古诗,都很简短,且属于题材空灵超脱的一类,有李白的《下江陵》《静夜思》《黄鹤楼送孟浩然之广陵》、柳宗元的《江雪》、崔颢的《黄鹤楼》、孟浩然的《春晓》等。

大牙说:"在吞食帝国,有许多长达百万行的史诗。尊敬的神,我愿意把它们全部献给您!相比之下,人类虫虫的诗是这么短小简陋,就像他们的技术……"

球体忽地从大牙头顶飘开去,在半空中沿着随机的曲线飘行,"使者,我知道你们最大的愿望就是希望我回答一个问题:吞食帝国已经存在了八千万年,为什么其技术仍徘徊在原子时代?我现在有答案了。"

大牙热切地望着球体说:"尊敬的神,这个答案对我们很重要!求您……"

"尊敬的神,"伊依举起一只手大声说,"我也有一个问题,不知能不能问?!"

大牙恼怒地瞪着伊依,像要把他一口吃了似的,但神说:"我仍然讨厌地球虫子,但那些小矩阵为你赢得了这个权利。"

"艺术在宇宙中普遍存在吗?"

球体在空中微微颤动,似乎在点头,"是的,我就是一名宇宙艺术的收集和研究者。我穿行于星云间,接触过众多文明的各种艺术,它们大多是庞杂而晦涩的体系。用如此少的符号,在如此小巧的矩阵中包含如此丰富的感觉层次和含义分支,而且还要受到严酷得有些变态的诗律和音韵的约束——这,我确实是第一次见到……使者,现在可以把这虫子扔了。"

大牙再次把伊依抓在爪子里,"对,该扔了它,尊敬的神。吞食帝国中心网络中存储的人类文化资料是相当丰富的,现在您的记忆中已经拥有了所有资料,而这个虫虫,大概就记得那么几首小诗。"说着,它拿着伊依向焚化口走去。"把这些纸片也扔了。"神说。大牙又赶紧反身,用另一只爪子收拾纸片,这时伊依在大爪中高喊:

"神啊,把这些写着人类古诗的纸片留作纪念吧!您收集到了一种不可超越的艺术,向宇宙中传播它吧!"

"等等。"神再次制止了大牙。伊依已经悬到了焚化口上方,感到了下面蓝色火焰的热力。球体飘过来,悬停在距伊依的额头几厘米处。他同刚才的大牙一样,受到了那只没有瞳仁的巨眼的逼视。

"不可超越?"

"哈哈哈……"大牙举着伊依大笑起来,"这个可怜的虫虫居然在伟大的神面前说这样的话。滑稽!人类还剩下什么?你们失去了地球上的一切,科学知识也忘得差不多了。有一次在晚餐桌上,我在吃一个人之前问它:地球保卫战争中的人类的原子弹是用什么做的?他说是原子做的!"

"哈哈哈哈……"神也被大牙逗得大笑起来,球体颤动得成了椭圆,"不可能有比这更正确的回答了,哈哈哈……"

"尊敬的神,这些脏虫虫就剩下几首小诗了!哈哈哈……"

"但它们是不可超越的!"伊依在大爪中挺起胸膛庄严地说。

球体停止了颤动,用近似耳语的声音说:"技术能超越一切。"

"这与技术无关,这是人类心灵世界的精华,不可超越!"

"那是因为你不知道技术最终能具有什么样的力量,小虫子。小小的虫子,你不知道。"神的语气变得父亲般温柔,但潜藏在深处的阴冷杀气让伊依不寒而栗。"看着太阳。"

伊依按神的话做了。他们位于地球和火星轨道之间的太空,太阳的光芒使他眯起了双眼。

"你最喜欢的颜色是什么?"神问。

"绿色。"

话音刚落,太阳变成了绿色。那绿色妖艳无比,太阳仿佛是一只突然浮现在太空深渊中的猫眼,在它的凝视下,整个宇宙都变得诡异无比。

大牙爪子一颤,伊依掉在平面上。当理智稍稍恢复后,他们都意识到一个比太阳变绿更加令人震撼的事实:从这里到太阳,光需要行走十几分钟,但这一切都发生在一瞬间!

半分钟后,太阳恢复原状,又发出耀眼的白光。

"看到了吗?这就是技术,是这种力量使我们的种族从海底淤泥中的鼻涕虫变为神。其实技术本身才是真正的神,我们都真诚地崇拜它。"

伊依眨着昏花的双眼说:"但神并不能超越那样的艺术,我们也有神,想象中的神,我们崇拜它们,但并不认为它们能写出李白和杜甫那样的诗。"

神冷笑了两声,对伊依说:"真是一只无比固执的虫子,这使你更让人厌恶。不过,为了消遣,就让我来超越一下你们的矩阵艺术吧。"

伊依也冷笑了两声,"不可能的,首先你不是人,不可能有人的心灵感受,人类艺术在你那里只是石板上的花朵,技术并不能使你超越这个障碍。"

"技术超越这个障碍易如反掌,给我你的基因!"

伊依不知所措。"给神一根头发!"大牙提醒说。伊依伸手拔下一根头发,一股无形的吸力将头发吸向球体,然后从球体飘落到平面,神只是提取了发根上的一点皮屑。

球体中的白光涌动起来,渐渐变得透明,里面充满了清澈的液体，浮起串串水泡。接着，伊依在液体中看到了一个蛋黄大小的球，它在射入液球的阳光中呈淡红色，仿佛自己会发光。小球很快长大，伊依认出那是一个蜷曲着的胎儿，他肿胀的双眼紧闭着，大大的脑袋上交错着红色的血管。胎儿继续成长，小身体终于伸展开来，像青蛙似的在液球中游动。液体渐渐变得浑浊，透过液球的阳光只映出一个模糊的影子。看得出那个影子仍在飞速成长，最后变成了一个游动着的成人的身影。这时，液球又恢复成原来那样完全不透明的白色光球，一个赤裸的人从球中掉出来，落到平面上。伊依的克隆体摇摇晃晃地站了起来，阳光在他湿漉漉的身体上闪亮。他的头发和胡子老长，但看得出来只有三四十岁的样子。除了一样的精瘦外，一点也不像伊依本人。克隆体僵立着，呆滞的目光看着无限的远方，似乎对这个刚刚进入的宇宙浑然不知。在他的上方，球体的白光暗下来，最后完全熄灭，球体本身也像蒸发似的消失了。但这时，伊依感觉什么东西又亮了起来，很快发现那是克隆体的眼睛，它们由呆滞突然变得充满了智慧的灵光。后来伊依知道，神的记忆这时已全部转移到克隆体中了。

"冷，这就是冷?!"一阵轻风吹来，克隆体双手抱住湿漉漉的双肩，浑身打战，但声音里充满了惊喜，"这就是冷。这就是痛苦，精致的、完美的痛苦。我在星际间苦苦寻觅的感觉，尖锐如洞穿时空的十维弦，晶莹如类星体中心的纯能钻石，啊——"他伸开皮包骨头的双臂，仰望银河，"前不见古人，后不见来者，念宇宙之……"克隆体冷得牙齿咯咯作响，赶紧停止了出生演说，跑到焚化口边烤火。

克隆体把两手放到焚化口的蓝火焰上，哆哆嗦嗦地对伊依说:"其实,我现在进行的是一项很普通的操作。当我研究和收集一种文明的艺术时,总是将自己的记忆借宿于该文明的一个个体中,这样才能保证对该艺术的完全理解。"

焚化口中的火焰亮度剧增,周围的平面上也涌动着各色的光晕,伊依感觉这里仿佛成了一块漂浮在火海上的毛玻璃。

大牙低声对伊依说:"焚化口已转换为制造口了,神正在进行能—质转换。"看到伊依不太明白,他又解释说,"傻瓜,就是用纯能制造物品——上帝的活计!"

制造口突然喷出一团白色的东西,在空中展开并落了下来,原来是一件衣服。克隆体接住衣服穿了起来。伊依看到那竟是一件宽大的唐朝古装,用雪白的丝绸做成,有宽大的黑色镶边。刚才还一副可怜相的克隆体穿上它后立刻显得就像神仙下凡。伊依实在想象不出它是如何从蓝火焰中被制造出来的。

又有物品被制造出来——从制造口飞出一块黑色的东西,像石头一样咚地砸在平面上。伊依跑过去拾起来。他几乎不敢相信自己的眼睛——手中拿着的,分明是一方沉重的石砚,而且还是冰凉的。接着又有什么啪地掉下来,伊依拾起那个黑色的条状物。他没猜错,这是一块墨!接着被制造出来的是几支毛笔、一副笔架、一张雪白的宣纸——从火里飞出的纸!还有几件古色古香的案头小饰品,最后制造出来的也是最大的一件东西:一张样式古老的书案!伊依和大牙忙着把书案扶正,把那些小东西在案头摆放好。

"转化这些东西的能量,足以把一颗行星炸成碎末。"大牙对伊依耳语,声音有些发颤。

克隆体走到书案旁,看着上面的摆设,满意地点点头,一手理着刚刚干了的胡子,说:"我,李白。"

伊依审视着克隆体问:"你是说想成为李白呢,还是真把自己当成了李白?"

"我就是李白,超越李白的李白!"

伊依笑着摇摇头。

"怎么,到现在你还怀疑吗?"

伊依点点头说:"不错,你们的技术远远超过了我的理解力,已与人类想象中的神力和魔法无异,即使是在诗歌艺术方面也有让我惊叹的东西——跨越如此巨大的文化和时空鸿沟,你竟能感觉到中国古诗的内涵……但理解李白是一回事,超越他又是另一回事,我仍然认为你面对的是不可超越的艺术。"

克隆体——李白的脸上浮现出高深莫测的笑容,但转瞬即逝。他手指书案,对伊依大喝一声:"研墨!"然后径自走去,在快要走到平面边缘时站住,理着胡须遥望星河沉思起来。

伊依提起书案上的一只紫砂壶向砚上倒了一点清水,拿过那条墨研了起来。他是第一次干这个,笨拙地斜着墨条磨边角。看着砚中渐渐浓起来的墨汁,伊依想到自己正身处距太阳1.5个天文单位的茫茫太空中,这个无限薄的平面(即使在刚才由纯能制造物品时,从远处看它仍没有厚度)仿佛是漂浮在宇宙深渊中的舞台,在它上面,一头恐龙、一个被恐龙当作肉食家禽饲养的人、一个穿着唐朝古装准备超越李白的技术之神,正在演出一场怪诞到极点的活剧,伊依不禁摇头苦笑起来。

墨研得差不多了,伊依站起来,同大牙一起等待着。这时,平面上的轻风已经停止,太阳和星河静静地发着光,仿佛整个宇宙都在期待。李白静立在平面边缘。由于平面上的空气层几乎没有散射,他在阳光中的明暗部分极其分明,除了理胡须的手不时动一下外,简直就是一尊石像。伊依和大牙等啊等,时间在静静地流逝,书案上蘸满了墨的毛笔渐渐有些发干。不知不觉,太阳的位置已移动了很多,把他们和书案、飞船的影子长长地投在平面上,书案上平铺的白纸仿佛变成了平面的一部分。终于,李白转过身来,慢步走到书案前。伊依赶紧把毛笔重新蘸了墨,双手递了过去,但李白抬起一只手回绝了,只是看着书案上的白纸继续沉思,目光中有了些新的东西。

伊依得意地看出,那是困惑和不安。

"我还要制造一些东西,那都是……易碎品,你们去小心接着。"李白指了指制造口说。那里面本来已暗淡下去的蓝焰又明亮起来。伊依和大牙刚刚跑过去,就有一条蓝色的火舌把一个球形物推出来。大牙眼疾手快地接住了,细看是一个大坛子。接着又从蓝焰中飞出了三只大碗,伊依接住了其中的两只,有一只摔碎了。大牙把坛子抱到书案上,小心地打开封盖,一股浓烈的酒味溢了出来,他和伊依惊奇地对视了一眼。

"在我从吞食帝国接收到的地球信息中,有关人类酿造业的资料不多,所以这东西造得不一定准确。"李白说,同时指着酒坛示意伊依尝尝。

伊依拿碗从中舀了一点儿,抿了一口,一股火辣从嗓子眼儿流到肚子里,他点点头,"是酒,但是与我们为改善肉质喝的那些相比太烈了。"

"满上。"李白指着书案上的另一只空碗说。待大牙倒满烈酒后,李白端起来咕咚咚一饮而尽,然后转身再次向远处走去,不时踉跄两下。到达平面边缘后,他又站在那里对着星海深思。

但与上次不同的是,他的身体有节奏地左右摆动,像在和着某首听不见的曲子。这次李白沉思不久就走回到书案前,回来的一路上近乎在跳舞。面对伊依递过来的笔,他一把抓过扔到远处。

"满上。"李白眼睛直勾勾地盯着空碗说。

……

一小时后,大牙用两只大爪小心翼翼地把烂醉如泥的李白放到已清空的书案上,但他一翻身又骨碌下来,嘴里嘀咕着恐龙和人都听不懂的语言。他已经红红绿绿地吐了一大摊——真不知是什么时候吃进的这些食物——宽大的古服上也污了一片。那一摊呕吐物被平面发出的白光透过,形成了一幅抽象图形。李白的嘴上黑乎乎的全是墨,这是因为在喝光第四碗后,他曾试图在纸上写什么,但只是把蘸饱墨的毛笔重重地戳到桌面上,接着,李白就像初学书法的小孩子那样,试图用嘴把笔毛理顺……

"尊敬的神?"大牙俯下身来小心翼翼地问。

"哇咦卡啊……卡啊咦唉哇。"李白大着舌头说。

大牙站起身,摇摇头叹了一口气,对伊依说:"我们走吧。"

另一条路

伊依所在的饲养场位于吞食者的赤道上。当吞食帝国处于太阳系内层空间时,这里曾是一片夹在两条大河之间的美丽草原。吞食帝国航出木星轨道后,严冬降临了,草原消失,大河封冻,被饲养的人类都转到地下城中。当吞食帝国受到神的召唤而返回后,随着太阳的临近,大地回春,两条大河很快解冻了,草原也开始变绿。

气候好的时候,伊依总是独自住在河边自己搭的一间简陋草棚中,种地过日子。对于一般人来说,这是不被允许的,但由于伊依在饲养场中讲授的古典文学课程有陶冶情操的功能,他的学生的肉有一种很特别的风味,所以恐龙饲养员也就不干涉他了。

这是伊依与李白初次见面两个月后的一个黄昏,太阳刚刚从吞食帝国平直的地平线上落下,两条映着晚霞的大河在天边交汇。在河边的草棚外,微风把远处草原上欢舞的歌声隐隐送来,伊依自己和自己下着围棋,抬头看到李白和大牙沿着河岸向这里走来。这时的李白已有了很大的变化——他头发蓬乱,胡子老长,脸晒得很黑,左肩挎着一只粗布包,右手提着一个大葫芦,身上那件古装已破烂不堪,脚上穿着一双磨得不像样子的草鞋。伊依觉得这时的他倒更像一个"人"了。

李白走到围棋桌前,像前几次来一样,不看伊依一眼就把葫芦重重地向桌上一放,说:"碗!"待伊依拿来两只木碗后,李白打开葫芦盖,把两只碗里倒满酒,然后又从布包中拿出一个纸包,打开来,伊依发现里面竟放着切好的熟肉,香味扑鼻,不由得拿起一块嚼了起来。

大牙只是站在两三米远处静静地看着他们。有前几次的经验,他知道他们俩又要谈诗了。对这种谈话,他既无兴趣,也没资格参与。

"好吃,"伊依赞许地点点头,"这牛肉也是纯能转化的?"

"不,我早就回归自然了。你可能没听说过,在距这里很遥远的一个牧场,饲养着来自地球的牛群。这牛肉是我亲自做的,用山西平遥牛肉的做法,诀窍是在炖的时候放——"李白凑到伊依耳边神秘地说,"尿碱。"

伊依迷惑不解地看着他。

"哦,就是人类的小便蒸干以后析出的那种白色的东西,能使炖好的肉外观红润,肉质鲜嫩,肥而不腻,瘦而不柴。"

"这尿碱……也不是纯能做出来的?"伊依惊恐地问。

"我说过自己已经回归自然了!尿碱是我费了好大劲儿从几个人类饲养场收集来的。这是很正宗的民间烹饪技艺,在地球毁灭前就早已失传。"

伊依已经把嘴里的牛肉咽下去了。为了抑制呕吐,他端起了酒碗。

李白指指葫芦说:"在我的指导下,吞食帝国已经建起了几个酒厂,能够生产大部分的地球名酒。这是它们酿制的正宗竹叶青,用汾酒浸泡竹叶而成。"

伊依这才发现碗里的酒与前几次李白带来的不同,呈翠绿色,入口后有甜甜的药草味。

"看来,你对人类文化已了如指掌了。"伊依感慨道。

"不仅如此,我还花了大量的时间亲身体验。你知道,吞食帝国很多地区的风景与李白所在的地球极为相似。这两个月来,我浪迹山水之间,饱览美景,月下饮酒,山巅吟诗,还在遍布各地的人类饲养场中有过几次艳遇……"

"那么,现在总能让我看看你的诗作了吧。"

李白呼地放下酒碗,站起身,不安地踱起步来,"是作了一些诗,而且肯定是些让你吃惊的诗,你会看到,我已经是一个很出色的诗人了,甚至比你和你的祖爷爷都出色。但我不想让你看,因为我同样肯定你会认为那些诗没有超越李白,而我……"

他抬起头遥望天边落日的余晖,目光中充满了迷离和痛苦,"也这么认为。"

远处的草原上,舞会已经结束,快乐的人们开始享用丰盛的晚餐。一群少女向河边跑来,在岸边的浅水中嬉戏。她们头戴花环,身上披着薄雾一样的轻纱,在暮色中构成一幅醉人的画面。伊依指着距草棚较近的一个少女问李白:"她美吗?"

"当然。"李白不解地看着伊依说。

"想象一下,用一把利刃把她切开,取出她的每一个脏器,剜出她的眼球,挖出她的大脑,剔出每一根骨头,把肌肉和脂肪按不同部位和功能分割开来,再把所有的血管和神经分别理成两束,最后在这里铺上一大块白布,把这些东西按解剖学原理分门别类地放好,你还觉得美吗?"

"你怎么在喝酒的时候想到这些?恶心。"李白皱起眉头说。

"怎么会恶心呢?这不正是你所崇拜的技术吗?"

"你到底想说什么?"

"李白眼中的大自然就是你现在看到的河边少女;而同样的大自然在技术的眼睛中呢,就是那张白布上井然有序但血淋淋的部件。所以,技术是反诗意的。"

"你好像对我有什么建议?"李白理着胡子若有所思地说。

"我仍然不认为你有超越李白的可能,但可以尝试为你指出一个正确的方向:技术的迷雾蒙住了你的双眼,使你看不到自然之美,所以,你首先要做的是把那些超级技术全部忘掉。你既然能够把自己的全部记忆移植到你现在的大脑中,当然也可以删除其中的一部分。"

李白抬头和大牙对视了一眼,两者都哈哈大笑起来。大牙对李白说:"尊敬的神,我早就告诉过您,虫虫是多么的狡诈,您稍不留心就会跌入他们设下的陷阱。"

"哈哈哈哈,是狡诈,但也有趣。"李白对大牙说,然后转向伊依,冷笑着说,"你真的认为我是来认输的?"

"你没能超越人类诗词艺术的巅峰,这是事实。"

李白突然抬起一只手,指着大河,问:"到河边去有几种走法?"

伊依不解地看了李白几秒钟,"好像……只有一种。"

"不,有两种。我还可以向这个方向走,"李白指着与河相反的方向说,"这样一直走,绕吞食帝国的大环一周,再从对岸过河,也能走到这个岸边。我甚至还可以绕银河系一周再回来。对于我们的技术来说,这也易如反掌。技术可以超越一切!我现在已经被逼得要走另一条路了!"

伊依努力想了好半天,终于困惑地摇摇头,"就算是你有神一般的技术,我还是想不出超越李白的另一条路在哪儿。"

李白站起来说:"很简单,超越李白的两条路是:一、把超越他的那些诗写出来;二、把所有的诗都写出来!"

伊依显得更糊涂了,但站在一旁的大牙似有所悟。

"我要写出所有的五言和七言诗,这是李白所擅长的;另外我还要写出常见词牌的所有的词!你怎么还不明白?!我要在符合这些格律的诗词中,试遍所有汉字的所有组合!"

"啊,伟大!伟大的工程!"大牙忘形地欢呼起来。

"这很难吗?"伊依傻傻地问。

"当然难,难极了!如果用吞食帝国最大的计算机来进行这样的计算，可能到宇宙末日也完成不了！"

"没那么多吧？"伊依充满疑问地说。

"当然有那么多？"李白得意地点点头，"但使用你们还远未掌握的量子计算技术，就能在可以接受的时间内完成这样的计算。到那时，我就写出了所有的诗词，包括所有以前写过的和所有以后可能写的。特别注意，所有以后可能写的！超越李白的巅峰之作自然包括在内。事实上，我终结了诗词艺术。直到宇宙毁灭，所出现的任何一个诗人，不管他达到了怎样的高度，都不过是个抄袭者，他的作品肯定能在我那巨大的存储器中检索出来。"

大牙突然发出一声低沉的惊叫，看着李白的目光由兴奋变为震惊，"巨大的……存储器？！尊敬的神，您该不是说，要把量子计算机写出的诗都……都存起来吧？"

"写出来就删除有什么意思呢？当然要存起来！这将是我的种族留在这个宇宙中的艺术丰碑之一！"

大牙的目光由震惊变为恐惧，他粗大的双爪前伸，两腿打弯，像要给李白跪下，声音也像要哭出来似的，"使不得，尊敬的神，这使不得啊！"

"是什么把你吓成这样？"伊依抬头惊奇地看着大牙问。

"你个白痴！你不是知道原子弹是原子做的吗？那存储器也是原子做的，它的存储精度最高只能达到原子级别！知道什么是原子级别的存储吗？就是说一个针尖大小的地方，就能存下人类所有的书！不是你们现在那点儿书，是地球被吃掉前上面所有的书！"

"啊，这好像是有可能的，听说一杯水中的原子数比地球上海洋中水的杯数都多。这么说,他写完那些诗后带根针走就行了。"伊依指指李白说。

大牙恼怒已极,来回急走几步,总算挤出了一点儿耐性,"好,好,你说,按神说的那些五言七言诗,还有那些常见的词牌,各写一首,总共有多少字?"

"不多,也就两三千字吧,古典诗词是最精练的艺术。"

"那好,我就让你这个白痴虫虫看看它有多么精练!"大牙说着走到桌前,用爪指着上面的棋盘说,"你们管这种无聊的游戏叫什么?哦,围棋,这上面有多少个交叉点?"

"纵横各 19 行,共 361 个点。"

"很好,每个点上可以放黑子、白子或空着,共三种状态,这样,每一个棋局,就可以看作由三个汉字写成的一首 19 行 361 个字的诗。"

"这比喻很妙。"

"那么,穷尽这三个汉字在这种诗上的所有组合,总共能写出多少首诗呢?让我告诉你:3 的 361 次方首,或者说,嗯,我想想,10 的 172 次方首!"

"这……很多吗?"

"白痴!"大牙第三次骂出这个词,"宇宙中的全部原子只有……啊——"他气恼得说不下去了。

"有多少?"伊依仍是那副傻样。

"只有 10 的 80 次方个!你个白痴虫虫啊——"

直到这时,伊依才表现出了一点儿惊奇,"你是说,如果一个原子存储一首诗,用光宇宙中的所有原子,还存不完他的量子计算机写出的那些诗?"

"差得远呢!差 10 的 92 次方倍呢!再说,一个原子哪能存下一首诗?人类虫虫的存储器,存一首诗用的原子数可能比你们的人口都多。至于我们,用单个原子存储一位二进制还仅处于实验室阶段……唉。"

"使者,在这一点上是你目光短浅了。想象力不足,正是吞食帝国技术进步缓慢的原因之一。"李白笑着说,"使用基于量子多态叠加原理的量子存储器,只用很少量的物质就可以存下那些诗。当然,量子存储不太稳定,为了永久保存那些诗作,还需要与更传统的存储技术结合使用。即使这样,制造存储器需要的物质量也是很少的。"

"是多少?"大牙问,看那样子显然心已提到了嗓子眼儿。

"大约为 10 的 57 次方个原子。微不足道,微不足道。"

"这……这正好是整个太阳系的物质量!"

"是的,包括所有的太阳行星,当然也包括吞食帝国。"

李白最后这句话是轻描淡写地随口而出的,但在伊依听来却像晴天霹雳,不过大牙反倒显得平静下来。长时间受到灾难预感的折磨后,灾难真正来临时,他反而有一种解脱感。

"您不是能把纯能转换成物质吗?"大牙问。

"得到如此巨量的物质需要多少能量你不会不清楚,这对我们也是不可想象的,还是用现成的吧。"

"这么说,皇帝的忧虑不无道理。"大牙自语道。

"是的是的。"李白欢快地说,"我前天已向吞食皇帝说明,这个伟大的环形帝国将被用于一个更伟大的目的,所有的恐龙应该为此感到自豪。"

"尊敬的神,您会看到吞食帝国的感受的。"大牙阴沉地说,

"还有一个问题:与太阳相比,吞食帝国的质量实在是微不足道;为了得到这九牛之一毛的物质,有必要毁灭一个进化了几千万年的文明吗?"

"你的这个疑问我完全理解。但要知道,熄灭、冷却和拆解太阳是需要很长时间的,在这之前对诗的量子计算就已经开始了,我们需要及时地把结果存起来,清空量子计算机的内存以继续计算。这样,可以立即用于制造存储器的行星和吞食帝国的物质就是必不可少的了。"

"明白了,尊敬的神。最后一个问题:有必要把所有的组合结果都存起来吗?为什么不能在输出端加一个判断程序,把那些不值得存储的诗作剔除掉?据我所知,中国古诗是要遵从严格的格律的。如果把不符合格律的诗去掉,那最后的总量将大为减少。"

"格律?哼,"李白不屑地摇摇头,"那不过是对灵感的束缚。中国南北朝以前的古体诗并不受格律的限制,即使是在唐代以后严格的近体诗中,也有许多古典诗词大师不遵从格律,写出了大量卓越的变体诗。所以,在这次终极吟诗中,我将不考虑格律。"

"那您总该考虑诗的内容吧?最后的计算结果中,肯定有百分之九十九的诗是毫无意义的,存下这些随机的汉字矩阵有什么用?"

"意义?"李白耸耸肩说,"使者,诗的意义并不取决于你的认可,也不取决于我或其他任何人——它取决于时间。许多在当时毫无意义的诗后来成了旷世杰作,而现今和以后的许多杰作在遥远的过去肯定也曾是毫无意义的。我要作出所有的诗,亿亿亿万年之后,谁知道伟大的时间会把其中的哪首选为巅峰之作呢?"

"这简直荒唐!"大牙大叫起来,它那粗嘎的嗓音惊起了远处草丛中的几只鸟,"如果按现有的人类虫虫的汉字字库,您的量子计算机写出的第一首诗应该是这样的:

啊 啊 啊 啊 啊

啊 啊 啊 啊 啊

啊 啊 啊 啊 啊

啊 啊 啊 啊 唉

"请问,伟大的时间会把这首选为杰作?!"

一直不说话的伊依这时欢叫起来:"哇!还用什么伟大的时间来选?!它现在就是一首巅峰之作耶!前三行和第四行的前四个字都是表达生命对宏伟宇宙的惊叹;最后一个字是诗眼,是诗人在领略了宇宙之浩渺后,对生命在无限时空中的渺小发出的一声无奈的叹息。"

"呵呵呵呵呵。"李白抚着胡须乐得合不上嘴,"好诗,伊依虫虫,真的是好诗。呵呵呵……"说着拿起葫芦给伊依倒酒。

大牙挥起巨爪,一巴掌把伊依打了老远,"混账虫虫!我知道你现在高兴了,可不要忘记,吞食帝国一旦毁灭,你们也活不了!"

伊依一直滚到河边,好半天才爬起来。他满脸沙土,咧大了嘴,不顾疼痛地大笑起来,"哈哈有趣,这个宇宙真他妈妈的不可思议!"他忘形地喊道。

"使者,还有问题吗?"看到大牙摇头,李白接着说,"那么,我在明天就要离去。后天,量子计算机将启动作诗软件,终极吟诗将开始,同时,熄灭太阳,拆解行星和吞食帝国的工程也将启动。"

"尊敬的神,吞食帝国在今天夜里就能做好战斗准备!"大牙立正后庄严地说。

"好好,真是很好,往后的日子会很有趣的。但这一切发生之前,还是让我们喝完这一壶吧。"李白快乐地点点头说,同时拿起了酒葫芦。倒完酒,他看着已笼罩在夜幕中的大河,意犹未尽地回味着,"真是一首好诗。第一首,呵呵,第一首就是好诗。"

终极吟诗

吟诗软件其实十分简单,用人类的 C 语言表达可能不超过两千行代码,另外再加一个存储所有汉字字符的不大的数据库。当这个软件在位于海王星轨道上的那台量子计算机(一个漂浮在太空中的巨大透明锥体)上启动时,终极吟诗就开始了。

这时吞食帝国才知道,李白只是超级文明种族中的一个个体。这与以前预想的不同,当时恐龙们都认为,进化到这样技术级别的社会在意识上早就融为一个整体了,吞食帝国在过去一千万年中遇到的五个超级文明都是这种形态。但李白一族保持了个体的存在,这也部分解释了他们对艺术超常的理解力。当吟诗开始时,李白一族又有大量的个体从外太空的各个方位跃迁到太阳系,开始了制造存储器的工程。

吞食帝国上的人类看不到太空中的量子计算机,也看不到新来的神族。在他们看来,终极吟诗的过程,就是太空中太阳数目的增减过程。

在吟诗软件启动一个星期后,神族成功地熄灭了太阳。这时,太空中太阳的数目减到零,但太阳内部核聚变的停止使恒星的外壳失去了支撑,很快坍缩成一颗超新星,于是暗夜很快又被照亮,只是这颗太阳的亮度是以前的上百倍,使吞食帝国表面草木生烟。超新星又被熄灭了,但过一段时间后又爆发了,就这样亮了又灭,灭了又亮,仿佛太阳是一只九条命的猫,在没完没了地挣扎。但神族对于杀死恒星其实很熟练,他们从容不迫地一次次熄灭超新星,使它的物质最大比例地聚变为制造存储器所需的重元素。当第十一次超新星熄灭后,太阳才真正咽了气。这时,终极吟诗已经开始了三个地球月。早在此之前,在第三次超新星出现时,太空中就有其他的太阳出现,这些太阳在太空中的不同位置此起彼伏地亮起或熄灭,最多时,天空中出现过九个新太阳。这些太阳是神族在拆解行星时释放的能量,由于后来恒星太阳的闪烁已变得暗弱,人们就分不清这些太阳的真假了。

对吞食帝国的拆解是在吟诗开始后第五个星期进行的。这之前,李白曾向帝国提出了一个建议:由神族将所有恐龙跃迁到银河系另一端的一个世界。那里有一个文明,比神族落后许多,仍未纯能化,但比吞食文明要先进得多。恐龙们到那里后,将作为一种小家禽被饲养,过上衣食无忧的快乐生活。但恐龙们宁为玉碎不为瓦全,愤怒地拒绝了这个提议。

李白接着提出了另一个要求:让人类活下来,并返回他们的母亲星球。其实,地球也被拆解了,它的大部分用于制造存储器,但神族还是剩下了其中的一小部分物质为人类建造了一个空心地球。空心地球的大小与原地球差不多,但其质量仅为后者的百分之一。说地球被掏空了是不确切的,因为原地球表面那层脆弱的岩石根本不可能用来做球壳。球壳的材料可能取自地核,另外球壳上像经纬线般交错的,虽然很细但强度极高的加固圈,是用太阳坍缩时产生的简并态中子物质制造的。

令人感动的是,吞食帝国不但立即答应了李白的要求,允许所有人类离开大环世界,还把从地球掠夺来的海水和空气全部还给了人类,神族借此在空心地球内部恢复了原地球的大陆、海洋和大气层。

接着,惨烈的大环保卫战开始了。吞食帝国向太空中的神族目标发射大批核弹和伽马射线激光,但这些对敌人毫无作用。在神族发射的一个无形的强大力场推动下,吞食者大环越转越快,最后在超速自转产生的离心力下解体了。这时,伊依正在飞向空心地球的途中。他从一千二百万公里之外目睹了吞食帝国毁灭的全过程:

大环解体的过程很慢,如同梦幻。在漆黑太空的背景上,这个巨大的世界如同一团浮在咖啡上的奶沫一样散开。边缘的碎块渐渐隐没于黑暗之中,仿佛被太空溶解了,只有不时出现的爆炸的闪光才使它们重新现形。

这个充满阳刚之气的伟大文明就这样被毁灭了,伊依悲哀万分。只有一小部分恐龙活了下来,与人类一起回归地球,其中包括使者大牙。

在返回地球的途中,人类普遍都很沮丧,但原因与伊依不同——回到地球后是要开荒种地才有饭吃的,这对于已在长期被饲养的生活中变得四肢不勤、五谷不分的人类来说,简直像一场噩梦。

但伊依对地球世界的前途满怀信心,不管前面有多少磨难,人将重新成为人。

诗　云

吟诗航行的游艇到达了南极海岸。

这里的重力已经很小,海浪的运行十分缓慢,像是一种描述梦幻的舞蹈。在低重力下,拍岸浪把水花儿送上十几米高处,飞上半空的海水由于表面张力而形成无数水球,大的像足球,小的如雨滴。这些水球下落缓慢,慢到可以用手在它们周围画圈。它们折射着小太阳的光芒,使上岸后的伊依、李白和大牙置身于一片晶莹灿烂之中。低重力下的雪也很奇特,呈蓬松的泡沫状,浅处齐腰深,深处能把大牙都淹没。但在被淹没后,他们竟能在雪沫中正常呼吸!整个南极大陆就覆盖在这雪沫之下,起伏不平,一片雪白。

伊依一行乘一辆雪地车前往南极点。雪地车像是一艘掠过雪沫表面的快艇,在两侧激起片片雪浪。

第二天,他们到达了南极点。极点的标志是一座高大的水晶金字塔,这是为纪念两个世纪前的地球保卫战而建造的纪念碑,上面没有任何文字和图形,只有晶莹的碑体在地球顶端的雪沫之上默默地折射着阳光。

从这里看去,整个地球世界尽收眼底。光芒四射的小太阳周围,围绕着大陆和海洋,使它看上去仿佛是从北冰洋中浮出来似的。

"这个小太阳真的能够永远亮着吗？"伊依问李白。

"至少能亮到新的地球文明进化到能制造新太阳之时。它是一个微型白洞。"

"白洞？是黑洞的反演吗？"大牙问。

"是的，它通过空间虫洞与二百万光年外的一个黑洞相连。那个黑洞围绕着一颗恒星运行，它吸入的恒星的光从这里被释放出来，可以把它看作一根超时空光纤的出口。"

纪念碑的塔尖是拉格朗日轴线的南起点，这是指连接空心地球南北两极的轴线，因战前地月之间的零重力拉格朗日点而得名，是一条长一万三千公里的零重力轴线。以后，人类肯定要在拉格朗日轴线上发射各种卫星。比起战前的地球来，这种发射易如反掌——只需把卫星运到南极或北极点——愿意的话用驴车运都行——然后用脚把它向空中踹出去就行了。

就在他们观看纪念碑时，又有一辆较大的雪地车载来了一群年轻的旅行者。这些人下车后双腿一弹，径直跃向空中，沿拉格朗日轴线高高飞去，把自己变成了卫星。从这里看去，有许多小黑点在空中标出了轴线的位置，那都是在零重力轴线上飘浮的游客和各种车辆。本来从这里可以直接飞到北极，但小太阳位于拉格朗日轴线中部，最初有些沿轴线飞行的游客因随身携带的小型喷气推进器坏了，无法减速，只能朝太阳飞去。不过，在距小太阳很远的距离上，他们就被蒸发了。

在空心地球，进入太空也是一件很容易的事，只需要跳进赤道上的五口深井（名叫地门）中的一口，向下坠落一百公里，穿过地壳，就被空心地球自转的离心力抛进太空了。

现在，伊依一行为了看诗云也要穿过地壳，但他们走的是南极的地门,在这里,地球自转的离心力为零,所以不会被抛入太空,只能到达空心地球的外表面。他们在南极地门控制站穿好轻便太空服后,就进入了那条长一百公里的深井,由于没有重力,叫它隧道更合适一些。在失重状态下,他们借助太空服上的喷气推进器前进,这比在赤道的地门中坠落要慢得多,用了半个小时才来到外表面。

空心地球外表面十分荒凉,只有纵横的中子材料加固圈。这些加固圈把地球外表面按经纬线划分成许多个方格,南极点正是所有经线加固圈的交点。当伊依一行走出地门后,发现自己身处一个面积不大的高原上,地球加固圈像一道道漫长的山脉,以高原为中心呈放射状朝各个方向延伸。

抬头,他们看到了诗云。

诗云处于已消失的太阳系所在的位置,是一片直径为一百个天文单位的旋涡状星云,形状很像银河系。空心地球处于诗云边缘,与原来太阳在银河系中的位置也很相似。不同的是,地球的轨道与诗云不在同一平面,这就使得从地球上可以看到诗云的侧面,而不是像银河系那样只能看到截面。但地球离开诗云平面的距离还远不足以使这里的人们观察到诗云的完整形状——事实上,南半球的整个天空都被诗云所覆盖。

诗云发出银色的光芒,能在地上投下人影。据说诗云本身是不发光的,这银光是宇宙射线激发出来的。由于宇宙射线密度不均,诗云中常涌动着大团的光晕,那些色彩各异的光晕滚过长空,好像是潜行在诗云中的发光巨鲸。也有很少的时候,宇宙射线的强度急剧增加,在诗云中激发出粼粼的光斑。这时的诗云已完全不像云了,整个天空仿佛是在月夜从水下看到的海面。

地球与诗云的运行并不是同步的,所以有时地球会处于旋臂间的空隙上,这时,透过空隙可以看到夜空和星星。最为激动人心的是,在旋臂的边缘还可以看到诗云的断面形状,它很像地球大气中的积雨云,变幻出各种宏伟的让人浮想联翩的形体。这些巨大的形体高高地升出诗云的旋转平面,发出幽幽的银光,仿佛是一个超级意识那没完没了的梦境。

伊依把目光从诗云收回,从地上拾起一块晶片。这种晶片散布在他们周围的地面上,像严冬的碎冰般闪闪发亮。伊依举起晶片,对着诗云密布的天空。晶片很薄,有半个手掌大小,正面看全透明,但把它稍斜一下,就会看到诗云的亮光在它表面映出的霓彩光晕。这就是量子存储器,人类历史上产生的全部文字信息,也只能占一块晶片存储量的几亿分之一。诗云就是由 10 的 40 次方片这样的存储器组成的,它们存储了终极吟诗的全部结果。这片诗云,是用原来构成太阳和它的九大行星的全部物质所制造,当然也包括吞食帝国。

"真是伟大的艺术品!"大牙由衷地赞叹道。

"是的,它的美在于其内涵——一片直径一百亿公里、包含着全部可能的诗词的星云——这太伟大了!"伊依仰望着星云激动地说,"我也开始崇拜技术了。"

一直情绪低落的李白长叹一声,"唉,看来我们都在走向对方。我看到了技术在艺术上的极限,我……"他抽泣起来,"我是个失败者,呜呜……"

"你怎么能这样讲呢?!"伊依指着上空的诗云说,"这里面包含了所有可能的诗,当然也包括那些超越李白的诗!"

"可我却得不到它们!"李白一跺脚,飞起了几米高,又在地壳那十分微小的重力下缓缓下落,"在终极吟诗开始时,我就着手编制诗词识别软件,但技术在艺术中再次遇到了不可逾越的障碍。到现在,具备古诗鉴赏力的软件还没能编出来。"他在半空中指指诗云,"不错,借助伟大的技术,我写出了诗词的巅峰之作,却不可能把它们从诗云中检索出来,唉……"

"智慧生命的精华和本质,真的是技术所无法触及的吗?"大牙仰头对着诗云大声问。经历过这一切,它变得越来越哲学了。

"既然诗云中包含了所有可能的诗,那其中自然有一部分诗,是描写我们全部的过去和所有可能与不可能的未来的。伊依虫虫肯定能找到一首诗,描述他在三十年前的一天晚上剪指甲时的感受,或十二年后的一顿午餐的菜谱;大牙使者也可以找到一首诗,描述它的腿上的一块鳞片在五年后的颜色……"说着,已重新落回地面的李白拿出了两块晶片,它们在诗云的照耀下闪闪发光,"这是我临走前送给二位的礼物——量子计算机以你们的名字为关键词,从诗云中检索出了几亿亿首与二位有关的诗。这些诗描述了你们在未来各种可能的生活,现在它们都在这里了,当然,在诗云中,这也只占描写你们的诗作的极小一部分。我只看过其中的几十首,最喜欢的是关于伊依虫虫的一首七律,描写他与一位美丽的村姑在江边相爱的情景……我走后,希望人类和剩下的恐龙好好相处,人类之间更要好好相处。要是空心地球的球壳被核弹炸个洞,可就麻烦了……"

"我和那位村姑后来怎样了?"伊依好奇地问。

在诗云的银光下,李白嘻嘻一笑,"你们幸福地生活在一起。"

山

山在那儿

"今天一定要搞清楚你这个怪癖,为什么从不上岸?"船长对冯帆说,"五年了,我都记不清'蓝水号'停泊过多少个国家的多少个港口了,可你从没上过岸。如果'蓝水号'退役了,你是不是也打算像那个电影主人公一样随它沉下去?"

"我会换条船。海洋考察船总是欢迎我这种不上岸的地质工程师的。"

"是陆地上有什么东西让你害怕吧?"

"相反,陆地上有东西让我向往。"

"什么东西?"

"山。"

他们现在站在"蓝水号"海洋地质考察船的左舷,看着赤道上的太平洋。一年前"蓝水号"第一次过赤道时,船上还娱乐性地举行了古老的仪式。但随着这片海底锰结核沉积区的发现,

"蓝水号"在一年中反复穿越赤道无数次,他们已经忘了赤道的存在。

现在,夕阳已沉到了海平线下,太平洋异常平静。冯帆从未见过平静的海面,这让他想起了喜马拉雅山上的那些湖泊,清澈得发黑,像地球的眸子。一次,他和两个队员偷看湖里的藏族姑娘洗澡,被几个牧羊汉子拎着腰刀追,后来追不上,就用石抛子朝他们抡石头,贼准,他们只好做投降状站下。那几个汉子走近打量了他们一阵儿就走了,冯帆听懂了他们嘀咕的那几句藏语:还没见过外面来的人能在这地方跑这么快。

"喜欢山?那你是山里长大的了。"船长说。

"不,"冯帆说,"山里长大的人一般都不喜欢山,他们总是感觉山把自己与世界隔绝开来。我认识一个尼泊尔夏尔巴族登山向导,他登了四十一次珠峰,但每一次都在距峰顶不远处停下,看着雇用他的登山队登顶。他说只要自己愿意,无论从北坡还是南坡,都可以在十个小时内登上珠峰,但他没有兴趣。山的魅力是从两个方位感受到的:一是从平原上远远地看山,再就是站在山顶上。

"我的家在河北大平原上,向西能看到太行山。家和山之间就像这海似的一马平川,没遮没挡。我生下来不久,妈第一次把我抱到外面,那时我脖子刚硬得能撑住小脑袋,就冲着西边的山咿咿呀呀地叫。学走路时,总是摇摇晃晃地朝山那边走。大一些后,曾在一天清晨出发,沿着石太铁路向山走,一直走到中午肚子饿了才回头,但那山看上去还是那么远。上学后还骑着自行车向山走,那山似乎随着我向后退,丝毫没有近些的感觉。时间长了,远山对于我已成为一种象征,像我们生活中那些清晰可见但永远无法得到的东西,那是凝固在远方的梦。"

"我去过那一带。"船长摇摇头说,"那里的山很荒,上面只有乱石和野草,所以你以后注定要失望。"

"不,我和你想的不一样,我只想爬上去,并不指望得到山里的什么东西。第一次登上山顶时,看着抚育我长大的平原在下面延展,真有一种新生的感觉。"

冯帆说到这里,发现船长并没有专注于他们的谈话,而是仰头看着天。那里已出现了稀疏的星星,"那儿,"船长用烟斗指着正上方天顶的一处说,"那儿不应该有星星。"

但那里有一颗星星,很暗淡,丝毫不引人注意。

"你肯定?"冯帆将目光从天顶转向船长,"GPS早就代替了六分仪,你肯定自己还是那么熟悉星空?"

"那当然,这是航海专业的基础知识……你接着说。"

冯帆点点头,"后来在大学里,我组织了一支登山队,登过几座海拔七千米以上的高山,最后登的是珠峰。"

船长打量着冯帆,"我猜对了,果然是你!我一直觉得你面熟,改名了?"

"是的,我曾叫冯华北。"

"几年前你可引起不小的关注啊。媒体上说的那些都是真的?"

"基本上是吧。反正那四个大学登山队员确实是因我而死的。"

船长划了根火柴,将熄灭的烟斗重新点着,"我感觉,做登山队长和做远洋船长有一点是相同的:最难的不是学会争取,而是学会放弃。"

"可我当时要是放弃了,以后也很难再有机会。你知道登山运动是一件很花钱的事,我们是一支大学生登山队,好不容易争取到赞助……由于我们雇的登山协同向导闹罢工,在建一号营地时耽误了时间,然后就预报有风暴,但从云图上看,风暴到那儿至少还有二十个小时。我们当时已经建好了海拔七千九百米的二号营地,立刻登顶的话,时间应该够了。你说我能放弃吗?"

"那颗星星在变亮。"船长又抬头看了看。

"是啊,天黑了嘛。"

"好像不是因为天黑……说下去。"

"后面的事你应该都知道。风暴来时,我们正在海拔八千六百八十米到八千七百一十米最险的一段上,那是一道接近九十度的峭壁,登山界管它叫第二台阶中国梯。当时峰顶已经很近了,天还很晴,只在峰顶的一侧雾化出一缕云。我清楚地记得,当时觉得珠峰像一把锋利的刀子,把天划破了,流出那缕白血……很快一切都看不见了,风暴刮起的雪雾那个密啊,一下子就把那四名队员从悬崖上吹下去了,只有我死死拉着绳索。可我的登山镐当时只是卡在冰缝里,根本不可能支撑五个人的重量。也就是出于本能吧,我割断了登山索,任他们掉下去……其中两个人的遗体现在还没找到。"

"这是五个人死还是四个人死的问题。"

"是,从登山运动紧急避险的准则来说,我也没错,但就此背上了沉重的十字架……你说得对,那颗星星不正常,还在变亮。"

"别管它……那你现在的这种……状况,与那次经历有关吗?"

"还用说吗?你也知道当时媒体上铺天盖地的谴责和鄙夷,说我不负责任,说我是个自私怕死的小人,为自己活命牺牲了四个同伴……我至少可以部分澄清后一种指责,于是那天我穿上登山服,戴上太阳镜,顺着排水管,登上了学院图书馆的顶层。就在我跳下去前,导师上来了,在我后面说:你这么做是不是太轻饶自己了?你这是在逃避更重的惩罚。我问他有那种惩罚吗?他说当然有,你找一个离山最远的地方过一辈子,让自己永远看不见山,不就行了?于是我就没有跳下去。这当然招来了更多的耻笑,但只有我自己知道导师说得对,那对我真的是一种比死更重的惩罚。我视登山为生命,学地质也是为的这个。让我一辈子永远离开自己痴迷的高山,再加上良心的折磨,实在是极重的惩罚。于是,我毕业后就找到了这个工作,成为'蓝水号'考察船的海洋地质工程师,来到海上——离山最远的地方。"

船长盯着冯帆看了好半天,不知该说什么好,终于认定最好的选择是摆脱这个话题,好在现在头顶上的天空中就有一个转移话题的目标,"再看看那颗星星。"

"天啊,它好像在显出形状来!"冯帆抬头看后惊叫道。那颗星已不是一个点,而是一个小小的圆形。那圆形很快扩大,转眼间成了天空中一个醒目的发着蓝光的小球。

一阵急促的脚步声把他们的目光从空中拉回了甲板,头上戴着耳机的大副急匆匆地跑来,对船长说:"收到消息,有一艘外星飞船正向地球飞来,我们所处的赤道位置看得最清楚。看,就是那个!"

三人抬头仰望。天空中的小球仍在急剧膨胀,像吹了气似的,很快胀到满月大小。

"所有的电台都中断了正常播音在说这事儿呢!那个东西早被观测到了,现在才证实它是什么。它不回答任何询问,但从运行轨道看,它肯定是有巨大动力的,正高速向地球扑过来!他们说那东西有月球大小呢!"

现在看,那个太空中的球体已远不止月亮大小了,它的内部现在可以装下十个月亮,占据了天空相当大的一部分,这说明它比月球距地球要近得多。大副捂着耳机接着说:"他们说它停下了,正好停在三万六千公里高的同步轨道上,成了地球的一颗同步卫星!"

"同步卫星?就是说它悬在那里不动了?!"

"是的,在赤道上,正在我们上方!"

冯帆凝视着太空中的球体。它似乎是透明的,内部充盈着蓝幽幽的光。真奇怪,他竟有种盯着海面看的感觉。每当海底取样器升上来之前,海呈现出来的那种深邃都让他着迷。现在,那个蓝色巨球的内部就是这样深不可测,像是地球海洋在远古丢失的一部分正在回归。

"看啊,海!海怎么了?!"船长首先将目光从具有催眠般魔力的巨球上挣脱出来,用烟斗指着海面惊叫。

前方的海天连线开始弯曲,变成了一条向上拱起的正弦曲线。海面隆起了一个巨大的水包,这水包急剧升高,像是被来自太空的一只无形的巨手提了起来。

"是飞船质量的引力!它在拉起海水!"冯帆说,他很惊奇自己这时还能进行有效的思考。飞船的质量相当于月球,而它与地球的距离仅是月球的十分之一!幸亏它静止在同步轨道上,引力拉起的海水也是静止的,否则滔天的潮汐将毁灭世界。

现在,水包已升到了顶天立地的高度,呈巨大的圆头锥形,表面反射着空中巨球的蓝光,而落日的光芒又用艳丽的血红勾勒出它的边缘。水包的顶端在寒冷的高空雾化出了一缕云雾,那云飘出不远就消失了,仿佛是傍晚的天空被划破了似的。这景象令冯帆心里一动,他想起了⋯⋯

"测测它的高度!"船长喊道。

过了一分钟有人喊道:"大约九千一百米!"

在这地球上有史以来最恐怖也是最壮美的奇观面前,所有人都像被咒语定住了。"这是命运啊⋯⋯"冯帆梦呓般地说。

"你说什么?!"船长大声问,目光仍固定在水包上。

"我说这是命运。"

是的,是命运。为逃避山,冯帆来到太平洋中,而就在这距山最远的地方,竟出现了一座比珠穆朗玛峰还高二百米的水山。现在,它是地球上最高的山。

"左舵五,前进四!我们还是快逃命吧!"船长对大副说。

"逃命?有危险吗?"冯帆不解地问。

"外星飞船的引力已经造成了一个巨大的低气压区,大气旋正在形成。我告诉你吧,这可能是有史以来最大的风暴,说不定能把'蓝水号'像树叶似的刮上天!但愿我们能在气旋形成前逃出去。"

大副示意大家安静,捂着耳机听了一会儿,说:"船长,事情比你想的更糟!电台上说,外星人是来毁灭地球的,他们仅凭飞船巨大的质量就能做到这一点!飞船引力产生的不是普通的大风暴,而是地球大气的大泄漏!"

"泄漏?向什么地方泄漏?"

"飞船的引力会在地球的大气层上拉出一个洞,就像扎破气球一样,空气会从那个洞逃逸到太空中去,地球大气会跑光的!"

"这需要多长时间?"船长问。

"专家们说,只需一个星期左右,全球的大气压就会降到致命的低限。他们还说,当气压降到一定程度时,海洋会沸腾起来。天啊,那是什么样子啊……现在各国的大城市都陷入混乱,人们一片疯狂,都拥进医院和工厂抢氧气……呵,还说,美国卡纳维拉尔角的航天发射基地都有疯狂的人群拥入,想抢作为火箭发射燃料的液氧……"

"一个星期?就是说我们连回家的时间都不够了。"船长说着,摸出火柴,再次点燃熄灭的烟斗。

"是啊,回家的时间都不够了……"大副茫然地说。

"要这样,我们还不如分头去做自己最想做的事。"冯帆说。他突然兴奋起来,感到热血沸腾。

"你想做什么?"船长问。

"登山。"

"登山?登……这座山?!"大副指着海水高山吃惊地问。

"是的,现在它是世界最高峰了。山在那儿了,当然得有人去登。"

"怎么登?"

"登山当然是徒步的——游泳。"

"你疯了?!"大副喊道,"你能游上九公里高的水坡?那坡看上去有四十五度！那和登山不一样,你必须不停地游动,一松劲就滑下来了!"

"我想试试。"

"让他去吧。"船长说,"如果我们在这个时候还不能照自己的愿望生活,那什么时候能行呢?这里离水山的山脚有多远?"

"二十公里吧。"

"你开一艘救生艇去吧,"船长对冯帆说,"记住多带些食品和水。"

"谢谢!"

"其实你挺幸运的。"船长拍拍冯帆的肩说。

"我也这么想。"冯帆说,"船长,还有一件事我没告诉你,在珠峰遇难的那四名大学生登山队员中,有我的恋人。当我割断登山索时,脑子里闪过的念头是这样的:我不能死,还有别的山呢。"

船长点点头,"去吧。"

"那……我们怎么办呢?"大副问。

"全速冲出正在形成的风暴,多活一天算一天吧。"

冯帆站在救生艇上,目送着"蓝水号"远去。他原准备在其上度过一生的。

另一边,在太空中的巨球下面,海水高山静静地耸立着,仿佛亿万年来一直就在那儿一样。

海面仍然很平静,但冯帆感觉到了风力在缓缓增强。空气已经开始向海山的低气压区聚集了。救生艇上有一面小帆,冯帆升起了它。风虽然不大,但方向正对着海山,小艇平稳地向山脚驶去。随着风力的加强,帆渐渐鼓满,小艇的速度很快增加,艇首像一把利刃划开海水,到山脚的二十公里路程只走了四十分钟。当感觉到救生艇的甲板在水坡上倾斜时,冯帆纵身一跃,跳入被外星飞船的光芒照得蓝幽幽的海中。

他成为第一个游泳登山的人。

现在,已经看不到海山的山顶。冯帆在水中抬头望去,展现在他面前的,是一道一望无际的海水大坡,坡度有四十五度,仿佛是一个巨人把海洋的另一半在他面前掀起来一样。

冯帆用最省力的蛙泳游着,想起了大副的话。他大概算了一下,从这里到顶峰有十三公里左右,如果是在海平面,他的体力游出这么远是不成问题的,但现在是在爬坡,不进则退,登上顶峰几乎是不可能的。但冯帆不后悔这次努力,能攀登海水珠峰,这也算是圆了他的登山梦吧。

这时,冯帆产生了某种异样的感觉。他已明显地感到海山的坡度在增加,身体越来越随着水面向上倾斜,游起来却没有感到更费力。回头一看,看到了被自己丢弃在山脚的救生艇。他离艇之前已经落下了帆,此刻小艇却仍然稳稳地停在水坡上,没有滑下去。他试着停止游动,仔细观察周围,发现自己也没有下滑,而是稳稳地浮在倾斜的水坡上!冯帆一砸脑袋,骂自己和大副都是白痴:既然水坡上呈流体状态的海水不会下滑,上面的人和船怎么会滑下去呢?

现在冯帆知道,海水高山是他的了。

冯帆继续向上游,感到越来越轻松。头部出水换气的动作能够轻易完成,这是他的身体变轻的缘故。重力减小的其他迹象也开始显现出来——冯帆游泳时溅起的水花下落的速度变慢了,水坡上海浪起伏和行进的速度也在变慢。这时大海阳刚的一面消失了,呈现出了正常重力下不可能有的轻柔。

随着风力的增大,水坡上开始出现排浪。在低重力下,海浪的高度增加了许多,形状也发生了变化,变得薄如蝉翼,在缓慢的下落中自身翻卷起来,像一把无形的巨刨在海面上推出的一卷卷玲珑剔透的刨花。海浪并没有增加冯帆游泳的难度,反而推送着他向上攀游,因为浪的行进方向是向着峰顶的。随着重力的进一步减小,更美妙的事情发生了:薄薄的海浪不再是推送冯帆,而是将他轻轻地抛起来。有一瞬间,他的身体完全离开了水面,旋即被前面的海浪接住,再抛出。他就这样被一只只轻柔而有力的海之手传递着,快速向峰顶进发。他发现,这时用蝶泳的姿势效率最高。

风力继续增强,重力继续减小,水坡上的浪已超过了十米,但起伏的速度更慢了。由于低重力下水之间的摩擦并不剧烈,这样的巨浪居然没有发出声音,只能听到风声。身体越来越轻盈的冯帆从一个浪峰跃向另一个浪峰。他突然发现,现在自己腾空的时间已大于在水中的时间,不知道自己是在游泳还是在飞翔。有几次,薄薄的巨浪把他盖住了,他发现自己进入了一个由翻卷的水膜形成的隧道中。在他的上方,薄薄的浪膜缓缓卷动,浸透了巨球的蓝光。透过浪膜,可以看到太空中的外星飞船。巨球在浪膜后变形抖动,像是用泪眼看去一般。

冯帆看看左腕上的防水表,发现自己已经"攀登"了一个小时。照这样出人意料的速度,最多再有这么长时间就能登顶了。

冯帆突然想到了"蓝水号"。照目前风力增长的速度看,大气旋很快就要形成,"蓝水号"无论如何也逃不出超级风暴了。

他突然意识到船长犯了一个致命的错误:应该将船径直驶向海水高山。既然水坡上的重力分量不存在,那"蓝水号"登上顶峰将如同在平海上行驶一样轻而易举,而峰顶就是风暴眼,是平静的!想到这里,冯帆急忙掏出救生衣上的步话机,但没人回答他的呼叫。

冯帆已经掌握了在浪尖飞跃的技术。他从一个浪峰跃向另一个浪峰,又"攀登"了二十分钟左右,已经走过了三分之二的路程。浑圆的峰顶看上去不远了,在外星飞船洒下的光芒中柔和地闪亮,像是等待着他的一个新的星球。这时,呼呼的风声突然变成了恐怖的尖啸,这声音来自所有方向。风力骤然增大,二三十米高的薄浪还没来得及落下,就在半空中被飓风撕碎。冯帆举目望去,水坡上布满了被撕碎的浪峰,像一片在风中狂舞的乱发,在巨球的照耀下发出一片炫目的白光。

冯帆进行了最后的一次飞跃。他被一道近三十米高的薄浪送上半空,那道浪在他脱离的瞬间就被疾风粉碎了。他向着前方的一排巨浪缓缓下落,那排浪像透明的巨翅缓缓向上张开,似乎在迎接他。就在冯帆的手与升上来的浪头接触的瞬间,这面晶莹的水晶巨膜在强劲的风中粉碎了,化作一片雪白的水雾。浪膜粉碎时,发出一阵很像是大笑的怪声。与此同时,冯帆已经变得很轻的身体不再下落,而是离癫狂的海面越来越远,像一片羽毛般被狂风吹向空中。

冯帆在低重力下的气流中翻滚着。晕眩中,他只感到太空中发光的巨球在围绕着他旋转。当他终于能够初步稳住自己的身体时,竟然发现自己在海水高山的顶峰上空盘旋!水山表面的排排巨浪从这个高度看去像一条条长长的曲线,标示出旋风呈螺旋状汇聚在山顶。冯帆在空中盘旋的圈子越来越小,速度越来越快。他正在被吹向气旋的中心。

当冯帆飘进风暴眼时,风力突然减小,托着他的无形的气流之手松开了,冯帆向着海水高山的峰顶坠下去,在峰顶的正中扎入了蓝幽幽的海水。

冯帆在水中下沉着,过了好一会儿才开始上浮,这时周围已经很暗了。当窒息的恐慌出现时,冯帆突然意识到了他所面临的危险:入水前的最后一口气是在海拔近万米的高空吸入的,含氧量很少,而在低重力下,他在水中的上浮速度很慢,即使自己努力游动加速,肺中的空气怕也支持不到自己浮上水面。一种熟悉的感觉向他袭来,他仿佛又回到了珠峰的风暴卷起的黑色雪尘中,死亡的恐惧压倒了一切。就在这时,他发现身边有几个银色的圆球正在与自己一同上浮,最大的一个直径有一米左右。冯帆突然明白这些东西是气泡!低重力下的海水中有可能产生很大的气泡。他奋力游向最大的气泡,将头伸过银色的泡壁,立刻能够顺畅地呼吸了!当缺氧的晕眩缓解后,他发现自己置身于一个球形空间中,这是他再一次进入由水围成的空间。透过气泡圆形的顶部,可以看到变形的海面波光粼粼。在上浮中,随着水压的减小,气泡迅速增大,头顶的圆形空间开阔起来,他感觉自己是在乘着一只水晶气球升上天空。上方的蓝色波光越来越亮,最后到了刺眼的程度。随着啪的一声轻响,大气泡破裂,冯帆升上了海面。在低重力下,他冲上了水面近一米高,然后又缓缓落下来。

冯帆首先看到的是周围无数缓缓飘落的美丽水球。水球大小不一,最大的有足球大小。这些水球映着空中巨球的蓝光,细看内部还分许多层,显得晶莹剔透。这都是冯帆落到水面时溅起的水,在低重力下,由于表面张力而形成球状。他伸手接住一个,水球破碎时发出一种根本不可能是水所发出的清脆的金属声。

海山的峰顶十分平静,来自各个方向的浪在这里互相抵消,只留下一片碎波。这里显然是风暴的中心,是这狂躁世界中唯一平静的地方。这平静以另一种洪大的轰鸣为背景,那就是旋风的呼啸。冯帆抬头望去,发现自己和海山都处于一口巨井中,巨井的井壁是由气旋卷起的水雾构成的,这浓密的水雾在海山周围缓缓旋转,一直延伸到高空。巨井的井口就是外星飞船,它像太空中的一盏大灯,将蓝色的光芒投到井内。冯帆发现那个巨球周围有一片奇怪的云,呈丝状,像一张松散的丝网。它们看上去很亮,像自己会发光似的。冯帆猜测,那可能是泄漏到太空中的大气所产生的冰晶云。它们看上去围绕在外星飞船周围,实际与之相距三万多公里。要真是这样,地球大气层的泄漏已经开始了。这口由大旋风构成的巨井,就是那个致命的漏洞。

不管怎么样,冯帆想,我登顶成功了。

顶峰对话

周围的光线突然闪烁着暗了下来。冯帆抬头望去,看到外星飞船发出的蓝光消失了。他这时才明白那蓝光的意义:那只是一个显示屏空屏时的亮光,巨球表面就是一块显示屏。现在,巨球表面出现了一幅图像,图像是从空中俯拍的,是浮在海面上的一个人在抬头仰望,那人就是冯帆自己。半分钟左右,图像消失了。冯帆明白图像的含义——外星人只是表示他们看到了自己。这时,冯帆真正感到自己站在了世界的顶峰上。

屏幕上出现了两排单词,各国文字的都有,冯帆只认出了英文的"ENGLISH"、中文的"汉语"和日文的"日本语",其他的,也显然是用地球上各种文字所标明的相应语种。有一个深色框在各个单词间快速移动,冯帆觉得这景象很熟悉。他的猜测很快得到了证实——他发现深色框的移动竟然是受自己的目光控制的!他将目光固定到"汉语"上,深色框就停在那里。他眨了一下眼,没有任何反应。应该双击,他想着,连眨了两下眼,深色框闪了一下,巨球上的语言选择菜单消失了,出现了一行很大的中文:

你好!

"你好!"冯帆向天空大喊,"你能听到我的话吗?!"

能听到,你用不着那么大声,我们连地球上一只蚊子的声音都能听到。我们从你们行星外泄的电波中学会了这些语言,想同你随便聊聊。

"你们从哪里来?"

巨球的表面出现了一幅静止的图像,由密密麻麻的黑点构成,复杂的细线把这些黑点连接起来,构成一张令人目眩的大网,这分明是一幅星图。果然,其中的一个黑点发出了银光,越来越亮。冯帆什么也没看懂,但他相信这幅图像肯定已被记录下来,地球上的天文学家们应该能看懂的。巨球上又出现了文字,星图并没有消失,而是成为文字的背景,或者桌面。

我们造了一座山,你就登上来了。

"我喜欢登山。"冯帆说。

这不是喜欢不喜欢的问题,我们必须登山。

"为什么?你们的世界有很多山吗?"冯帆问。他知道这显然不是人类目前迫切要谈的话题,但他想谈。既然周围的人都认为登山者是傻瓜,那他只好与声称必须登山的外星人交流了。他为自己争取到了这一切。

山无处不在,只是登法不同。

冯帆不知道这句话是哲学比喻还是现实描述,他只能傻傻地回答:"那么你们那里还是有很多山了。"

对于我们来说,周围都是山,它把我们封闭了,我们要挖洞才能登山。

这话令冯帆迷惑,他想了半天也没想出是怎么回事。

泡 世 界

外星人继续说:我们的世界十分简单,是一个球形空间。按照你们的长度单位计量,半径约为三千公里。这个空间被岩层所围绕,向任何一个方向走,都会遇到一堵致密的岩壁。

我们的第一宇宙模型自然而然地建立起来了:宇宙由两部分构成,其一就是我们生存的半径为三千公里的球形空间;其二就是围绕着这个空间的岩层,这岩层向各个方向无限延伸。所以,我们的世界就是这固体宇宙中的一个空泡,我们称它为泡世界。这个宇宙理论被称为密实宇宙论。当然,这个理论不排除这样的可能:在无限的岩层中还有其他的空泡,离我们或近或远。这就成了以后我们探索的动力。

"可是,无限厚的岩层是不可能存在的,会在引力下塌缩的。"

我们那时不知道万有引力这回事,泡世界中没有重力,我们生活在失重状态中。真正意识到引力的存在是几万年以后的事了。

"那这些空泡就相当于固体宇宙中的星球了?真有趣,你们的宇宙在密度分布上与真实宇宙正好相反,像是真实宇宙的底片啊。"

真实宇宙?这话很浅薄,只能说是现在已知的宇宙。你们并不知道真实宇宙是什么样子,我们也不知道。

"那里有阳光、空气和水吗?"

都没有,我们也都不需要。我们的世界中只有固体,没有气体和液体。

"没有气体和液体,怎么会有生命呢?"

我们是机械生命,肌肉和骨骼由金属构成,大脑是超高集成度的芯片,电流和磁场就是我们的血液。我们以地核中的放射性岩块为食物,靠它提供的能量生存。没有谁制造我们,这一切都是自然进化而来,由最简单的单细胞机械、由放射性作用下的岩石上偶然形成的 PN 结①进化而来。我们的原始祖先首先发现和使用的是电磁能,至于你们所谓的火,我们从来就没有发现过。

"那里一定很黑吧?"

亮光倒是有一些,是放射性物质在岩壁上产生的,那岩壁就是我们的天空了。光很弱,在岩壁上游移不定,但我们也由此进

---

① PN 结:空穴型半导体(P 型半导体)和电子型半导体(N 型半导体)结合在一起,在两者的交界处就形成了 PN 结。

化出了眼睛。空泡中是失重的,我们的城市就悬浮在那昏暗的空间中,它们的大小与你们的城市差不多,远看去像一团团发光的云。机械生命的进化时间比你们碳基生命要长得多,但我们殊途同归,都走到了对宇宙进行思考的那一天。

"不过,这个宇宙可真够憋屈的。"

憋……这是个新词汇。所以,我们对广阔空间的向往比你们要强烈。早在泡世界的上古时代,向岩层深处的探险就开始了。探险者们在岩层中挖隧道前进,试图发现固体宇宙中的其他空泡。

关于这些想象中的空泡,有着很多奇丽的神话。对远方其他空泡的幻想构成了泡世界文学的主体。但这种探索最初是被禁止的,违者将被短路处死。

"是被教会禁止的吗?"

不,没什么教会。一个看不到太阳和星空的文明是产生不了宗教的。元老院禁止隧洞探险是出于很现实的理由:我们没有你们近乎无限的空间,我们的生存空间半径只有三千公里。隧洞挖出的碎岩会在空泡中堆积起来,由于相信有无限厚的岩层,所以隧洞就可能挖得很长,最终挖出的碎岩会把空泡填满的!换句话说,是把空泡的球形空间转换成长长的隧洞空间。

"好像有一个解决办法:把挖出的碎岩放到后面已经挖好的隧洞中,只留下供探险者们容身的空间就行了。"

后来的探险确实就是这么进行的。探险者们容身的空间其实就是一个移动的小空泡,我们把它叫作泡船。但即使这样,仍然有相当于泡船空间的一堆碎石进入空泡,只有等待泡船返回时,这堆碎石才能重新填回岩壁。如果泡船有去无回,那么这一小堆碎石占据的空泡空间就无法恢复，就相当于这一小块空间被泡船偷走了，所以探险者们又被称为空间窃贼。对于那个狭小的世界，这么一点点空间也是宝贵的。天长日久，随着一艘艘泡船的离去，被占据的空间也将十分巨大。因此，泡船探险在远古时代也是被禁止的。同时，泡船探险是一项十分艰险的活动。一般的泡船中都有若干名挖掘手和一名领航员，那时还没有掘进机，只有靠挖掘手(相当于你们船上的桨手)使用简单的工具不停地挖掘，泡船才能在岩层中以极其缓慢的速度前进。在一个仅能容身的小小空洞里机器般劳作，在幽闭中追寻着渺茫的希望，无疑需要巨大的精神力量。由于泡船一般是沿着已经挖松的来路返回，所以相对容易些，但赌徒般的发现欲望往往会驱使探险者越过安全的折返点，继续向前。这时，返回的体力和给养都不够了，泡船就会搁浅在归程中，成为探险者的坟墓。尽管如此，泡世界向外界的探险从未停止过。

哈勃红移

在泡纪元33281年的一天(这是模仿地球纪年法，泡世界自己的纪年十分古怪，你理解不了)，泡世界的岩层天空上突然出现了一个小小的洞，从洞中飞出的一堆碎岩在空中飘浮着，在放射性物质产生的微光中像一群闪烁的星星。中心城市的一队士兵立刻向小破洞飞去(记住，泡世界是没有重力的)，发现这是一艘返回的探险泡船。它在八年前就出发了，谁也没有想到竟能回来。这艘泡船叫"针尖号"，它在岩层中前进了二百公里，创造了返回泡船的航行距离纪录。"针尖号"出发时有二十名船员,但返回时只剩随船科学家一人了,我们就叫他哥白尼吧。船上其余的人,包括船长,都被哥白尼当食物吃掉了。事实上,这种把船员当给养的方式,是早期地层探险效率最高的航行方式。

按照严禁泡船探险的法律,犯下食人罪的哥白尼将在泡世界首都被处死。这天,几十万人聚集在行刑的中心广场上,等着观赏哥白尼被短路时美妙的电火花。但就在这时,世界科学院的一群科学家漂过来,公布了他们的一个重大发现:根据"针尖号"带回的沿途各段的岩石标本,科学家们发现,地层岩石的密度,竟是随着航行距离的增加而减小的!

"你们的世界没有重力,怎么测定密度呢?"

通过惯性,比你们的方法要复杂一些。科学家们最初认为,这只是由于"针尖号"偶然进入了一个不均匀的地层区域。但在以后的一个世纪中,在不同方向上,有多艘泡船以超过"针尖号"的航行距离深入地层并返回,带回了岩石标本。人们震惊地发现,所有方向上的地层密度都是向外递减的,而且减幅基本一致!这个发现动摇了统治泡世界两万多年的密实宇宙论。如果宇宙密度以泡世界为核心向外递减,那总有密度减到零的距离。科学家们依照已测得的递减率,很容易计算出,这个距离是三万公里左右。

"嘿,这很像我们的哈勃红移[1]啊!"

是很像。你们想象不出星系的退行速度能够大于光速,所

---

[1] 20世纪20年代,天文学家埃德温·哈勃注意到,不同距离星系发出的光颜色是有差别的,也就是说,远处星系发出的光要比近处星系发出的光更红一些,这种现象被称为哈勃红移。这表明各星系正在以极高的速度远离彼此。

以把退行速度接近光速的星系定为可视宇宙的边缘。而我们的先祖却很容易知道密度为零的状态就是空间，于是新的宇宙模型诞生了。在这个模型中，从泡世界向外，宇宙的密度逐渐减小，直至淡化为空间，这空间延续至无限。这个理论被称为太空宇宙论。

密实宇宙论是很顽固的，它的占优势地位的拥护者推出了一个打了补丁的密实宇宙论，认为密度的递减只是由于泡世界周围包裹着一个较疏松的球层，穿过这个球层，密度的递减就会停止。他们甚至计算出了这个疏松球层的厚度是三百公里。其实对这个理论进行证实或证伪并不难，只要有一艘泡船穿过三百公里的岩层就行了。事实上，这个航行距离很快达到了，但地层密度的递减趋势仍在继续。于是，密实宇宙论的拥护者又说前面的计算有误，疏松球层的厚度应是五百公里。十年后，这个距离也被突破了，密度的递减仍在继续，而且递减率有增加的趋势。密实派们接着把疏松球层的厚度增加到一千五百公里……

后来，一个划时代的伟大发现将密实宇宙论永远送进了坟墓。

万有引力

那艘深入岩层三百公里的泡船叫"圆刀号"，它是有史以来最大的探险泡船，配备有大功率挖掘机和完善的生存保障系统，因而它向地层深处航行的距离创造了纪录。

在到达三百公里深度（或说高度）时，船上的首席科学家（我们叫他牛顿吧）向船长反映了一件不可思议的事：当船员们悬浮在泡船中央睡觉时,醒来后总是躺在靠向泡世界方向的洞壁上。

船长不以为然地说:思乡梦游症而已。他们想回家,所以睡梦中总是向着家的方向移动。

但泡船中与泡世界一样是没有空气的,如果移动身体就只有两种方式:一是蹬踏船壁,这在悬空睡觉时是不可能的;另一种方式是喷出自己体内的排泄物作为驱动,但牛顿没有发现这类迹象。

船长仍对牛顿的话不以为然,但这个疏忽使他自己差点被活埋了。这天,向前的挖掘告一段落,由于船员十分疲劳,挖出的一堆碎岩没有立刻运到船底,大家就休息了,想等睡醒后再运。船长也与大家一样在船的正中央悬空睡觉,醒来后却发现自己与其他船员一起被埋在了碎岩中!原来,在他们睡觉时,船首的碎岩与他们一起移到了靠向泡世界方向的船底!牛顿很快发现,船舱中的所有物体都有向泡世界方向移动的趋势,只是它们移动得太慢,平时觉察不出来而已。

"于是牛顿没有借助苹果就发现了万有引力!"

哪有那么容易?!但在我们的科学史上,万有引力理论的诞生比你们要艰难得多,这是我们所处的环境所决定的。当牛顿发现船中物体定向移动的现象时,想当然地认为引力来自泡世界那半径三千公里的空间。于是,早期的引力理论出现了让人哭笑不得的谬误:认为产生引力的不是质量,而是空间。

"能想象,在那样复杂的物理环境中,你们牛顿的思维比我们牛顿的可要复杂多了。"

是的,直到半个世纪后,科学家们才拨开迷雾,真正认清了引力的本质，并用与你们相似的仪器测定了万有引力常数。引力理论获得承认也经历了一个漫长的过程，但一旦意识到引力的存在，密实宇宙论就完了，引力是不允许无限固体宇宙存在的。

太空宇宙论得到最终承认后，它所描述的宇宙对泡世界产生了巨大的诱惑力。在泡世界，守恒的物理量除了能量和质量外，还有空间。泡世界的空间半径只有三千公里，在岩层中挖洞增大不了空间，只是改变空间的位置和形状而已。同时，由于失重，地核文明是悬浮在空间中，而不是附着在洞壁（相当于你们的土地）上，所以在泡世界，空间是最宝贵的东西。整个泡世界文明史，就是一部血腥的空间争夺史。而现在惊闻空间可能是无限的，怎能不令人激动！于是，从此出现了前所未有的探险浪潮，数量众多的泡船穿过地层向外挺进，企图穿过太空宇宙论预言的三万二千公里的岩层，到达密度为零的天堂。

地核世界

说到这里，如果你足够聪明，应该能够推测出泡世界的真相了。

"你们的世界，是不是位于一个星球的地心？"

正确，我们的行星大小与地球差不多，半径约八千公里。但这颗行星的地核是空的，空核的半径约为三千公里。我们就是地核中的生物。

不过，发现万有引力后，我们还要过许多个世纪才能最后明白自己世界的真相。

地层战争

太空宇宙论建立后,追寻外部无限空间的第一个代价却是消耗了泡世界的有限空间。众多的泡船把大量的碎岩排入地核空间,这些碎岩悬浮在城市周围,密密麻麻,无边无际,使原来可以自由漂移的城市动弹不得,因为城市一旦移动,就将遭遇毁灭性的密集石雨。这些被碎岩占掉的空间,至少有一半永远无法恢复。

这时,元老院已由泡世界政府代替。作为地核空间的管理者和保卫者,政府严厉地镇压了疯狂的泡船探险。但最初这种镇压效率并不高,因为当得知探险行为发生时,泡船早已深入地层了。所以政府很快意识到,制止泡船的最好工具就是泡船。于是,政府开始建立庞大的泡船舰队,深入岩层拦截探险泡船,追回被它们盗走的空间。这种拦截行动自然遭到了探险泡船的抵抗,于是,地层中爆发了一场旷日持久的战争。

"这种战争真的很有意思!"

也很残酷。首先,地层战争的节奏十分缓慢,因为以那个时代的掘进技术,泡船在地层中的航行速度一般只有每小时三公里左右。地层战争推崇巨舰主义,因为泡船越大,续航能力越强,攻击力也更强。但不管多大的地层战舰,其横截面都应尽可能地小,这样可以将挖掘截面降到最小,以提高航行速度。所以,所有泡船的横截面都是一样的,大小只在于其长短。大型战舰的形状就是一条长长的隧道。由于地层战场是三维的,所以其作战方式类似于你们的空战,但要复杂得多。当战舰接触敌舰发起攻击时,首先要快速扩大舰首截面,以增大攻击面积,这时的攻击舰就变成了一根钉子的形状。必要时,泡舰的舰首还可以形成多个分支,像一只张开的利爪那样,从多个方向攻击敌舰。地层作战的复杂性还表现在:每一艘战舰都可以随意分解成许多小舰,多艘战舰又可以快速组合成一艘巨舰。所以当两支敌对舰队相遇时,是分解还是组合,是一门很深的战术学问。

地层战争对于未来的探险并非只有负面作用。事实上,在战争的刺激下,泡世界发生了技术革命。除了高效率的掘进机器外,还发明了地震波仪,它既可用于地层中的通信,又可用作雷达探测,强力的震波还可作为武器。最精致的震波通信设备甚至可以传送图像。

地层中曾出现过的最大战舰是"线世界号",它是泡世界政府建造的。当处于常规航行截面时,"线世界号"的长度达一百五十公里,正如舰名所示,相当于一个长长的小世界了。身处其中,有置身于你们的英法海底隧道的感觉。每隔几分钟,隧道中就有一列高速列车驶过,这是向舰尾运送掘进碎石的专列。"线世界号"当然可以分解成一支庞大的舰队,但它大部分时间还是以整体航行的。"线世界号"并非总是呈直线形,在进行机动航行时,它那长长的舰体隧道可以形成一团自相贯通或交叉的、十分复杂的曲线。"线世界号"拥有最先进的掘进机,巡航速度是普通泡舰的两倍,达到每小时六公里,作战速度可以超过每小时十公里!它还拥有超高功率的震波雷达,能够准确定位五百公里外的泡船。它的震波武器可以在一千米的距离上粉碎目标泡船内的一切物体。这艘超级巨舰在广阔的地层中纵横驰骋,所向披靡,消灭了大量的探险泡船,并每隔一段时间将吞并的探险泡船空间送还泡世界。

在"线世界号"的毁灭性打击下,泡世界向外部的探险一度濒于停滞。在地层战争中,探险者们始终处于劣势,他们不能建造或组合长于十公里的战舰,因为在地层中这样的目标极易被"线世界号"上或泡世界基地中的雷达探测定位,进而被迅速消灭。但是,要使探险事业继续下去,就必须消灭"线世界号"。经过长时间的筹划,探险联盟集结了一百多艘地层战舰围歼"线世界号",这些战舰中最长的也只有五公里。战斗在泡世界向外一千五百公里处展开,史称"一千五百公里战役"。

探险联盟首先调集二十艘战舰,在一千五百公里处组合成一艘长达三十公里的巨舰,引诱"线世界号"前往攻击。当"线世界号"接近诱饵,呈一条直线高速冲向目标时,探险联盟埋伏在周围的上百艘战舰沿与"线世界号"垂直的方向同时出击,将这艘一百五十公里长的巨舰截为五十段。"线世界号"被截断后分裂出来的五十艘战舰仍具有很强的战斗力,双方的二百多艘战舰缠斗在一起,在地层中展开了惨烈的大混战。战舰空间不断地组合分化,渐渐已分不清彼此。在战役的最后阶段,半径达二百公里的战场已成了蜂窝状,就在这个处于星球地下三千五百公里深处的错综复杂的三维迷宫中,到处都是短兵相接的激战。在这个位置,星球的重力已经很明显,而与政府军相比,探险者对重力环境更为熟悉。在迷宫内宏大的巷战中,这微弱的优势渐渐起了决定性的作用,探险联盟取得了最后胜利。

海

战役结束后,探险联盟将战场的所有空间合为一体,形成了一个半径为五十公里的球形空间。就在这个空间中,探险联盟宣布脱离泡世界独立。独立后的探险联盟与泡世界的探险运动遥相呼应,不断地有探险泡船从地核来到联盟,它们带来的空间使联盟领土的体积不断增大,探险者们得以在一千五百公里高度获得了一个前进基地。被漫长的战争拖得筋疲力尽的泡世界政府再也无力阻止这一切,只得承认探险运动的合法性。

随着高度的增加,地层的密度也逐渐降低,使得掘进变得容易了。另外,重力的增加也使碎岩的处理更加方便。以后的探险变得顺利了许多。在战后第八年,就有一艘名叫"螺旋号"的探险泡船走完了剩下的三千五百公里航程,到达了距泡世界中心——也就是距星球中心——八千公里、距泡世界边缘五千公里的高度。

"哇,那就是到达星球的表面了!你们看到了大平原和真正的山脉,这太激动人心了!"

没什么可激动的,"螺旋号"到达的是海底。

"……"

当时,震波通信仪的图像摇了几下就消失了,通信完全中断。在更低高度的其他泡船监听到了一个声音,转换成你们的空气声音就是啵的一声,这是高压海水在瞬间涌入"螺旋号"空间时发出的。泡世界的机械生命和船上的仪器设备是绝对不能与水接触的,短路产生的强大电流迅速汽化了渗入人体和机器内部的海水,"螺旋号"的乘员和设备在海水涌入的瞬间都像炸弹一样爆裂了。

接着,联盟又向不同的方向派出了十多艘探险泡船,但都在同样的高度遇到了同样的事情。除了那神秘的啵的一声,再没有传回更多的信息。有两次,在监视屏幕上看到了怪异的晶状波动,但不知道那是什么。跟随的泡船向上方发出的雷达震波也传回了完全不可理解的回波,那回波显示上方既不是空间,也不是岩层。

一时间,太空宇宙论动摇了,学术界又开始谈论新的宇宙模型。新的理论将宇宙半径确定为八千公里,认为那些消失的探险船接触了宇宙的边缘,没入了虚无。

探险运动面临着严峻的考验。以往无法返回的探险泡船所占用的空间,从理论上说还是有希望回收的,但现在,泡船一旦接触宇宙边缘,其空间就永远损失了。到这一步,连最坚定的探险者都动摇了,因为在这个地层中的世界,空间是不可再生的。联盟决定,再派出最后五艘探险泡船,在接近宇宙边缘五千米时以极慢速上升,如果发生同样的不测,就暂停探险运动。

又损失了两艘泡船后,第三艘"岩脑号"取得了突破性的进展。"岩脑号"以极慢的速度小心翼翼地向上掘进,接近海底时,海水并没有像以前那样压塌船顶的岩层瞬间涌入,而是通过岩层上的一道窄缝呈一条高压射流喷进来。"岩脑号"在航行截面上长二百五十米,在高地层探险船中算是体积较大的,喷射进来的海水用了近一小时才充满船的空间。在触水爆裂前,船上的震波仪记录了海水的形态,并将数据和图像完整地发回联盟。就这样,地核人第一次见到了液体。

泡世界的远古时代可能存在过液体,那是炽热的岩浆。后来星球的地质情况稳定了,岩浆凝固,地核中就只有固体了。有科学家曾从理论上预言过液体的存在,但没人相信宇宙中真有那种神话般的物质。现在,从传回的图像中,人们亲眼看到了液体。他们震惊地看着那道白色的射流,看着水面在船内空间缓缓上升,看着这种似乎违反所有物理法则的魔鬼物质适应着它的附着物的任何形状,渗入每一道最细微的缝隙。岩石表面接触它后似乎改变了性质,颜色变深了,反光性增强了。最让他们感兴趣的是,大部分物体都会沉入这种物质中,但有部分爆裂的人体和机器碎片却能浮在其表面!而这些碎片的性质与那些沉下去的没有任何区别。地核人给这种液体物质起了一个名字,叫"无形岩"。

以后的探索就比较顺利了。探险联盟的工程师们设计了一种叫"引管"的东西。这是一根长达二百米的空心钻杆,当钻透岩层后,钻头可以像盖子那样打开,将海水引入管内,管子的底部有一个阀门。携带引管和钻机的泡船上升至距海底五千米的位置后,引管很顺利地钻透岩层,伸入海底。钻探毕竟是地核人最熟悉的技术,但另一项技术他们却一无所知,那就是密封。由于泡世界中没有液体和气体,所以也没有密封技术。引管底部的阀门很不严实,没有打开阀门,海水已经漏了出来。

事后证明这是一种幸运,因为如果将阀门完全打开,冲入的高压海水的动能将远大于上次的射流,那道高压射流会像激光一样切断所遇到的一切。现在从关闭的阀门渗入的水流却是可以控制的。你可以想象,泡船中的探险者们看着那一道道细细的海水在他们眼前喷出,是何等震撼啊!

他们这时对于液体,就像你们的原始人对于电流一样无知。在用一个金属容器小心翼翼地接满一桶水后,泡船下降,将引管埋在岩层中。在下降的过程中,探险者们万分谨慎地守护着那桶作为研究标本的海水,很快又有了一个新的发现:无形岩居然是透明的!由于上次裂缝中渗入的海水混入了沙土,他们没有发现这一点。随着泡船下降深度的增加,温度也在增加,探险者们惊恐地看到,无形岩竟是一种生命体!它在活过来,表面愤怒地翻滚着,呈现出由无数涌泡构成的可怕形态。但这怪物在展现生命力的同时也在消耗自己,化作幽灵般的白色影子消失在空中。当桶中的无形岩都化作白色魔影消失后,船舱中的探险者们相继感到了身体的异常。短路的电火花在他们体内闪烁,最后他们都变成一团团焰火,痛苦地死去了。联盟基地中的人们通过监视器传回的震波图像看到了这可怕的情景,但监视器也很快短路停机了。前去接应的泡船也遭遇了同样的命运,在与下降的泡船对接后,接应泡船中的乘员也同样短路而死,仿佛无形岩化作了一种充满所有空间的死神。但科学家们也发现,这一次的短路没有上一次那么剧烈,他们得出结论:随着空间体积的增加,无形死神的密度也在降低。接下来,在付出了更多的生命代价后,地核人终于又发现了一种他们从未接触过的物质形态:气体。

星　空

　　这一系列的重大发现终于打动了泡世界政府,使其与昔日的敌人联合起来,投身于探险事业之中。一时间,对探险的投入急剧增加,最后的突破就在眼前。

　　虽然对水蒸气的性质有了越来越多的了解,但缺乏密封技术的地核科学家一时还无法避免它对地核人生命和仪器设备的伤害。不过,他们已经知道,在距海底四千五百米以内的区间中,无形岩是死的,不会沸腾。于是,地核政府和探险联盟一起在距海底四千八百米的位置建造了一所实验室,装配了更长、性能更好的引管,专门进行无形岩的研究。

　　"直到这时,你们才开始做阿基米德的工作。"

　　是的,可你不要忘记,我们在原始时代,就做了法拉第的工作。

　　在无形岩实验室中,科学家们相继发现了水压和浮力定律,同时与液体有关的密封技术也得以发展和完善。人们终于发现,在无形岩中航行,其实是一件十分简单的事,比在地层中航行容易得多。只要船体的密封和耐压性达到要求,不需任何挖掘,船就可以在无形岩中以令人难以想象的速度上升。

　　"这就是泡世界的火箭了。"

　　应该称作"水箭"。水箭是一个蛋形耐高压金属容器,没有任何动力设施,内部仅可乘坐一名探险者,我们就叫他泡世界的加加林吧。水箭的发射平台位于距海底五千米的位置,是在地层中挖出的一个宽敞的大厅。在发射前一小时,加加林进入水箭,关上了密封舱门。确定所有仪器和生命维持系统正常后,自动掘进机破坏了大厅顶部厚度不到十米的薄岩层,随着轰隆一声,岩层在上方无形岩的巨大压力下坍塌了,水箭浸没于深海的无形岩之中。周围的尘埃落定后,加加林透过由金刚石制造的透明舷窗,惊奇地发现,发射平台上的两盏探照灯在无形岩中打出了两道光柱,由于泡世界中没有空气,光线不会散射,这时地核人第一次看到了光的形状。震波仪传来了发射命令,加加林扳动手柄,松开了将水箭锚固定在底部岩层上的铰链。水箭缓缓离升海底,在无形岩中急剧加速,向上浮去。

科学家们按照海底压力,很容易计算出了上方无形岩的厚度,约一万米。如无意外,上浮的水箭能够在十五分钟内走完这段航程,但以后会遇到什么,谁都不知道。

水箭在一片寂静中上升着,透过舷窗看出去,只有深不见底的黑暗。偶尔有几粒悬浮在无形岩中的尘埃在舷窗透出的光亮中飞速掠过,标示着水箭上升的速度。

加加林很快感到恐慌。他是生活在固体世界中的生命,现在第一次进入了无形岩的空间,一种无依无靠的虚无感攫住了他。十五分钟的航程是那么漫长,仿佛浓缩了地核文明十万年的探索历程,永无止境……就在加加林的精神即将崩溃之际,水箭浮上了这颗行星的海面。

上浮惯性使水箭冲上了距海面十几米的空中。在下落的过程中,加加林从舷窗中看到了下方无形岩一望无际、波光粼粼的广阔表面,但他没有时间去想这表面反射的光来自哪里。水箭重重地落在海面上,飞溅的无形岩白花花一片洒落在周围,水箭像船一样平稳地浮在海面上,随波浪轻轻起伏着。

加加林小心翼翼地打开舱门,慢慢探出身去,立刻感到了海风的吹拂。过了好一阵儿,他才悟出这是气体。恐惧使他战栗了一下。他曾在实验室的金刚石管道中看到过水汽的流动,但宇宙中竟然有如此巨量的气体存在,是任何人都始料未及的。加加林很快发现,这种气体与无形岩沸腾后转化的那种不同,不会导致肌体的短路。他在以后的回忆录中有过一段这样的描述:

我感到这是一只无形巨手温柔的抚摸,这巨手来自一个我们不知道的无限巨大的存在,在这个存在面前,我变成了另一个全新的我。

加加林抬头望去,这时,地核文明十万年的探索得到了最后的报偿。

他看到了灿烂的星空。

山无处不在

"真是不容易,你们经历了那么长时间的探索,才站到我们的起点上!"冯帆赞叹道。

所以,你们是一个很幸运的文明。

这时,逃逸到太空中的大气形成的冰晶云面积扩大了很多,天空一片晶亮,外星飞船的光芒在冰晶云中散射出一圈绚丽的彩虹。下面,大气旋形成的巨井仍在轰隆隆地旋转着,像是一台超级机器在一点点碾碎这颗星球。而周围的山顶却更加平静,连碎波都没有了。海面如镜,又让冯帆想起了藏北的高山湖泊……冯帆强迫自己把思绪拉回了现实。

"你们到这里来干什么？"他问。

我们只是路过,看到这里有智慧文明,就想找人聊聊。谁先登上这座山顶我们就和谁聊。

"山在那儿,总会有人去登的。"

是,登山是智慧生物的本性,他们都想站得更高些,看得更远些,这并不是生存的需要。比如你,如果为了生存就会远远逃离这山,可你却登上来了。进化赋予智慧文明登高的欲望是有更深的原因的,这原因是什么我们还不知道。山无处不在,我们都还在山脚下。

"我在山顶上。"冯帆说。他不容别人挑战自己登上世界最高峰的荣誉,即使是外星人也不行。

你在山脚下,我们都在山脚下。光速是一个山脚,空间是一个山脚,被禁锢在光速和空间这狭窄的深谷中,你不觉得……憋屈吗?

"生来就这样,习惯了。"

那么,我下面要说的事你会很不习惯的。看看这个宇宙,你感觉到什么?

"广阔啊,无限啊,这类的。"

你不觉得憋屈吗?

"怎么会呢? 宇宙在我眼里是无限的,在科学家们眼里好像也有二百亿光年呢。"

那我告诉你,这是一个二百亿光年半径的泡世界。

"……"

我们的宇宙是一个空泡,一块更大固体中的空泡。

"怎么可能呢? 这块大固体不会因引力而坍缩吗?"

至少目前还没有,我们这个气泡还在超固体块中膨胀。引力引起坍缩是对有限的固体块而言的,如果包裹我们宇宙的这个固体块是无限的,就不存在坍缩问题。当然,这只是一种猜测,谁也不知道那个超固体宇宙是不是有限的。有许多种猜测,比如引力在更大的尺度上被另一种力抵消,就像电磁力在微观尺度上被核力抵消一样,我们意识不到这种力,就像处于泡世界中意识不到万有引力一样。从我们收集到的资料上看,对于宇宙的气泡形状,你们的科学家也有所猜测,只是你不知道罢了。

"那块大固体是什么样子的?也是……岩层吗?"

不知道,五万年后我们到达目的地时才能知道。

"你们要去哪里?"

宇宙边缘。我们是一艘泡船,叫"针尖号",记得这名字吗?

"记得,它是泡世界中首先发现地层密度递减现象的泡船。"

对,不知我们能发现什么。

"超固体宇宙中还有其他的空泡吗?"

你已经想得很远了。

"这让人不能不想。"

想想一块巨岩中的几个小泡泡,就是有,找到它们也很难,但我们这就去找。

"你们真的很伟大。"

好了,聊得很愉快,但我们还要赶路。五万年太久,只争朝夕。认识你很高兴。记住,山无处不在。

由于冰晶云的遮拦,最后这行字已经很模糊。接着,太空中的巨型屏幕渐渐暗下来，巨球本身也在变小，很快缩成一点，重新成为星海中一颗不起眼的星星，这变化比它出现时要快许多。这颗星星在夜空中疾驶而去，转眼消失在西方天际。

海天之间黑了下来，冰晶云和风暴巨井都看不见了，天空中只有一片黑暗的混沌。冯帆听到周围风暴的轰鸣在迅速减小，很快变成了低声的呜咽，然后完全消失了，只能听到海浪的声音。

冯帆有了下坠的感觉。他看到周围的海面正在缓缓地改变形状，海山浑圆的山顶在变平，像一把正在撑开的巨伞一样。他知道，海水高山正在消失，他正在由九千米高空向海平面坠落。在他的感觉中，只过了两三分钟，他就停止了下降。他知道这点，是由于自己身体下降的惯性使他没入了已停降的海面之下。好在这次沉得并不深，他很快游了上来。

周围已是正常的海面，海水高山消失得无影无踪，仿佛从来就没有存在过一样。风暴也完全停止了。风暴强度虽大，但持续时间很短，只是刮起了表层浪，所以海面也很快平静下来。

天空中的冰晶云已经散去，灿烂的星空再次出现。

冯帆仰望着星空，想象着那个遥远的世界。真的太远了，连光都会走得疲惫。那是很早以前，在那个星球的海面上，泡世界的加加林也像他现在这样仰望着星空。穿越广漠的时空荒漠，他们的灵魂相通了。

冯帆一阵恶心，吐出了些什么。凭嘴里的味道，他知道是血。他在九千米高的海山顶峰得了高山病，肺水肿出血了，这很危险。在突然增加的重力下，他虚弱得动弹不得，只能靠救生衣把自己托在水面上。尽管不知道"蓝水号"现在何处，但基本上可以肯定,方圆一千公里内没有船了。

在登上海山顶峰的时候,冯帆感觉此生足矣,那时他可以从容地去死。但现在,他突然变成了世界上最怕死的人。他攀登过岩石的世界屋脊,这次又登上了海水构成的世界最高峰,下次会登什么样的山呢?他得活下去才能知道。几年前在珠峰雪暴中的感觉又回来了,那感觉曾使他割断了连接同伴和恋人的登山索,将他们送进了死亡世界,现在他知道自己做对了。如果真要通过背叛才能拯救自己的生命,他会背叛的。

他必须活下去,因为山无处不在。

中 国 太 阳

　　水娃从娘颤颤的手中接过那个小小的包裹,包裹中有娘做的一双厚底布鞋,三个馍,两件打了大块补丁的衣裳,二十块钱。爹蹲在路边,闷闷地抽着旱烟锅。

　　"娃要出门了,你就不能给个好脸?"娘对爹说,爹仍蹲在那儿,还是闷闷地一声不吭,娘又说,"不让娃出去,你能出钱给他盖房娶媳妇啊?!"

　　"走!东一个西一个都走逑了,养他们还不如养窝狗!"爹干号着说,头也不抬。

　　水娃抬头看看自己出生和长大的村庄,这处于永恒干旱中的村庄,只靠着水窖中积下的一点雨水过活。水娃家没钱修水泥窖,还是用的土水窖,那水一到大热天就臭了。往年,这臭水热开了还能喝,就是苦点儿涩点儿,但今年夏天,那水热开了喝都拉肚子,听附近部队上的医生说,是地里什么有毒的石头溶进水里了。

　　水娃又低头看了爹一眼,转身走去,没有再回头。他不指望爹抬头看他一眼,爹心里难受时就那么蹲着抽闷烟,一蹲能蹲几个小时，仿佛变成了黄土地上的一大块土坷垃。但他分明又看到了爹的脸，或者说，他就走在爹的脸上。看周围这广阔的西北土地，干干的黄褐色，布满了水土流失刻出的裂纹，不就是一张老农的脸吗？这里的什么都是这样，树、地、房子、人，黑黄黑黄，皱巴巴的。他看不到这张伸向天边的巨脸的眼睛，但能感觉到它的存在，那双巨眼在望着天空，年轻时那目光充满着对雨的企盼，年老时就只剩呆滞了。其实这张巨脸一直是呆滞的，他不相信这块土地还有过年轻的时候。

一阵干风吹过，前面这条出村的小路淹没于黄尘中，水娃沿着这条路走去，迈出了他新生活的第一步。

这条路，将通向一个他做梦都想不到的地方。

人生第一个目标：
喝点不苦的水，挣点钱

"哟，这么些个灯！"

水娃到矿区时天已黑了，这个矿区是由许多私开的小窑煤矿组成的。

"这算啥？城里的灯那才叫多哩。"来接他的国强说，国强也是水娃村里的，出来好多年了。

水娃随国强来到工棚住下，吃饭时喝的水居然是甜丝丝的！国强告诉他，矿上打的是深井，水当然不苦了，但他又加了一句："城里的水才叫好喝呢！"

睡觉时国强递给水娃一包硬邦邦的东西当枕头，打开看，是黑塑料皮包着的一根根圆棒棒，再打开塑料皮，看到那棒棒黄黄的,像肥皂。

"炸药。"国强说,翻身呼呼睡着了。水娃看到他也枕着这东西,床底下还放着一大堆,头顶上吊着一大把雷管。后来水娃知道,这些东西足够把他的村子一窝端了!国强是矿上的放炮工。

矿上的活儿很苦很累,水娃前后干过挖煤、推车、打支柱等活计,每样一天下来都把人累得要死。但水娃就是吃苦长大的,他倒不怕活儿重,他怕的是井下那环境,人像钻进了黑黑的蚂蚁窝,开始真像做噩梦,但后来也惯了。工钱是计件,每月能挣一百五,好的时候能挣到二百出头,水娃觉得很满足了。

但最让水娃满足的还是这里的水。第一天下工后,浑身黑得像块炭,他跟着工友们去洗澡。到了那里后,看到人们用脸盆从一个大池子中舀出水来,从头到脚浇下来,地下流淌着一条条黑色的小溪。当时他就看呆了,妈妈呀,哪有这么用水的,这可都是甜水啊!因为有了甜水,这个黑乎乎的世界在水娃眼中变得美丽无比。

但国强一直鼓动水娃进城,国强以前就在城里打过工,因为偷建筑工地的东西被当作盲流遣送回原籍。他向水娃保证,城里肯定比这里挣得多,也不像这样累死累活的。

就在水娃犹豫不决时,国强在井下出了事。那天他排哑炮时炮炸了,从井下抬上来时浑身嵌满了碎石,死前他对水娃说了一句话:

"进城去,那里灯更多……"

人生第二个目标：
到灯更多水更甜的城里，挣更多的钱

"这里的夜像白天一样呀！"

水娃惊叹说。国强说得没错，城里的灯真是多多了。现在，他正同二宝一起，一人背着一个擦鞋箱，沿着省会城市的主要大街向火车站走去。二宝是水娃邻村人，以前曾和国强一起在省城里干过。按照国强以前给的地址，水娃费了好大的劲才找到他，他现在已不在建筑工地干，而是干起擦皮鞋来。水娃找到他时，与他同住的一个同行正好有事回家了，他就简单地教了水娃几下子，然后让水娃背上那套家伙同他一起去。

水娃对这活计没有什么信心，他一路上寻思，要是修鞋还差不多，擦鞋？谁花一块钱擦一次鞋（要是鞋油好些得三块），这人准有毛病。但在火车站前，他们摊还没摆好，生意就来了。这一晚上到十一点，水娃竟挣了十四块！但在回去的路上二宝一脸晦气，说今天生意不好，言下之意显然是水娃抢了他的买卖。

"窗户下那些个大铁箱子是啥？"水娃指着前面的一座楼问。

"空调，那屋里现在跟开春儿似的。"

"城里真好！"水娃抹了一把脸上的汗说。

"在这儿只要吃得苦，赚碗饭吃很容易的，但要想成家立业可就没门儿了。"二宝说着用下巴指了指那幢楼，"买套房，两三千一平米呢！"

水娃傻傻地问："平米是啥？"

二宝轻蔑地晃晃头,不屑理他。

水娃和十几个人住在一间同租的简易房中,这些人大都是进城打工和做小买卖的农民,但在大通铺上位置紧挨着水娃的却是个城里人,不过不是这个城市的。在这里时,这个人和大家都差不多,吃的和他们一样,晚上也是光膀子在外面乘凉。但每天早晨,他都西装革履地打扮起来,走出门去像换了一个人,真给人鸡窝里飞出金凤凰的感觉。这人姓陆名海,大伙儿倒是都不讨厌他,这主要是因为他带来的一样东西。那东西在水娃看来就是一把大伞,但那伞是用镜子做的,里面光亮亮的,把伞倒放在太阳地里,在伞把头上的托架上放一锅水,那锅底被照得晃眼,锅里的水很快就开了,水娃后来知道这叫太阳灶。大伙用这东西做饭烧水,省了不少钱,可没太阳时不能用。

这把叫太阳灶的大伞没有伞骨,就那么薄薄的一片。水娃最迷惑的时候就是看陆海收伞:这伞上伸出一根细细的电线一直通到屋里,收伞时陆海进屋拔下电线的插销,那伞就扑地一下摊到地上,变成了一块银色的布。水娃拿起布仔细看,它柔软光滑,轻得几乎感觉不到分量,表面映着自己变形的怪像,还变幻着肥皂泡表面的那种彩纹,一松手,银布从指缝间无声地滑落到地上,仿佛是一掬轻盈的水银。当陆海再插上电源的插销时,银布如同一朵开放的荷花般懒洋洋地伸展开来,很快又变成一个圆圆的伞面倒立在地上。再去摸摸那伞面,薄薄的、硬硬的,轻敲发出悦耳的金属声响,它强度很高,在地面固定后能撑住一个装满水的锅或壶。

陆海告诉水娃:"这是一种纳米材料,表面光洁,具有很好的反光性，强度很高，最重要的是，它在正常条件下呈柔软状态，但在通入微弱电流后会变得坚硬。"

水娃后来知道，这种叫纳米镜膜的材料是陆海的一项研究成果。申请专利后，他倾其所有投入资金，想为这项成果打开市场，但包括便携式太阳灶在内的几项产品都无人问津，结果血本无归，现在竟穷到向水娃借钱交房租。虽落到这地步，但这人一点儿都没有消沉，每天仍东奔西跑，试图为这种新材料的应用找到出路，他告诉水娃，这是自己跑过的第十三个城市了。

除了那个太阳灶外，陆海还有一小片纳米镜膜。平时它就像一块银色的小手帕摊放在床边的桌子上，每天早晨出门前，陆海总要打开一个小小的电源开关，那块银手帕立刻变成硬硬的一块薄片，成了一面光洁的小镜子，陆海对着它梳理打扮一番。有一天早晨，他对着小镜子梳头时斜了刚从床上爬起来的水娃一眼，说："你应该注意仪表，常洗脸，头发别总是乱乱的，还有你这身衣服，不能买件便宜点儿的新衣服吗？"

水娃拿过镜子来照了照，笑着摇摇头，意思是对一个擦鞋的来说，那么麻烦没有用。

陆海凑近水娃说："现代社会充满着机遇，满天都飞着金鸟儿，哪天说不定你一伸手就抓住一只，前提是你得拿自己当回事儿。"

水娃四下看了看，没什么金鸟儿，他摇摇头说："我没读过多少书呀。"

"这当然很遗憾，但谁知道呢，有时这说不定是一个优势，这个时代的伟大之处就在于其捉摸不定，谁也不知道奇迹会在谁身上发生。"

"你……上过大学吧？"

"我有固体物理学博士学位，辞职前是大学教授。"

陆海走后，水娃目瞪口呆了好半天，然后又摇摇头，心想陆海这样的人跑了十三个城市都抓不到那鸟儿，自己怎么行呢？他感到这家伙是在取笑自己，不过这人本身也够可怜够可笑的了。

这天夜里，屋里的其他人有的睡了，有的聚成一堆打扑克，水娃和陆海则到门外几步远的一个小饭馆里看人家的电视。这时已是夜里十二点，电视中正在播出新闻，屏幕上只有播音员，没有其他画面。

"在今天下午召开的国务院新闻发布会上，新闻发言人透露，举世瞩目的中国太阳工程已正式启动，这是继三北防护林之后又一项改造国土生态的超大型工程……"

水娃以前听说过这个工程，知道它将在我们的天空中再建造一个太阳，这个太阳能给干旱的大西北带来更多的降雨。这事对水娃来说太玄乎，他想问陆海，但扭头一看，见陆海睁圆双眼瞪着电视，半张着嘴，好像被它摄去了魂儿。水娃用手在他面前晃了晃，他毫无反应，直到那则新闻过去很久才恢复常态，自语道："真是，我怎么就没想到中国太阳呢？！"

水娃茫然地看着他，他不可能不知道这件连水娃都知道的事，这事儿哪个中国人不知道呢？他当然知道，只是没想到，那他现在想到了什么呢？这事与他陆海，一个住在闷热的简易房中的潦倒流浪者，能有什么关系？

陆海说："记得我早上说的话吗？现在一只金鸟飞到我面前了，好大的一只金鸟儿，其实它以前一直在我的头顶盘旋，我他妈居然没感觉到!"

水娃仍然迷惑不解地看着他。

陆海站起身来,"我要去北京了,赶两点半的火车,小兄弟,你跟我去吧!"

"去北京? 干什么?"

"北京那么大,干什么不行? 就是擦皮鞋,也比这儿挣得多好多!"

于是,就在这天夜里,水娃和陆海踏上了一列连座位都没有的拥挤的列车,列车穿过夜色中广阔的西部原野,向太阳升起的方向驰去。

人生第三个目标:
到更大的城市,见更大的世面,挣更多的钱

第一眼看到首都时,水娃明白了一件事:有些东西你只有在看见后才知道是什么样儿,凭想象是绝对想不出来的。比如北京之夜,就在他的想象中出现过无数次,最早不过是把镇子或矿上的灯火扩大许多倍,然后是把省城的灯火扩大许多倍,当他和陆海乘坐的公共汽车从西站拐入长安街时,他才知道,过去那些灯火就是扩大一千倍,也不是北京之夜的样子。当然,北京的灯绝对不会有一千个省城的灯那么多那么亮,但这夜中北京的某种东西,是那个西部城市怎样叠加也产生不出来的。

水娃和陆海在一个便宜的地下室旅馆住了一夜后,第二天早上就分了手。临别时陆海祝水娃好运,并说如果以后有难处可以找他,但当水娃让他留下电话或地址时,他却说自己现在什

么都没有。

"那我怎么找你呢?"水娃问。

"过一阵子,看电视或报纸,你就会知道我在哪儿。"

看着陆海远去的背影,水娃迷惑地摇摇头,他这话可真是费解:这人现在身无分文,今天连旅馆都住不起了,早餐还是水娃出的钱,甚至连他那个太阳灶,也在起程前留给房东顶了房费。现在,他已是一个除了梦之外什么都没有的乞丐。

与陆海分别后,水娃立刻去找活儿干,但大都市给他的震撼使他很快忘记了自己的目的,整个白天,他都在城市中漫无目标地闲逛,仿佛是行走在仙境中,一点儿都不觉得累。

傍晚,他站在首都的新象征之一,去年落成的五百米高的统一大厦前,仰望着那直插云端的玻璃绝壁,在上面,渐渐暗下去的晚霞和很快亮起来的城市灯海在进行着摄人心魄的光与影的表演,水娃看得脖子酸疼。当他正要走开时,大厦本身的灯也亮了起来,这奇景以一种更大的力量攫住了水娃的全部身心,他继续在那里仰头呆望着。

"你看了很长时间,对这工作感兴趣?"

水娃回头,看到说话的是一个年轻人,典型的城里人打扮,但手里拿着一顶黄色的安全帽。

"什么工作?"水娃迷惑地问。

"那你刚才在看什么?"那人问,同时拿安全帽的手向上一指。

水娃抬头向他指的方向看,高高的玻璃绝壁上居然有几个人,从这里看去只是几个小黑点儿。"他们在那么高干什么呀?"水娃问,又仔细地看了看,"擦玻璃?"

那人点点头,"我是蓝天建筑清洁公司的人事主管,我们公司主要承揽高层建筑的清洁工程,你愿意干这工作吗?"

水娃再次抬头看,高空中那几个蚂蚁似的小黑点儿让人头晕目眩,"这……太吓人了。"

"如果是担心安全那你尽管放心,这工作看起来危险,正因为这才招不到人,我们现在很缺人手。但我向你保证,安全措施是很完备的,只要严格按规程操作,绝对不会有危险,而且工资在同类行业中是最高的。你嘛,每月工资一千五,工作日管午餐,公司代买人身保险。"

这钱数让水娃吃了一惊,他呆呆地望着经理,后者误解了水娃的意思,"好吧,取消试用期,再加三百,每月一千八,不能再多了。以前这个工种基本工资只有四五百,每天有活儿干再额外计件儿,现在是固定月薪,相当不错了。"

于是,水娃成了一名高空清洁工,英文名字叫蜘蛛人。

人生第四个目标:
成为一个北京人

水娃与四位工友从航天大厦的顶层谨慎地下降,用了四十分钟才到达第八十三层,这是他们昨天擦到的位置。蜘蛛人最头疼的活儿就是擦倒角墙,即与地面的角度小于九十度的墙。而航天大厦的设计者为了表现他那变态的创意,把整个大厦设计成倾斜的,顶部与地面之间由一根细长的立柱支撑,据这位著名建筑师说,倾斜更能表现出上升感。这话似乎有道理,这座摩天大厦也名扬世界,成为北京的又一标志性建筑。但这位建筑大师的祖宗八代都被北京的蜘蛛人骂遍了,清洁航天大厦的活儿对他们来说几乎是一场噩梦,因为这座倾斜的大厦有整整一面全是倒角墙,高达四百米,与地面的角度小到六十五度。

到达工作位置后,水娃仰头看看,头顶上这面巨大的玻璃悬崖仿佛正在倾倒下来。他一只手打开清洁剂容器的盖子,另一只手紧紧抓着吸盘的把手。这种吸盘是为清洁倒角墙特制的,但并不好使,常常脱吸,这时蜘蛛人就会荡离墙面,被安全带吊着在空中打秋千。这种事在清洁航天大厦时多次发生,每次都让人魂飞天外。就在昨天,水娃的一位工友脱吸后远远地荡出去,又荡回来,在强风的推送下直撞到墙上,撞碎了一大块玻璃,他的额头和手臂上各划了一道大口子,而那块昂贵的镀膜高级建筑玻璃让他这一年的活儿白干了。

到现在为止,水娃干蜘蛛人的工作已经两年多了,这活儿可真不容易。在地面上有二级风力时,百米空中的风力就有五级,而现在的四五百米的超高层建筑上,风就更大了。危险自不必说,从本世纪初开始,蜘蛛人的坠落事故就时有发生。冬天那强风就像刀子一样锋利;清洗玻璃时最常用的氢氟酸洗剂腐蚀性很大,使手指甲先变黑再脱落;而到了夏天,为防洗涤药水的腐蚀,还得穿着不透气的雨衣雨裤雨鞋;如果是擦镀膜玻璃,背上太阳暴晒,面前玻璃反射的阳光也让人睁不开眼,这时水娃感觉真像是被放在陆海的太阳灶上。

但水娃热爱这个工作,这两年多是他有生以来最快乐的时光。这固然因为在外地来京的低文化层次的打工者中,蜘蛛人的收入相对较高,更重要的是,他从工作中获得了一种奇妙的满足感。他最喜欢干那些别的工友不愿意干的活儿:清洁新近落成的超高建筑。这些建筑的高度都在二百米以上,最高的达五百米。悬在这些摩天楼顶端的外墙上,北京城在下面一览无余地伸延开来。那些上世纪建成的所谓高层建筑从这里看下去是那么矮小,再远一些,它们就像一簇簇插在地上的细木条,而城市中心的紫禁城则像是用金色的积木搭起来的。在这个高度听不到城市的喧闹,整个北京成了一个可以一览无余的整体,仿佛一个以蛛网般的公路为血脉的巨大生命体,在下面静静地呼吸着。有时,摩天大楼高耸在云层之上,腰部以下笼罩在阴暗的暴雨之中,以上却阳光灿烂,干活儿时脚下是一望无际的滚滚云海,每到这时,水娃总觉得他的身体都被云海之上的强风吹得透明了……

水娃从这经历中学到了一个哲理:事情得从高处才能看清楚。如果你淹没于这座大都市之中,周围的一切是那么纷繁复杂,城市仿佛是一个无边无际的迷宫,但从这高处一看,整座城市不过是一个有一千多万人的大蚂蚁窝罢了,而它周围的世界又是那么广阔。

第一次领到工资后,水娃到一个大商场转了转,乘电梯上到第三层时,他发现这是一个让自己迷惑的地方。与繁华的下两层不同,这一层的大厅比较空旷,只摆放着几张大得惊人的矮桌子。在每张桌子宽阔的桌面上,都有一片小小的楼群,每幢楼有一本书那么高,楼间有翠绿的草地,草地上有白色的凉亭和回廊……这些小建筑好像是用象牙和奶酪做成的,看上去那么可爱,它们与绿草地一起,构成了精致的小世界,在水娃眼中,真像是一个个小天堂的模型。最初他猜测这是某种玩具,但这里见不到孩子,桌边的人们也一脸认真和严肃。他站在一个小天堂边上对着它出神地望了很久,一位漂亮小姐过来招呼他,他这才知道这里是出售商品房的地方。他随便指着一幢小楼,问最顶上那套房多少钱,小姐告诉他那是三室一厅,每平米三千五百元,总价值三十八万。听到这数目水娃倒吸一口冷气,但小姐接下来的话让这冷酷的数字温柔了许多:

"分期付款,每月一千五到两千元。"

他小心地问:"我……我不是北京人,能买吗?"

小姐给了他一个动人的微笑,"您可真逗,户口已经取消两年了,还有什么北京人不北京人的?您住下不就是北京人了吗?"

水娃走出商场后,漫无目的地在街上走了很长时间,夜里的北京在他周围五光十色地闪耀着,他手中拿着售房小姐给他的几张花花绿绿的广告页,不时停下来看看。仅在一个多月前,在那座遥远的西部城市的简易房中,在省城拥有一套住房对他来说都还是一个神话。现在,他离买下那套北京的住房还有相当的距离,但这已不是神话了,它由神话变成了梦想,而这梦想,就像那些精致的小模型一样,实实在在地摆在眼前,可以触摸到了。

这时,有人在里面敲水娃正在擦的这面玻璃,这往往是麻烦事。在办公室窗户上出现的高楼清洁工总让超级大厦中的白领们产生一种莫名的烦恼,好像这些人真如其俗名那样是一个个异类大蜘蛛,他们之间的隔阂远不止那面玻璃。在蜘蛛人干活儿时,里面的人不是嫌有噪声,就是抱怨阳光被挡住了,变着法儿和他们过不去。航天大厦的玻璃是半反射形的,水娃很费劲地向里面看,终于看清了敲玻璃的人,那居然是陆海!

分手后,水娃一直惦记着陆海,在他的记忆中,陆海一直是一个西装革履的流浪汉,在这个大城市中深一脚浅一脚地过着艰难的生活。在一个深秋之夜,正当水娃在宿舍中默默地为陆海过冬的衣服发愁时,却真的在电视上看到了他!这时,中国太阳工程正在选择构建反射镜的材料,这是工程最关键的技术核心。在十几种材料中,陆海研制的纳米镜膜被最后选中了。他由一名科技流浪汉变成了中国太阳工程的首席科学家之一,一夜之间举世闻名。这以后,虽然陆海频频在各种媒体上出现,水娃反而把他忘记了,他觉得他们之间已没有什么关系。

在那间宽大的办公室里,水娃看到陆海与两年前相比,从里到外都没有变,甚至还穿着那身西装,现在水娃知道,这身当时在他眼中高级华贵的衣服实际上次透了。水娃讲述了自己在北京的生活,最后笑着说:

"看来咱俩在北京干得都不错。"

"是的是的,都不错!"陆海激动地连连点头,"其实,那天早晨对你说那些关于时代和机遇的话时,我几乎对一切都失去了信心,我是说给自己听的,但这个时代真的充满了机遇。"

水娃点点头,"到处都是金色的鸟儿。"

接着,水娃打量起这间充满现代感的大办公室来,这里最引人注目的是那一套不同寻常的装饰物。办公室的天花板整个是一幅星空的全息图像,其中的人如同置身于一个灿烂星空下的院子。在这星空的背景前悬浮着一个银色的圆形曲面,那是一个镜面,很像陆海的那个太阳灶,但水娃知道,这个太阳灶面积可能有几十个北京那么大。在天花板的一角,有一盏球形的灯,与这镜面一样,这灯球没有任何支撑地悬浮在空中,发出耀眼的黄光。镜面把它的一束光投射到办公桌旁的地球仪上,在其表面打出一个圆圆的亮点。那个灯球在天花板下缓缓飘移着,镜面转动着追踪它,始终保持着那束投向地球仪的光束。星空、镜面、灯球、光束、地球仪和其表面的亮点,形成了一幅抽象而神秘的构图。

"这就是中国太阳吗?"水娃指着镜面敬畏地问。

陆海点点头,"这是一个面积达三万平方公里的反射镜,它在三万六千公里高的同步轨道上向地球反射阳光,从地面看上去,天空中像多了个太阳。"

"我一直搞不明白,天上多个太阳,地上怎么会多了雨水呢?"

"这个人造太阳可以用多种方式影响天气,比如通过改变大气的热平衡来影响大气环流、增加海洋蒸发量、移动锋面等等,这一两句话说不清楚。其实,轨道反射镜只是中国太阳工程的一部分,另一部分是一个复杂的大气运动模型,它运行在许多台超级计算机上,精确地模拟出某一区域大气的运动状态,然后找准一个关键点,用人造太阳的热量施加影响,就会产生巨大的效应,足以在一段时间内完全改变目标区域的气候……这个过程极其复杂,不是我的专业,我也不太明白。"

水娃又问了一个陆海肯定明白的问题,他知道自己的问题太傻,但还是鼓足勇气问了出来:"那么大个东西悬在天上,不会掉下来吗?"

陆海默默地看了水娃几秒钟，又看了看表，一拍水娃的肩膀说："走，我请你吃饭，同时让你明白中国太阳为什么不会掉下来。"

但事情远没有陆海想的那么简单，他不得不把要讲授的知识线移到最底层。水娃知道自己生活在一个圆的地球上，但他意识深处的世界还是一个天圆地方的结构，陆海费了很大劲才使他真正明白了我们的世界只是一颗飘浮在无际虚空中的小石球。这个晚上水娃并没有搞明白中国太阳为什么不会掉下来，但宇宙在他的脑海中已完全变了样，他进入了自己的托勒密时代。第二个晚上，陆海同水娃到大排档去吃饭，并成功地使水娃进入了哥白尼时代。又用了两个晚上，水娃艰难地进入了牛顿时代，知道了（当然仅仅是知道了）万有引力。接下来的一个晚上，借助于办公室中的那个大地球仪，陆海使水娃迈进了航天时代。在接下来的一个公休日，也是在那个大地球仪前，水娃终于明白了同步轨道是什么意思，同时也明白了中国太阳为什么不会掉下来。

在这一天，陆海带水娃参观了中国太阳工程的指挥中心。在一块高大的屏幕上映出了同步轨道上中国太阳建设工地的全景：漆黑的空间中飘浮着几块银色的薄片，航天飞机在那些薄片前像几只小小的蚊子。最让水娃感到震撼的，是另一块屏幕上从三万六千公里高度拍摄的地球。他看到，大陆像漂浮在海洋上的一张张大牛皮纸，山脉像牛皮纸的皱褶，而云层如同牛皮纸上残留的一片片白糖末……陆海指给水娃看哪里是他的家乡，哪里是北京，水娃呆呆地看了好半天，冒出一句话：

"站在这么高处，人想的事情肯定不一样……"

三个月后,中国太阳的主体工程完工,在国庆节之夜,反射镜首次向地球的黑夜部分投射阳光,并把巨大的光斑固定在京津地区。这天夜里,水娃在天安门广场上同几十万人一起目睹了这壮丽的日出:西边的夜空中,一颗星星的亮度急剧增强,在这颗星的周围有一圈蓝天在扩散。当中国太阳的亮度达到最大时,这圈蓝天已占据了半个天空,在它的边缘,色彩由纯蓝渐渐过渡到黄色、橘红和深紫,这圈渐变的色彩如一圈彩虹把蓝天围在中央,形成了人们所称的"环形朝霞"。

水娃在凌晨四点才回到宿舍。他躺在狭窄的上铺,中国太阳的光芒从窗中照进来,照在墙上那几张商品住宅广告页上,水娃把那几张彩纸从墙上撕了下来。

在中国太阳的天国之光下,他曾为之激动不已的理想显得那么平淡渺小。

两个月后,清洁公司的经理找到水娃,说中国太阳工程指挥中心的陆总让他去一下。自从清洁航天大厦的活儿干完后,水娃就再也没见过陆海。

"你们的太阳真是伟大!"在航天大厦的办公室中见到陆海后,水娃由衷地赞叹道。

"是我们的太阳,特别是你也有份儿:现在在这里看不到中国太阳了,它正在给你的家乡造雪呢!"

"我爸妈来信说,那里今冬的雪真的多了起来!"

"但中国太阳也遇到了大问题,"陆海指指身后的一块大屏幕,上面显示着两个圆形的光斑,"这是在同一位置拍摄的中国太阳的图像,时隔两个月,你能看出它们有什么差别吗?"

"左边那个亮一些。"

"看,仅两个月,反射率的降低用肉眼都能看出来了。"

"怎么,是大镜子上落灰了吗?"

"太空中没有灰,但有太阳风,也就是太阳喷出的粒子流,时间一长,它使中国太阳的镜面表层发生了质变,蒙上了一层极薄的雾膜,反射率就降低了。一年以后,镜面将变得像蒙上一层水雾一样,那时中国太阳就会变成中国月亮,可什么事都干不了了。"

"你们开始没想到这些吗?"

"当然想到了……我们还是谈你的事吧,想不想换个工作?"

"换工作?我还能干什么呢?"

"还是干高空清洁工,但是在我们这里干。"

水娃迷惑地四下看看,"你们的大楼不是刚清洁过吗?还用专门雇高空清洁工?"

"不,不是让你擦大楼,是擦中国太阳。"

人生第五个目标:
飞向太空擦太阳

这是一次由中国太阳工程运行部的高层领导人参加的会议,讨论成立镜面清洁机构的事。陆海把水娃介绍给大家,并介绍了他的工作。当有人问到学历时,水娃诚实地说他只读过三年小学。

"但我认字的,看书没问题。"水娃对与会者说。

一阵笑声响起。"陆总,你这是在开玩笑吗?"有人气愤地喊道。

陆海平静地说:"我没开玩笑。如果组成三十个人的镜面清洁队,把中国太阳全部清洁一遍需半年时间。按照清洁周期,清洁队需不停地工作,这至少要有六十到九十人进行轮换,如果正在制定中的《空间劳动保护法》出台,可能需要更多的人,也就是说需要一百二十甚至一百五十人。我们难道要让一百五十名有博士学位的、在高性能歼击机上飞过三千小时的宇航员干这项工作吗?"

"那也得差不多点儿吧?在城市高等教育已经普及的今天,让一个文盲飞向太空?"

"我不是文盲!"水娃对那人说。

对方没理他,接着对陆海说:

"这是对这个伟大工程的亵渎!"

与会者们纷纷点头赞同。

陆海也点点头,"我早就料到各位会有这种反应。在座的,除了这位清洁工之外都具有博士学位,那么好,就让我们看看各位在清洁工作中的素质吧!请跟我来。"

十几名与会者迷惑不解地跟着陆海走出会议室,进入电梯。这种摩天大楼中的电梯分快、中、慢三种,他们乘坐最快的电梯,飞快加速,直上大厦的顶层。

有人说:"我是第一次乘这种电梯,真有乘火箭升空的感觉!"

"我们进入同步轨道后,大家还将体验清洁中国太阳的感觉。"陆海说。周围的人都向他投来奇怪的目光。

走出电梯后,大家又跟着陆海爬了一段窄扶梯,最后从一扇小铁门走出去,来到了大厦的露天楼顶。他们立刻置身于阳光和强风之中,上面的蓝天似乎比平时看到的清澈了许多,向四周望去,北京城尽收眼底。他们发现楼顶上已经有一小群人在等着,水娃吃惊地发现那竟是清洁公司的经理和他的蜘蛛人工友们!

陆海大声说:"现在,我们就请大家体验一下水娃的工作。"

于是那些蜘蛛人走过来给每一位与会者扎上安全带,然后领他们走到楼顶边缘,帮他们小心地站到蜘蛛人作为工作平台的十几块小小的吊板上,然后吊板开始慢慢下降,悬在距楼顶边缘五六米处不动了,被挂在大厦玻璃墙上的与会者们发出了一阵绝不掺假的惊叫声。

"各位,我们继续开会吧!"陆海蹲着从楼顶边缘探出身去对下面的人喊。

"你个混蛋!快拉我们上去!"

"你们每人必须擦完一块玻璃才能上来!"

擦玻璃是不可能的,下面的人能做的只是死抓着安全带或吊板的绳索一动不敢动,根本不可能松开一只手去拿放在吊板上的刷子或打开清洁剂桶的盖子。在他们的日常工作中,这些航天官员每天都在图纸或文件上与几万公里的高度打交道,但在这亲身体验中,四百米的高度已经令他们魂飞天外了。

陆海站起身,走到一位空军大校的上面,他是被吊下去的十几个人中唯一镇定自若的。他开始擦玻璃,动作沉稳,最让水娃吃惊的是,他的两只手都在干活,并没有抓着什么稳定自己,而他的吊板在强风中贴着墙面一动不动,这对蜘蛛人来说也只有老手才能做到。当水娃认出他就是十多年前神舟八号飞船上的一名宇航员时,对眼前所见也就不奇怪了。

陆海问:"张大校,你坦率地说,眼前的工作真的比你们在轨道上的太空行走作业容易吗?"

"如果仅从体力和技巧上来说,相差不是太多。"前宇航员回答说。

"说得好!宇航训练中心的一项研究表明,在人体工程学上,高层建筑清洁工的工作与太空中的镜面清洁工作有许多相似之处:都是在危险且需要保持平衡的位置上,从事重复单调且消耗体力的劳动;都要时时保持着警觉,稍一疏忽就会有意外事故发生。这事故对宇航员来说,可能是错误飘移、工具或材料丢失、生命维持系统失灵等;对蜘蛛人来说,则可能是撞碎玻璃、工具或清洁剂跌落、安全带断裂滑脱等。在体能技巧方面,特别是在心理素质方面,蜘蛛人完全有能力胜任镜面清洁工作。"

前宇航员仰视着陆海点了点头,"这使我想起了那个古老的寓言:卖油人把油通过一个铜钱的方孔倒进油壶中,所需的技巧与将军把箭射中靶心同样高超,差异只在于他们的身份。"

陆海接着说:"哥伦布发现了美洲,库克发现了澳洲,但这些新世界都是由普通人开发的,这些开拓者在当时的欧洲处于社会的最下层。太空开发也一样,国家在下一个"五年计划"中把近地空间作为第二个西部,这就意味着航天事业的探险时代已经结束,它不再只是由少数精英从事的工作。让普通人进入太空,是太空开发产业化的第一步!"

"好了好了,你说的都对!可快把我们弄上去啊!"下面的其他人声嘶力竭地喊着。

在回去的电梯上,清洁公司的经理凑到陆海耳边低声说:"陆总,您慷慨激昂了半天,讲的道理有点儿太大了吧?当然,当着水娃和我这些小弟兄的面,您不好把关键之处挑明。"

"嗯?"陆海询问地看着他。

"谁都知道,中国太阳工程是以准商业方式运行的,中途差点儿因资金缺口而停工,现在,留给你们的运行费用没有多少了。在商业宇航中,正规宇航员的年薪都在百万以上,我这些小伙子每年就可以给你们省几千万。"

陆海神秘地一笑说:"您以为,为这区区几千万我值得冒这个险吗?我这次故意把镜面清洁工的文化程度标准压到最低,这个先例一开,中国太阳在空间轨道的其他工作岗位,我就可以用普通大学毕业生来做,这一下,省的可不止几千万。如您所说,这也是没办法的办法,我们真的没剩多少钱了。"

经理说:"在我的童年和少年时代,进入太空是一种何等浪漫的事业,我清楚地记得,邓小平在访问肯尼迪航天中心时,把一位美国宇航员称作神仙。现在,"他拍着陆海的后背苦笑着摇摇头,"我们彼此彼此了。"

陆海扭头看了看那些蜘蛛人小伙子,放大了声音说:"但,先生,我给他们的工资怎么说也是你的八到十倍!"

第二天,包括水娃在内的六十名蜘蛛人进入了坐落在石景山的中国宇航训练中心,他们都是从外地来京打工的农村后生,来自中国广阔田野的各个偏僻角落。

镜 面 农 夫

西昌基地,"地平线号"航天飞机从它的发动机喷出的大团白雾中探出头来,轰鸣着升上蓝天。机舱里坐着水娃和其他十四名镜面清洁工,经过三个月的地面培训,他们被从六十人中挑选出来,首批进入太空进行实际操作。

在水娃这时的感觉中,超重远不像传说中那么可怕,他甚至有一种熟悉的舒适感,这是孩子被母亲紧紧抱在怀中的感觉。在他右上方的舱窗外,天空的蓝色在渐渐变深。舱外隐约传来爆破螺栓的啪啪声,助推器分离,发动机声由震耳的轰鸣变为蚊子似的嗡嗡声。天空变成深紫色,最后完全变黑,星星出现了,都不眨眼,十分明亮。嗡嗡声戛然而止,舱内变得很安静,座椅的振动消失了,接着后背对椅面的压力也消失了,失重出现。水娃他们是在一个巨大的水池中进行的失重训练,这时的感觉还真像是浮在水中。

但安全带还不能解开,发动机又嗡嗡地叫了起来,重力又把每个人按回椅子上,漫长的变轨飞行开始了。小小的舱窗中,星空和海洋交替出现,舱内不时充满了地球反射的蓝光和太阳白色的光芒。窗口中能看到的地平线的弧度一次比一次大,能看到的海洋和陆地的景色范围也一次比一次大。向同步轨道的变轨飞行整整进行了六个小时,舱窗中星空和地球的景色交替也渐渐产生催眠作用,水娃居然睡着了。但他很快被扩音器中指令长的声音惊醒,那声音说变轨飞行结束了。

舱内的伙伴们纷纷飘离座椅,紧贴着舱窗向外瞅。水娃也解开安全带,用游泳的动作笨拙地飘到离他最近的舷窗,他第一次亲眼看到了完整的地球。但大多数人都挤在另一侧的舷窗边,他也一蹬舱壁蹿了过去,因速度太快在对面的舱壁上碰了脑袋。从舷窗望出去,他才发现"地平线号"已经来到中国太阳的正下方,反射镜已占据了星空的大部分面积,航天飞机如同飞行在巨大的银色穹顶下的一只小蚊子。"地平线号"继续靠近,水娃渐渐感受到镜面的巨大:它已占据了窗外的所有空间,一点儿都感觉不到它的弧度,他们仿佛飞行在一望无际的银色平原上。距离在继续缩短,镜面上出现了"地平线号"的倒影。可以看到银色大地上有一条条长长的接缝,这些接缝像地图上的经纬线一样织成了方格,成了能使人感觉到相对速度的唯一参照物。渐渐地,银色大地上的经线不再平行,而是向一点汇聚,这趋势急剧加快,好像"地平线号"正在驶向这巨大地图上的一个极点。极点很快出现了,所有经线接缝都汇聚在一个小黑点上,航天飞机向着这个小黑点下降。水娃震惊地发现,这个黑点竟是这银色大地上的一座大楼,大楼是一个全密封的圆柱体,水娃知道,这就是中国太阳的控制站,是他们以后三个月在这冷寂太空中唯一的家。

　　太空蜘蛛人的生活就这样开始了。每天(中国太阳绕地球一周的时间也是二十四小时),镜面清洁工们驾驶着一台台手扶拖拉机大小的机器擦光镜面,他们开着这些机器在广阔的镜面上来回行驶,很像在银色的大地上耕种着什么,于是西方媒体给他们起了一个更有诗意的名字:"镜面农夫"。这些"农夫"们的世界是奇特的,他们脚下是银色的平原,由于镜面的弧度,这平原在远方的各个方向缓缓升起,但由于面积巨大,周围看上去却如水面般平坦。上方,地球和太阳总是同时出现,后者比地球小得多,倒像是它的一颗光芒四射的卫星。在占据天空大部分的地球上,总能看到一个缓缓移动的圆形光斑,在地球黑夜的一面这光斑尤其醒目,这就是中国太阳在地球上照亮的区域。镜面可以调整形状以改变光斑的大小,当银色大地在远方上升的坡度较陡时,光斑就小而亮;当上升坡度较缓时,光斑就大而暗。

但镜面清洁工的工作是十分艰辛的,他们很快发现,清洁镜面的枯燥和劳累,比在地球上擦高楼有过之而无不及。每天收工回到控制站后,往往累得连太空服都脱不下来。随着后续人员的到来,控制站里拥挤起来,人们像生活在一艘潜水艇中。能够回到站里还算幸运,镜面上距站最远处近一百公里,清洁到外缘时往往下班后回不来,只能在"野外"过"夜",从太空服中吸些流质食物,然后悬在半空中睡觉。工作的危险更不用说,镜面清洁工是人类航天史上进行太空行走最多的人,在"野外",太空服的一个小故障就足以置人于死地,还有微陨石、太空垃圾和太阳磁暴等。这样的生活和工作条件使控制站中的工程师们怨气冲天,但天生就能吃苦的"镜面农夫"们却默默地适应了这一切。

在进入太空后的第五天,水娃与家里通了话,这时水娃正在距控制站五十多公里处干活,他的家乡正处于中国太阳的光斑之中。

水娃爹:"娃啊,你是在那个日头上吗?它在俺们头上照着呢,这夜跟白天一样啊!"

水娃:"是,爹,俺是在上面!"

水娃娘:"娃啊,那上面热吧?"

水娃："说热也热,说冷也冷,俺在地上投了个影儿,影儿的外面有咱那儿十个夏天热,影儿的里面有咱那儿十个冬天冷。"

水娃娘对水娃爹说,"我看到咱娃了,那日头上有个小黑点点!"

水娃知道那是不可能的,他的眼泪涌了出来,说:"爹、娘,俺也看到你们了,亚洲大陆的那个地方也有两个小黑点点!明天多穿点儿衣服,我看到一大股寒流从大陆北面向你们那里移过去了!"

……

三个月后,换班的第二分队到来,水娃他们返回地球去休为期三个月的假。他们着陆后的第一件事,就是每人买了一架单筒高倍望远镜。三个月后他们回到中国太阳上,在工作的间隙大家都用望远镜遥望地球,望得最多的当然还是家乡,但在四万公里的距离上是不可能看到他们的村庄的。他们中有人用粗笔在镜面上写下了一首稚拙的诗:

在银色的大地上我遥望家乡,

村边的妈妈仰望着中国太阳。

这轮太阳就是儿子的眼睛,

黄土地将在这目光中披上绿装。

"镜面农夫"们的工作是出色的,他们逐渐承担了更多的任务,范围超出了他们的清洁工作:首先是修复被陨石破坏的镜面,后来又承担了一项更高层次的工作——监视和加固应力超限点。

中国太阳在运行中,其姿态总是在不停地变化,这些变化是由分布在其背面的三千台发动机完成的。反射镜的镜面很薄，由背面的大量细梁连成一个整体，在进行姿态或形状调整时，有些位置可能发生应力超限，如果不及时对各发动机的出力给予纠正，或在那个位置进行加固，任其发展，超限应力就可能撕裂镜面。这项工作的技术要求很高，发现和加固应力超限点都需要熟练的技术和丰富的经验。

除了进行姿态和形状调整外，最有可能发生应力超限的时间是在"轨道理发"时，这项操作的正式名称是：光压和太阳风所致轨道误差修正。太阳风和光压对面积巨大的镜面产生作用力，这种力量在每平方公里的镜面上达两公斤左右，使镜面轨道变扁上移。在地面控制中心的大屏幕上，变形的轨道与正常的轨道同时显示，很像是正常的轨道上长出了头发，这个离奇的操作名称由此而来。轨道理发时镜面产生的加速度比姿态和形状调整时大得多，这时"镜面农夫"们的工作十分重要，他们飞行在银色大地上空，仔细地观察着地面的每一处异常变化，随时进行紧急加固，每次都出色地完成了任务。他们的收入因此增长很多，但这中间获利最多的，还是已成为中国太阳工程第一负责人的陆海，他连普通大学毕业生也不必雇了。

但"镜面农夫"们都明白，他们这批人是第一批也是最后一批只有小学文化程度的太空工人了，以后的太空工人最低也是大学毕业的。但他们完成了陆海所设想的使命：证明了太空开发中的底层工作最需要的是技巧和经验，是对艰苦环境的适应能力，而不是知识和创造力，普通人完全可以胜任。

但太空也在改变着"镜面农夫"们的思维方式，没有人能像他们这样，每天从三万六千公里的太空居高临下看地球，世界在他们面前只是一个可以一眼望全的小沙盘,地球村对他们来说不是一个比喻,而是眼前实实在在的现实。

"镜面农夫"作为第一批太空工人,曾在全世界引起轰动。但随着近地空间开发产业化的飞速发展,许多超级工程在太空中出现,其中包括用微波向地面传送电能的超大型太阳能电站、微重力产品加工厂等,可容纳十万人的太空城也开始建设。大批产业工人涌向太空,他们都是普通人,世界渐渐把"镜面农夫"们忘记了。

几年后,水娃在北京买了房子,建立了家庭,又有了孩子。每年他有一半时间在家里,一半时间在太空。他热爱这项工作,在三万多公里高空的银色大地上长时间地巡行,使他的心中产生了一种超脱的宁静。他觉得自己已找到了理想的生活,未来就如同脚下的银色平原一样平滑地向前伸展。但后来的一件事打破了这种宁静,彻底改变了水娃的心路历程,那就是他与史蒂芬·霍金的交往。

没有人想到霍金能活过一百岁,这既是医学的奇迹,也是他个人精神力量的表现。当近地轨道的第一所太空低重力疗养院建立后,他成为第一位疗养者。但上太空过程中的超重差一点儿要了他的命,返回地面也要经受超重,所以在太空电梯或反重力舱之类的运载工具发明之前,他可能回不了地球了。事实上,医生建议他长住太空,因为失重环境对他的身体是最合适不过的。

霍金开始对中国太阳没什么兴趣,他从低轨道再次忍受加速重力(当然比从地面进入太空时小得多)来到位于同步轨道的中国太阳,是想看看在这里进行的一项关于背景辐射强度各自微小异性的宇宙学观测。观测站之所以设在中国太阳背面,是因为巨大的反射镜可以挡住来自太阳和地球的干扰。但在观测完成,观测站和工作小组都撤走后,霍金仍不想走,说他喜欢这里,想多待一阵儿。中国太阳的什么东西吸引了他,新闻界作出了各种猜测,但只有水娃知道实情。

在中国太阳上生活的日子里,霍金最喜欢做的事就是在镜面上散步,让人不可理解的是,他只在反射镜的背面散步,每天散步的时间长达几个小时。空间行走经验最丰富的水娃被站里指定陪博士散步。这时的霍金已与爱因斯坦齐名,水娃当然听说过他,但在控制站内第一次见到他时还是很吃惊,水娃想象不出一位瘫痪到如此程度的人怎么能取得这么大的成就,尽管他对这位大科学家做了什么还一无所知。但在散步时,丝毫看不出霍金的瘫痪,也许是有了操纵电动轮椅的经验,他操纵太空服上的微型发动机与正常人一样灵活。

霍金与水娃的交流很困难,他虽然植入了由脑电波控制的电子发声系统,说话不像上个世纪那么困难了,但他的话要通过实时翻译器译成中文水娃才能听得懂。按领导的交代,为了不影响博士思考问题,水娃从不主动搭话,但博士却很愿与他交谈。

博士最先是问水娃的身世,然后回忆起自己的早年。他向水娃讲述童年时在圣阿尔班斯住的那幢阴冷的大房子,冬天结了冰的高大客厅中响着瓦格纳的音乐;还有那辆放在奥斯明顿磨坊牧场的二手车,他常和妹妹玛丽一起乘着它到海滩去;还有他常与父亲去的齐尔顿领地的爱文豪灯塔……水娃惊叹这位百岁老人的记忆力,更让他吃惊的是,他们之间居然有共同语言,水娃讲述家乡的一切,博士很爱听,当走到镜面边缘时还让水娃指给他看家乡的位置。

时间长了,谈话不可避免地转到科学方面,水娃本以为这会结束他们之间难得的交流,但并非如此,用最通俗的语言向普通人讲述艰深的物理学和宇宙学,对博士似乎是一种休息。他向水娃讲述了大爆炸、黑洞、量子引力……水娃回去后就啃博士在上世纪写的那本薄薄的小书,再向站里的工程师和科学家请教,居然明白了不少。

"知道我为什么喜欢这里吗?"一次散步到镜面边缘时,博士朝着从边缘露出一角的地球对水娃说,"这个大镜面隔开了下面的地球,使我忘记了尘世的存在,能全身心地面对宇宙。"

水娃说:"下面的世界好复杂的,可从这里远远地看,宇宙又是那么简单,只是太空中撒着一些星星。"

"是的,孩子,真是这样。"博士点点头说。

反射镜的背面与正面一样,也是镜面,只是多了如一座座小黑塔似的姿态和形状调整发动机。每天散步时,博士和水娃两人就紧贴着镜面缓缓地飘行,常常从中心一直飘到镜面的边缘。没有月亮时,反射镜的背面很黑,表面是星空的倒影。与正面相比,这里的地平线很近,且能看出弧形。星光下,由支撑梁组成的黑色经纬线在他们脚下移动,他们仿佛飘行在一个宁静的小星球的表面。遇上姿态或形状调整,反射镜背面的发动机启动,这小星球的表面就会被一簇簇小火苗照亮,更使这里显出一种美丽的神秘。在这小小的世界之上,银河灿烂地照耀着。就在这样的境界中,水娃第一次接触到宇宙最深层的奥秘,他明白了自己看到的所有星空在大得无法想象的宇宙中也只是一粒灰尘,而这整个宇宙,不过是百亿年前一次壮丽焰火的余烬。

许多年前作为蜘蛛人踏上第一座高楼的楼顶时,水娃看到了整个北京;来到中国太阳时,他看到了整个地球;现在,水娃面对着他人生第三个壮丽的时刻:他站到了宇宙的楼顶上,看到了以前做梦都不会想到的东西,虽然他获得的知识还很粗浅,但足以使那更遥远的世界对他产生了一种难以抗拒的吸引力。

有一次水娃向站里的一位工程师说出了自己的困惑:"人类在上世纪六十年代就登上了月球,为什么后来反而缩了回来,到现在还没登上火星,甚至连月球也不去了?"

工程师说:"人类是现实的动物,上世纪中叶那些由理想主义和信仰驱动的东西是没有长久生命力的。"

"理想和信仰不好吗?"

"不是说不好,但经济利益更好,如果从那时开始人类就不惜代价,做飞向外太空的赔本买卖,地球现在可能还在贫困之中,你我这样的普通人反而不可能进入太空,虽然只是在近地空间。朋友,别中了霍金的毒,他那套东西一般人玩不了的!"

水娃从此变了,他仍然与以前一样努力工作,表面平静地生活,但显然在想着更多的事。

时光飞逝,二十年过去了。这二十年中,水娃和他的伙伴们从三万六千多公里的高度清楚地看到了祖国和世界的变化。他们看到,三北防护林形成了一条横贯中国东西的绿带,黄色的沙漠渐渐被绿色覆盖,家乡也不再缺少雨水和白雪,村前干枯的河床又盈满了清流……这一切也有中国太阳的一份功劳,它在改变大西北气候的宏大工程中起了很大的作用。除此之外，这些年中国太阳还干了许多不寻常的事，比如融化乞力马扎罗山的积雪以缓解非洲干旱，使举行奥运会的城市成为真正的不夜城……

但对于最新的技术来说，用这种方式影响天气显得过于笨拙，且有太多的副作用，中国太阳已完成了它的使命。

国家太空产业部举行了一个隆重的仪式，为人类第一批太空产业工人授勋。这不仅仅是表彰他们二十年来辛勤而出色的工作，更重要的是，这六十位只有小学和初中文化程度的青年进入太空工作，标志着太空开发已对所有人敞开了大门。经济学家们一致认为，这是太空开发产业化的真正开端。

这个仪式引起了新闻媒体的极大关注，除了以上原因，在普通大众心中，"镜面农夫"们的经历具有传奇色彩；同时，在这个追逐与忘却的时代，有一个怀旧的机会也是很不错的。

当年那些憨厚朴实的小伙子现在都已人到中年，但他们看上去变化并不是太大，人们从全息电视中还能认出他们。他们中的大部分人已通过各种方式接受了高等教育，其中有一些人还获得了太空工程师的职称，但无论在自己还是公众的眼里，他们仍是那群来自乡村的打工者。

水娃代表伙伴们讲话，他说："随着电磁输送系统的建成，现在进入近地空间的费用，只及乘飞机飞越太平洋费用的一半，太空旅行已变成了一件平常而且平淡的事。但新一代人很难想象，在二十年前，进入太空对一个普通人来说意味着什么，很难想象那会是怎样令他激动和热血沸腾，我们就是那样一群幸运者。

"我们这些人很普通,没什么可说的,我们能有这样不寻常的经历是因为中国太阳。这二十年来,它已成为我们的第二家园,在我们的心目中它很像一个微缩的地球。最初,我们把镜面上的接缝当作北半球的经纬线,说明自己的位置时总是说在北纬多少度、东经西经多少度;到后来,随着我们对镜面的熟悉,渐渐在上面划分出了大陆和海洋,我们会说自己是在北京或莫斯科,我们每个人的家乡在镜面上也都有对应的位置,对那一块我们擦得最勤……在这个银色的小地球上我们努力工作,尽了自己的责任。先后有五位镜面清洁工为中国太阳献出了生命,他们有的是在太阳磁暴暴发时没来得及隐蔽,有的是被陨石或太空垃圾击中。

"现在,这块我们生活和工作了二十年的银色土地就要消失了,我们很难用语言表达自己的感受。"

水娃沉默了,已是太空产业部部长的陆海接过了话头说:"我完全理解你们的感受,但在这里可以欣慰地告诉大家:中国太阳不会消失!这我想你们也都知道了,对于这样一个巨大的物体,不可能采用上世纪的方式,让它坠入大气层烧掉,它将用另一种方式找到自己的归宿:其实很简单,只要停止轨道理发,并进行适当的姿态调整,太阳风和光压将最终使它超过第二宇宙速度,离开地球成为太阳的卫星。许多年后,行星际飞船会在遥远的地方找到它,那时我们也许会把它变成一个博物馆,我们这些人会再次回到那银色的平原上,一起回忆我们这段难忘的岁月。"

水娃突然激动起来,他大声问陆海:"部长先生,你真的认为会有这一天,你真的认为会有行星际飞船吗?"

陆海呆呆地看着水娃,一时说不出话来。

水娃接着说:"上世纪中叶,当阿姆斯特朗在月球上印下第一个脚印时,几乎所有的人都相信人类将在十到二十年之内登上火星。现在,八十六年过去了,别说火星了,月球也再没人去过,理由很简单:那是赔本买卖。

"上世纪冷战结束后,经济准则一天天地统治世界,人类在这个准则下也取得了巨大的成就;现在,我们消灭了战争和贫困;恢复了生态,地球正在变成一个乐园。这就使我们更加坚信经济准则的正确性,它已变得至高无上,渗透到我们的每个细胞中,人类社会已变成了百分之百的经济社会,投入大于产出的事是再也不会做了。对月球的开发没有经济意义,对太阳系其他行星的大规模载人探测是经济犯罪,至于进行恒星际航行,那是地地道道的精神变态。现在,人类只知道投入、产出,并享受这些产出了!"

陆海点点头说:"本世纪人类的太空开发仍局限于近地空间,这是事实,它有许多更深刻的原因,已超出了我们今天的话题。"

"没有超出,现在,我们有了一个机会,只需花很少的钱就能飞出近地空间进行远程宇宙航行。太阳光压可以把中国太阳推出地球轨道,同样能把它推到更远的地方。"

陆海笑着摇摇头,"呵,你是说把中国太阳作为一个太阳帆船?从理论上说是没问题的,反射镜的主体薄而轻,面积巨大,经过长期的光压加速,理论上它会成为人类迄今发射过的速度最快的航天器。但这也只是从理论而言,实际情况是,一艘船只有帆并不能远航,它上面还要有人,一艘无人的帆船只能在海上来回打转,连港口都驶不出去,记得史蒂文森的《金银岛》里对此有生动的描述。要想借助于光压远航并返回,反射镜需要精确而复杂的姿态控制,而中国太阳是为在地球轨道上运行而设计的,离开了人的操作,它只能沿着无规则的航线瞎飘一气,而且飘不了太远。"

"不错,但它上面会有人的,我来驾驶它。"水娃平静地说。

这时,收视统计系统显示,这个频道的收视率急剧上升,全世界的目光正在被吸引过来。

"可你一个人同样控制不了中国太阳,它的姿态控制至少需要……"

"至少需要十二人,考虑到星际航行的其他因素,至少需要十五到二十人,我相信会有这么多志愿者的。"

陆海不知所措地笑笑,"真没想到,我们今天的谈话会转移到这个方向。"

"陆部长,二十年前,你不止一次地改变了我的人生方向。"

"可我万万没有想到你沿着那个方向走了这么远,已远远超过我了。"陆海感慨地说,"好吧,很有意思,让我们继续讨论下去吧!嗯……很遗憾,这个想法是不可行的。中国太阳最合理的航行目标是火星,可你想过没有,中国太阳不可能在火星上登陆。如果要登陆,将又是一笔巨大的开支,会使这个计划失去经济上的可行性;如果不登陆,那和无人探测器没有区别,有什么意思呢?"

"中国太阳不去火星。"

陆海迷惑地看着水娃,"那去哪里?木星?"

"也不是木星,去更远的地方。"

"更远？去海王星？去冥王……"陆海突然顿住，呆呆地盯着水娃看了好一会儿，"天啊，你不会是说……"

水娃坚定地点点头，"是的，中国太阳将飞出太阳系，成为恒星际飞船！"

与陆海一样，全世界顿时目瞪口呆。

陆海两眼平视前方，机械地点点头，"好吧，就让我们不当你是在开玩笑，你让我大概估算一下……"说着他半闭起双眼开始心算。

"我已经算好了：借助太阳的光压，中国太阳最终将加速到光速的十分之一，考虑到加速所用的时间，大约需四十五年时间到达比邻星。"

"然后再借助比邻星的光压减速，完成对半人马座三星系统的探测后，再向相反的方向加速，再用几十年时间返回太阳系。听起来是个美妙的计划，但实际上只是一个根本不可能实现的梦想。"

"你又想错了，到达比邻星后中国太阳不减速，以每秒三万多公里的速度掠过它，并借助它的光压再次加速，飞向天狼星。如果有可能，我们还会继续蛙跳，飞向第三颗恒星、第四颗……"

"你到底要干什么？"陆海失态地大叫起来。

"我们向地球所要求的，只是一套高可靠性但规模较小的生态循环系统和……"

"用这套系统维持二十个人上百年的生命？"

"听我说完，和一套生命低温冬眠系统。在航行的大部分时间我们处于冬眠状态，只在接近恒星时才启动生态循环系统，按目前的技术,这足以维持我们在宇宙中航行上千年。当然,这两套系统的价格也不低,但比起人类从头开始一次恒星际载人探测来,它所需资金只有其千分之一。"

"就是一分钱不要,世界也不会允许二十个人去自杀。"

"这不是自杀,只是探险,也许我们连近在眼前的小行星带都过不去,也许我们会到达天狼星甚至更远,不试试怎么知道?"

"但有一点与探险不同:你们肯定是回不来了。"

水娃点点头,"是的,回不来了。有人满足于老婆孩子热炕头,从不向与己无关的尘世之外扫一眼;有的人则用尽全部生命,只为看一眼人类从未见过的事物。这两种人我都做过,我们有权选择各种生活,包括在十几光年之遥的太空中飘荡的一面镜子上的生活。"

"最后一个问题:在上千年的时间里,以每秒几万甚至十几万公里的速度掠过一颗又一颗恒星,发回人类要经过几十年甚至几个世纪才能收到的微弱的电波,这有什么意义吗?"

水娃微笑着向全世界说:"飞出太阳系的中国太阳,将会使享乐中的人类重新仰望星空,唤回他们的宇宙远航之梦,重新燃起他们进行恒星际探险的愿望。"

人生的第六个目标:
飞向星海,把人类的目光重新引向宇宙深处

陆海站在航天大厦的楼顶,凝视着天空中快速移动的中国太阳,在它的光芒下,首都的高楼投下了无数快速移动的影子,

北京仿佛成了一张随着中国太阳转动的大面孔。

这是中国太阳最后一次环绕地球运行,它已达到了第二宇宙速度,将飞出地球的引力场,进入绕太阳运行的轨道。这人类第一艘载人恒星际飞船上有二十个人,除水娃外,其他人是从上百万名志愿者中挑选出来的,其中包括三名与水娃共事多年的"镜面农夫"。中国太阳还未启程就达到了它的目标:人类社会对太阳系外宇宙探险的热情再次出现了。

陆海的思绪回到了二十三年前那个闷热的夏夜,在那个西北城市,他和一个来自干旱土地的农村男孩登上了开往北京的夜行列车。

作为告别,中国太阳把它的光斑依次投向各大城市,让人们最后一次看到它的光芒。最后,中国太阳的光斑投向大西北,水娃出生的那个小村庄就在光斑之中。

村边的小路旁,水娃的爹娘同乡亲们一起注视着向东方飞行的中国太阳。

水娃爹喊道:"娃啊,你要到老远的地方去吗?"

水娃从太空中回答:"是啊爹,怕是回不了家了。"

水娃娘问:"那地方很远?"

水娃回答:"很远,娘。"

水娃爹问:"比月亮还远吗?"

水娃沉默了几秒钟,用比刚才低许多的声音说:"是的,爹,比月亮远些。"

水娃的爹娘并不觉得特别难受,娃是在那比月亮还远的地方干大事呢!再说,这可是个了不起的年头,即使是远在天涯海角的人,也随时都可以和他说话,还可以在小电视上看见他,这跟面对面没啥子区别。但他们不会想到,随着时间的流逝,那小屏幕上的儿子将变得越来越迟钝,对爹娘关切的问话,他要想好长时间才能回答。他想的时间开始只有几秒钟,以后越来越长,一年后,爹娘每问一句话,儿子将呆呆地想一个多小时才能回答。最后儿子将消失,他们将被告之水娃睡觉了,这一觉要睡四十多年。在这以后,水娃的爹娘将用尽余生,继续照顾那块曾经贫瘠现已肥沃起来的土地,过完他们那充满艰辛但已很满足的一生。他们最后的愿望将是:在遥远未来的一天,终于回家的儿子能看到一个更美好的家园。

中国太阳正在飞离地球轨道,它在东方的天空中渐渐暗下去,它周围的蓝天也慢慢缩为一点。最后,它将变为一颗星星溶入群星之中,但早在这之前,太阳的曙光就会把它完全淹没。

曙光也照亮了村前的这条小路,现在它的两旁已种上了白杨,不远处还有一条与它平行的小河。二十四年前的那天,也是在这清晨时分,在同样的曙光下,一个西北农家的孩子怀着朦胧的希望在这条小路上渐渐远去。

这时北京的天已经大亮,陆海仍站在航天大厦的楼顶,望着中国太阳最后消失的位置,它已踏上了漫长的不归路。中国太阳将首先进入金星轨道之内,尽可能地接近太阳,以获得更大的加速光压和更长的加速距离,这将通过一系列复杂的变轨飞行来实现,其行驶方式很像大航海时代逆风行驶的帆船。七十天后,它将通过火星轨道;一百六十天后,它将掠过木星;两年后,它将飞出冥王星轨道成为一艘恒星际飞船,飞船上的所有人将进入冬眠;四十五年后它将掠过半人马座,宇航员们将短暂苏醒,中国太阳启程一个世纪后,地球才能收到他们发回的关于半人马座的探测信息；那时，中国太阳正在飞向天狼星的路上，由于半人马座三星的加速，它的速度将达到光速的百分之十五，将于六十年后，也就是自地球启程一个世纪后到达天狼星，当中国太阳掠过这个由天狼星 A、B 构成的双星系统后，它的速度将增加到光速的十分之二，向星空的更深处飞去。按照飞船上生命冬眠系统能维持的时间极限，中国太阳有可能到达波江座 ε 星，甚至可能（虽然这种可能性很小很小）最后到达鲸鱼座 T 星，这些恒星被认为可能有行星存在。

　　谁也不知道中国太阳将飞多远，水娃他们将看到什么样的神奇世界，也许有一天他们对地球发出一声呼唤，要上千年才能得到回音。但水娃始终会牢记母亲行星上的一个叫中国的国度，牢记那个国度西部一片干旱土地上的一个小村庄，牢记村前的那条小路，他就是从那里启程的。

地球大炮

随着各大陆资源的枯竭和环境的恶化,世界把目光投向南极洲。南美突然崛起的两大强国在世界政治格局中取得了与他们在足球场上同样的地位,使得《南极条约》成为一纸空文。但人类的理智在另一方面取得了胜利,全球彻底销毁核武器的最后进程开始了。随着全球无核化的实现,人类对南极大陆的争夺变得安全了一些。

新固态

走在这个巨洞中,沈华北如同置身于没有星光的夜空下的黑暗平原。脚下,在核爆的高温中熔化的岩石已经冷却凝固,但仍有强劲的热力透过隔热靴底使脚板出汗。远处洞壁上还没有冷却的部分在黑暗中散发着幽幽的红光,如同这黑暗平原尽头的朦胧晨曦。沈华北的左边走着他的妻子赵文佳,前面是他们八岁的儿子沈渊,这孩子穿着笨重的防辐射服仍在蹦蹦跳跳。在他们周围,是联合国核查组的人员,他们密封服头盔上的头灯在黑暗中射出许多道长长的光柱。

全球核武器的最后销毁采用两种方式：拆卸和地下核爆炸。这是位于中国的地下爆炸销毁点之一。

核查组组长凯文斯基从后面赶上来，他的头灯在洞底投下前面三人晃动的长影子，"沈博士，您怎么把一家子都带来了？这里可不是郊游的好去处。"

沈华北停下脚步，等着这位俄罗斯物理学家赶上来。"我妻子是销毁行动指挥中心的地质工程师。至于儿子，我想他喜欢这种地方。"

"我们的儿子总是对怪异和极端的东西着迷。"赵文佳对丈夫说。透过防辐射面罩，沈华北看到了她脸上忧虑的表情。

小男孩儿在前面手舞足蹈地说："这个洞开始时才只有菜窖那么大点儿呢，两次就给炸成这么大了！想想原子弹的火球像个被埋在地下的娃娃，哭啊叫啊蹬啊踹啊，真的很有趣儿呢！"

沈华北和赵文佳交换了一下眼色，前者面露微笑，后者脸上的忧虑又加深了一些。

"孩子，这次有八个娃娃！"凯文斯基笑着对沈渊说，然后转向沈华北，"沈博士，这正是我现在想要同您谈的：这次毁销的是八颗巨浪型潜射导弹的弹头，每颗当量都有十万吨级，八颗核弹放在一个架子上，呈正立方体布置……"

"有什么问题吗？"

"起爆前我从监视器中清楚地看到，在这个由核弹头构成的立方体正中，还有一个白色的球体。"

沈华北再次停住脚步，看着凯文斯基说："博士，销毁条约虽然规定了向地下放的东西不能少于多少,但好像并没有禁止多放进去些什么。既然爆炸的当量用五种观测方式都核实无误,其他的事情应该是无所谓的。"

凯文斯基点点头,"这正是我在爆炸后才提这个问题的原因——只是出于好奇。"

"我想您听说过'糖衣'吧。"

沈华北的话如同一句咒语,使这巨洞中的一切都僵滞不动了,所有的人都停下了脚步,指向各个方向的头灯光柱也都不再晃动了。由于谈话是通过防辐射服里的无线电对讲系统进行的,远处的人也都能清楚地听到沈华北的话。短暂的静止后,核查组的成员们从各个方向会聚过来,这些不同国籍的人大部分都是核武器研究领域的精英。

"那东西真的存在?"一个美国人盯着沈华北问。后者点点头。

据说,上世纪中叶,毛泽东得知中国第一次核试验完成的消息后,提出的第一个问题是:"那是核爆炸吗?"不知是有意还是无意,这个问题其实问得很内行。裂变核弹的关键技术是向心压缩。核弹引爆时,裂变物质被包裹着它的常规炸药的爆炸力压缩成一个致密的球体,达到临界密度而引发剧烈的链式反应,产生核爆炸。这一切要在百万分之一秒内发生,对裂变物质的向心压缩必须极其精确,向心压力极微小的不平衡都可能在裂变物质还没有达到临界密度前将其炸散,那样的话所发生的只是一次普通的化学爆炸。自核武器诞生以来,研究者们用复杂的数学模型设计出各种形状的压缩炸药。近年,人们又尝试用最新技术通过各种手段得到精确的向心压缩,"糖衣"就是这类技术设想中的一种。

"糖衣"是一种纳米材料,制造裂变弹时,人们用"糖衣"包裹核炸药,然后再在"糖衣"外面裹上一层常规炸药。"糖衣"具有自动平衡分配周围压应力的功能,即使外层炸药爆炸时产生的压应力不均匀,经过"糖衣"的应力平衡分配,它包裹的裂变物质仍能得到精确的向心压缩。

沈华北说:"你们看到的被八颗核弹头包围的那个白色球体,是用'糖衣'包裹的一种合金材料,它将在核爆中受到巨大的向心压力。这是我们计划在整个销毁过程中进行的一项研究。毕竟这是一次难得的机会——当核弹全部消失后,短时期内地球上很难再产生这么大的瞬间压应力了。在如此巨大的向心压力下,实验材料会变成什么,会发生些什么,将是一件很有意思的事。我们希望通过这项研究,为'糖衣'技术在民用领域找到光明的前景。"

一位联合国官员说:"你们应该把石墨放进'糖衣'中去,那样每次爆炸都能得到一大块钻石,耗资巨大的核销毁工程说不定会变得有利可图呢。"

耳机里传来几声笑,没有技术背景的官员在这种场合总是受到轻蔑的。"八十万吨级核爆炸产生的压力,不知比将石墨转化为金刚石的压力大多少个数量级。"有人说。

沈渊清亮的童音突然在大家的耳机中响起:"这大爆炸产生的当然不是金刚石。我告诉你们是什么吧,是黑洞!一个小小的黑洞!它将把我们都吸进去,把整个地球吸进去!通过它,我们将钻到一个更漂亮的宇宙中!"

"呵呵,孩子,那这次核爆炸的压力又太小了……沈博士,您儿子的小脑袋真的不同寻常!"凯文斯基说,"那么实验结果呢?那块合金变成了什么?我想你们多半找不到它了吧?"

"我也还不知道呢,我们去看看吧。"沈华北向前指指说。核爆炸使这个巨洞呈规则的球形,洞的底面是一个小盆地。在远方盆地的正中央,晃动着几盏头灯,"那是'糖衣'实验项目组的人。"

大家向盆地中央走去,感觉像走下一道长长的山坡。这时,凯文斯基突然站住了,接着他蹲下去,把双手贴着地面,"地下有震动!"

其他人也感觉到了,"不会是核爆炸诱发的地震吧?"

赵文佳摇摇头,"销毁点所在地区的地质结构是经过反复勘测的,绝对不会诱发地震。这震动不是地震。它在爆炸后就出现了,持续不断,直到现在,邓伊文博士说它与'糖衣'实验有关,具体的我也不清楚。"

随着他们距离盆地中心越来越近,由地层深处传来的震动渐渐增强,直到脚底都感觉发麻,仿佛大地深处有个粗糙的巨轮在疯狂旋转。当他们来到盆地中心时,"糖衣"实验项目组中有一个人站起身来,他就是赵文佳刚才提到的邓伊文,材料核爆压缩实验项目的负责人。

"你手里拿的什么?"沈华北指着邓伊文手中一大团白色的东西问。

"钓鱼线。"邓博士说着,分开围成一圈蹲在地上的那群人,他们正盯着地上的一个小洞看。那个洞出现在熔化后又凝结的岩石表面,直径约十厘米,呈很规则的圆形,边缘十分光滑,像钻机打的孔,郑伊文手中的钓鱼线正源源不断地向洞中放下去,

"瞧,已经放了一万多米了,还远没到底儿呢。经雷达探测,这洞已有三万多米深,还在不断延长。"

"它是怎么来的?"有人问。

"那块被压缩后的实验合金钻出来的。它沉到地层中去了,就像石块在海面上沉下去一样,这震动就是它穿过致密的地层时传上来的。"

"哦,天啊,这可真是奇迹!"凯文斯基惊叹说,"我还以为那块合金将被核爆的高温蒸发掉呢。"

邓伊文说:"如果没有包裹'糖衣'的话会是那样的结果,但这次它还没来得及被蒸发,就被'糖衣'聚集的向心压力压缩成一种新的物质形态,叫超固态比较合适,但物理学中已经有了这个名称,我们就叫它新固态吧。"

"您是说,这东西的比重与地层岩石的比重相比,就如同石块之于水?"

"比那要大得多,石块在水中下沉的主要原因并不在于比重,而是因为水是液体——水结冰后比重变化不大,但放在上面的石块就沉不下去。现在新固态物质竟然在固态的岩石中下沉,可见它的密度是多么惊人!"

"您是说它成了中子星物质?"

邓伊文摇摇头,"我们现在还没有精确测定,但可以肯定它的密度比中子星的简并态物质小得多,这从它的下沉速度就可以看出来。如果真是一块中子星物质,那么它在地层中的下沉将如同陨石坠入大气层一样快,那会引起火山爆发和大地震。它是介于普通固态和简并态之间的一种物质形态。"

"它会一直沉到地心吗?"沈渊问。

"也许会吧,孩子,因为在下沉到一定深度后,地层物质将变成液态,那将更有利于它的下沉!"

"真好玩儿,真好玩儿!"

在人们都把注意力集中到那个洞上的时候,沈华北一家三口悄悄地离开人群,远远地走到黑暗之中。除了脚下地面的震动外,这里很静,他们头灯的光柱照不了多远就融于黑暗中,仿佛他们只是无际虚空中三个抽象的存在。他们把对讲系统调到私人频道,接下来,小沈渊将作出一个影响一生的选择:跟爸爸还是跟妈妈。

沈渊的父母面临着一种比离婚更糟的处境——他的爸爸现在已是血癌晚期。沈华北不知道他的病是否与所从事的核科学研究有关,但可以肯定自己活不过半年了。幸运的是,人体冬眠技术已经成熟,他将在冬眠中等待治愈血癌的技术出现。沈渊可以和父亲一起冬眠,然后再一同醒来,也可以同妈妈一起继续生活。从各方面考虑,显然后者是一个明智的选择,但孩子倾向于同爸爸一起到未来去,现在沈华北和赵文佳再次试图说服他。

"妈妈,我和你留下来,不同爸爸去睡觉了!"沈渊说。

"你改变主意了?!"赵文佳惊喜地问。

"是的,我觉得不一定非要去未来,现在就很好玩儿,比如刚才那个沉到地心去的东西,多好玩儿!"

"你决定了?"沈华北问。赵文佳瞪了他一眼,显然怕孩子又改变主意。

"当然!我要去看那个洞了……"小沈渊说着,向远处那头灯晃动的盆地中心跑去。赵文佳看着孩子的背影,忧虑地说:

"我不知道能不能带好他。这孩子太像你了,整日生活在自己的梦中,也许未来真的更适合他。"

沈华北扶着妻子的双肩说:"谁也不知道未来是什么样。再说像我有什么不好,总要有爱做梦的那一类人。"

"生活在梦中没什么可怕,我就是因为这个爱上你的,但你难道没有发现这孩子的另一面?他在学校竟然同时当上了两个班的班长!"

"这我也是刚知道,真不明白他是怎么做到的。"

"他的权力欲像刀子一样锋利,而且不乏实现它的能力和手段,这与你是完全不同的。"

"是啊,追求梦想和渴望权力,这两者怎么可能融为一体呢?"

"我更担心的是,不知道这种融合将来会发生什么。"

这时孩子的身影已完全融入远方那一群头灯中,他们收回目光,关掉头灯,将自己完全沉入黑暗中。

沈华北说:"不管怎样,生活还得继续。我所等待的技术,也许明年就能出现,也许要等上一个世纪,也许……永远也不会出现。你再活四十年没有问题,一定要答应我一个请求:即使四十年后那项技术还没出现,也一定要让我苏醒一次。我想再看看你和孩子,千万不要让这一别成为永别。"

黑暗中赵文佳凄凉地笑笑,"到未来去见一个老太婆妻子和一个比你大十岁的儿子?不过,像你说的,生活还得继续。"

他们就在这核爆炸形成的巨洞中默默地度过了在一起的最后时光。明天,沈华北将进入无梦的长眠,赵文佳将和他们那个生活在梦中的孩子一起,继续沿着莫测的人生之路,走向不可知的未来。

苏　醒

他用了一整天时间才真正醒来，意识初萌时，世界在他的眼中只是一团白雾；十个小时后，这白雾中出现了一些模糊的影子——也是白色的；又过了十个小时，他才辨认出那些影子是医生和护士。冬眠中的人是完全没有时间感的，所以沈华北认为自己的冬眠时间仅是这模糊的一天，感觉就像冬眠维持系统在自己刚失去知觉后就出了故障。视力进一步恢复后，他打量了一下这间病房。很普通的白色墙壁，安在侧壁上的灯发出柔和的光芒，形状看上去也很熟悉，这些似乎证实了他的感觉。但接下来他知道自己错了——病房白色的天花板突然发出明亮的蓝光，并浮现出醒目的白字：

您好！为您提供冬眠服务的大地生命冷藏公司已于2089年破产，您的冬眠服务已全部移交给绿云公司，您现在的冬眠编号是WS368200402-118，并享有与大地公司所签订合同中的全部权利。您已经完成全部治疗程序，您的全部病症已在苏醒前被治愈，请接受绿云公司对您获得新生的祝贺。

您的冬眠时间为74年5个月7天13小时，预付费用没有超支。

现在是2125年4月16日，欢迎您来到我们的时代。

又过了三个小时,他才渐渐恢复听力,并能够开口说话。在七十四年的沉睡后,他的第一句话是:"我妻子和儿子呢?"

站在床边的那位瘦高的女医生递给他一张折叠的白纸,"沈先生,这是您妻子给您的信。"

我们那时已经很少有人用纸写信了——沈华北没把这话说出来,只是用奇怪的目光看了医生一眼,但当他用还有些麻木的双手展开那张纸后,得到了自己跨越时间的第二个证据:纸面一片空白,接着发出了蓝莹莹的光,字迹自上而下显现出来,很快铺满了纸面。他在进入冬眠前曾无数次想象过醒来后妻子对他说的第一句话,但这封信的内容超出了他最怪异的想象:

亲爱的,你正处于危险中!

看到这封信时,我已不在人世。给你这封信的是郭医生,她是一个你可以信赖的人——也许是这个世界上你唯一可以信赖的人。一切听她的安排。

请原谅我违背了诺言,没有在四十年后让你苏醒。我们的渊儿已成为一个你无法想象的人,干了你无法想象的事。作为他的母亲,我不知如何面对你。我伤透了心,已过去的一生对于我毫无意义。你保重吧。

"我儿子呢?沈渊呢?!"沈华北吃力地支起上身问。

"他五年前就死了。"医生的回答极其冷酷,丝毫不顾及这消息带给这位父亲的刺痛,不过她似乎多少觉察到这一点,安慰说,"您儿子也活了七十八岁。"

郭医生掏出一张卡片递给沈华北,"这是你的新身份卡,里面存储的信息都在刚才那封信上。"

沈华北翻来覆去地看那张纸,上面除了赵文佳那封简短的信外什么都没有。当他翻动纸张时,褶皱的部分会发出水样的波纹,很像用手指按压他那个时代的液晶显示器时发生的现象。郭医生伸手拿过那张纸,在右下角按了一下,纸上显示被翻过一页,出现了一张表格。

"对不起,真正意义上的纸张已经不存在了。"

沈华北抬头不解地看着她。

"因为森林已经不存在了。"她耸耸肩说,然后逐项指着表格上的内容,"你现在的名字叫王若,出生于2097年,父母双亡,也没有任何亲属。你的出生地在呼和浩特,但现在的居住地在这里——宁夏一个很偏僻的山村,那儿是我能找到的最理想的地方,不会引人注意……不过你去那里之前需要整容……千万不要与人谈起你儿子,更不要表现出对他的兴趣。"

"可我出生在北京,是沈渊的父亲!"

郭医生直起身来,冷冷地说:"如果你到外面去这样宣布,那你的冬眠和刚刚完成的治疗就全无意义了,因为你活不过一个小时。"

"到底发生了什么?!"

医生苦笑道:"这个世界上大概只有你不知道……好了,抓紧时间,先下床练习行走吧,我们要尽快离开这里。"

沈华北还想问什么,突然响起了震耳的撞门声。门被撞开后,六七个人冲了进来,围在他的床边。这些人年龄各异,衣着也不相同,他们的共同点是都有一顶奇怪的帽子,或戴在头上,或拿在手中。这种帽子有齐肩宽的圆檐,很像过去农民戴的草帽。他们的另一个共同之处是都戴着一只透明的口罩,其中有些人进屋后已经把口罩从嘴上扯了下来。这些人齐盯着沈华北,脸色阴沉。

"这就是沈渊的父亲吗?"问话的人看上去是这些人中最老的一位,留着长长的白胡须,像是有八十多岁了。不等医生回答,他就朝周围的人点点头,"很像他儿子。医生,您已经尽到了对这个病人的责任,现在他属于我们了。"

"你们是怎么知道他在这儿的?"郭医生冷静地问。

不等老者回答,病房一角的一位护士说:"我,是我告诉他们的。"

"你出卖病人?!"郭医生转身愤怒地盯着她。

"我很高兴这样做。"护士说,她那秀丽的脸庞被狞笑扭曲了。

一个年轻人上前一把揪住沈华北的衣服。将他从床上拖了下来,冬眠带来的虚弱使他瘫在地上。一个姑娘一脚踹在他的小腹上,尖尖的鞋头几乎扎进他的肚子里,他痛得在地板上像虾似的弓起身体。那个老者用有力的手抓住他的衣领把他拎了起来,像竖一根竹竿似的想让他站住,看到不行后一松手,他便又仰面摔倒在地,后脑撞到地板上,眼前直冒金星。他听到有人说:"真好,那个杂种欠这个社会的,总算能够偿还一点了。"

"你们是谁?"沈华北无力地问,在那些人的脚中间仰视着他们,好像在看着一群凶恶的巨人。

"你至少应该知道我。"老者冷笑着说。从下面向上看去,他的脸十分怪异,让沈华北胆寒,"我是邓伊文的儿子,邓洋。"

这个熟悉的名字使沈华北心里一动,他翻身抓住老者的裤脚,激动地喊道:"我和你父亲是同事和最好的朋友,你和我儿子还是同班同学,你不记得了?天啊,你就是洋洋?!真不敢相信,你那时……"

"放开你的脏爪子!"邓洋吼道。

那个拖他下床的人蹲下来,把凶悍的脸凑近沈华北说:"听着,小子,冬眠的年头儿是不算岁数的,他现在是你的长辈,你要表现出对长辈的尊敬。"

"要是沈渊活到现在,他就是你爸爸了!"邓洋大声说,引起了一阵哄笑。接着,他挨个儿指着周围的人向他介绍,"在这个小伙子四岁时,他的父母同时死于中部断裂灾难;这姑娘的父母也同时在螺栓失落灾难中遇难,当时她还不到两岁;这几位,在得知用毕生的财富进行的投资化为乌有时,有的自杀未遂,有的患了精神分裂症……至于我,被那个杂种诱骗,把自己的青春和才华都浪费在那个该死的工程中,最后得到的只是世人的唾骂!"

躺在地板上的沈华北迷惑地摇着头,表示他听不懂。

"你面对的是一个法庭,一个由南极庭院工程的受害者组成的法庭!尽管这个国家的每个公民都是受害者,但我们要独享这种惩罚的快感。真正的法庭当然没有这么简单,事实上比你们那时还要复杂得多,所以我们才不会把你送到那里去,让他们和那些律师扯上一年皮之后宣布你无罪,就像他们对你儿子那样。一个小时后,我们会让你得到真正的审判。当这个审判执行时,你会发现,如果七十多年前就死于白血病,是一件多么幸运的事。"

周围的人又齐声狞笑起来。接着,两个人架起沈华北的双臂把他向门外拖去。他的双腿无力地拖在地板上,连挣扎的力气都没有。

"沈先生,我已经尽力了。"沈华北被拖出门前,郭医生在后面说。沈华北想回头再看看她,看看这个被妻子称为他在这个冷酷时代唯一可以信任的人,但这种被拖着的姿势使他无力回头,只听到她又说:"其实,你不必太沮丧。在这个时代,活着也不是一件容易的事。"当他被拖出门后,听到医生在喊:"快把门关上,把空气净化器开大。你要把我们呛死吗?!"听她的口气,显然不再关心他的命运。

出门后,他才明白医生最后那句话的意思——空气里弥漫着一种刺鼻的味道,让人难以呼吸。他被拖着走过医院的走廊,出了大门后,那两个人不再拖他,而是把他的胳膊搭到肩上架着走。来到外面后,他如释重负地深深地吸了一口气,但吸入的不是他想象的新鲜空气,而是比医院大楼内更污浊更呛人的气体。他的肺里火辣辣的,爆发出持续不断的剧烈咳嗽。就在他咳到要窒息时,听到旁边有人说:"给他戴上呼吸膜吧,要不在执刑前他就会完蛋。"接着有人给他的口鼻罩上了一个东西,虽然只是一种怪味代替了先前呛人的气味,但他至少可以顺畅地呼吸了。这时又听到有人说:"防护帽就不用给他了,反正在他能活的这段时间里,紫外线什么的不会导致第二次白血病的。"这话又引起了其他人一阵怪笑。当他喘息稍定,因窒息而流泪的双眼视野逐渐清晰后,便抬起头来第一次打量未来世界。

他首先看到街道上的行人,他们都戴着被称为呼吸膜的透明口罩和叫作防护帽的大草帽。他还注意到,虽然天气很热,但人们穿得都很严实,没有人露出皮肤。接着他看到了周围的环境,这里仿佛处于深深的峡谷中,到处是高耸入云的摩天大楼。

说高耸入云一点都不夸张,这些高楼全都伸进半空中的灰云里。高楼之间的狭缝中,太阳呈一团模糊的光晕出现在灰云后。见到光晕上浮动着黑色的烟纹,他才知道遮盖天空的不是云,而是烟尘。

"一个伟大的时代,不是吗?"邓洋说。他的那些同伙又哈哈大笑起来,好像很久没有这么开心了。

他被架着向不远处的一辆汽车走去。尽管汽车的形状有些变化,但他肯定那是汽车,大小同过去的小客车一样,能坐下这几个人。接着有两个人经过他们,向另一个方向走去。他们戴着头盔,身上的装束与过去的警察有很大的不同,但沈华北还是一眼就认出了他们的身份,并冲他们大喊起来:"救命!我被绑架了!救命!"

那两个警察猛地回头,跑过来打量着沈华北,看了看他的病号服,又看了看他光着的双脚,其中一个问:"您是刚苏醒的冬眠人吧?"

沈华北无力地点点头,"他们绑架我……"

另一位警察对他点点头说:"先生,这种事情是经常发生的。现在苏醒的冬眠人数量很多,为安置你们占用了大量的社会保障资源,因而你们经常受到仇视和攻击。"

"好像不是这么回事……"沈华北说,但那警察挥手打断了他。

"先生,您现在安全了。"然后那位警察转向邓洋一伙人,"这位先生显然还需要继续治疗,你们中的两个人送他回医院,这位警官将一同去了解情况。我同时通知你们,你们七个人已经因绑架罪被逮捕。"说着,他抬起手腕,对着上面的对讲机呼叫支援。

邓洋冲过去制止他，"等一下警官，我们不是那些迫害冬眠人的暴徒。你们看看这个人，不面熟吗？"

两位警察仔细地盯着沈华北看，还短暂地摘下自己的呼吸膜以更好地辨认，"他……好像是米西西！"

"不是米西西，他是沈渊的父亲！"

两位警察瞪大双眼，在邓洋和沈华北之间来回打量，像是见了鬼。中部断裂灾难留下的孤儿把他们拉到一边低声说着什么，其间两位警察不时抬头朝沈华北这边看看，每次的目光都有变化，在最后一次朝这边投来的目光中，沈华北绝望地读出这些人已是邓洋一伙的同谋了。

两位警察走过来，没有朝沈华北看一眼，其中一位警惕地环视四周做放哨状，另一位径直走到邓洋面前，压低声音说："我们就当没看见吧。千万不要让公众注意到他，否则会引起骚乱的。"

让沈华北恐惧的不仅仅是警察话中的内容，还有他说这话时的神态。他显然不在乎让沈华北听到这些，好像沈华北只是一件放在旁边的没有生命的物件。

那些人把沈华北塞进汽车，自己也都上了车。在车开的同时，车窗的玻璃都变得不透明了。车是自动驾驶的，没有司机，前面也看不到可以手动操纵的装置。一路上，车里没有人说话。仅仅是为了打破这令人窒息的沉默，沈华北随口问："谁是米西西？"

"一个电影明星。"坐在他旁边的螺栓失落灾难留下的孤女说，"因扮演你儿子而出名，沈渊和外星撒旦是目前影视媒体上出现得最多的两个大反派角色。"

沈华北不安地挪挪身体,与她拉开一条缝,这时他的手臂无意间触碰了车窗下的一个按钮,窗玻璃立刻变得透明了。他向外看去,发现这辆车正行驶在一座巨大而复杂的环状立交桥上,桥上挤满了汽车,间距只有不到两米的样子。这景象令人恐惧之处是:就在这塞车时才有的间距下,所有的车辆都在高速行驶,时速可能超过了一百公里!这使得整个立交桥像一个由汽车构成的疯狂大转盘。他们所在的这辆车正在以令人目眩的速度冲向一个岔路口,在这辆车就要撞入另一条车流时,车流中正好有一个空当迎上它。这种空当以令人难以觉察的速度在岔路口不断出现,使两条湍急的车流无缝地衔接起来。沈华北早就注意到车是自动驾驶的,人工智能已把公路的利用率发挥到极限。

后面有人伸手又把玻璃调暗了。

"你们真想在我对一切都不明不白的情况下杀死我吗?"沈华北问。

坐在前排的邓洋回头看了他一眼,懒洋洋地说:"那我就简单地给你讲讲吧。"

南极庭院

"想象力丰富的人在现实中往往手无缚鸡之力,相反,那些把握历史走向的现实中的强者,大多只有一个想象力贫乏的大脑。而你儿子,是历史上少有的把这两者合为一体的人。在大多数时间,现实只是他幻想海洋中一个小小的孤岛,但如果他愿意,可以随时把自己的世界翻转过来,使幻想成为小岛,而现实成为海洋。在这两个海洋中,他都是最出色的水手……"

"我了解自己的儿子,你不必在这上面浪费时间。"沈华北打断邓洋说。

"但你无论如何也不会想到沈渊在现实中爬到了多高的位置,拥有了多大的权力,这使他有能力把自己最变态的狂想变成现实。可惜,社会没有及早发现这个危险。也许历史上曾有过他这样的人,但都像擦过地球的小行星一样,没能在这个世界上释放自己的能量就消失在茫茫太空中。不幸的是,历史给了你儿子用变态狂想制造灾难的机会。

"在你进入冬眠后的第五年,世界对南极大陆的争夺有了初步结果:这个大陆被确定为全球共同开发的区域,但各个大国都为自己争得了大面积的专属经济区。尽早使自己在南极大陆的经济区繁荣起来,并尽快开发那里的资源,是各大国摆脱因环境问题和资源枯竭而带来的经济衰退的唯一希望。'未来在地球顶上',成为当时尽人皆知的口号。

"就在这时,你儿子提出了那个疯狂设想,声称这个设想的实现将使南极大陆变为这个国家的庭院,到那时,从北京去南极将比从北京去天津还方便。这不是比喻,是真的,旅行的时间要比去天津的短,消耗的能源和造成的污染都比去天津的少。那次著名的电视演讲开始时,全国观众都笑成一团,像在看滑稽剧,但他们很快安静下来,因为他们发现这个设想真的能行!这就是南极庭院设想,后来根据它开始了灾难性的南极庭院工程。"

说到这里,邓洋莫名其妙地陷入沉默。

"接着说呀,南极庭院的设想是什么?"沈华北催促道。

"你会知道的。"邓洋冷冷地说。

"那你至少可以告诉我,我与这一切有什么关系?"

"因为你是沈渊的父亲,这不是很简单吗?"

"现在又盛行血统论了?"

"当然没有,但你儿子的无数次表白使血统论适合你们。当他变得举世闻名时,就真诚地宣称他思想和人格的绝大部分是八岁前在父亲的培养下形成的,以后的岁月不过是进行一些知识细节方面的补充而已。他还声明,南极庭院设想的最初创造者也来自他的父亲。"

"什么?! 我? 南极……庭院?! 这简直是……"

"再听我说完最后一点:你还为南极庭院工程提供了技术基础。"

"你指的什么?!"

"当然是新固态材料。没有它,南极庭院设想只是一个梦呓;而有了它,这个变态的狂想立刻变得现实了。"

沈华北困惑地摇摇头。他实在想象不出,那超高密度的新固态材料如何能把南极大陆变成这个国家的庭院。

这时,车停了。

地 狱 之 门

下车后,沈华北迎面看到一座奇怪的小山,山体呈单一铁锈色,光秃秃的,看不到一株草。邓洋向小山一偏头说:"这是一座铁山。"看到沈华北惊奇的目光,他又加上一句,"就是一大块铁。"沈华北举目四望，发现这样的铁山在附近还有几座，它们以怪异的色彩突兀地立在这广阔的平原上，使这里呈现出异域的景色。

沈华北这时已恢复到可以行走。他步履蹒跚地随着这伙人走向远处一座高大的建筑物。那个建筑物呈完美的圆柱形，有上百米高，表面光滑一体，没有任何开口。他们走近后，看到一扇沉重的铁门轰隆隆地向一边滑开，露出入口，一行人走了进去，门在他们身后密实地关上了。

在暗弱的灯光下，沈华北看到他们身处一个像是密封舱的地方，光滑的白色墙壁上挂着一长排太空服一样的密封装。人们各自从墙上取下一套密封装穿了起来。在两个人的帮助下，沈华北也开始穿上密封装。在这过程中，他四下打量，看到对面还有一扇紧闭的密封门，门上亮着一盏红灯，红灯旁边有一块发光的数码显示屏，他看出显示的是大气压值。当他那沉重的头盔被旋紧后，在面罩的右上角出现了一块透明的液晶显示区，显示出飞快变化的数字和图形，他只看出那是这套密封服内部各个系统的自检情况。接着，他听到外面响起低沉的嗡嗡声，像是什么设备启动了，然后注意到对面那扇门上方显示的大气压值正迅速降低，在大约三分钟后降到零，旁边的红灯转换为绿灯，门开了，露出这个密封建筑物黑洞洞的内部。

沈华北证实了自己的猜测：这是一个由大气区域进入真空区域的过渡舱。如此说来，这个巨大圆柱体的内部是真空的。

一行人走进了那个入口，门又在后面关上了。他们身处浓重的黑暗之中，几个人密封服头盔上的灯亮了，黑暗中射出几道光柱，但照不了多远。一种熟悉的感觉涌上心头，沈华北不由打了个寒战,心里产生一种莫名的恐惧。

"向前走。"他的耳机中响起了邓洋的声音。头灯在前方照出了一座小桥,不到一米宽,另一头伸进黑暗中,所以看不清有多长,桥下漆黑一片。沈华北迈着颤抖的双腿走上了小桥,密封服沉重的靴子踏在薄铁板桥面上发出空洞的声响。他走出几米,回过头去想看看后面的人是否跟上来了。这时所有人的头灯同时熄灭,黑暗吞没了一切。但黑暗只持续了几秒钟,小桥的下面突然出现了蓝色的亮光。沈华北回头一看,只有他上了桥,其他人都挤在桥边看着他。在从下向上照的蓝光中,他们就像一群幽灵。他扶着桥边的栏杆向下看去,几乎使血液凝固的恐惧攫住了他。

他站在一口深井上。

这口井的直径约十米,井壁上每隔一段距离就有一个光圈,在黑暗中标示出深井的存在。此时,他正站在横于井口上的小桥的正中央。从这里看去,井深不见底,井壁上无数的光圈渐渐缩小,直至缩为一点。他仿佛在俯视一个发着蓝光的大靶标。

"现在开始执行审判,去偿还你儿子欠下的一切吧!"邓洋大声说,然后用手转动安装在桥头的一个转轮,嘴里念念有词,"为了我被滥用的青春和才华……"小桥开始倾斜,沈华北抓住另一面的栏杆,努力使自己站稳。

接着,邓洋把转轮让给了中部断裂灾难留下的孤儿,后者也用力转了一下,"为了我被熔化的爸爸妈妈……"小桥倾斜的角度又增加了一些。

转轮又传到螺栓失落灾难留下的孤女手中,姑娘怒视着沈华北用力转动转轮,"为了我被蒸发的爸爸妈妈……"

因失去所有财富而自杀未遂者从螺栓失落灾难留下的孤女手中抢过转轮,"为了我的钱、我的劳斯莱斯和林肯车、我的海滨别墅和游泳池,为了我那被毁的生活,还有我那在寒冷的街头排队领救济的妻儿……"小桥已经倾斜了九十度,此时沈华北只能用手抓着上面的栏杆坐在下面的栏杆上。

因失去所有财富而患精神分裂症的人也扑过来,同因失去所有财富而自杀未遂者一起转动转轮,病显然还没好的他没说什么,只是对着下面的深井笑。小桥完全倾覆了,沈华北双手抓着栏杆,吊在深井上方。

这时的他并没有多少恐惧,望着脚下深不见底的地狱之门,自己不算长的一生闪电般掠过脑海——他的童年和少年时代是灰色的,没有多少快乐和幸福;走进社会后,他在学术上取得了成功,发明了"糖衣"技术,但这并没有使生活接纳他;他在人际关系的蛛网中挣扎,却被越缠越紧,他从未真正体验过爱情,婚姻只是不得已而为之;当他打定主意永远不要孩子时,孩子来到了人世……他是一个生活在自己思想和梦想中的人,一个令大多数人讨厌的另类,从来不可能真正地融入人群。他的生活是永远的离群索居,永远的逆水行舟。他曾寄希望于未来,但这就是未来了——已去世的妻子,已成为人类公敌的儿子,被污染的城市,充满仇恨变态的人……这一切使他对这个时代和自己的生活心灰意冷。本来他还打定主意,要在死前了解事情的真相,但现在这已无关紧要了。他是一个累极了的行者,唯一渴望的就是解脱。

在井边那群人的欢呼中,沈华北松开双手,向那发着蓝光的命运靶标坠下去。

他闭着眼睛沉浸在坠落的失重中,身体仿佛变得透明,一切生命不能承受之重已离他而去。在这生命的最后几秒钟,他的脑海中突然响起了一首歌。那是父亲教他的一首古老的苏联歌曲,在他冬眠前的时代已没有人会唱了。后来他作为访问学者到莫斯科去,希望在那里找到知音,但这首歌在俄罗斯也失传了,所以这成了他自己的歌。在到达井底之前,他只能在心里吟唱一小段,但他相信,当自己的灵魂最后离开躯体时,这首歌会在另一个世界继续……不知不觉中,这首旋律缓慢的歌已在他的心中唱出了一半。时间过去了很久,他猛然警醒,睁开双眼,发现自己正不停地飞快穿过一个又一个蓝色光环。

坠落仍在继续。

"哈哈哈哈……"他的耳机中响起了邓洋的狂笑,"快死的人,感觉很不错吧?!"

他向下看,只见一串扑面而来的发着蓝光的同心圆,在圆心处不断有新的小圆环出现并很快扩大;向上看也是一个同心圆,但其运动是前一个画面的反演。

"这井有多深?"他问。

"放心,你总会到底的。井底是一块坚硬平滑的钢板。吧唧一下,你摔成的那张肉饼会比纸还薄的!哈哈哈哈……"

这时,他注意到面罩右上角的那块液晶显示区又出现了,有一行发着红光的字:

您现在已到达100公里深度,速度1.4公里/秒,您已经穿过莫霍不连续面,由地壳进入地幔。

沈华北再次闭上双眼,这次他的脑海中不再有歌声,而是像一台冷静的计算机般飞快地思索着。当半分钟后他再次睁开眼睛时,已经明白了一切——这就是南极庭院工程,那块坚硬平滑的井底钢板并不存在,这口井没有底。

这是一条贯穿地球的隧道。

大　隧　道

"它是走切线,还是穿过地心?"沈华北问,只是思维以语言的形式冒了一下头。

"聪明的头脑,这么快就想到了!"邓洋惊叹道。

"很像他儿子。"有人跟着说,听上去可能是中部断裂灾难留下的孤儿。

"是穿过地心,由中国的漠河穿过地球到达南极大陆最东端的南极半岛。"邓洋回答沈华北说。

"刚才那座城市是漠河?!"

"是的,它因作为地球隧道起点而繁荣起来。"

"据我所知,从那里贯穿地球应该到达阿根廷南部。"

"不错,但隧道有轻微的弯曲。"

"既然隧道是弯曲的,我会不会撞上井壁呢?"

"如果隧道笔直地通达阿根廷,你倒是肯定会撞上。那种笔直的地球隧道只有在贯穿两极之间的地轴上才能实现。这种与地轴呈一定角度的隧道必须考虑地球自转的因素,它的弯曲正好能让你平滑地通过。"

"呵,伟大的工程!"沈华北由衷地赞叹道。

您现在已到达 300 公里深度,速度 2.4 公里/秒,已进入地幔黏性物质区。

他看到自己穿过光圈的速度正在加快,上下两个同心圆的密度增加了许多。

邓洋说:"关于建造穿过地球的隧道,不是什么新想法,十八世纪就有两个人提出过,一位是叫莫泊都的数学家,另一位则是举世闻名的伏尔泰。后来,法国天文学家佛兰马理翁又把这个计划重新提出来,并且首先考虑了地球自转的因素……"

沈华北打断他问:"那你怎么说这想法是从我这里来的呢?"

"因为前面那些人不过是在做思想试验,而你的设想影响了一个人,这人后来用自己魔鬼般的才能促成了这个狂想的实现。"

"可……我不记得向沈渊提起过这些。"

"真是个健忘的人。你做了一个改变人类历史进程的设想,自己却忘了。"

"我真的想不起来。"

"那你总能想起那个叫贝加多的阿根廷人,还有他送给你儿子的生日礼物吧?"

您现在已到达1500公里深度,速度5.1公里/秒,已进入地慢刚性物质区。

沈华北终于想起来了。那是沈渊六岁的生日,沈华北请在北京的阿根廷物理学家贝加多博士到家里做客。当时南美两强已经崛起,阿根廷对南极大陆的大片陆地提出领土要求,并向南极大量移民,同时快速发展核武器,让全世界大惊失色。

在后来的全球无核化进程中,阿根廷自然是以有核国家的身份加入联合国销毁核武器委员会,沈华北和贝加多都是这个委员会中一个技术小组的专家。

那次,贝加多给沈渊带去的礼物是一个地球仪,用一种最新的玻璃材料制成。那种玻璃体现了阿根廷飞速发展的技术水平,它的折射率与空气相同,因而看不出玻璃球的存在,地球仪上的大陆仿佛是悬浮在两极之间。沈渊很喜欢这个礼物。

在晚饭后的聊天中,贝加多拿出了一张中国国内的大报,让沈华北看上面的一幅政治漫画,画上一位阿根廷球星正在踢地球。

"我不喜欢这幅漫画。"贝加多说,"中国人对我的国家的了解好像只限于足球,并把这种了解引申到国际政治上。阿根廷在你们的眼中也成了一个充满攻击性的国家。"

"您要知道,阿根廷毕竟是在地球上与中国相距最远的国家,你们正在地球的对面。"赵文佳微笑着说,从沈渊的手中拿过那个全透明的地球仪。在上面,中国和阿根廷隔着那个超透明的球体重叠在一起。

"其实我有个办法能够使两国更好地交流,"沈华北拿过地球仪说,"只需从中国挖一条通过地心贯穿地球的隧道就行了。"

贝加多说:"那个隧道也有一万两千多公里长,并不比飞机航线短多少。"

"但旅行时间会短许多的,想想您带着旅行包从隧道的这一端跳进去……"

沈华北的本意是想把话题从政治上引开。他成功了,贝加多来了兴趣,"沈,你的思维方式总是与众不同……让我们看看:我跳进去后会一直加速,虽然我的加速度会随着坠落深度的增加而减小,但确实会一直加速到地心。通过地心时,我的速度达到最大值,加速度为零。然后开始减速上升,这种减速度的值会随着上升而不断增加,当到达地球的另一面阿根廷的地面时,我的速度正好为零。如果我想回中国,只需从那面再跳下去就行了。如果我愿意,可以在南北半球之间做永恒的简谐振动。嗯,妙极了,可是旅行时间……"

"让我们计算一下吧。"沈华北打开电脑。

计算结果很快出来了。以地球理想的平均密度,从中国跳进地球隧道,穿过直径一万两千多公里的地球,坠落到阿根廷,需四十二分钟十二秒。

"快捷的旅行!"贝加多高兴地说。

……

您现在已到达2800公里深度,速度6.5公里/秒,您正在穿过古腾堡不连续面,进入地核。

坠落中的沈华北又听到邓洋说:"在那个晚上,你一定没有注意到,你的儿子瞪圆了那双充满灵气的大眼睛,出神地听着你的话。你更不可能知道,他盯着床头的那个透明地球一夜没睡。当然,你对儿子的这种影响可能有过无数次。你在沈渊的心灵中播下了许多狂想的种子,这只是其中开出花朵的一颗。"

沈华北凝视着周围距自己四五米远的飞速上升的井壁,高频掠过的环绕光圈使井壁的表面有些模糊。

"这是新固态材料吗?"他问。

"还能是其他什么?有什么别的材料具有建造这样的隧道的强度呢?"

"这样巨量的新固态物质是如何生产出来的？这种比重大得能沉入地层的材料是怎样搬运和加工的呢？"

"只能最简略地说说：新固态物质是通过连续不断的小型核爆炸生产出来的，核心技术当然是你的'糖衣'，其生产线庞大而复杂。新固态材料有多种密度级别，较低密度的材料不会沉入地层，用它造出一个面积较大的基础，将高密度材料置于其上，其压力被基础分散，就能够浮在地面上了。用类似的原理，也可以进行这种材料的运输。至于新固态材料的加工，技术更加复杂，以你的知识水平可能无法理解。总之，新固态材料的生产与应用已经是一个庞大的产业，其经济规模超过了钢铁，并不只是用于南极庭院工程。"

"那么，这条隧道是如何建成的呢？"

"首先告诉你一点：隧道的基本构件是井圈，每个井圈长约一百米，整条隧道是由大约二十四万个井圈连接而成。至于具体的施工过程，你是个聪明人，也许自己就能想出来。"

您现在已到达4100公里深度，速度7.5公里/秒，正处于液态地核中部。

"沉井？"

"是的，是用沉井工艺。首先从中国和南极将井圈沉入地层，并拼接成贯穿地球的连续体。第二步是将拼接后的井圈中的地层物质掏出，隧道就形成了。你在隧道入口的外面看到的那些铁山，就是由从隧道的地核部分中掏出的铁镍合金堆成的。具体的施工则由地下船来进行，这种能在地层中行驶的机器也是由新固态材料制造的，有的型号能在地核深度行驶，它们能在地层中使下沉的井圈定位。"

"这样算下来,只需十二万个井圈。"

"超固态物质承受地球深处的高压和高温是没有问题的,但地下还有许多流动体,较浅处是流动的岩浆,更危险的是地核中的液态铁镍流,它们会对隧道产生巨大的剪切冲击。新固态材料的强度能够承受这种冲击,但井圈之间的连接处就不行了。所以隧道由内外两层井圈构成,内层井圈紧贴外层井圈,两层井圈相互交错,这样就使隧道产生了足够的抗剪切强度。"

您现在已到达 5400 公里深度,速度 7.7 公里/秒,正在接近固态地核。

"下面,我想你要告诉我南极庭院工程带来的灾难了。"

灾　难

"南极庭院工程的第一次灾难发生于二十五年前,那时工程已进入最后的勘探设计阶段,需要进行大量的地下航行。在一次勘探航行中,一艘名叫'落日六号'的地下船在地幔中失事,并下沉到地核中。船上三名乘员中有两人遇难,只有一名年轻的女领航员幸存。她现在仍被封闭在地心中,并将在狭窄的地下船中度过余生。那艘船上的中微子通信设备已失去发射功能,但可能仍能接收。顺便说一句:她的名字叫沈静,是你的孙女。"

沈华北的心抽搐了一下。

在这疯狂的速度下,井壁上的光圈在沈华北眼中已连为一体,使这巨井的井壁发出刺目的蓝光。正在其中飞速坠落的沈华北仿佛正穿过时光隧道,进入那并不遥远但从不曾经历的过去。

您现在已到达5800公里深度,速度7.8公里/秒,您已进入固态地核,正在接近地心!

"南极庭院工程进行到第六年,发生了惨烈的中部断裂灾难。前面说过,隧道是由内外两层相互交错的井圈构成,在装入内层井圈时,必须首先将已连接好的外层井圈中的地下物质掏空,以免两层井圈间混入杂质,影响它们之间贴合的紧密度。具体在施工中,采用掏空一段外井圈放入一个内井圈的工艺,这就意味着,在地核段的施工中,在一段外井圈被掏空而内井圈还未到位的这段时间里,包括接合部在内的两个外井圈将单独承受地核铁镍流的冲击。本来,两段井圈间的接合部采用十分坚固的铆接技术,理论上能够在相当长的时间里承受铁镍流的冲击。但在进入地核四百九十多公里处,两段刚刚掏空的井圈接合部遭遇了一股异常强大的铁镍流,其流速是以前大量勘探中观测到的最高值的五倍。强大的冲击力使两个井圈错位,高温高压的地核物质霎时涌入隧道,沿着已建成的隧道飞速上升。在得知断裂发生后,作为工程总指挥的沈渊立刻下令关闭了位于古腾堡不连续面处的安全闸门——古腾堡闸。这时,在闸门下近五百公里的隧道中,有两千五百多名工程人员在施工。在得知断裂发生后,他们同时乘坐隧道中的高速升降机撤离,共有一百三十多部升降机,最后一部升降机与沿隧道上升的铁镍流保持着三十公里左右的距离。最后只有六十一部升降机来得及通过古腾堡闸,其余都在闸门关闭后被四千多度高温的地核激流吞没,一千五百二十七人殉命地心。

"中部断裂灾难举世震惊,沈渊同时受到了两方面的强烈谴责。一方认为他完全可以等所有升降机都通过古腾堡闸后再关闭闸门,这时铁镍流距闸门还有三十公里,虽然时间很短,但还是来得及的。即使这道闸门没来得及关闭,在上面的莫霍不连续面(地表和地幔的交界面)处还有一道安全闸——莫霍闸。极端愤怒的遇难者家属控告沈渊故意杀人。对此,沈渊在媒体面前只有一句话:'我怕出娄子啊。'这娄子确实出不得。以南极庭院工程为题材的众多灾难片中,最著名的是《铁泉》,该片描绘了地核物质冲出地表的噩梦般的景象:一股铁镍液柱高高冲上同温层,散成一朵巨大的死亡之花,发出的刺目白光使北半球的黑夜变成白昼,空中下起了灼热的铁水暴雨,亚洲大陆成了一口炼钢炉,人类最终面临恐龙的命运……这描述并不夸张。正因为如此,沈渊又面临着另一项与上面完全相反的指控:他应该更早些关闭古腾堡门,根本没有必要等那六十一部升降机通过。更多的人支持这项指控,舆论给他安上了一项临时杜撰的罪名:因渎职而反人类罪。虽然两项指控最终都没有成立,但沈渊因此辞职,离开了南极庭院工程指挥层。他拒绝了另外的任命,以后一直作为普通工程师在隧道中工作。"

这时,井壁发出的蓝光突然变成红色。

您现在已到达6300公里深度,速度8公里/秒,正在穿过地心!

耳机里响起了邓洋的声音:"你现在已达到可以飞出地球的速度,却正处在这个星球的中心。地球正在围着你旋转,所有的海洋和大陆,所有的城市和所有的人,都在围着你旋转。"

沈华北沐浴在这庄严的红光中,脑海里又响起了音乐,这次是一首雄壮的交响曲。他以第一宇宙速度穿过发着红光的地心隧道,仿佛漂行在地球的血管中,这使他热血沸腾。

邓洋又说:"虽然新固态材料有良好的绝热性能,但现在你周围的温度仍超过了一千五百度,你的密封服中的冷却系统正在全功率运行。"

井壁的红光只持续了十多秒钟,又变回宁静的蓝光。

您已通过地心,现在正在上升,并开始减速。您已经上升了500公里,速度7.8公里/秒,仍在固态地核中。

蓝光使沈华北冷静下来,他已适应了失重,现在缓缓地转动身体,使头部向着前进的方向,以找到上升的感觉。他问邓洋:"好像还有第三次灾难?"

"螺栓失落灾难发生在五年前,那时南极庭院工程已经完工,地球隧道已投入正式营运,每时每刻都有地心列车穿行其中。地心列车的车厢是直径八米、长五十米的圆柱体,每列地心列车最多可由二百节车厢组成,可运载两万吨货物或近万名乘客,穿过地球的单程需四十二分钟,运输过程只是自由坠落,不消耗任何能源。

"当时,在漠河起点站,一名维修工人不小心将一枚直径不到十厘米的螺栓掉进隧道。这枚螺栓是用一种能够吸收电磁波的新材料制造的,因而没有被安全监测系统的雷达检测到。螺栓在隧道中一直坠落,穿过地球到达南极站,又从那里向回坠落,在到达地心时击中了一列正在向南极上升的地心列车。螺栓与列车的相对速度高达每秒十六公里,这样的动能使它变成了一颗炸弹。它穿透了头两节车厢,把沿路的一切都汽化了。这两节车厢的爆炸,使整列列车以每秒八公里的速度擦到井壁上,瞬间被撕得粉碎。大量的碎片在隧道中来回运行,有的一次次穿过整个地球,大部分则因撞击失去了部分速度,只是在地核附近摆动。有关人员用了一个月时间才把隧道中的碎片完全清理干净,列车上三千名乘客的遗体一具都没有找到,地核段的高温已把他们彻底火化了。"

您现在已从地心上升了2200公里,速度7.5米/秒,已重新进入地核的液态部分。

"但最大的灾难还是这个超级工程本身。南极庭院工程在技术上是人类史无前例的壮举,而在经济上的愚蠢也是空前绝后的。直到现在,人们对这样一个在经济规划上近乎白痴的工程竟得以实施仍百思不得其解。沈渊那魔鬼般的才能固然起了作用,但其根本原因可能还在于人们开发新大陆的狂热和对技术的盲目崇拜。在经济学上,南极庭院工程的完工之日,也就是它的死亡之时。虽然通过地球隧道的运输极其快捷,且几乎不消耗能量,用当时人们的话说,'扔下去就到了',或'跳下去就到了',但由于工程投资巨大,地心列车的运输费用极其昂贵,这抵消了它快捷的长处,使得地心列车在与传统运输方式的竞争中没什么明显优势。"

您现在已从地心上升了3500公里,速度6.5公里/秒,正在穿过古腾堡不连续面,重新进入地幔。

"人类的南极梦很快破灭了,蜂拥而来的企业和过度的开发很快毁掉了这个地球上仅存的洁净世界,使它与其他大陆一样成了一个弥漫着烟尘的垃圾场。南极上空的臭氧层被完全破坏,其影响波及全球。即使在北半球,强烈的紫外线也使人们必须做好防护才能出门。南极冰盖的加速融化也使全球的海平面急剧升高。在经历了一个痛苦的过程后,人类的理智再次占了上风,联合国所有成员国签署了新的《南极公约》,使人类全面撤出南极大陆,再次把南极变成人迹罕至的地方,期望那里的环境能够慢慢恢复。随着向南极运输需求的骤减,在螺栓失落灾难后,地心列车完全停止了营运,地球隧道被封闭,到现在已有五年了。但南极庭院工程带来的经济灾难一直在持续,无数购买了南极庭院公司股票的人血本无归,引发了严重的社会动乱,投资黑洞使国家经济濒临崩溃边缘。现在,我们还在这场灾难的余波中痛苦地挣扎……好了,这就是南极庭院工程的故事。"

随着速度的降低,井壁上原本稳定平滑的蓝光开始闪烁。渐渐地,周围的井壁能够分辨出单个的光圈。向上下两个方向看,密密的同心圆靶标又开始呈现出来。

您现在已从地心上升了 4800 公里,速度 5.1 公里/秒,正在穿过地幔的刚性物质区。

沈渊之死

"我儿子后来怎么样了?"沈华北问。

"隧道封闭后,沈渊作为留守人员待在漠河起点站。有一天,我给他打了个电话,他只说了一句话:'我同女儿在一起。'后来我知道,他在这几年中一直过着一种不可思议的生活:每天都穿着密封服在地球隧道中来回坠落,睡觉都在里面,只有在吃饭和为密封服补充能量时才回到起点站。他每天要穿过地球三十次左右,就这样日复一日、年复一年,在漠河和南极半岛间,做着周期八十四分钟、振幅一万两千六百公里的简谐振动。"

您现在已从地心上升了 6000 公里,速度 2.4 公里/秒,正在穿过地幔的黏性物质区。

"谁也不知道沈渊在这永恒的坠落中都干了些什么。但据他的同事说,每次穿过地心时,他都会通过中微子通信设备与女儿打招呼。他常常在坠落中与女儿长谈——当然只是他一个人在说话,但生活在随着铁镍流在地核中运行的'落日六号'中的沈静应该是能够听到的。

"他的身体长时间处于失重状态,但由于必须在起点站吃饭和给密封服充电,每天还要在地面经受两到三次的正常地球重力,这样的折腾使他年老的心脏变得更加脆弱。他在一次坠落中死于心脏病,当时没人注意到,于是他的遗体又在地球隧道中运行了两天,直至密封服的能量耗尽,停止制冷,于是地球隧道成了他的火葬炉,遗体在最后一次通过地心时被烧成了灰。我相信,你儿子对这个归宿是很满意的。"

您现在已从地心上升了6200公里,速度1.4公里/秒,已经穿过莫霍不连续面,进入地壳。注意,您正在接近地球隧道的南极顶点!

"这也是我的归宿,对吗?"沈华北平静地问。

"你也应该感到满足。临死前,你已经看到了自己想看的东西。本来我们是想在不穿密封服的情况下把你扔进地球隧道的,但现在让你穿上了,完整地看到了你儿子创造的东西。"

"是的,我很满足,此生足矣。我真诚地谢谢各位了!"

没有回答,耳机中的嗡嗡声骤然消失,地球另一端的那几个复仇者中断了通信。

沈华北看到上方的同心圆已经很稀疏了,他两三秒才能穿过一个光圈,而且这间隔还在急剧拉长。这时耳机中响起了一

声蜂鸣,面罩上显示:

您已经到达地球隧道的南极顶点!

他看到同心圆的圆心变空了,不再有新的光圈浮现,中间那个光圈越来越大。终于,他穿过了最后一个蓝色光圈,以缓慢的速度升向一座与隧道另一端一模一样的横在井口上的小桥。小桥上站着几个穿密封服的人,在他升出井口时,这些人一起伸手抓住了他,把他拉上桥。

南极站的内部也处于黑暗之中,只有井壁上光圈的蓝光照上来。他抬起头,看到上方悬着一个巨大的圆柱体,其直径比井口稍小。他走到小桥尽头的井边,再向上看,隐约看到上方有一排这样的圆柱体。他数出了四个,再后面的就隐没到高处的黑暗中了。他知道,这就是停运的地心列车。

南　极

半小时后,沈华北同那几名救他命的警察一起,走出地球隧道的南极站。站在已没有积雪的南极平原上,可以看到远处被废弃的城市。低垂在地平线上的太阳把软弱无力的光芒投在这广阔而没有生气的大陆上。这里的空气比地球另一端要好些,不用戴呼吸膜。

一名警官告诉沈华北,他们是在南极空城中留守的少数警务人员,接到郭医生的报警后,立刻赶到了南极站。当时井口是被封闭的,他们紧急联系地球隧道管理部门打开井盖,正好看见沈华北在蓝光中升向井口,仿佛从深海中浮出来一般。如果晚几秒钟,沈华北必死无疑。密封的井盖将挡住他,使他开始向北半球的另一次坠落。而在他再次通过地心之前,密封服的能量就会耗尽,他将像他的儿子一样在地心熔炉中化为灰烬。

"以邓洋为首的那几个家伙已经被逮捕,他们将被以杀人罪起诉。不过,"警官冷冷地盯着沈华北说,"我理解他们的感情。"

沈华北仍然沉浸在失重带来的眩晕中,他看着天边的太阳,长出一口气,又说了一句:"我此生足矣——"

"要是这样,您对自己今后的命运就比较容易接受了。"另一名警官说。

"命运?"沈华北清醒过来,扭头看着那名警官。

"您不能在这个时代生活,否则这样的事还会发生。好在政府有一个时间移民计划——为了减轻人口对环境的压力,强制一部分人进入冬眠,让他们到未来去生活。现在政府已经决定,您将作为时间移民的一员,重新进入冬眠。这一次要多长时间才能苏醒,我可说不准。"

沈华北好一会儿才理解了这话的意思,对警官深深地鞠躬,"谢谢谢谢,我怎么总是这样幸运?"

"幸运?"警官不解地看着他说,"即使是这个时代的冬眠移民,也不可能适应未来社会的生活,更别说您这样来自过去的人了!"

沈华北的脸上浮现出微笑,"无所谓。关键是,我将看到地球隧道再次成为人类的骄傲!"

警官们发出了几声冷笑,"怎么可能呢?这个完全失败的超级工程,只能永远成为你们父子俩的耻辱柱。"

"哈哈哈哈……"沈华北大笑起来。失重的虚弱使他站立不稳,但他的精神已亢奋到极点,"长城和金字塔都是完全失败的超级工程,前者没能挡住北方骑马民族的入侵,后者也没能使其中的法老木乃伊复活,但时间使这些都无关紧要,因为凝结于其上的人类精神将永远光彩照人!"他指指身后高高耸立的地球隧道南极站,"与这条伟大的地心长城相比,你们这些哭哭啼啼的孟姜女是多么可怜!哈哈哈哈……"

沈华北张开双臂,让南极的寒风吹透自己的身体,"渊儿,我们此生足矣——"他幸福地说。

尾　声

沈华北再次苏醒是半个世纪以后。他醒来后,几乎经历了与五十年前的那次苏醒时一样的事——被一群陌生人带上车,进入地球隧道的漠河站,穿上密封服(令他不可理解的是,这密封服竟然比五十年前的那身笨重了许多),再次被扔进地球隧道,开始漫长的坠落。四十年之后,地球隧道看上去没有什么变化,仍是一条由无数蓝色光圈标示出的不见底的深井。

不过这次,有一个人陪着他下坠。这是一个美丽姑娘,她自我介绍说是他的导游。

"导游?对了,我的预感对了,地球隧道真的成为长城和金字塔了!"坠落中的沈华北兴奋地说。

"不,地球隧道没有成为长城和金字塔,它成了——"导游姑娘在失重中拉着沈华北的手,小心地与他在坠落中保持着同步。

"成了什么?"

"地球大炮!"

"什么?!"沈华北吃惊地打量着周围飞速掠过的井壁。

导游开始回忆:"在您冬眠后,全球的环境进一步恶化,污染和臭氧层破坏使各大陆最后的植被迅速消失,可呼吸的空气成为商品……这时,要想拯救地球生态,只有关闭人类所有的重工业和能源工业。"

"那样也许能让地球生态恢复,却会使人类文明毁灭。"沈华北插嘴说。

"面对当时的惨状,有许多人支持这种选择。不过更多的人在寻找另外的出路。最可行的办法,是把地球上的所有工业转移到太空中和月球上。"

"那么,你们建造了太空电梯?"

"没有。人们试了才知道,那比挖地球隧道还难。"

"那么,发明了反重力飞船?"

"更没有。科学家从理论上证明了它根本不可能。"

"核动力火箭?"

"这倒是有,但其运输成本与传统火箭不相上下。如果用这些手段向太空转移工业,就又会发生地球隧道式的经济灾难了。"

"那么你们什么也转移不了了。这么说,"沈华北咧嘴苦笑,"上面是后人类时代了?"

导游没有回答。两人在沉默中向那无底深渊继续坠下去,周围飞掠而过的光环越来越密,最后井壁成为发出蓝光的平滑连续体。又过了十分钟,蓝光变成红光,他们默默地以每秒八公里的速度通过地心。然后井壁很快又发出蓝光,导游姑娘灵巧地使身体旋转一百八十度,变为头向上的上升姿态,沈华北也笨拙地跟着这样做了。

"噢——"沈华北突然发出一声惊叫,从面罩右上角的显示屏中,他看到现在他们的速度是八点五公里每秒。

通过地心后,他们仍在加速!

让沈华北惊恐的另一件事是,他感到了重力,在这穿过地球的坠落过程中,本应自始至终都是失重的,可他真的感到了重力!科学家的直觉很快告诉他,这不是重力,是推力,正是这推力使他们克服了不断增长的地球引力,保持加速。

"一定还记得凡尔纳的登月大炮吧?"导游突然问。

"小时候看过的最愚蠢的一本书。"沈华北心不在焉地回答着,一边四下张望,想搞清这突然出现的怪事。

"一点儿都不愚蠢。用大炮进行发射,是人类大规模进入太空最理想、最快捷的方式。"

"除非你想在炮弹中被压成肉酱。"

"被压成肉酱是因为加速度太大,加速度太大是因为炮管太短。如果有足够长的炮管,炮弹就能以温柔的加速度射出去,就像您现在感觉到的一样。"

"这么说,我们是在凡尔纳大炮里?"

"我说过,它叫地球大炮。"

沈华北仰望着发出蓝光的隧道,努力把它想象成一根炮管。由于速度太快,井壁看上去浑然一体,已没有任何运动感了,他们仿佛一动不动地悬浮在这发着蓝光的巨管中。

"在您冬眠后的第四年,我们又研制出一种新型固态材料,除了具有以前这类材料的性质外,它还是优良的导体。现在,在这一半的地球隧道外表面，就缠绕着一圈用这种材料制成的粗导线，使这一半地球隧道变为一根长达六千三百公里的电磁线圈。"

"线圈中的电流从哪里来？"

"地核中有强大丰富的电流，正是这些电流产生了地球的磁场。我们用地核船拖着新固态导线，在地核中拉了上百条大回路，每条回路都有几千公里长，用这些回路来采集地核中的电流，并将它汇聚到隧道线圈上，使隧道中充满了强磁场。我们的密封服的肩部和腰部有两个超导线圈，线圈中的电流产生方向相反的磁场，推力就是这样产生的。"

由于继续加速，上升段很快要走完了，井壁再次发出红光。

"注意，现在我们的速度已达到每秒十五公里，超过了第二宇宙速度，我们就要飞出炮口了！"

这时，在地球隧道的南极出口，停放地心列车的高大建筑早已拆除。地球隧道的圆形出口直接面对着天空，上面有一个密封盖板。扩音器中传出一个声音："游客们请注意，地球大炮将进行今天的第四十三次发射，请您戴上护目镜和耳塞，否则将对您的视力和听力造成永久性损害。"

十秒钟后，隧道口的密封盖板哗地滑向一边，露出了直径十米的圆形井口，空气涌入真空井内，发出尖厉的呼啸。一声巨响，井口喷出一道长长的火舌，其亮度使南极天边低垂的太阳黯然失色。随即，密封盖板又迅速滑回原位盖住井口，井内的抽气机发出低沉的轰鸣，抽空刚才盖板打开的三秒钟进入井内的空气，以准备下一次发射。人们抬头仰望，只见两颗拖着火尾的流星正急速上升,很快消失在南极深蓝色的苍穹中。

沈华北并没有像想象中那样看到隧道出口迎面扑来——速度太快,他不可能看清。他只看到,那条发着红光,似乎通向无限高处的隧道在瞬间消失,代之以南极的蓝天,两者之间没有任何过渡,快得像屏幕上两幅图像的切换。

他猛地回头,看到脚下的大地正在急速退去。他认出了那座南极城市,它很快变成了一块篮球场大小的长方形。抬起头,他看到天空的颜色正在迅速地由蓝变黑,速度之快像一块正在被调暗的屏幕。再低头,他看到了南极半岛狭长弯曲的形状,看到了围绕着半岛的大海。他的身后拖着一条长长的火尾,看看身上才发现密封服的表面在燃烧,他被裹在一层薄薄的火焰中。距他十几米处与他一起上升的导游也同样被裹在火焰中,像一个拖着长长火尾的小怪物。巨大的空气阻力像一只巨掌狠狠地压在他的头上和肩上,但随着天空的变黑,这巨掌像被另一种更加强大的力量征服了,它的压力渐渐变小。低头看,南极大陆已显示出完整的形状。沈华北惊喜地发现,这块大陆又恢复了原本的白色。向远处看,地球已显示出弧形,太阳正从地球边缘移上来,在薄薄的大气层中散射出绚丽的霞光。再向上看,群星已在太空中出现,沈华北第一次见到如此晶莹灿烂的星星。身上的火光熄灭了,他们已冲出大气层,漂浮在寂静的太空中。

沈华北感觉身轻如燕。他发现自己身上的密封服——太空服——变薄了许多,表面的那层隔热物质已在与大气的剧烈摩擦中蒸发了。这时,高速通过大气层时的通信盲区已过,他的耳机中响起了导游的声音:"穿过大气层时的阻力抵消了一部分速度,但我们现在的速度仍超过了逃逸值。我们正在飞离地球。你看那儿——"

导游指着下面已经变得很小的南极半岛。沈华北在地球隧道出口的位置看到了闪光,一颗拖着火尾的流星从半岛缓慢地飞升,在飞出大气层后火光熄灭了。

"那是地球大炮刚刚发射的一艘太空船,它将接我们回去。地球大炮的炮管中每时每刻都同时运行着五六颗'炮弹',这样它每过八到十分钟就射出一艘太空船,所以现在进入太空就如乘地铁一样便捷。二十年前工业大迁移开始时,发射最频繁,炮管中往往同时有二十多颗'炮弹'在加速。地球大炮以两三分钟一发的频率向太空急促地射击,一批批太空船组成了上升的流星雨,那是人类向命运的庄严挑战,无比壮观!"

这时,沈华北在群星中发现了许多快速移动的星星,在静止的星空背景上很容易看出来,它们一定就在地球轨道上。再细看,它们中相当一部分可以辨出形状,有环形,有圆柱形,还有多个形状组合而成的不规则体,像漆黑太空中精美的小饰件。

"那是宝山钢铁公司。"导游指着一个发光的圆环说,然后又依次指点着其他几个亮点,"那几个是中国石化,当然它们现在不处理石油了。那几个圆柱形是欧洲冶金联合体。那些是用微波向地球供电的太阳能电站,发光的只是它们的控制中心,太阳能电池组和传输电能的天线阵列是看不到的……"

沈华北被这景象陶醉了,再看看下面蔚蓝色的地球,他的眼泪涌了出来。他现在最大的愿望,就是让参加过南极庭院工程的每一个人——故去的和健在的——都看看这一幕。他特别想到了其中一个人,一个在所有人心目中永远年轻的女性。

"找到我的孙女了吗?"他问。

"没有,我们缺少在地核中进行远距离探测的技术。那是一个广阔的区域,谁也不知道铁镍流把她带到哪里去了。"

"能不能把我们看到的这一切用中微子发向地心?"

"一直在这么做呢,相信她已看到了。"

圆圆的肥皂泡

一

很多人生来就会莫名其妙地迷上一样东西，仿佛他的出生就是要和这东西约会似的，正是这样，圆圆迷上了肥皂泡。

圆圆出生后一直是一副无精打采的样子，连啼哭都像是在应付差事，似乎这个世界让她很失望。

直到她第一次看到肥皂泡。

圆圆第一次看到肥皂泡时才五个月大，当时，她立刻在妈妈怀中手舞足蹈起来，小眼睛中爆发出足以使太阳星辰都黯然失色的光芒，仿佛这才是她第一次真正地看到这个世界。

那是一个西北的正午，已经数月无雨，窗外，烈日下的城市弥漫着沙尘。在这异常干燥的世界中，那飘浮在空中的绚丽的水之精灵确实是绝美的东西。看到小女儿能认识到这种美，为她吹出肥皂泡的爸爸很高兴，抱着她的妈妈也很高兴。圆圆的妈妈放弃了还有一个月的产假，第二天就要回实验室上班了。

二

时光飞逝,圆圆进幼儿园大班了,她仍然热爱肥皂泡。

这个星期天和爸爸出去玩儿,她的小衣袋中就装着吹泡泡的小瓶,爸爸许诺要让妈妈带她坐飞机吹泡泡。这并不是吹牛,他们真的去了近郊的一座简易机场,妈妈用来进行飞播造林研究的飞机就停在那里。但圆圆很失望,因为那是一架破旧的双翼农用飞机,估计是以前的社会主义联盟制造的。圆圆觉得它是旧木板做的,像童话中的猎人在森林中住的破木屋,很难相信这玩意儿能飞起来。但就这架破飞机,妈妈也不让圆圆坐。

"今天是孩子生日,你还加班不回家。让圆圆坐坐飞机,就算给她个惊喜嘛!"爸爸说。

"惊喜什么呀,她已这么重了,我要少带多少树种?"妈妈说着,又吃力地把一个沉重的大塑料包搬进舱门。

圆圆觉得自己没有多重,咧嘴大哭起来。于是妈妈赶紧来哄女儿,从地上一堆大塑料袋中的一个里拿出一件奇怪的东西:样子和大小与胡萝卜差不多,头儿尖尖的,呈流线型,屁股上还有一对用硬纸板做的尾翼,看上去像个小炸弹,但却是透明的,很好玩儿的样子。圆圆伸手去抓,但小手立刻又松开了,这玩意儿是冰做的。妈妈指着小炸弹中心的一个小黑粒,告诉圆圆那就是树种,"飞机从好高的地方把这些冰炸弹扔下去,它们落到地上时会扎进沙土中。春天来了,冰弹就会在沙土里悄悄地化开,化出的水会让种子发芽出苗。把好多好多这样的冰炸弹投下去,沙漠就会变绿,沙子就不会吹到我圆圆的小脸儿上了……"

这是妈妈的研究项目,它能使西北干旱地区飞播造林的成活率提高一倍……"

"孩子懂什么成活率,真是!圆圆,咱们走!"爸爸抱起圆圆,气鼓鼓地走了。妈妈没有留他们,只是赶紧用双手又捧了一下女儿的脸蛋儿。

圆圆感觉妈妈的手比爸爸的粗糙多了。

圆圆伏在爸爸的肩膀上看到"猎人木屋"轰鸣着起飞。她对着飞机吹出一串肥皂泡,看着它消失在沙尘迷漫的空中。

爸爸抱着圆圆走出了机场,在公路边的车站等候回市里的汽车。圆圆感到爸爸的身体突然颤抖了一下。

"爸爸,你冷吗?"

"不……圆圆。你没有听到什么?"

"嗯……没有呀。"

但他听到了。那是一声沉闷的爆炸,从飞机飞行方向的远方传来,隐隐约约,他几乎是用第六感听到的。他猛地回头看着那个方向。在他和女儿面前,大西北干旱的大地冷酷地凝视着苍穹。

三

时光继续飞逝,圆圆上小学了,她仍然热爱肥皂泡。

清明节,她和爸爸来到妈妈墓前时,仍拿着吹泡泡的小瓶。当爸爸把鲜花放到那朴素的墓碑前时,圆圆吹出了一串泡泡。爸爸正要发作,女儿的一句话使他平静下来,双眼湿润了。

"妈妈会看到的!"圆圆指着飘过墓碑的肥皂泡说。

"孩子啊,你要做一个像妈妈那样的人,像她那样有责任感和使命感,像她那样有一个远大的人生目标!"爸爸搂着圆圆说。

"我有远大的目标呀!"圆圆喊道。

"说给爸爸听听?"

"吹——"圆圆指着已飞远的肥皂泡,"大——大——的——泡——泡!"

爸爸苦笑着摇摇头,拉着女儿离去。这里距几年前飞机坠毁的地点不远。当年,由自天而降的冰弹播下的种子确实都成活了,长成了小树苗,但最后的胜利者仍是无边的干旱。飞播林在干旱少雨的第二年都死光了,沙漠化仍在继续着它不可阻挡的步伐。夕阳将墓碑的影子拉得好长好长,圆圆吹出的肥皂泡已经一个都不见了,像墓中人的理想,像西部大开发美丽的梦幻。

四

时光继续飞逝,圆圆上中学了,仍然喜欢肥皂泡。

这天,圆圆年轻的女班主任老师来家访,递给爸爸一把新奇漂亮的玩具手枪,说是圆圆在课上玩儿,被物理老师没收的。那把枪有个大肚子,枪管顶部固定着一个天线似的圆圈。爸爸翻来覆去地看着,很迷惑它应该怎么玩儿。"这是泡泡枪。"班主任说着,拿过来一扣扳机,随着一阵嗡嗡的轻响,从枪口的小圆圈中飞出一长串肥皂泡。

班主任告诉爸爸,圆圆的学习成绩一直在年级中领先,她最大的长处是有很强的创造性思维。班主任说,自己还是第一次看到思想这么活跃的学生,让爸爸要珍惜这个苗头。

"你不觉得这孩子……怎么说呢,有些轻飘飘的吗?"爸爸拿着泡泡枪问。

"现在的孩子嘛,都这样儿……其实在这个新时代,轻松洒脱一些的思想和性格也不一定就是缺点。"

爸爸叹口气,挥挥泡泡枪,结束了谈话。他觉得和这个班主任没什么可谈的,她自己几乎还是个孩子呢。

送走了班主任,回到只有他们父女两人的家中,爸爸想和圆圆谈谈泡泡枪的问题,但立刻发生了另一件让他不快的事。

"又换了一个?今年你已经换了一个了!"他指着圆圆挂在胸前的手机问。

"没有呀,爸爸,人家只是换了个壳儿嘛!看,这能给我新鲜感。"圆圆说着,拿出一个扁盒子。爸爸打开来,看到一排鲜艳的色块,最初他以为是绘画颜料一类的东西,仔细一看,才发现那是十二个手机外壳,十二种色彩。

爸爸摇摇头,把盒子放在一边,"我正想和你谈谈你的这种……嗯,思想倾向。"

圆圆看到了爸爸手中的泡泡枪,一把抢了过来,"爸爸,我保证以后不再带它去学校了!"说完,她对着爸爸射出一串泡泡。

"我要说的不是这个,我要说的问题比这深刻得多。圆圆,你看你这么大了还喜欢吹肥皂泡……"

"不行吗?"

"哦,不,这本来不算什么大问题。我是说,你的这种喜好反映出了你的一种……嗯,刚才说过的,思想倾向。"

圆圆不解地看着父亲。

"这说明你倾向于追求美丽、新奇而虚幻的东西,容易对远离现实的幻影着迷,你的双脚将离开大地,把你的人生引向一个错误的方向。"

圆圆看看满屋飘浮着的肥皂泡,显得更迷惑了。那些肥皂泡像一群透明的鱼,在空气中幽幽地游着。

"爸爸,咱们还是谈一些更有趣的事吧!"圆圆靠到爸爸的肩膀上,语气变得神秘起来,"爸,我们的班主任漂亮吗?"

"没注意……圆圆,我刚才的意思是……"

"她显然很漂亮的!"

"也许吧……我刚才要说的是……"

"爸爸,您真没注意到她和您说话时的眼神?她好像被您吸引了耶!"

"我说你这个孩子,就不能少想些无聊的事儿?"爸爸生气地把女儿的手从肩上拨开。

圆圆长叹一声,"唉,爸爸呀爸爸,您已经变成了一个对什么都提不起兴趣的人了。您这没有新鲜、没有新奇、没有激动的日子,有什么劲儿呢?还好意思当别人的人生导师。"

一个肥皂泡飘到脸前爆裂了,他隐约感到一小股弱得不能再弱的湿润水汽。这一场转瞬即逝的微型毛毛雨令他感到片刻的陶醉,不可思议,他竟想起了遥远的南方故乡。他不为人察觉地叹息了一下。

"我年轻的时候也追逐过缥缈的梦想,和你妈妈从上海来到这里,天真地把大西北看作实现自己人生价值的地方。我们那批建设者只用了那么短的时间,就让荒漠上出现了这座崭新的城市。我们曾把它当作一生的骄傲,以为离开人世之时,这城市能作为自己没有虚度一生的证明。谁能想到,它不过是我们这一代人用青春甚至生命吹出的一个肥皂泡。"

圆圆很吃惊,"丝路市怎么是肥皂泡呢?它可是实实在在的,总不会啪的一下消失吧?"

"它将消失,中央已经认可了省里的报告,中止了为丝路市引水的一切新项目。"

"那要把我们渴死吗?现在已经是两天来一次水,每次只来一个半小时!"

"政府正在制订一个为期十年的拆迁计划,整座城市将全部分散迁移,丝路将成为现代世界第一座因缺水而消失的城市,一个现代的楼兰……其实,曾让年轻的我们热血沸腾的整个西部大开发,现在已经变成了噩梦般的西部大开矿。谁知道,这是不是一个更大的肥皂泡呢?"

"哇,太棒了!"圆圆欢呼起来,"早就该离开这地方了!一个平淡乏味的地方,我真的不喜欢这里耶!迁移!迁移到一个全新的地方,开始全新的生活,这是多美妙的事啊,爸爸!"

爸爸默默地看了女儿一会儿,站起身来走到窗前,呆呆地看着外面黄沙中的城市。他双肩下垂的背影,看上去一下子老了许多。

"爸——"圆圆轻轻叫了一声,爸爸没有回答。

两天后,圆圆的爸爸成为这即将消失的城市的最后一任市长。

五

高考结束了,圆圆取得了全省理科第二名的成绩。爸爸难得彻底地高兴了一次,慷慨地问女儿有什么要求,过分些也行。圆圆冲他张开一只手掌。

"五……五个什么?"

"五块雕牌透明皂,"说完她又张开另一只手掌,"十袋汰渍洗衣粉,"两手翻了一下,"二十瓶白猫洗洁精。"最后她拿出一张纸,"最重要的是这些化学药剂,照清单上的分量买。"

那些化学药剂让爸爸费了些事,他让一个在北京出差的办公室副主任跑了一天才买齐。

拿到这些东西后,圆圆一头扎进了卫生间,在那里面忙活了三天,配制了整整一浴池的溶液,怪味弥漫在家里的每个角落。第四天,两个男生送来了她定做的一个直径一米多的圆环,那圆环是用一根钻了许多小眼的长金属管弯成的。

第五天,家里早早就有一群人来访,他们中包括两家电视台的摄影师。市长还认出了其中一名漂亮女士是省电视台一档娱乐节目的主持人,还有两个穿得花里胡哨的家伙,自称是吉尼斯中国分部的人,昨天刚从上海飞来,其中一个沙哑着嗓子说:"市长先生,您的女儿……咳咳……这地方空气真干燥……您的女儿要创造吉尼斯纪录了!"

市长随着一行人爬到开阔的楼顶上,发现女儿和她的几个同学已经上来了。圆圆扛着那个大圆环,面前放着的大澡盆中盛满了她配的那种溶液。那两个吉尼斯的人开始架设两根有刻度的标杆,市长后来才知道,那是用于测量肥皂泡直径的。

一切准备就绪后,圆圆把那个圆环伸进澡盆,再提出来时,环面已附着了一层液膜。她小心地把带液膜的圆环固定在一根长杆顶端,走到楼顶边缘,挥动长杆,使圆环在空中画一个大圈,吹出了一个巨大的肥皂泡。那个大泡在空中颤颤地变着形状,像是在跳舞。市长后来得知,这个大泡的直径竟达四点六米,打破了由比利时人凯利斯保持的三点九米的吉尼斯纪录。

"液体的配方是很重要的,但窍门还是在这个大环上。"圆圆在回答主持人提问时说,"那个比利时人用的只是一个普通的液膜环圈,而我这个,是由钻了一排洞的铅管弯成的,管里面充满了发泡液体,在大泡的形成过程中,这些液体不断地从管上的小孔中泄出,使尽可能多的液体参与成泡,这样自然就可以形成更大的泡泡了。"

"那么,你还有可能制造出更大的泡泡来吗?"主持人问。

"当然会的!这就要研究肥皂泡形成的几个要素,包括液体黏度、延展性、蒸发率和表面张力。但对于形成超大的泡泡来说,最需要改进的是后两项。蒸发率必须降低,因为蒸发是泡壁破裂的主要原因之一;表面张力嘛……你知道为什么纯水不能吹出泡泡?"

"它的表面张力太小了?"

"恰恰相反,是因为纯水的表面张力太大了,形不成气泡。再问一句,你知道肥皂泡形成以后,它的表面张力与直径大小有什么关系?"

"那……照你说的,张力越小,泡就越大?"

"不,不!当泡形成后,随着直径的增大,它反而需要增大自己的表面张力,以维持泡壁的强度。这就出现一个问题:液体的表面张力是恒定的,那么,要想吹出超大的泡泡,我们该解决什么样的问题呢?"

主持人茫然地摇摇头,她属于外形漂亮、口齿伶俐,但头脑简单的那一类,圆圆看出了这点,"算了,我们还是给观众再吹几个大泡泡吧!"

于是,又有几个直径四五米的大肥皂泡顺风飘行到城市上空。在这沙尘弥漫的干旱世界中,它们显得那么不真实,仿佛是来自另一个世界的幻影。

一星期后,圆圆离开了这座她出生长大的西北城市,到中国那所最好的理工科大学去学习纳米专业了。

六

时光继续飞逝,但圆圆不再吹肥皂泡了。

圆圆读完了学士、硕士和博士,然后以令她父亲头晕目眩的速度开始创业。她以做博士课题时创造的一项技术为基础,开发了一种新的太阳能电池,成本仅为传统的单晶硅电池的几十分之一,可以作为马赛克贴到整个建筑表面上。仅三四年时间,她的公司就发展到几亿元资产的规模,成为纳米技术的东风催生的一大批急剧膨胀的奇迹企业之一。

圆圆的父亲由此陷入了尴尬的境地。以事业的成功程度而言,女儿现在已经有资格教导父亲了。看来圆圆当年的那个漂亮班主任说得有道理,轻飘洒脱的思想和性格不一定就是缺点。这是一个令父亲这一代人恼火的时代,现在的成功需要的是逼人的思想灵气、经验、毅力和使命感之类的不再起决定作用,凝重和沉重更是显得傻乎乎的。

"很久没有过这种感觉了,这是我听过的最好的演唱,他们确实比上一代那三个强。"在国家大剧院宽阔的出口平台上,市长对女儿说。圆圆知道父亲喜欢听古典美声,这是他不多的爱好之一,于是圆圆趁他到北京开会之际,请他听新一代世界三大男高音为即将到来的奥运会举办的演唱会。

"早知道我就买最好座位的票了,怕您又嫌我浪费,就买了两张中等的。"

"这样的票多少钱一张?"父亲随口问。

"比之前便宜多了,好像每张两万八吧。"

"嗯……啊,什么?!"

看着父亲目瞪口呆的样子,圆圆笑了起来,"如果您能找回很久没有过的感觉,就是二十八万也值得。看这座大剧院,投资几十个亿,还不是为了人们从艺术中得到或找回某种感觉?"

"也许你有道理,但我还是希望你的钱能花到更有意义的地方。圆圆,我想跟你谈谈有关丝路市的事,你能不能进行一项它的市政投资?"

"是什么?"

"一个大型的水处理工程,建成后能够大大提高城市用水的循环利用率,还可以用太阳能淡化一部分盐湖的水。如果这个系统能够实现,丝路市就能在缩小规模后继续存在下去,避免完全消失的命运。"

"投资是多少?"

"初步规划,大约十六个亿吧。大部分资金已有来源,但到位时间很长,怕来不及了,所以现在需要你投入一笔启动资金,约一个亿吧。"

"爸爸,不行。我目前能周转的资金也就这么多了,我想用它搞一个研究项目——"

父亲举起一只手,打断女儿的话说:"那就算了。圆圆,我丝毫不想影响你的事业。其实,我本来没打算向你提这个要求的,虽然你的投资能保证收回,但利润回报却微乎其微。"

"呵,那倒无所谓,爸爸。我这个项目更惨,别说赢利,投资都肯定会打水漂!"

"你想搞基础研究吗?"

"不,但也不是应用研究,是好玩儿的研究。"

"……"

"我将研制一种超级表面活性剂,名字已经想好了,叫飞液。它的溶液黏性和延展性比现有的任何液体都要强上几个数量级,蒸发速度仅是甘油的千分之一。这种表面活性剂溶液还具有一个魔鬼般的特性——它的表面张力能够随着液层的厚度和液面的曲率自动调节,调节范围从水的张力的百分之一到一万多倍。"

"它是干什么用的?"父亲惊恐地问。他已知道答案,但还是不敢相信。

年轻的亿万富婆搂住父亲的肩膀大声说:"吹——大——大——的——泡——泡!"

"你不是开玩笑吧?"

圆圆看着长安街上的灯火,沉默了好久,"谁知道呢?也许我的整个生活就是一个大玩笑。但,爸爸,我觉得这也没有什么不好。一个人用一生开一个玩笑也是一种使命吧。"

"用一亿元吹泡泡?有什么用吗?"父亲的语气好像觉得自己在做梦。

"没什么用,好玩呗。不过,比起你们当年用几百个亿建起一座很快就拆掉的城市,我的奢侈微不足道。"

"可你现在能救这城市,它也是你的城市,你在那里出生长大。而你却用这笔钱吹肥皂泡!你……也太自私了!"

"我在过自己的生活。无私奉献并不一定能推动历史,您的那座城市就是证明!"

直到圆圆把车开上长安街,父女俩都没再说话。

"对不起,爸爸。"圆圆轻声说。

"这些天我总是想起拉着你小手的那些日子,那是多好的时光啊。"灯光中,父亲的双眼一闪一闪的,似乎有些湿润。

"我知道让您失望了,您一直想让我成为妈妈那样的人。如果我能有两次人生的话,其中的一次会照您的愿望做,把自己奉献给责任和使命。可是,爸爸,我只能活一次。"

父亲没有说话。当这沉默的路程快结束时,圆圆拿出一个大纸袋递给父亲。

"什么?"父亲不解地问。

"房产证和钥匙。爸,我给您买了一幢别墅,在太湖边上,您退休后可以回到南方了。"

父亲把纸袋轻轻地推了回去,"不,孩子,我会在丝路的废墟上度过余生。我与你妈妈的青春和理想都埋在那儿,离不开了。"

北京在夏夜里尽情地闪烁着。看着这绚丽的光海,圆圆和父亲竟同时联想到肥皂泡。这无边的灿烂似乎在极力向他们展示着什么,是生命之重,还是生命之轻?

七

两年后的一天,市长在办公室里接到了女儿的电话。

"爸爸,生日快乐!"

"呵,圆圆吗?你在哪儿?"

"离您那儿不远,我给您送生日礼物来了!"

"嗨,我好多年没想起生日这回事儿了。那中午回家吧,我也有一个多月没回家了,就保姆在那儿照看着。"

"不,礼物现在就送给您!"

"我在工作,马上要开市政周例会了。"

"没关系,您打开窗向天上看!"

今天的天空万里无云,蓝得清澈,这种天气在这一地区是很少见的。空中传来引擎的轰鸣声,市长看到一架飞机在城市上空缓缓地盘旋,在蓝天的背景上很醒目。

"爸爸,我在飞机上呢!"圆圆在电话中喊道。

这是一架老式双翼螺旋桨飞机,在空中像一只懒洋洋的大鸟。时光瞬间闪回,一种熟悉的感觉令市长浑身颤抖了一下。二十多年前他也这样颤抖过,那时女儿问他是不是冷了。

"圆圆,你……要干什么?"

"要送礼物啦,爸爸,注意飞机下面!"

市长刚才就发现,飞机机腹下面吊着一个大环,那环的直径比飞机还长,显然是升空以后才展开的。整体看去,飞机和大环组成了一个在空中飞行的戒指。他后来知道,那个大环的结构同圆圆破吉尼斯纪录时用的环一样,由轻型金属管制成,管内充满了那种叫飞液的魔鬼液体。环面上罩上一层飞液的液膜,环上有无数的小洞,使飞液能够不断地从围成大圆环的细管中流出。

令人震惊的景象出现了:在那个大环后面,吹出了一个大肥皂泡!它反射着阳光,轮廓时隐时现。肥皂泡急剧膨胀,很快,飞机与它相比只是透明西瓜上的一粒小芝麻。

下面的城市广场上,所有人都在驻足仰望,市政府办公大楼里也开始有人跑出去看。

飞机拖着巨泡在城市上空缓缓盘旋,肥皂泡的膨胀速度大大减缓,但仍在继续,巨泡渐渐占据了半个天空!最后,它脱离了飞机下的大环,独自在空中飘浮着。

"这就是礼物啦,爸爸!"圆圆在电话中兴奋地喊着。

蓝天上晃动着大片的闪光,仿佛整个天空就是一张平滑的玻璃纸,正被一双无形的大手在阳光下抖动着。细看去,那些闪光勾勒出了一个巨大的球体形状,那个透明球体此时占据了大半天空,下面的人们得将头转动近一百八十度才能看全它。它仿佛是地球在天空的镜面上投下的一个晶莹幻影。

城市骚动起来,大街上开始出现交通堵塞。

巨泡缓缓从空中降下来。当它降到足够低时,地面上的人们竟然在泡壁上看到了城市高楼群的镜像。由于泡壁在风中的波动,高楼群扭曲变形,像是海中的丛林。这广阔的泡壁从上方气势磅礴地压下来,人们不由得捂住了脑袋。当巨泡接触地面时，暴露在外的人们在身体穿过泡壁时感到脸上痒痒了一下。

巨泡没有破碎，而是呈一个直径近十公里的半球形立在大地上。这座城市，连同边缘的一座火力发电厂和一个化工厂，全被巨泡扣在其中！

"我不是故意的，真的不是故意的！"圆圆对着摄像机说，"本来，按一般的情况，大泡会顺风飘走。谁想到今天这里的风力竟这么弱，这儿一贯是风很大的！所以它才掉下来，把城市扣住了！"

市长看着市电视台中断了正常节目插播的紧急现场报道，电视中的女儿身穿航空皮夹克，拉链敞开着，露出里面的蓝色工作服。她的身后，是那架老式双翼飞机……时光再次闪回。太像了，太像了……市长的心融化了，泪水夺眶而出。

两小时后，市长同刚刚成立的紧急小组一起，驱车来到了城市边缘巨泡泡壁的位置，圆圆和她的几名工程师早已等在那里。

"爸爸，我的肥皂泡很棒吧？"圆圆没有了刚才的恐慌，不合时宜地一脸兴奋。

市长没理女儿，抬头打量着泡壁。这是一张在阳光下发出多彩霓光的大膜，它表面那结构极其精细的衍射条纹，令人迷惑地变幻着，构成一个疯狂展示宇宙间所有色彩的妖艳海洋。大膜是全透明的，这使得透过它看到的外部世界也蒙上了一层霓彩。向上到一定的高度，霓彩消失了，空中看不出膜的存在。

市长伸出一只手，小心地触摸泡壁。他的手背感到一阵极其轻微的瘙痒，手已在膜的另一面了。这膜可能只有几个分子的厚度。他抽回手来,膜瞬间恢复原状,那一处的霓彩光纹仍是完整的,仿佛完全没有中断过。

其他人也开始触摸大膜,后来大家挥手试图撕裂膜面,最后发展成对大膜拳打脚踢……但这一切对大膜没有丝毫影响,所有的打击物都毫无阻碍地穿膜而过,之后膜面完好无损。市长挥手制止了大家的徒劳举动,指指远处的高速公路。人们看到,公路上的车流正在不间断地高速穿过大膜。

"这同肥皂泡膜的性质一样:固体可以穿过,但不透气。"圆圆说。

"正是因为它不透气,现在城市里的空气质量在急剧恶化。"市长瞪了一眼女儿说。

众人抬头看去,发现城市上空出现了一个巨大的半球状白色顶盖。这是由于城市和工厂产生的烟雾被大膜限制在泡内,使大泡的形状显现出来。这时如果从远处看城市,恐怕只能看到一个顶天立地的乳白色半球了。

"可能需要关闭发电厂和化工厂,以减缓空气污染的速度。"紧急小组组长说,"但最严重的问题是泡内气温的上升。现在,城市实际上处于一个密闭极好的温室内,与外界没有空气流通,阳光的热量在很快聚集,现在正值盛夏,据测算,泡内气温最终将达到六十摄氏度!"

"到现在为止,都进行了哪些方面的尝试来打破它?"市长问。

一名驻军指挥官回答:"一小时前,我们曾调用陆军航空兵的直升机在泡顶反复穿过,试图用螺旋桨撕裂它,没有用;后来又用炸药在泡壁与地面的交接处进行爆破,爆炸只是使大膜波动了一会儿,无法造成任何破坏。更邪乎的是,这张膜居然瞬间延伸到爆炸产生的大坑中,天衣无缝地横穿过坑的底部!"

市长问圆圆:"大泡要多长时间才能自然破裂?"

"大泡的破裂主要是由于泡壁液体的蒸发,这种物质的蒸发速度是极慢的,即使日照良好,大泡也得五六天才能破。"圆圆回答。令父亲气恼的是,女儿的语气显得很得意。

"那只有全城紧急疏散了。"紧急小组组长叹了口气说。

市长摇摇头,"不到万不得已,不能走这一步。"

"还有一个办法,"一名环境专家说,"赶造一批长筒,口径越大越好,把这些筒的一头伸出泡外,在筒的底部装上大功率换气扇,以实现与外界的空气交换。"

"哈哈……"圆圆大笑起来,把大家吓了一跳,她在众人气愤的目光中笑得直不起腰来,"这想法真……真够滑稽的!哈哈……"

"这都是你干的好事!"市长厉声喝道,"你要为此负责,必须赔偿对本市造成的一切损失!"

圆圆两眼看天,止住笑说:"那是,我会赔的。不过,我刚想出一个使大泡破裂的简单方法——烧。在泡壁与地面交接线的内侧,挖一条一百至两百米长的壕沟,沟中灌满燃油并点燃,火焰会大大加速泡壁的蒸发,可以在三个小时左右使大泡破裂。"

市长命令抢险队执行圆圆的方案。很快,城市的边缘出现了一道一百多米长的火墙,在那一排冲天烈焰的上方,被火舌舔着的泡壁变幻着各种怪异的色彩和图案。从图案的纹路可以看出,大膜上其他部分的飞液正在涌过来补充已被火焰蒸发掉的部分,这使得大膜上被烧灼的位置像一个大旋涡,绚丽妖艳的色彩洪水般从四面八方涌来,消失在火焰中。火焰的黑烟顺着泡壁上升,在天空中形成了一个黑色巨掌,令大泡中的百万市民惊恐不已。

三小时后,大泡破裂了,城市里的人们听到天地间发出一声轻微的破碎声,清脆悠扬深远,仿佛宇宙的琴弦被轻轻拨动了一下。

"爸爸,我觉得很奇怪,您并没有像我想象的那样暴跳如雷。"圆圆对父亲说。这时,他们正站在市政府大楼的楼顶看着大泡破裂。

"我一直在思考一件事……圆圆,你认真回答我几个问题。"

"关于大肥皂泡的?"

"是的。我问你,既然泡壁是不透气的,那大泡也能保持住内部的湿润空气了?"

"当然。其实,在飞液的研制即将完成时,我不经意想到了它的一项可能的用途:用大泡作为超大型温室,可以在冬季制造小型气候区,为大片的土地提供适合作物生长的湿度和温度。当然,这还得使大泡更持久些。"

"第二个问题:你能让大泡随风飘很远吗,比如说几千公里?"

"这没问题,阳光的热量在泡内聚集,使其内部空气膨胀,会产生类似于热气球的浮力。至于今天这个大泡的坠落,只是因为它生成的位置太低,风也太小了。"

"第三个问题:你能让大泡在确定的时间破裂吗?"

"这也不难,只需调节飞液内的一种成分,改变其蒸发速度就行了。"

"最后一个问题:如果有足够的资金,你能够吹出几千万甚至上亿个大泡吗?"

圆圆吃惊地瞪大双眼,"上亿个? 天啊,干什么?"

"想象这样一幅图景:在遥远的海洋上空,形成了无数个大肥皂泡,它们在平流层强风的吹送下,飞越漫长的路程,来到大西北上空,然后全部破裂,把它们在海洋上空包裹起来的潮湿空气,都播洒在我们这片干旱的土地上……是的,肥皂泡能为大西北从海洋上运来潮湿空气,也就是运来雨水!"

震惊和激动使圆圆一时间说不出话来,只是呆呆地看着父亲。

"圆圆,你送给了我一件伟大的生日礼物! 说不定,这一天也是大西北的生日!"

这时,外界清凉的风吹过城市,上空那个由烟雾构成的巨大白色半球失去了大膜的限制,在风中缓慢地改变着形状。东方的天空中出现了一道色彩奇异的彩虹,那是大泡破裂后,构成它的飞液散布到空中形成的。

八

向中国西部空中调水的宏大工程进行了十年。

这十年,在中国南海和孟加拉湾,建成了许多巨大的天网。这些天网由表面布满小孔的细管构成,每个网眼有几百米甚至上千米的直径，相当于那个十多年前曾吹出超级肥皂泡的大圆环。每张天网有几千个网眼。天网分陆基和空中两种，陆基天网沿海岸线布设，空中天网则由巨型系留气球悬挂在几千米的高空。在南海和孟加拉湾，天网在海岸线和海洋上空连绵两千多公里，被称作"泡泡长城"。

空中调水系统首次启动的那天，构成天网的细管中充满了飞液，并在每个网眼上形成一层液膜。潮湿而强劲的海风在天网上吹出了无数巨型气泡，它们的直径都有几公里。这些气泡相继脱离天网，一群群升上更高的天空，升向平流层，随风而去。同时，更多的气泡从天网上源源不断地被吹出来。大群大群的巨型气泡包裹着海洋的湿气，浩浩荡荡地飘向大陆深处，飘过了喜马拉雅山，飘过了大西南，飘到大西北上空，在南海、孟加拉湾和大西北之间的天空中，形成了两条长达数千公里的气泡长河！

九

在空中调水系统正式启动两天后，圆圆从孟加拉湾飞到大西北的一座省会城市。当她走下飞机时，看到一轮圆月静静地悬在夜空中，从海上启程的气泡还没有到达。城市里，月光下挤满了人，圆圆也在中心广场下车，挤在人群中，同他们一起热切地等待着。一直到午夜，夜空依旧，人群开始同前两天一样散去，但圆圆没走，她知道气泡在今夜一定会到达这里。她坐在一张长椅上，正在睡意蒙眬之际，突然听到有人喊："天啊，怎么这么多的月亮！"

圆圆睁开眼，真的在夜空中看到了一条月亮河！那无数个月亮是由无数个巨型气泡映出的。与真月亮不同,它们都是弯月,有上弦的,也有下弦的,每个都是那么晶莹剔透。真正的月亮倒显得平淡无奇了,只有根据其静止状态才能从浩浩荡荡流过长空的月亮河中将它分辨出来。

从此,大西北的天空成了梦的天空。

白天,空中的气泡看不太清楚,但蓝天上到处都有泡壁的反光,整个天空像阳光下泛起涟漪的湖面,大地上缓缓运行着气泡巨大而浅淡的影子。最壮丽的时刻是在清晨和黄昏,那时,地平线上的朝阳或夕阳会将天空中的气泡大河镀上灿烂的金色。

但这些美景并没有持续很久。空中的气泡相继破裂,虽然有更多的气泡滚滚而来,天空中的云却多了起来,使气泡看不清了。

接着,在这个往年最干旱的时节,天空飘起了绵绵细雨。

圆圆在雨中来到了自己出生的那座城市。经过十年的搬迁,丝路市已成了一座寂静的空城。一座座空荡荡的高楼在小雨中静静地立着。圆圆注意到,这些建筑并没有真正被抛弃,它们都被保护得很好,窗上的玻璃还都完整,整座城市仿佛正在沉睡,等待着肯定要到来的复活之日。

小雨掩盖了尘埃,空气清新怡人,雨洒在脸上凉丝丝的,很舒服。圆圆慢慢地行走在她熟悉的街道上。那些街道,爸爸曾拉着她的小手无数次走过,曾洒落过她吹出的无数个肥皂泡。圆圆的心里响起了一支童年的歌。

突然她发现,这歌真的在响着。这时天已黑了,在整座浸没于夜色的空城里,只有一扇窗户亮着灯,那是一幢普通住宅楼的二楼,是她的家,歌声就是从那里传出的。

圆圆来到楼前,看到周围收拾得很干净,还有一小片菜地,里面的菜长得很好。菜地边有一辆小工具车,车上装着大铁桶,显然是用来从远处运水浇地的。尽管夜色朦胧,在这里却能感觉到一股生活的气息。在这一片死寂的空城里,这儿就像沙漠中的绿洲一样令圆圆向往。

圆圆走上扫得很干净的楼梯,轻轻地推开家门,看到灯下头发花白的父亲,仰在躺椅上,陶醉地哼着那首童年老歌。他手里拿着那个圆圆在孩提时代装肥皂液的小瓶儿,还有那个小小的塑料环,正吹出一串五光十色的肥皂泡。

微　纪　元

回　归

先行者知道,他现在是全宇宙中唯一的一个人了。

他是在飞船越过冥王星时知道的。从这里看去,太阳是一颗暗淡的星星,同三十年前他飞出太阳系时没有两样。但飞船计算机刚刚进行的视行差测量告诉他,冥王星的轨道外移了许多,由此可以计算出太阳比他启程时损失了百分之四点七四的质量,由此又可推论出另外一个使他的心先是颤抖然后冰冻的结论——

那事已经发生了。

其实,在他启程时,人类已经知道那事要发生了,通过发射上万只穿过太阳的探测器,天体物理学家确定了太阳将要发生一次短暂的能量闪烁,并损失大约百分之五的质量。

如果太阳有记忆,它不会对此感到不安。在几十亿年的漫长生涯中,它曾经历过比这大得多的巨变。当它从星云的旋涡中诞生时,它的生命的巨变是以毫秒为单位的。在那辉煌的一刻,引力坍缩使核聚变的火焰照亮了星云混沌的黑暗……它知道自己的生命是一个过程,尽管现在处于这个过程中最稳定的时期,但偶然的、小小的突变总是免不了的,就像平静的水面上不时会有一个小气泡浮起并破裂。能量和质量的损失算不了什么,它还是它,一颗中等大小、视星等为-26.8的恒星。甚至太阳系的其他部分也不会受到太大的影响:水星可能被熔化;金星稠密的大气将被剥离;再往外围的行星所受的影响就更小了——火星的颜色可能由于表面的熔化而由红变黑;地球嘛,不过是表面温度升高至四千摄氏度,这可能会持续一百小时左右,海洋肯定会被蒸发,各大陆表面岩石也会熔化一层,但仅此而已。这以后,太阳又将很快恢复原状,但由于质量的损失,各行星的轨道会稍微后移。这影响就更小了,比如地球,气温可能稍稍下降,平均降到零下一百一十摄氏度左右,这有助于熔化的表面重新凝结,并多少保留一些水和大气。

那时人们常谈起一个笑话,说的是一个人同上帝的对话:上帝啊,一万年对你是多么短啊?上帝说:就一秒钟。上帝啊,一亿元对你是多么少啊?上帝说:就一分钱。上帝啊,给我一分钱吧!上帝说:请等一秒钟。

现在,太阳让人类等了"一秒钟"——预测能量闪烁的时间是在一万八千年之后。这对太阳来说确实只是一秒钟,但却可以使目前活在地球上的人类对"一秒钟"后将发生的事采取一种超然的态度,甚至当作一种哲学理念。影响不是没有的,人类文化一天天变得玩世不恭起来,但人类至少还有四五百代的时间可以从容不迫地想想逃生的办法。

两个世纪后,人类采取了第一个行动:发射了一艘恒星际飞船,在周围一百光年以内寻找带有可移民行星的恒星。飞船被命名为"方舟号",这批宇航员都被称为"先行者"。

"方舟号"掠过了六十颗恒星,也就是掠过了六十个炼狱。其中的一颗恒星有一颗行星,那是一滴直径八千公里的处于白炽状态的铁水。因其系液态,所以在运行中不断地改变着形状……"方舟号"此行唯一的成果,就是进一步证明了人类的孤独。

"方舟号"航行了二十三年,但这是"'方舟'时间"。由于飞船以接近光速行驶,地球时间已过了两万五千年。

本来"方舟号"是可以按预定时间返回的。

由于在接近光速时无法同地球通信,必须把速度降至光速的一半以下,这需要消耗大量的能量和时间。所以,"方舟号"一般每月减速一次,接收地球发来的信息。而当它下一次减速时,收到的已是地球一百多年后发出的信息了。"方舟号"历经的时间和地球的时间,就像从高倍瞄准镜中看目标一样,瞄准镜稍微移动一下,镜中的目标就跨越了巨大的距离。"方舟号"收到的最后一条信息,是在"'方舟'时间"自起航十三年、地球时间自起航一万七千年时从地球发出的。"方舟号"一个月后再次减速,发现地球方向已寂静无声了。一万多年前对太阳的计算可能稍有误差,在"方舟号"这一个月,地球这一百多年间,那事发生了。

"方舟号"真成了一艘方舟,但已是一艘只有诺亚一人的"方舟"。其他七名先行者,有四名死于一颗在飞船四光年处突然爆发的新星的辐射,两人死于疾病,一人(男)在最后一次减速通信时,听着地球方向的寂静,开枪自杀了。

以后,这唯一的先行者曾使"方舟号"很长时间保持在可通信速度。后来他把飞船加速到光速,心中那微弱的希望之火又使他很快把速度降下来聆听,由于减速越来越频繁,回归的行程拖长了。

寂静仍持续着。

"方舟号"在地球时间自启程两万五千年后回到太阳系,比预定时间晚了九千年。

纪念碑

穿过冥王星轨道后,"方舟号"继续飞向太阳系深处。对于一艘恒星际飞船来说,在太阳系中的航行如同海轮行驶在港湾中。太阳很快大了亮了。先行者曾从望远镜中看了一眼木星,发现这颗大行星的表面已面目全非,大红斑不见了,风暴纹似乎更加混乱。他没再关注别的行星,径直飞向地球。

先行者用颤抖的手按下一个按钮,高大舷窗的不透明金属窗帘正在缓缓打开。啊,我的蓝色水晶球,宇宙的蓝眼珠,蓝色的天使……先行者闭起双眼,默默祈祷着。过了很长时间,才强迫自己睁开双眼。

他看到了一个黑白相间的地球。

黑色的是熔化后又凝结的岩石,那是墓碑的黑色;白色的是蒸发后又冻结的海洋,那是殓布的白色。

"方舟号"进入低轨道,从黑色的大陆和白色的海洋上空缓缓越过。先行者没有看到任何遗迹,一切都被熔化了,文明已成过眼烟云。但总该留个纪念碑的,一座能耐四千度高温的纪念碑。

先行者正这么想着,纪念碑就出现了。飞船收到了从地面发上来的一束视频信号,计算机把这信号显示在屏幕上,先行者首先看到了用耐高温摄像机拍下的两千多年前的大灾难景象。能量闪烁时,太阳并没有像他想象的那样亮度突然增强,太阳迸发出的能量主要以可见光之外的辐射传出。他看到,蓝色的天空突然变成地狱般的红色,接着又变成噩梦般的紫色;他看到,城市中他熟悉的高楼群在几千度的高温中先是冒出浓烟,然后像火炭一样发出暗红色的光,最后像蜡一样熔化了;灼热的岩浆从高山上流下,形成一道道巨大的瀑布,无数道这样的瀑布又汇成一条条发着红光的岩浆的大河,大地上火流的洪水在泛滥;原来是大海的地方,只有蒸汽形成的高大蘑菇云,这形状狰狞的云山下部映射着岩浆的红色,上部透出天空的紫色,蘑菇云急剧扩大,很快一切都消失在这蒸汽中……

当蒸汽散去,又能看到景物时,已是几年以后了。这时,大地已从烧熔状态初步冷却,黑色的波纹状岩石覆盖了一切。还能看到岩浆河流,它们在大地上形成了错综复杂的火网。人类的痕迹已完全消失,文明如梦一样无影无踪了。又过了几年,水在高温状态下离解成的氢氧又重新化合成水,大暴雨从天而降,灼热的大地上再次蒸汽弥漫,这时的世界就像在大蒸锅中一样阴暗、闷热和潮湿。暴雨连下几十年,大地被进一步冷却,海洋渐渐恢复了。又过了上百年,因海水蒸发形成的阴云终于散去,天空现出蓝色,太阳再次出现了。再后来,由于地球轨道外移,气温急剧下降,大海完全冻结,天空万里无云,已死去的世界在严寒中变得无比宁静。

先行者接着看到了一个城市的图像:林立的细长的高楼群,镜头从高楼群上方降下去,出现了一个广场,广场上一片人海;镜头再下降,先行者看到所有的人都在仰望天空;镜头最后停在广场正中的一个平台上,平台上站着一个漂亮姑娘,好像只有十几岁,她在屏幕上冲先行者挥挥手,娇滴滴地喊:"喂,我们看到你了,像一颗飞得很快的星星!你是'方舟一号'?"

在旅途的最后几年,先行者的大部分时间是在虚拟现实游戏中度过的。在游戏中,计算机接收玩家的大脑信号,根据玩家思维构筑三维画面,画面中的人和物还可根据玩家的思想作出有限的反应。先行者曾在寂寞中构筑过从家庭到王国的无数个虚拟世界,所以现在他一眼就看出这是一幅那样的画面,但这幅画面造得很拙劣,由于大脑中思维的飘忽性,这种由想象构筑的画面总会有些不对的地方,但眼前这个画面中的错误太多了:首先,当镜头移过那些摩天大楼时,先行者看到有很多人从楼顶窗子中钻出,径直从几百米高处跳下,经过让人头晕目眩的下坠,这些人都平安无事地落到地上;同时,地上有许多人一跃而起,像会轻功似的一下就跃上几层楼的高度,然后他们的脚踏上了楼壁伸出的一小块踏板(这样的踏板每隔几层就有一个,好像专门为此而设),再一跃,又飞上几层,就这样一直跳到楼顶,从某个窗子钻进去——仿佛这些摩天大楼没有门和电梯,人们就是用这种方式进出的;当镜头移到那个广场平台上时,先行者看到人海中出现了几个用线吊着的水晶球,那球直径可能有一米多,有人把手伸进水晶球,轻易地抓出水晶球的一部分,在他们的手移出后,晶莹的球体立刻恢复原状,而人们抓到手中的那部分立刻变成了一个小水晶球,那些人就把那个透明的小球扔进嘴里……除了这些明显的谬误外,有一点最能反映设计这幅计算机画面的人思维的混乱:在这城市的所有空间,都飘浮着一些奇形怪状的物体,它们大的有两三米长,小的也有半米长,有的像一块破碎的海绵,有的像一根弯曲的大树枝;那些东西缓慢地飘浮着,一根大树枝飘向平台上的那个姑娘,她轻轻推开了它,那大树枝又打着转儿,向远处飘去。先行者理解这些,在一个濒临毁灭的世界中,人们是不会有清晰和正常的思维的。

这可能是某种自动装置,在大灾难前被人们深埋地下,躲过了高温和辐射,后来又自动升到这个已经毁灭的地面世界上。这装置不停地监视着太空,监测到零星回到地球的飞船时就自动发射那个画面,给那些幸存者以这样糟糕透顶又滑稽可笑的安慰。

"这么说,后来又发射过'方舟'飞船?"先行者问。

"当然,又发射了十二艘呢!"那姑娘说。且不说这个荒诞变态的画面的其他部分,这个姑娘造得倒是真不错,她那融合东西方精华的姣好面容露出一副无比天真的样子,仿佛她仰望的整个宇宙是个大玩具。那双大眼睛好像会唱歌,还有她的长发,好像失重似的永远飘在半空不落下,使得她看上去像身处海水中的美人鱼。

"那么,现在还有人活着吗?"先行者问,他最后的希望像野火一样燃烧起来。

"您这样的人吗?"姑娘天真地问。

"当然是我这样的真人,不是你这样用计算机造出来的虚拟人。"

"前一艘'方舟号'是在七百三十年前回来的,您是最后一艘回归的'方舟号'了。请问您船上还有女人吗?"

"只有我一个人。"

"您是说没有女人了?"姑娘吃惊地瞪大了眼。

"我说过只有我一人。在太空中还有没回来的其他飞船吗?"

姑娘把两只白嫩的小手在胸前绞着,"没有了!我好难过好难过啊,您是最后一个这样的人了。如果,呜呜……如果不克隆的话……呜呜……"这美人儿捂着脸哭起来,广场上的人群也是一片哭声。

先行者的心如沉海底,人类的毁灭最后被证实了。

"您怎么不问我是谁呢?"姑娘又抬起头来仰望着他说。她又恢复了那天真的神色,好像转眼就忘了刚才的悲伤。

"我没兴趣。"

姑娘娇滴滴地大喊:"我是地球领袖啊!"

"对,她是地球联合政府的最高执政官!"下面的人也都一齐闪电般地由悲伤转为兴奋,这真是个拙劣到家的仿制品。

先行者不想再玩这种无聊的游戏了,起身要走。

"您怎么这样?!首都的全体公民都在这儿迎接您。前辈,您不要不理我们啊!"姑娘带着哭腔喊。

先行者想起了什么,转过身来问:"人类还留下了什么?"

"照我们的指引着陆,您就会知道!"

首　都

先行者进入了着陆舱,把"方舟号"留在轨道上,在那束信息波的指引下开始着陆。他戴着一副视频眼镜,可以从其中的一枚镜片上看到信息波传来的画面。

"前辈,您马上就要到达地球首都了。它虽然不是这颗星球上最大的城市,但肯定是最美丽的城市,您会喜欢的!不过您的着落点要离城市远些,我们不希望受到伤害……"画面上那个自称地球领袖的女孩还在喋喋不休。

先行者在视频眼镜中换了一个画面,显示出着陆舱正下方的区域。现在高度只有一万多米了,下面是一片黑色的荒原。

后来,画面上的逻辑更加混乱起来。也许是几千年前那个画面的构造者情绪沮丧到了极点,也许是发射画面的计算机的内存在这几千年的漫长岁月中老化了。画面上,那姑娘竟然开始唱起歌来:

啊,尊敬的使者,你来自宏纪元!
辉煌的宏纪元,
伟大的宏纪元,
美丽的宏纪元,
你是烈火中消逝的梦……

这个漂亮的歌手唱着唱着开始跳起来。她一下从平台跳上几十米的半空,落到平台上后又一跳,居然飞越了大半个广场,落到广场边的一座高楼顶上;又一跳,飞过整个广场,落到另一边,看上去像一只迷人的小跳蚤。有一次她在空中抓住一根几米长的奇形怪状的飘浮物,那根大树干载着她在人海上空盘旋,她优美地扭动着苗条的身躯。

下面的人海沸腾起来,所有人都大声合唱:"宏纪元,宏纪元……"每个人轻轻一跳就能升到半空,以至于人群看起来如撒到振动鼓面上的一片沙子。

先行者实在受不了了,把声音和图像一起关掉。他现在知道,大灾难前的人们嫉妒他们这些跨越时空的幸存者,所以做了这些变态的东西来折磨他们。但过了一会儿,画面带来的烦恼就消退了一些。当感觉到着陆舱接触地面的震动时,他产生了一个幻觉:也许他真的降落在一个高空看不清楚的城市中。但他走出着陆舱,站在那一望无际的黑色荒原上时,幻觉消失了,失望使他浑身冰冷。

先行者小心地打开宇宙服的面罩,一股寒气扑面而来,空气很稀薄,但能维持人的呼吸。气温在零下四十摄氏度左右。天空呈大灾难前黎明或黄昏时的深蓝色,但现在太阳正在上空照耀着。先行者摘下手套,没有感到它的热力。由于空气稀薄,阳光散射较弱,天空中能看到几颗较亮的星星。脚下是刚凝结了两千年左右的大地,到处可见岩浆流动的波纹形状。地面虽已开始风化,但仍然很硬,很难见到土壤。这带波纹的大地伸向天边,其间有一些小小的丘陵。在另一个方向,可以看到冰封的大海在地平线处闪着白光。

先行者仔细打量四周,看到了信息波的发射源。那儿有一个镶在地面岩石中的透明半球玻璃罩,直径大约有一米,半球玻璃罩似乎扣着一片很复杂的结构。他还注意到远处的地面上还有几个这样的透明半球,相互之间隔开二三十米,像地面上的几个大水泡,反射着阳光。

先行者又在他的左镜片中打开了画面。在计算机的虚拟世界中,那个恬不知耻的小骗子仍在那根飘浮在半空中的大树枝上忘情地唱着扭着,并不时向他送飞吻,下面广场上所有的人都在向他欢呼。

……
宏伟的微纪元!
浪漫的微纪元!
忧郁的微纪元!
脆弱的微纪元!
……

先行者麻木地站着。深蓝色的苍穹中,明亮的太阳和晶莹的星星在闪耀,整个宇宙围绕着他——最后一个人类。

孤独像崩落的积雪一样埋住了他。他蹲下来,捂住脸抽泣。

歌声戛然而止,虚拟画面中的所有人都关切地看着他。那姑娘骑在半空中的大树枝上,嫣然一笑。

"您对人类就这么没信心吗?"

这话中有一种东西使先行者浑身一震,他真的感觉到了什么。站起身来,他突然注意到,左镜片画面中的城市暗了下来,仿佛阴云在一秒钟内遮住了天空。他移动脚步,城市立即亮了起来。他走近那个透明半球,俯身向里面看。虽然看不清里面那些密密麻麻的细微结构,但他左镜片中的画面上,城市的天空立刻被一个巨大的东西占据了。

那是他的脸。

"我们看到您了！您能看清我们吗？去拿个放大镜吧！"姑娘大叫着，广场上再次沸腾起来。

先行者明白了一切。他想起那些跳下高楼的人，在微小环境下，重力是不会造成伤害的。同样，在那样的尺度下，人也可以轻而易举地跃上几百米（几百微米？）的高楼。那些大水晶球实际上就是小水珠。在微小的尺度下，水的表面张力处于统治地位，人们从那些水珠中抓出来喝的水珠就更小了。城市空间中飘浮的那些看上去有几米长的奇怪东西，包括载着姑娘飘浮的大树枝，只不过是空气中细微的灰尘。

那座城市不是虚拟的，它就像两万五千年前人类的所有城市一样真实，它就在这个直径一米的半球形透明玻璃罩中。

人类还在，文明还在。

在微型城市中，飘浮在树枝上的姑娘——地球联合政府最高执政官——向几乎占满整个宇宙的先行者自信地伸出手来。

"前辈，微纪元欢迎您！"

微人类

"在大灾难到来前的一万七千年中，人类想尽了逃生的办法，其中最容易想到的是恒星际移民，但包括您这艘在内的所有'方舟'飞船都没有找到带有可居住行星的恒星。即使找到了，以大灾难前一个世纪人类的宇航技术，连移民千分之一的人类都做不到。另一个设想是移居到地层深处，躲过太阳能量闪烁后再出来。但那不过是延长死亡的过程而已——大灾难后，地球的生态系统将被完全摧毁,养活不了人类。

"有一段时期,人们几乎绝望了。但某位基因工程师的脑海中闪现出一丝火花:如果把人类的体积缩小十亿倍会怎么样?这样人类社会的尺度也会缩小十亿倍,只要有很微小的生态系统,消耗很少的资源,就可以生存下来。很快,全人类都意识到这是拯救人类文明唯一可行的办法。这个设想是以两项技术为基础的:其一是基因工程,在修改人类基因后,人类将缩小至十微米左右,相当于一个细胞大小,但其身体的结构完全不变——做到这点是完全可能的,人和细菌的基因本来就没有太大的差别;其二是纳米技术,这是一项在二十世纪就发展起来的技术,那时人们已经能造出细菌大小的发电机了,后来人们可以在纳米尺度上造出从火箭到微波炉的一切设备,只是那些纳米工程师做梦都不会想到他们的产品的最后用途。

"培育第一批微人类似于克隆:从人类细胞中抽取全部遗传信息,然后培育出同主体一模一样的微人,但其体积只是主体的十亿分之一。以后,他们就同宏人(微人对你们的称呼,他们还把你们的时代叫'宏纪元')一样生育后代了。

"第一批微人的亮相极富戏剧性。有一天,大约是您的飞船起航后一万二千五百年吧,全球的电视上都出现了一个教室,教室中有三十个孩子在上课,画面极其普通,孩子是普通的孩子,教室是普通的教室,看不出任何特别之处。但镜头拉开,人们发现这个教室是放在显微镜下拍摄的……"

"我想问,"先行者打断最高执政官的话,"以微人这样微小的大脑,能达到宏人的智力吗?"

"那么您认为我是个傻瓜了?鲸鱼也并不比您聪明!智力

不是由大脑的大小决定的,以微人大脑中的原子数目和它们的量子状态的数目来说,其信息处理能力是同宏人大脑一样的……嗯,您能请我们到那艘大飞船里去转转吗?"

"当然,很高兴。可……怎么去呢?"

"请等我们一会儿!"

最高执政官跳上了半空中一个奇怪的飞行器,那飞行器就像一片带螺旋桨的大羽毛。接着,广场上的其他人也都争着向那片"羽毛"上跳。这个社会好像完全没有等级观念,那些从人海中随机跳上来的人肯定是普通平民,他们有老有少,但都像最高执政官姑娘一样一身孩子气,兴奋地吵吵闹闹。这片"羽毛"上很快挤满了人,空中不断出现新的"羽毛",每片刚出现,就立刻挤满了跳上来的人。最后,城市的天空中飘浮着几百片载满微人的"羽毛",它们在最高执政官那片羽毛的带领下,浩浩荡荡向一个方向飞去。

先行者再次伏在那个透明半球上方,仔细观察里面的微城市。这一次,他能分辨出那些摩天大楼了,它们看上去像一片密密麻麻的直立的火柴棍。先行者穷极目力,终于分辨出那些羽毛一样的交通工具,它们像清水中漂浮的细小白色微粒,如果不是几百片一群,根本无法分辨出来——凭肉眼看到微人是不可能的。

在先行者视频眼镜的左镜片中,那由微人摄像师用小得无法想象的摄像机实况拍摄的画面仍很清晰,现在那摄像师也在一片"羽毛"上。先行者发现,在微城市的交通中,碰撞随时都在发生。那群快速飞行的"羽毛"不时互相撞在一起,或者撞在空中飘浮的巨大尘粒上,甚至不时迎面撞到高耸的摩天大楼上!

但飞行器和它的乘员都安然无恙,似乎没有人去注意这种碰撞。其实这是个初中生都能理解的物理现象:物体的尺度越小,整体强度就越高,两辆自行车碰撞与两艘万吨轮碰撞的后果是完全不一样的。如果两粒尘埃相撞,它们会毫无损伤。微世界的人们似乎都有金刚之躯,毫不担心自己会受伤。当"羽毛"群飞过时,旁边的摩天大楼上不时有人从窗中跃出,想跳上其中的一片,这并不总是能成功的,于是,那人就从几百米处开始了令先行者头晕目眩的下坠,而下坠的过程中,那人还在神情自若地同经过的大楼窗子中的熟人打招呼!

"呀,您的眼睛像黑色的大海,好深好深,带着深深的忧郁呢!您的忧郁罩住了我们的城市,您把它变成一个博物馆了!呜呜呜……"最高执政官又伤心地哭了起来,其他人也都同她一起哭,任他们乘坐的"羽毛"在摩天大楼间撞来撞去。

先行者也从左镜片中看到了城市的天空中自己那双巨大的眼睛,那放大了上亿倍的忧郁深深震撼了他自己。"为什么是博物馆呢?"先行者问。

"因为只有在博物馆中才有忧郁。微纪元是无忧无虑的纪元!"地球领袖高声欢呼,尽管泪滴还挂在她那娇嫩的脸上,但她已完全没有悲伤的痕迹了。

"微纪元是无忧无虑的纪元!"其他人也都忘情地欢呼起来。

先行者发现,微纪元人类的情绪变化比宏纪元快上百倍,这变化主要表现在悲伤和忧郁这类负面情绪上,他们能一瞬间摆脱这种情绪。还有一个发现让他更惊奇:由于负面情绪在这个时代十分少见,微人把它当成了稀罕物,一有机会就迫不及待地去体验。

"您不要像孩子那样忧郁。您很快就会发现,微纪元没有什么可忧虑的!"

这话使先行者万分惊奇,他早看出微人的精神状态很像宏时代的孩子,但孩子的精神状态还得要夸张许多倍才真正像他们,"你是说,在这个时代,人们越长越……越幼稚?"

"我们越长越快乐!"领袖女孩说。

"对,微纪元是越长越快乐的纪元!"众人大声应和着。

"但忧郁也是很美的,像月光下的湖水,它代表着宏时代的田园爱情,呜呜呜……"地球领袖又大放悲声。

"对,那是一个多美的时代啊!"其他微人也眼泪汪汪地附和着。

先行者笑起来,"你们根本不知道什么是忧郁,小人儿。真正的忧郁是哭不出来的。"

"您会让我们体验到的!"最高执政官又恢复到兴高采烈的状态。

"但愿不会。"先行者轻轻地叹息说。

"看,这就是宏纪元的纪念碑!"当"羽毛"群飞过另一个城市广场时,最高执政官介绍说。先行者看到那个纪念碑是一根粗大的黑色柱子,有过去的巨型电视塔那么粗,表面光滑,高耸入云,他看了好长时间才明白,那是一根宏人的头发。

宴 会

"羽毛"群从半球形透明罩上的一个看不见的出口飞了出

来,这时,最高执政官在视频画面中对先行者说:"我们距您那个飞行器有一百多公里呢,我们还是落到您的手指上,您把我们带过去要快些。"

先行者回头看看身后不远处的着陆舱,心想,他们可能把计量单位也都微缩了。他伸出手指,"羽毛"群落了上来,看上去像是在手指上飘落了一小片细小的白色粉末。

先行者从视频画面中看到,自己的指纹如一道道半透明的山脉,降落其上的"羽毛"飞行器显得很小。最高执政官第一个从"羽毛"上跳下来,立刻摔了个四脚朝天。

"太滑了,您是油性皮肤!"她抱怨着,脱下鞋子远远地扔出去,光着脚丫好奇地来回转着。其他人也都下了"羽毛",手指上的半透明山脉间出现了一片人海。先行者粗略估计了一下,他的手指上现在有一万多人!

先行者站起来,伸着手指小心翼翼地向着陆舱走去。

刚进入着陆舱,微人群中就有人大喊:"哇,看那金属的天空,人造的太阳!"

"别大惊小怪,像个白痴!这只是小渡船,上面那个才大呢!"最高执政官训斥道,但她自己也惊奇地四下张望,然后又同众人一起唱起那支奇怪的歌来:

　　辉煌的宏纪元,
　　伟大的宏纪元,
　　忧郁的宏纪元,
　　你是烈火中消逝的梦……

在着陆舱飞向"方舟号"的途中,地球领袖继续讲述微纪元的历史。

"微人社会和宏人社会共存了一个时期,在这段时间里,微人完全掌握了宏人的知识,并继承了他们的文化。同时,微人在纳米技术的基础上,发展起了一个十分先进的技术文明。宏纪元向微纪元的过渡期大概有……嗯,二十代人左右吧。

"后来,大灾难临近,宏人不再进行传统生育了,他们的数量一天天减少;而微人的人口飞快增长,社会规模急剧扩大,很快超过了宏人。这时,微人开始要求接管世界政权,这在宏人社会中激起了轩然大波,顽固派拒绝交出政权,用他们的话说,怎么能让一帮细菌领导人类!于是,在宏人和微人之间爆发了一场世界大战!"

"那对你们可太不幸了!"先行者同情地说。

"不幸的是宏人,他们很快就被击败了。"

"这怎么可能呢?他们用一把大锤就可以捣毁你们一座上百万人的城市。"

"可微人不会在城市里同他们作战。宏人的那些武器对付不了微人这样看不见的敌人,他们能使用的唯一武器就是消毒剂,而他们在整个文明史上一直用这东西同细菌作战,最后也并没有取得胜利。他们现在要战胜的是跟他们有着同样智力的微人,取胜就更没可能了。他们看不到微人军队的调动,而微人可以轻而易举地在他们眼皮底下腐蚀掉他们的计算机芯片。没有计算机,他们还能干什么呢?大不等于强大。"

"现在想想是这样。"

"那些战犯得到了应有的下场,几千名微人特种部队士兵带着激光钻头空降到他们的视网膜上……"领袖女孩恶狠狠地说。

"战后,微人取得了世界政权。宏纪元结束了,微纪元开始了!"

"真有意思!"

登陆舱进入了近地轨道上的"方舟号",微人们乘着"羽毛"四处观光,这艘飞船之巨大令微人们目瞪口呆。先行者本想从他们那里听到赞叹的话,但最高执政官这样告诉他自己的感想:"现在我们知道,就是没有太阳的能量闪烁,宏纪元也会灭亡的。你们对资源的消耗是我们的几亿倍!"

"但这艘飞船能够以接近光速的速度飞行,可以到达几百光年远的恒星。小人儿,这件事,只有巨大的宏纪元做得到。"

"我们目前确实做不到,我们的飞船目前只能达到光速的十分之一。"

"你们能宇宙航行?"先行者大惊失色。

"当然不如你们。微纪元的船队最远只到达金星。刚收到他们的信息,说现在那里比地球更适合居住。"

"你们的飞船有多大?"

"大的有你们时代的……嗯……足球那么大,可运载十几万人;小的嘛,只有高尔夫球那么大——当然是宏人的高尔夫球。"

现在,先行者最后一点优越感荡然无存了。

"前辈,您不请我们吃点什么吗?我们饿了!"当所有"羽毛"飞行器重新聚集到"方舟号"的控制台上时,地球领袖代表所有人提出要求。几万个微人在控制台上眼巴巴地看着先行者。

"我从没想到会请这么多人吃饭。"先行者笑着说。

"我们不会让您太破费的!"女孩怒气冲冲地说。

先行者从贮藏舱拿出一听午餐肉罐头,打开后,用刀小心地剜下一小块,放到控制台上那一万多人的旁边。他们所在的位置是控制台上一小块比硬币大些的圆形区域,那区域只是光滑度比周围差些,像在上面呵了口气一样。

"怎么拿出这么多?这太浪费了!"地球领袖指责道。从视频眼镜中可以看到,在她身后,人们拥向一座巍峨的肉山,从那粉红色的山体里抓出一块块肉来大吃着。再看看控制台上,那小块肉丝毫不见减少。眼镜屏幕上,拥挤的人群很快散开了,有人还把没吃完的肉扔掉,领袖女孩拿起一块咬了一口的肉摇摇头。

"不好吃。"她评论说。

"当然。这是生态循环机中合成的,味道肯定好不了。"先行者充满歉意地说。

"我们要喝酒!"地球领袖又提出要求,这又引起了微人们的一片欢呼。先行者吃惊不小,因为他知道酒是能杀死微生物的!

"喝啤酒吗?"先行者小心翼翼地问。

"不,喝苏格兰威士忌或莫斯科伏特加!"地球领袖说。

"茅台酒也行!"有人喊。

先行者还真有一瓶茅台酒,那是他自起航时一直保留在"方舟号"上、准备在找到新殖民行星时喝的。他把酒拿出来,把那白色瓷瓶的盖子打开,小心地把酒倒在盖子中,放到人群的边上。他在眼镜屏幕上看到,人们开始攀登瓶盖那道似乎高不可攀的悬崖绝壁。光滑的瓶盖在微尺度下有大块的突出物,微人用他们攀爬摩天大楼的本领很快攀到了瓶盖的顶端。

"哇,好美的大湖!"微人们齐声赞叹。从眼镜屏幕上,先行者看到那广阔酒湖的湖面由于表面张力而呈巨大的弧形。微人记者的摄像机一直跟着最高执政官。这个女孩用手去抓酒,但够不着,于是她坐到瓶盖沿上,用一只白嫩的小脚在酒面上划了一下,她的脚立刻包在一颗透明的酒珠里。她把脚伸上来,用手从脚上那颗大酒珠里抓出了一颗小酒珠,放进嘴里。

"哇,宏纪元的酒比微纪元好多了。"她满意地点点头。

"很高兴我们还有比你们好的东西。不过你这样用脚够酒喝,太不卫生了。"

"我不明白。"她不解地仰望着他。

"你光脚走了那么长的路,脚上会有病菌什么的。"

"啊,我想起来了!"地球领袖大叫一声,从旁边一位随行者的手中接过一个箱子。她把箱子打开,从中取出一个活物,那是个足球大小的圆家伙,长着无数只乱动的小腿,她抓着其中一只小腿,把那东西举起来,"看,这是我们的城市送您的礼物!乳酸鸡!"

先行者努力回忆着他的微生物学知识,"你说的是……乳酸菌吧!"

"那是宏纪元的叫法。这就是使酸奶好吃的动物,是有益的动物!"

"有益的细菌。"先行者纠正说,"现在我知道细菌确实伤害不了你们,我们的卫生观念不适合微纪元。"

"那不一定。有些动物……呵呵,细菌,会咬人的,比如大肠杆狼,战胜它们需要体力。但大部分动物,像酵母猪,是很可爱的。"地球领袖说着,又从脚上取下一团酒珠送进嘴里。当她抖掉脚上剩余的酒球站起来时,已喝得摇摇晃晃了,舌头也有些打不过转来。

"真没想到人类连酒都没有失传!"

"我……我们继承了人类所有美好的东西,但那些宏人却认为我们无权代……代表人类文明……"地球领袖可能觉得天旋地转,一屁股坐在了地上。

"我们继承了人类所有的哲学——西方的,东方的,希腊的,中国的!"人群中有一个声音说。

地球领袖坐在那儿,向天空伸出双手大声朗诵着:"没人能两次进入同一条河流;道生一,一生二,二生三,三生万……万物!"

"我们欣赏梵·高的画,听贝多芬的音乐,演莎士比亚的戏剧!"

"生存还是毁灭,这是个……是个问题!"领袖女孩又摇摇晃晃站起,扮演起哈姆雷特来。

"但在我们的纪元,你这样的女孩是做梦也当不了世界领袖的。"先行者说。

"宏纪元是忧郁的纪元,有着忧郁的政治;微纪元是无忧无虑的纪元,需要快乐的领袖。"最高执政官说,她现在看起来清醒了许多。

"历史还没……没讲完,刚才讲到……哦,战争,宏人和微人间的战争,后来微人之间也爆发过一次世界大战……"

"什么?不会是为了领土吧?"

"当然不是。在微纪元,要是有什么是取之不尽的东西的话,就是领土了。是为了一些……一些宏人无法理解的事。在一场最大的战役中,战线长达……哦,按你们的计量单位吧,一百多米。那是多么广阔的战场啊!"

"你们所继承的宏纪元的东西比我想象的多多了。"

"再到后来,微纪元就集中精力为即将到来的大灾难做准备了。微人用了五个世纪的时间,在地层深处建造了几千座超级城市,每座城市在您看来都是一个直径两米的不锈钢大球,可居住上千万人。这些城市都建在地下八万公里深处……"

"等等,地球半径只有六千公里。"

"哦,我又用了我们的单位。那相当于你们的……嗯,八百米深吧!当太阳能量闪烁的征兆出现时,微世界便全部迁移到地下。然后,然后就是大灾难了。

"在大灾难后的四百年,第一批微人从地下城中沿着宽大的隧道(大约是宏人时代的自来水管粗细)用激光钻透凝结的岩浆来到地面;又过了五个世纪,微人在地面上建起了人类的新世界,这世界有上万个城市,一百八十亿人口。

"微人对人类的未来是乐观的,这种乐观之彻底、之毫无保留,是宏纪元的人们无法想象的。这种乐观的基础,就是微纪元社会尺度的微小,这种微小使人类在宇宙中的生存能力增强了上亿倍。比如您刚才打开的那听罐头,够我们这座城市的全体居民吃一到两年,而那个罐头盒,又能满足这座城市一到两年的钢铁消耗。"

"作为一个宏纪元的人,我更能理解微纪元文明这种巨大的优势。这是神话,是史诗!"先行者由衷地说。

"生命进化的趋势是向小。大不等于伟大,微小的生命更能同大自然保持和谐。巨大的恐龙灭绝了,同时代的蚂蚁却生存下来。现在,如果有更大的灾难来临,一艘像您的着陆舱这样大小的飞船就可能把全人类运走。在太空中一块不大的陨石上,微人也能建立起一个文明,创造一种过得去的生活。"

沉默了许久,先行者对着他面前占据硬币般大小面积的微人人海庄严地说:"当我再次看到地球时,当我认为自己是宇宙中最后一个人时,我是全人类中最悲哀的人。哀莫大于心死,没有人曾面对过那样让人心死的境地。但现在,我是全人类中最幸福的人——至少是宏人中最幸福的人——我看到了人类文明的延续。其实,用文明的延续来形容微纪元是不够的,这是人类文明的升华!我们都是一脉相传的人类,现在,我请求微纪元接纳我作为你们社会中一名普通的公民。"

"从我们探测到'方舟号'时,我们就已经接纳您了。您可以到地球上生活,微纪元供应您一个宏人的生活还是不成问题的。"

"我会生活在地球上,但我需要的一切都能从'方舟号'上得到,飞船的生态循环系统足以维持我的残生了,宏人不能再消耗地球资源了。"

"但现在情况正在好转。除了金星的气候正变得适合人类外,地球的气温也正在转暖,海洋正在融化,可能到明年,很多地方将会下雨,将能生长植物。"

"说到植物,你们见过吗?"

"我们一直在保护罩内种植苔藓,那是一种很高大的植物,每个分支有十几层楼高呢!还有水中的小球藻……"

"你们听说过草和树木吗？"

"您是说那些像高山一样巨大的宏纪元植物吗？唉，那是上古时代的神话了。"

先行者微微一笑，"我要办一件事情。回来时，我将给你们看我送给微纪元的礼物。你们会很喜欢那些礼物的！"

新　生

先行者独自走进了"方舟号"上的一间冷藏舱，冷藏舱内整齐地摆放着高大的支架，支架上放着几十万个密封管——那是种子库，收藏了地球上几十万种植物的种子，是"方舟号"准备带往遥远的移民星球上去的。还有几排支架，那是胚胎库，冷藏了地球上十几万种动物的胚胎细胞。

明年气候变暖时，先行者将到地球上去种草。这几十万类种子中，有生命力极强的能在冰雪中生长的草，它们肯定能在现在的地球上种活的。

只要地球生态恢复到宏时代的十分之一，微纪元就将拥有天堂中的天堂。事实上，地球能恢复的可能远不止于此。先行者幸福地想象着微人们第一次看到那棵顶天立地的绿色小草时的狂喜。那么一小片草地呢？一小片草地对微人意味着什么？一个草原！一个草原又意味着什么？那是微人的一个绿色宇宙了！草原中的小溪呢？当微人们站在草根下看着清澈的小溪时，那在他们眼中是何等壮丽的奇观啊！地球领袖说过会下雨，会下雨就会有草原，就会有小溪的！还一定会有树。天啊，树！先行者想象一支微人探险队，从一棵树的根部出发，开始他们漫长而奇妙的旅程。每一片树叶,对他们来说都是一个一望无际的绿色平原……还会有蝴蝶,它的双翅是微人眼中横贯天空的彩云。还会有鸟,每一声啼鸣在微人耳中都是来自宇宙的洪钟……是的,地球生态资源的千亿分之一就可以哺育微纪元的一千亿人口!现在,先行者终于理解了微人们向他反复强调的一个事实——

微纪元是无忧无虑的纪元。

没有什么能威胁到微纪元,除非……

先行者打了个寒战,他想起了自己要来干的事,这事一秒钟也不能耽搁了。他走到一排支架前,从中取出了一百支密封管。

这是他同时代人的胚胎细胞,宏人的胚胎细胞。

先行者把这些密封管放进激光废物焚化炉,然后又回到冷藏舱仔细看了好几遍。他在确认没有漏掉这类密封管后,回到焚化炉边,毫不动感情地,他按下了按钮。

在激光束几十万摄氏度的高温下,装有胚胎的密封管瞬间汽化了。

知识链接

【文学常识】

一、作家介绍

刘慈欣,科幻作家。1963年6月出生于北京,祖籍河南,长于山西,高级工程师,中国作家协会会员,中国科普作家协会会员,山西省作家协会副主席。

自1999年处女作《鲸歌》问世以来,刘慈欣已发表短篇科幻小说三十余篇、出版长篇科幻小说六部,作品十次荣获中国科幻银河奖,多次获得华语科幻星云奖,并获得赵树理文学奖、人民文学柔石奖短篇小说金奖、西湖类型文学奖金奖等。

他的长篇代表作《三体》三部曲被普遍认为是中国科幻文学的里程碑之作。2015年,刘慈欣凭借《三体》获第73届世界科幻协会颁发的雨果奖最佳长篇小说奖,为亚洲首次获奖。2017年,凭借《三体Ⅲ·死神永生》获得轨迹奖最佳长篇科幻小说奖。2018年,获克拉克想象力服务社会奖。2019年,《三体》入选"新中国70年70部长篇小说典藏"。

二、作家评价

　　他用一系列强有力的作品,让科幻突破了传统的势力范围,让科幻文学拥有了更广阔的生存空间。他用一部经典让西方世界领略到中国幻想的强悍,让中西方科幻交流从此由单向变成了平等的双向。他用一座雨果奖奖杯重塑了中国科幻。

——第 26 届科幻银河奖颁奖辞

　　刘慈欣是一个冷漠的宇宙观察者,冷酷的道德评判者,再加上一个冷静的思想者。

——科幻作家何夕

　　刘慈欣用旺盛的精力建成了一个光年尺度上的展览馆,里面藏满了宇宙文明史中科学与技术创造出来的超越常人想象的神迹。进入刘慈欣的世界,你立刻会感受到如粒子风暴般扑面而来的澎湃激情——对科学,对技术的激情。正是这种激情,使他的世界灿若银河之心。这激情不仅体现在他建构宏大场景的行为上,也体现在他笔下人物的命运抉择中。那些被宏大世界反衬得孤独而弱小的生命的这种抉择从另一个角度给人震撼,增加了作品的厚重感。

——《科幻世界》副总编姚海军

　　刘慈欣的世界,涵盖了从奇点到宇宙边际的所有尺度,跨越了从白垩纪到未来千年的漫长时光,其思想的速度和广度,早已超越了"可上九天揽月,可下五洋捉鳖"的传统境界。但是刘慈欣的意义,远不限于想象的宏大瑰丽。在飞翔和超越之际,刘慈欣从来没有停止关注现实问题,人类的困境和人性的极限。在读过刘慈欣几乎所有作品以后,我毫不怀疑,这个人单枪匹马,把中国科幻文学提升到了世界级的水平。

——复旦大学中文系教授严锋

这位今年51岁的作家不久前还是山西一家水电站的软件工程师,迄今已出版13本小说集。刘慈欣在中国的知名程度好比威廉·吉布森(美国—加拿大籍科幻小说家);人们常将他比作中国的阿瑟·查尔斯·克拉克爵士,刘慈欣也将克拉克爵士列为影响自己的作家之一。

——美国《纽约客》编辑兼撰稿人乔舒亚·罗斯曼

三、作品评价

刘慈欣的小说,有非常深厚的修养和准备。他利用深厚的科学知识作为想象力的基础,把人间的生活、想象的生活融合在一起,产生了独特的趣味。

——诺贝尔文学奖获得者莫言

刘慈欣的作品宏伟大气、想象绚丽,既注重极端空灵与厚重现实的结合,也讲求科学的内涵和美感,具有浓郁的中国特色和鲜明的个人风格,为中国科幻确立了新高度。

——《刘慈欣科幻短篇小说集》简介

刘慈欣的《三体》本身就是工匠精神的杰作。他花了好些年时间,用大量的细节和独特的创意构筑了这个宇宙,讨论了生命和一切的爱、艺术与道德问题。

刘慈欣近乎完美地把中国5000年历史与宇宙150亿年现实融合在了一起。

——著名科幻作家韩松

人们被刘慈欣带到一个崭新的世界,这是中国的文字从未创造过的、一个恢弘而逻辑自洽的世界。在这个世界里,地球如海中一片树叶,微不足道,朝不保夕。

——《南方周末》

四、关于科幻小说

科幻小说,是一种起源于近代西方的文学体裁,是小说类别之一。用幻想的形式,表现人类在未来世界的物质精神文化生活和科学技术远景,其内容交织着科学事实和预见、想象。通常将"科学""幻想"和"小说"视为其三要素,是随着近代科学技术的蓬勃发展而产生的一种文学样式。

【要点提示】

一、刘慈欣小说的想象力

"我们现在生活的世界和童年世界是完全不同的世界,这种变化正在加速。中国是一个未来的国家,中国的未来可能充满挑战和风险,但那种未来从未像现在这样具有吸引力,为科幻小说的发展提供了肥沃的土壤。"正如刘慈欣所说的,处于变化中的世界为刘慈欣科幻小说的创作提供了最好的土壤。

飞扬的想象力是刘慈欣科幻小说的一大特点。刘慈欣曾在发言中说,有历史学家认为,人类之所以在地球上的其他物种中脱颖而出,建立文明,是因为他们拥有想象力,能在大脑中创造现实中不存在的东西。而当人工智能变得比人类更聪明时,想象力或许是人类拥有的唯一优势。

在他的小说中,我们可以培养和放飞自己的想象力,去迎接这个日新月异的世界,和充满巨大可能性的未来。

二、2018年全国卷[Ⅲ]高考题

阅读下面的文字,完成1—3题。

微 纪 元(节选)

刘慈欣

先行者知道,他现在是全宇宙中唯一的一个人了。

那事已经发生过了。

其实,在他启程时人类已经知道那事要发生了。人类发射了一艘恒星际飞船,在周围100光年以内寻找带有可移民行星的恒星。宇航员被称为先行者。

飞船航行了23年时间,由于速度接近光速,地球时间已过去了两万五千年。

飞船继续飞向太阳系深处,先行者没再关注别的行星,径直飞回地球。啊,我的蓝色水晶球……先行者闭起双眼默祷着,过了很长时间,才强迫自己睁开双眼。

他看到了一个黑白相间的地球。

黑色的是熔化后又凝结的岩石,白色的是蒸发后又冻结的海洋。

飞船进入低轨道,从黑色的大陆和白色的海洋上空缓缓越过,先行者没有看到任何遗迹,一切都熔化了,文明已成过眼烟云。

这时,飞船收到了从地面发来的一束视频信号,显示在屏幕上。

先行者看到了一个城市的图像:先看到如林的细长的高楼群,镜头降下去,出现了一个广场,广场上一片人海,所有的人都在仰望天空。镜头最后停在广场正中的平台上,那儿站着一个漂亮姑娘,好像只有十几岁,她在屏幕上冲着先行者挥手,娇滴滴地喊:"喂,我们看到你了!你是先行者?"

在旅途的最后几年,先行者的大部分时间是在虚拟现实的游戏中度过的。在游戏里,计算机接收玩家的大脑信号,构筑一个三维画面,画面中的人和物还可根据玩者的思想作出有限的互动。先行者曾在寂寞中构筑过从家庭到王国的无数个虚拟世界,所以现在他一眼就看出这是一幅那样的画面,可能来自大灾难前遗留下来的某种自动装置。

"那么,现在还有人活着吗?"先行者问。

"您这样的人吗?"姑娘天真地反问。

"当然是我这样的真人,不是你这样的虚拟人。"

姑娘两只小手在胸前绞着,"您是最后一个这样的人了,如果不克隆的话……呜呜……"姑娘捂着脸哭起来。

先行者的心如沉海底。

"您怎么不问我是谁呢?"姑娘抬头仰望着他,又恢复了那副天真神色,好像转眼就忘了刚才的悲伤。

"我没兴趣。"

姑娘娇滴滴地大喊:"我是地球领袖啊!"

先行者不想再玩这种无聊的游戏了,他起身要走。

"您怎么这样！全城人民都在这儿迎接您,前辈,您不要不理我们啊!"

先行者想起了什么,转过身来问:"人类还留下了什么?"

"照我们的指引着陆,您就会知道!"

先行者进入了着陆舱,在那束信息波的指引下开始着陆。

他戴着一副视频眼镜,可以从其中一个镜片上看到信息波传来的画面。画面上,那姑娘唱起歌来:

啊,尊敬的使者,你来自宏纪元!
伟大的宏纪元,
美丽的宏纪元,
你是烈火中消逝的梦……

人海沸腾起来,所有人都大声合唱:"宏纪元,宏纪元……"

先行者实在受不了了,他把声音和图像一起关掉。但过了一会儿,当感觉到着陆舱接触地面的震动时,他产生了一个幻觉:也许真的降落在一个高空看不清楚的城市了?他走出着陆舱,站在那一望无际的黑色荒原上时,幻觉消失,失望使他浑身冰冷。

先行者打开面罩,一股寒气扑面而来,空气很稀薄,但能维持人的呼吸。气温在零下四十摄氏度左右。天空呈一种大灾难前黎明或黄昏时的深蓝色。脚下是刚凝结了两千年左右的大地,到处可见岩浆流动的波纹形状,地面虽已开始风化,仍然很硬,土壤很难见到。这片带波纹的大地伸向天边,其间有一些小小的丘陵。

先行者看到了信息波的发射源。一个镶在岩石中的透明半球护面,直径大约有一米,下面似乎扣着一片很复杂的结构。他注意到远处还有几个这样的透明半球,像地面上的几个大水泡,反射着阳光。

先行者又打开了画面,虚拟世界中,那个小骗子仍在忘情地唱着,广场上所有的人都在欢呼。

先行者麻木地站着,深蓝色的苍穹中,明亮的太阳和晶莹的星星在闪耀,整个宇宙围绕着他——最后一个人类。

孤独像雪崩一样埋住了他,他蹲下来捂住脸抽泣起来。

歌声戛然而止,虚拟画面中的所有人都关切地看着他,那姑娘嫣然一笑。

"您对人类就这么没信心吗?"

这话中有一种东西使先行者浑身一震,他真的感觉到了什么,站起身来。他走近那个透明的半球,俯身向里面看。

那个城市不是虚拟的,它就像两万五千年前人类的城市一样真实,它就在这个一米直径的半球形透明玻璃罩中。

人类还在,文明还在。

"前辈,微纪元欢迎您!"

(有删改)

1.下列对文本相关内容和艺术特色的分析鉴赏,不正确的一项是(3分)

A.当城市图像出现后,本文开头部分营造出的沉郁氛围变得较为轻快,这两种氛围的更替,给读者带来了一种奇幻的阅读体验。

B.地球领袖是一位十几岁的、天真的、娇滴滴的漂亮姑娘,这一形象来自先行者的大脑信号,是他对人类美好记忆的一部分。

C.先行者着陆后,看到天空是"黎明或黄昏时的深蓝色",孤独的感觉是像被雪崩所埋,这都是以身心感受来写先行者对过去地球的深刻眷念。

D.姑娘率众在广场等候、迎接先行者"前辈",间接说明"微纪元"的人们继承了以往的人类文明,科技水平已经很高。

2.请简要分析文中先行者的心理变化过程。(6分)

3.结合本文,谈谈科幻小说中"科学"与"幻想"的关系。(6分)

答案:

1. B

2. ①先行者着陆之前,已经知道地球灾难的发生,一方面心存侥幸,一方面又深知连侥幸也不过是幻想,心情复杂纠结;②着陆后亲身感受到地球的荒凉,自认是宇宙间最后一个人类,巨大的孤独感和绝望使他濒临崩溃;③意识到画面有可能并非虚拟,感到震撼,重新燃起了希望。

3. ①科幻小说中的"科学"是"幻想"的基础,本文情节的基本框架,即地球灾难及文明重生,就是在宇宙科学基础上演绎的;而文中细节如宇宙飞船的星际航行、虚拟游戏、视频眼镜等,都已是或部分是科学事实。②科幻小说中的"幻想"虽然立足于"科学",但更要突破具体科技的限制,充分发挥想象力,将人文关怀与科学意识融汇在一起,本文幻想出来的"宏纪元"与"微纪元",有一定科学因素,主旨则是对人类文明的思考。

【学习思考】

一、《乡村教师》中李老师、《朝闻道》中的丁仪等科学家、《带上她的眼睛》中的领航员姑娘，这些人物身上各表现出什么样的精神品质？有没有什么相似之处？

二、可以把《带上她的眼睛》和《地球大炮》放在一起阅读，两篇小说的人物设置有一些什么样的联系？

三、续写练习：读《带上她的眼睛》时，读到"一切都明白了，我无力地跌坐在地毯上"处时，可以停下来，结合前面所给出的伏笔，想象一下，发生在她背后的是一个什么样的故事？请按照小说的情节发展逻辑，进行续写。续写后，可以跟原作进行比较，你的立意跟原作的立意有何异同之处？

(中国人民大学附属中学教师 崔秀霞 编写)